U0527413

时代三部曲

土地之子

贺享雍 著

四川文艺出版社

图书在版编目（CIP）数据

时代三部曲. 土地之子 / 贺享雍著. —成都：四川文艺出版社，2021.3
ISBN 978-7-5411-5887-2

Ⅰ.①时… Ⅱ.①贺… Ⅲ.①长篇小说—中国—当代 Ⅳ.①I247.5

中国版本图书馆CIP数据核字（2020）第257781号

SHIDAI SANBUQU·TUDI ZHIZI

时代三部曲·土地之子

贺享雍 著

出 品 人	张庆宁
责任编辑	陈雪媛
内文设计	史小燕
封面设计	赵海月
责任校对	段 敏
责任印制	桑 蓉

出版发行	四川文艺出版社（成都市槐树街2号）
网 址	www.scwys.com
电 话	028-86259287（发行部） 028-86259303（编辑部）
传 真	028-86259306
邮购地址	成都市槐树街2号四川文艺出版社邮购部 610031
排 版	四川胜翔数码印务设计有限公司
印 刷	成都紫星印务有限公司
成品尺寸	169mm×239mm
开 本	16开
印 张	14.5
字 数	250千
版 次	2021年3月第一版
印 次	2021年3月第一次印刷
书 号	ISBN 978-7-5411-5887-2
定 价	49.00元

版权所有·侵权必究。如有质量问题，请与出版社联系更换。028-86259301

目录
CONTENTS

第一章 …………………………………… 1
第二章 …………………………………… 7
第三章 …………………………………… 16
第四章 …………………………………… 30
第五章 …………………………………… 41
第六章 …………………………………… 52
第七章 …………………………………… 63
第八章 …………………………………… 77
第九章 …………………………………… 91
第十章 …………………………………… 102
第十一章 ………………………………… 112
第十二章 ………………………………… 127
第十三章 ………………………………… 141
第十四章 ………………………………… 150
第十五章 ………………………………… 163
第十六章 ………………………………… 178
第十七章 ………………………………… 193
第十八章 ………………………………… 209
尾　声 …………………………………… 225

第一章

　　乔燕和张健原本说好，等贺家湾村的春节联欢演出结束后，张健便从城里来接她一同回他老家，因为孩子在前天就被张健妈带回了张家湾。可是在演出结束后，乔燕突然对贺端阳说："明天我们去每个打工者家里走一走，了解一下他们在外面打工的情况、内心的想法以及对贺家湾今后发展的建议……"贺端阳没等乔燕话说完，便把眼睛鼓得比铜钱还大，看着她说："今天大年三十，你没有回去和老公还有公公婆婆团聚，明天大年初一，你还不想回去呀？"乔燕急忙说："我原来是说回去的，可刚才忽然想起来，湾里的打工者，有的初五六就要回去上班，他们一走，我们就没有机会了解他们心里的想法。老公、公公婆婆、爷爷奶奶，我经常都和他们在一起，可是打工者一走，就要等到明年才有机会，你说是不是？"贺端阳听了这话，过了一会儿才说："我反正住在村里，大不了这几天当串门，只要你家里人没意见，我陪你就是！"乔燕忙说："那就这样定了，我们抓紧走访，然后在初四或者初五，再召开一个'贺家湾回乡打工者座谈会'！"贺端阳刚刚经历了集体团年宴和文艺联欢会，现在对乔燕的任何建议都不敢轻易否决，便答应了。
　　乔燕和贺端阳商量好以后，这才给张健打电话，说不用来接她了。张健忙问为什么？乔燕把走访打工者的事给他说了，张健听了半响没吭声，最后才说道："张恤已经有两天没吃奶，他半岁还不到，你是不是想给他断奶了？"乔燕忙道："我可没想给他断奶，不就是这几天，让妈给他喂奶粉嘛！"说完又马上说，"你没看那本《育儿大全》吗？那上面说，到了六个月后，母乳的营养还不如奶粉呢！"张健道："你反正是常有理，好吧，只要张恤没吵没闹，你愿干什么就干什么，我少往贺家湾跑一趟还不好！"

乔燕结束了和丈夫的通话，正想给婆母打电话问一问张恤的情况，婆母却给她打电话来了。乔燕一见婆母的电话，便意识到情况可能有点不好，果然，还没等乔燕问，婆母便对她说："燕儿，张恤不吃奶粉了……"乔燕一惊，忙道："他过去都吃，怎么大些还不吃了？"婆母道："孩子认得人了，把奶嘴塞进他嘴里，他睁起眼睛到处看，大约是没有看见你，就把奶嘴给顶了出来！"一听这话，乔燕像是有人在她心上掐了一把，一种又是疼又是爱的感觉顿时像水一样漫过了全身。她突然想起平常喂奶时，孩子一边吸奶，一边睁着两只大眼怔怔地看着她的脸，她没想到这是孩子在熟悉她，在将她牢牢地记在心里。她突然感到骄傲，感到无比幸福，可同时又觉得委屈了孩子，感到有些难过，便对婆母说："妈，那怎么办？"婆母说："多的时间都过去了，你不是要回来了吗？回来了喂他奶，他就不闹了！"乔燕又忙把留下来的事对婆母说了，婆母一听就有些着急起来："那怎么办？"乔燕也焦急万分地道："妈，村里有没有带娃的年轻媳妇回来？让她给张恤喂喂奶，看他吃不吃？"婆母马上道："村里你张绍福大爷的儿子张述文，比你们早一个月结婚，他媳妇王兰上个月才生了娃，奶水也很足，我和你姐把张恤抱去让她奶一下，张恤把她乳头都含住了，可他看了王兰一阵，突然把奶头吐出来，'哇'的一声就哭了。王兰再怎么把奶头往他嘴里塞，他都不吃……"一听到这里，乔燕像是万箭穿心，突然也抽泣起来，一边哭，一边说："那怎么办？那怎么办？我已经给贺端阳说了……"婆母听见乔燕哭，忙又安慰她说："燕儿你别着急，我再给他兑次奶粉让他喝！他肚子饿了，总要吃，燕儿你可别哭呀……"乔燕心里感激不尽，又忙对婆母说："妈，那就麻烦您了！"婆母那边没再说什么，挂了电话。

正在这时，一阵"咚咚"的敲门声响了起来。乔燕急忙冲过去拉开门，门外站着张芳、贺小琼、贺小琴。乔燕看了她们一阵，目光才落到张芳身上问："张姐，你们有什么事呀？"张芳还没来得及张口，贺小琼和贺小琴便争着说道："我们来请你吃饭！"张芳说："我走到半路上，碰到了她们，一问，说来请你的，所以就一齐来了！"乔燕心头一热："哎呀，你们三个都请我吃饭，可我只有一张嘴呀……"

话还没完，贺小琼和贺小琴就争着来拉她："到我家去，乔书记，我们想和你摆摆龙门阵！"张芳见了，道："你们两个别争，我还有工作和乔书记商量呢！"乔燕知道张姐说的是假话，又见两个姑娘都望着她，一时有些作难起来，便道：

"张姐，小琼、小琴妹妹，你们都回去吧，你们的好意我心领了，可我哪儿都不去……"话还没完，两个姑娘又说："乔书记，你可不能看不起我们！"贺小琼特地补了一句："乔书记，我们在外面打工，一年才回来一次，你就给点面子吧！"说完两只眼睛便紧紧看着乔燕。

乔燕见两个姑娘的样子，不答应恐怕不行，再一想，不是还要专门到她们家里走访和调查吗，不如顺便就和她们聊聊。想到这里，便对张芳道："张姐，我们以后多的是时间在一起，我今晚上跟她们走，谢谢你的好意！"张芳想了一会儿，道："她们难得回来，也好，你去吧！"说完转身走了。贺小琼、贺小琴一见，喜出望外，忙进屋来，一边一个拉住了乔燕的手，拉着她出了门。

乔燕以为贺小琼和贺小琴就算不是姐妹俩，至少也是堂姐堂妹，走到文化广场的老黄葛树下往上湾和下湾分路的地方，两人却不约而同站住了，一个把她往上湾的方向拽，一个把她往下湾的方向拉。乔燕急忙笑着问："这是怎么回事？"贺小琼说："到我家去呀，乔书记！"贺小琴说："乔书记，你刚才答应的是我……"贺小琼又说："乔书记刚才明明答应的是我！"乔燕见她们吵起来，忙说："错了，错了，我刚才以为你们是亲姐妹呢！这可怎么办？我也没有分身术呀？既然这样，你们都听我说，我哪儿也不去，你俩跟我回村委会办公室，我请你们……"话还没完，贺小琼便叫起来："那怎么行？我们客没请到，倒自己当起客了！"贺小琴也说："就是，我们不能猫儿没买到，连口袋也丢了！"乔燕见她们都没相让的意思，便又笑着道："你们总不能把我劈成两半，一人扛半边回去吧？"贺小琼、贺小琴两人听了这话也跟着笑了起来。笑完，乔燕才继续道："要么小琼你跟着我到小琴家里去，要么小琴跟着我到小琼家里去，你们看怎么样？"话音一落，贺小琼就叫起来："小琴姐姐你到我家里去！"贺小琴立即说："不行，你到我家里去！"乔燕见她们相持不下，道："还是听我裁决，小琴是姐姐不是？"贺小琴说："我比她大四岁！"乔燕说："竹子都分上节下节，那就妹妹走姐姐家！"贺小琼立即说："我妈还在家里等着呢！"贺小琴："给你妈打个电话不就行了？"贺小琼迟疑了一会儿，给家里打了一个电话，然后三个年轻人拉着手往上湾去了。

贺小琴住在上湾老房子第二座四合院的正房里。姑娘长了一张圆圆的苹果脸，单眼皮，鼻子小巧，鼻翼两边长了一些淡淡的雀斑，说不上十分漂亮，但从那双虽然不大却清澈明亮的眼睛里闪出的光芒，却充满了诚实和善意，一看就知道是靠得住的人。而贺小琼则长着一张瓜子脸，双眼皮儿，柳叶眉儿，不但眼睛比贺小琴大得多，而且还有果冻一样晶亮肉感的嘴唇儿，是那种传统的美人坯子，但面色却有些苍白，身子也比贺小琴瘦小，给人一种惹人爱怜的感觉。到底是节日里，乔燕一走进戏楼下面的通道，便看见平时冷冷清清的老院子不但从几间屋子里透出了明亮的灯光，而且还传出了有一句没一句的说话声和电视机里喧闹的声音，院子里还有几个孩子在玩耍，不时朝石板地坝上扔一种被称作"甩炮"的小爆竹，发出"啪"的闷响，或点燃手里的玩具烟花棒，一边奔跑，一边挥舞，迸出五颜六色的火焰，给节日增添了欢乐的气氛。路过贺老三的家时，乔燕看见他们家那两扇钉有铁皮兽头的木门大大开着，一大家子人正围着桌子吃晚饭。乔燕一见，忙拉了贺小琼和贺小琴走过去。只见贺老三老两口坐在朝大门的凳子上，左边是贺兴林两口子，右边是贺兴明夫妇俩，对面一条凳子挤了三个半大不小的孩子。贺兴林三十六七岁年纪，模样有些像贺老三，一张宽大的黑面孔，一头粗壮茂密的乱发，身板十分壮实。大约因为屋子里温度高，他只穿了一件墨绿色的高领羊毛衫。他的女人胡春惠年纪和他差不多，个子不高，身子也很结实，一张鸭蛋形脸，额头高高鼓起，两边嘴角稍稍往上翘，像是随时都在微笑，一件深灰色紧身毛衣将两只有些下垂的乳房和微微往外凸起的肚皮衬得更加突出。另一边的贺兴明，同样壮得像一头牛，一身肥膘，满面油光，额头上有两个破过相的疤痕，非常显眼。他的鼻子比贺兴林还要粗大，嘴唇也比贺兴林厚实，眼睛却比贺兴林小，与那张大肉脸不相称，因为不断地眨动，给人的感觉有些鬼鬼祟祟的样子。他上身穿了一件淡粉色棒针高领毛衣。旁边是他的女人杨成菊，看上去瘦骨嶙峋，上嘴唇左边有一粒小小的黑痣，穿着一件灰色带帽套衫。她好像很怕冷，把丈夫依偎得很紧。乔燕大喊了一声："世富爷爷、加珍奶奶、叔叔婶婶们，拜年了！"一桌人听见喊声，齐刷刷地把目光投向门外。

贺老三见是乔燕，急忙站起来叫道："姑娘，是你呀，还没吃饭吧？来来来，赶得早不如赶得巧，我们也才刚开始！"又忙对桌上的人说，"快给乔书记腾个位置！"大家一听这话，便站起来。乔燕忙松开贺小琼和贺小琴的手走进屋子，先把贺老三按在凳子上坐下，又对贺兴林两口子和贺兴明两口子说："你们吃吧，我可有地方吃饭了！"说罢指了指门外，"你们看，小琼和小琴像保镖似的跟着我，生怕我被人抢去了呢！"贺老三明白过来，对贺小琴道："是你们家今晚请乔书记吃饭？"贺小琴没有回避，说："可不是，三爷爷你要请，可得等明天！"贺老三"嗨"了一声，然后看着乔燕说："姑娘，那就说定，明天中午到我家来过大年初一!"乔燕忙说:"爷爷,明天我还有事,你这儿我随时都可以来,你放心!"说完,像是害怕被他们留住,转身就走。还没等她出门,贺兴林像是突然想起什么似的,喊住她说:"乔书记,我想抽时间找你聊聊!"乔燕立即回转身,笑着对贺兴林说道:"那好呀,大叔,我也正要找你们聊聊呢!"

三人走过敞廊,又爬了十几步石台阶,来到贺小琴住的四合院里。贺小琴住在正房右边,房屋进深很长,加起来也有四间屋子。前面这间屋子是堂屋,中间两间为卧室,最后一间才是厨房。三人到时,贺小琴的母亲赵书萍早在阶沿上候着了。这是一个十分好看的妇女,尽管四十七八岁了,但一点也没发胖,还是少女的身材。她穿了一件紫色的羽绒服,袖子上的蓝色袖套十分醒目,腰上系了青色围裙,给人一种干练和利落的感觉。一见女儿和乔燕,她便高兴地喊了起来:"乔书记,来啦!"乔燕忙说:"婶,你就叫我姑娘好了!"赵书萍接受了乔燕的建议,对屋子里喊了一声:"姑娘来了——"话音刚落,便从屋子里走出贺小琴的父亲贺忠远和她的爷爷奶奶贺世明和鲁建琼,以及贺小川。贺小琴的爸爸妈妈和贺小川也在外面打工,乔燕和他们只在前几天才见过一面,算不上十分熟悉,此时忙弯腰对他们鞠了一躬,道:"爷爷奶奶、大叔大婶,感谢你们邀请,我给你们拜年了!"众人忙叫了起来:"姑娘,你多礼了!你是稀客,我们还怕小琴把你请不来呢!"乔燕一听这话,忙说:"我还真差点来不了呢!"说完指了指贺小琼,"你们看,小琼和小琴争,我只好把小琼也给你们带来了!"大家忙说:"她们姐妹也难得在一起,打个堆也好!"

乔燕跨进屋子,灯光下这才看清贺小琴的母亲尽管身子看起来还像少女,脸上却早爬上了一道道细密的皱纹,头发也干巴,可见一丝丝白发夹杂其中。贺忠远年纪在五十岁上下,和贺小琴一样,也是一张盆子脸,颧骨耸得像两座山峰,鼻子有些扁,眼睛也不大,头上的白发比妻子多,像是撒了一层霜。总之,这是一个十分普通的庄稼人,但眼睛里闪出的诚挚和热情却丝毫不逊于女儿。乔燕一见,便有些喜欢起这家人了,忙对他们说:"大叔大婶,非常对不起,今天在团年宴上,因为人多,我也没来得及和你们打招呼!"话刚完,贺忠远便说:"姑娘,你有这份心我们就满足了,那么多人,你怎么能一一打招呼?"说罢,让贺小琴、贺小川陪乔燕和贺小琼坐着,自己和赵书萍以及贺小琴的爷爷奶奶都进厨房去了。

没一时,贺忠远和赵书萍便端上了满满一桌子菜,七碟子八碗的。贺忠远要乔燕上坐，乔燕坚决拒绝，去拉贺世明、鲁建琼老两口坐上面，贺忠远和赵书萍、自己和贺小川两边打横，贺小琼和贺小琴姐妹末座。落座后，贺忠远拿出两瓶干红葡萄酒来。贺小琴忙说："爸爸，让我来！"说着从贺忠远手里接过酒瓶，给每人的杯子里斟了半杯，然后对乔燕说："请乔书记给我们开席！"乔燕忙说："怎么能由客人开席呢？要么爷爷、要么大叔开席！"贺忠远没推辞，端起酒杯，站起来说："我就先来说两句，今晚上请到了乔书记来家里做客，我们一家人都很高兴！首先我们祝乔书记新年快乐，红红火火……"话没说完，贺小琴补充道："爸，你话没说完整，应该说祝贺家湾的事业红红火火！"贺小琼也情不自禁地补了一句："对！还要祝乔书记……"乔燕打断她的话，说："小琼妹妹你不要喊我乔书记，喊姐，不然我要罚你一杯！"贺小琼立即改口道："祝乔燕姐姐工作顺利！"她的话一完，贺小川又补了一句："还要祝乔书记永远年轻漂亮……"一听这话，乔燕的脸有些红了，便笑着说："大叔，一个人怎么能永远年轻漂亮？"贺小琴马上对乔燕说："姐，你不应该叫他叔，他是我堂哥！"乔燕吃了一惊，看着贺小川问："你们真是堂兄妹？"贺小川还没答，贺忠远接过了话去："可不是，他是我亲侄儿，今晚上我把他也叫过来陪你！"乔燕"哦"了一声，说："哎呀，你们不说，我还真没弄清楚呢！"贺小川说："乔书记，我冬月间才满三十岁，比你大不了两岁，你把我叫老了呢！"乔燕忙问："那叫你什么？"贺小川说："你要不嫌弃，叫我哥好了！"乔燕便叫了一声："哥！"话音一落，贺小琴便说："那你们兄妹先喝一杯！"贺小川端起酒杯要喝，贺忠远忙止住道："别忙，我这一杯酒的话还没说完呢！今天下午乔书记那番话，说到了我们心里，我们也憋了许多话，想跟你摆摆龙门阵，所以我让小琴把你请来，乔书记，等会儿你可不要嫌我们说话啰唆……"说到这里，贺小琴打断了他的话，说："爸，酒席上不谈工作，等会儿散了席，慢慢给姐说，现在先喝酒！"贺忠远听女儿这话，忙举起酒杯说："对！先喝酒，先喝酒！来来来，红红火火，干！"席上的人也叫了一声："红红火火！"然后一仰脖，一口干了杯子里的酒。

第二章

吃过晚饭，撤了碗筷杯盘，大家又围着桌子坐了下来。贺忠远明显带了醉意，一放下碗筷，就乜斜着一双醉眼，看着乔燕问："姑娘，我刚才说要对你说、说什么呀？"乔燕也喝到了一定程度，一张脸红得像是柿子。她愣了一下，实在想不起贺忠远要说什么，便道："大叔，你想说什么就说什么吧！"贺忠远红着眼睛说："姑娘，你不耿、耿直！你不告诉我，我怎么知道说什么？"贺小琴忙说："爸，你喝多了，要不你先去休息休息……"话没说完，贺忠远却瞪了女儿一眼，吼道："谁说老子喝、喝多了？老子酒醉心、心明白！"说完这话，突然紧紧抓住乔燕，生怕她会跑掉似的，带着酒气说，"姑娘，我要像、像你说的回、回家……"乔燕明白过来，忙对他问："大叔，你是不是想说不到外面打工了？"贺忠远说："不、不打工了！姑娘你不知、知道，我从二十多岁就出去打、打工，才出去的时候想、想着能在外、外面混出一点儿名堂，可现在回、回过头一看，却是什、什么都没有呀……"说着，贺忠远忽然哭了起来。

赵书萍一见，急忙过去对他说："大过年的，你哭什么呀！"贺小琴又对他说："爸，你醉了，先去睡一会儿！"贺小川听后，就去搀扶他。贺忠远却不想走，一边挥舞着手，一边嘴里嘟嘟囔囔地道："我没、没有醉！姑娘你不知、知道，我出去时在一家鞋厂打、打工，7点钟上、上班，有时加班到晚、晚上2点钟才下班，一天要工作十三四个小时，累得要死！有个打工妹疯、疯了，家、家里人来把她接、接回去，后来又好、好了！打工苦、苦哇……"说罢又"呜呜"地哭了起来。赵书萍一见，也过来搀住丈夫的另一只胳膊，和贺小川一道将他架着走了。

贺忠远一走，贺小琴便对乔燕说："乔书记，我爸是因为有你在这儿，心里高兴才这么喝的！"乔燕道："我看得出来，小琴妹妹，但我觉得他心里好像有什么事……"贺小琴道："还有什么事？就是他刚才给你说的，他不想再出去打工，想回贺家湾种庄稼。别看他身体看起来还不错，实际上这些年在外面打工，把身体都打垮了，经常往医院里跑，药从来没断过……"听到这儿，乔燕问道："大叔在外面干的什么工作？"乔燕道："在一家油漆厂给人喷漆！你知道，油漆是有毒的，我怀疑我爸是得了职业病！我爸给我讲过，喷漆这个活儿不是人干的，比判了刑还辛苦，他现在经常睡不着觉，稍微不注意就感冒……"乔燕又问："为什么他还要在那里干呢？"小琴道："他不在那里干，又能在哪里干？像他这种年龄的人在外面打工，要么就是干这种脏活儿、危险的活儿，要么就是在建筑工地干那些苦活儿、粗活儿！在建筑工地上干了苦活儿、粗活儿，还担心拿不到工资。油漆厂活儿虽然危险，但老板一般不会拖欠工资。乔书记你不知道，在外面打工，没有活儿干的时候你心里着急，晚上睡不着觉；有活儿干的时候，加班加得你晚上同样睡不着觉，比如说我吧……"

听贺小琴说到这儿，贺小琼忙羡慕地说道："你在厂里做领班，总比工人好，还有什么睡不着觉的？"贺小琴忙说："你没做过领班，不知领班的难处……"贺小琼忙问："领班还有什么难处？"贺小琴说："领班就是个受气包！你又不是不知道现在的工人，'90后'和'00后'，你以为还像我们爸爸他们那一代人那么好管理？他们根本就不听你的！你话说重了点儿，他们马上和你吵，话说得轻了，又根本不起作用！有时只能像是对幼儿园的小朋友那样哄着，没办法！你是领班，出了问题，老板不但要像训儿子一样训你，还要扣你工资。做好了，老板认为他给了钱，你本来就应该做好！你说是不是像老鼠钻风箱——两头受气？"说到这儿，贺小琴突然把目光转到乔燕身上，看着她说，"说实话，姐，在外面真不是人！虽然《劳动法》规定了有多少多少假期，可平时真没有什么休息的，好不容易熬到过年，终于有了几天假期……"说着，姑娘忽然转换了语气，看着乔燕问，"姐，你说这春节，为什么那么多人要不辞辛苦往家里跑呀？"乔燕连想也没想便回答说："回来和亲人团聚呀。"贺小琴忙摇了摇头，然后才笑着说："姐说得不全面！和亲人团聚只是一个方面，还有一个方面，你没说到呢。"乔燕眨了眨眼睛，有些不解地问："是什么？"贺小琴道："为了休整！"乔燕听了这句没头没尾的话，仍然有些不明白，她看着贺小琴，将这几个字重复了一遍。贺小琴见了，才又道："姐没打过工，你想象不出打工的苦！我们打工者有一句话，

8

说一进工厂就像被判了刑。这话一点也不夸张！我们这些打工者一年三百多天像被关着，要想得到暂时的休整来缓解一下疲惫的身心，只能通过回家这几天来实现！就像你今天下午说的，村庄在哪儿，田野在哪儿，父母在哪儿，我们的家就在哪儿，只有回到了家，我们的身心才能得到休整！所以无论多远，我们都会赶回来，除了和亲人团聚，还想让心灵得以休整！不但春节是这样，就是平时回来都是这样。总之一句话，当打工不顺的时候，我们最最想念的就是家！"

乔燕听了这话，立即对贺小琴道："小琴妹妹，你给我上了生动的一课，我过去真是一知半解！"说完又看着贺小琼问，"小琼妹妹，你也是这么想的吗？"贺小琼忙说："可不是这样！我只要一回到家，就觉得外面再好，也没有家里好！在家里我想什么时候休息就什么时候休息，想吃香的就吃香的，想喝辣的就喝辣的，也没人来管我……"乔燕一听这话，觉得有些好笑，再看看贺小琼脸上带着娃娃气，便对她问道："你打工几年了？"贺小琼说："四年，初中毕业就出去了！"乔燕又问："你干了些什么工作？"贺小琼说："我进过电子厂，现在在一家制衣厂！我原来想，打工嘛，每天只上八小时班，每个月有工资拿，这有多累啊？就和在家里一样不愁吃不愁穿。谁知道到了外面才明白不好玩。我最早去的天津，我有个亲戚在那儿，我们这儿还没穿毛衣，那边雪就下得多厚，下雪的时候还要骑着自行车去上班。没有星期天，发工资那天才放假，晚上连电视都看不到。后来我干不下去了，便到宁波，仍然在一个电子厂，我做了两个月，手都磨烂了，实在受不了，我又跳槽，只拿了一个月工资。后来就进了现在这个制衣厂，学了一个星期踩电车，那些师傅不怎么教我，我就自己乱踩，第一天记工资时，我只挣了不到别人一半的工资。晚上我就哭了，一边哭一边想妈妈……"贺小琼说着，有些不好意思地笑了。乔燕看到她笑起来单纯的样子，心里忍不住又疼又爱，便又看着她问："后来呢？"贺小琼说："后来慢慢习惯了！我在厂里三年多，一上班我就不出厂门，中午都没有出来过，也不休息，不管外面是下雨还是刮风，我都不去管。为什么？因为厂里管得非常严，不能随便外出。一次我男朋友来看我，我去向领班请假，领班要赶任务，不给我假。我男朋友又不能进来，那个门啊，有个小缝，他站在外面往里面望，我站在里面往外面望，我们就隔着院墙大声说了几句话，因为声音说小了听不见，我男朋友说：'我想你！'我说：'我也想你！'说着说着我们两个都哭了！每天加班，根本就没有什么娱乐，下了班就想睡觉，在生产线上的时候都打瞌睡。溜冰场、歌舞厅还是有，我只去过一次溜冰场。厂里哪有什么娱乐活动？即使有，下班都要到晚上12点了，哪还有心思去玩?"说到这儿,贺小琼又不好意思地笑了笑,仍然是一副纯真的神情。

贺小琴听了贺小琼的话,像是要替她做些纠正似的,说:"不过打工这些年,也还是有收获!一是走出了贺家湾,看到了外面的世界,外面的世界真的很精彩。二是学到了一些新的东西,比如我,刚才我说做领班难免两头受气,可要是不做领班,我就没法学会和各种各样的人打交道的本领!"贺小琼也忙说:"就是,打工还可以交很多朋友!"可马上又补了一句,"可惜原来在天津认识的朋友,现在都联系不到了。"乔燕见贺小琼遗憾的样子,忙又笑着对她们问:"哦,还有什么高兴的事呢……"话音还没落,贺小琴就抢着回答:"最高兴的是每个月拿到自己的工资,把钱数得哗哗地响,心里真像俗话说的乐开了花!"说完便回头看着贺小琼,问,"你说是不是这样?"贺小琼忙说:"怎么不是这样!要是发工资这天再放上一天假,那就更好!可以约上朋友出去尽情玩,上网啊、聚餐啊,太有意思了!"乔燕听了贺小琼的话,再次感觉她真还像个贪玩的孩子,一时心里竟涌起了一种说不清道不明的情愫,但她没把这种感情表现出来,而继续微笑着问她们:"你们到现在一共攒了多少钱?"贺小琴听了这话,只是笑了一笑,没有回答,贺小琼却想也没想,回答道:"打工能攒什么钱呀?每个月工资一发下来,要不了多久就花光了,想存钱只有靠节俭,小琴姐姐你说对不对?"贺小琴说:"怎么不对?单靠打工确实攒不下什么钱!如果想赚钱,男的只有去做生意,女的只有去……"

说到这里,贺小琴忽然住了嘴,乔燕已经懂得了她的意思,便也没再追问。这时,贺小川从后面屋子里出来,乔燕忙问:"大叔睡了?"贺小川答道:"他总不睡,说要出来和你摆龙门阵,我和二母左哄右哄,耽搁了这么半天,才把他哄睡了,可睡梦中还在喊'回家……'"乔燕想起贺忠远刚才对她说的一番话,不由得感叹地说了一句:"看来大叔是真不想在外面打工了……"话没说完,贺小川便看着乔燕道:"可不是这样,乔书记!现在年轻人在外面的日子都不好过,他马上就是五十开外的人,你说他在城里漂,能漂出个什么名堂?打工又不能打一辈子,别说二叔,就是我,都想回来了……"一听这话,乔燕忙盯着他问:"你也不想打工了?"贺小川道:"不只是我,很多打工的心里都有这个想法,只不过眼下没有别的出路,无法把心里的想法说出来!"说完这话,他紧紧地看着乔燕,停了停才说,"不哄你说,我现在最恨的就是工厂,最讨厌的就是打工!你说我们成天站在流水线上,能看见什么前途?不仅看不见前途,辛辛苦苦赚点钱来,刚好能够养家糊口,城里房子那么贵,还指望能在城里买上房子,当上城里人吗?"乔燕本想问问他在外面做什么工作、收入多少等,又怕勾起他一肚子苦水,想了想便说:"哥说的,我都明白。一方面,你们在外面打一辈子工,确实没什么前途,另一方面,家乡又需要人。既然城市生活不如意,为什么不可以回来呢?"乔燕刚说完,贺小川立即叫了起来:"我们怎么不想回来呢?正如你今下午所说,贺家湾才是我们的家,我们在外面打工感到委屈的时候,最想的就是家!我们想回来,却不知道回家能干什么。"乔燕听了这话,想了想才说:"至于回家能干什么,这要根据村里的实际情况和你们本人的意愿来决定,总之如你们亲眼看见的,贺家湾现在不但村庄变美了,而且公路、水利等基础设施变化也很大,何况现在全国正在开展乡村振兴战略,只要你们愿意回来,能干的事情还是有很多的!"说到这儿,乔燕见贺小川脸上还有疑虑的神情,又接着说,"过两天我们想开一个'贺家湾回乡打工者座谈会',大家一起来想办法,集思广益,看看回家能做什么,你们说好不好?"贺小川、贺小琴和贺小琼立即叫了起来:"好!"

　　看看时间不早,乔燕便要告辞回去,贺小川、贺小琴兄妹不放心,要送乔燕和贺小琼回去。乔燕不要他们送,说她和贺小琼可以一起走,但贺小川、贺小琴没答应,说反正是晚上,就当是守岁,一边走一边还可以摆龙门阵。乔燕见他们说得诚恳,没再坚持。几个年轻人走出院子,却见贺家湾上空,一朵朵烟花不时呼啸着穿过黑幔似的云层,在空中绚丽地绽开五颜六色的光芒,漂亮极了。路过贺老三家时,乔燕见大门已关,屋里传出中央电视台春节联欢晚会欢乐的优美歌声,让乔燕感觉到一股强烈的新春气息。

　　第二天中午,乔燕从下湾贺小琼家里回到村委会办公室,就看见婆母在屋里了,便急忙叫道:"妈,你怎么回来了?"婆母道:"张恤吵得睡不着觉,我不赶快带回来怎么办?"说完,婆母又补了一句,"真是个吵吵神投的胎,弄得一家人连年也没过清静!"乔燕听婆母的话中似有埋怨之意,急忙对婆母鞠了一躬,道:"对不起,妈,都是我给你们添的麻烦!"说完也没等婆母说什么,急忙跑过去抱住张恤,口里"心肝儿、宝贝儿"地叫着,又忙不迭地去亲他的小脸蛋。那孩子看了乔燕一眼,"哇"的一声便哭了起来。婆母忙道:"孩子饿了,还不快喂他!"乔燕马上解开衣服,掏出乳头便往张恤嘴里塞。张恤含住乳头后,先是止住了哭声,然后睁着一对晶亮的眼睛看着乔燕的脸。看着看着,突然舞起了胖胖的小手，又张开嘴笑了笑，这才用力吸吮起来。乔燕一见，泪水突然顺着脸颊"扑簌簌"地掉了下来，一边哭一边又咧开嘴角笑，然后害怕孩子呛着了，也学着王秀芳的样儿，轻轻扯着张恤的小耳朵说："慢点，慢点，小乖乖，可别呛着了！回到妈妈怀里了，还这样馋吗？"又说，"吃吧，吃吧，妈妈让你吃个够！"这样颠三倒四地说了一阵，张恤吸奶的速度慢了下来，乔燕才问婆母："妈，你是怎么回来的？"婆母道："打电话叫张健来接的嘛！这么远，他不来接，我们俩婆孙能走着回来？"乔燕又忙问："张健呢？"婆母道："他忙着回去值班，把我们送到就回去了！"乔燕想了想才说："妈，真是对不起，让你和爸爸连春节都没过好！"婆母道："你爸爸说，年轻人要忙自己的事，我们老家伙不辛苦点，哪个能帮他们？"乔燕心里感动得不行，便道："妈，还有一年多时间，等我扶贫满了以后，年年过年我都回来陪你们两个老人家！"说完这话，婆母还没答应，张恤大概吃饱了，吐出了奶头，目光却仍然定定地看着乔燕。乔燕见了，用手指轻轻弹了弹他胖胖的脸蛋，那孩子突然在乔燕的怀里一边蹬脚，一边冲乔燕甜甜地笑，喜得乔燕又忙不迭地去亲他。

接下来的两天里，乔燕和贺端阳走访了村里大多数返乡过年的打工者。通过和这些打工者详细交谈，她觉得自己走进了他们的世界，不仅知道了他们打工的情况，而且还知道了他们内心的欢乐、矛盾、彷徨以及痛苦。这天晚上，她拿出笔记本和笔，坐在电脑桌前面，将两天来时时从头脑中掠过的一些想法记到了笔记本上。这既是一些对打工者回乡创业的理性思考，也是为马上就要召开的"贺家湾回乡打工者座谈会"所做的准备，虽然有些零碎，也说不上深刻，但她仍然有些敝帚自珍。

A. 乡村振兴的关键是人才振兴

在乡村振兴战略中，中央提出了五个方面的振兴，即产业振兴、人才振兴、文化振兴、生态振兴、组织振兴。我认为人才振兴是五个振兴中最关键的一环。贺世富大爷说得好，修再多的路，建再多的房子，都只是村子的外壳，人才是村子的灵魂。人是万物之灵，产业、生态、文化、组织，都是人的产业、人的生态、人的文化、人的组织。离了人，什么也办不成！所以乡村振兴要把人才振兴放到第一位，动员和吸引打工者返乡创业应成为乡村振兴的重中之重。

B. 贺家湾在外打工者状况及回乡意愿分析

目前贺家湾村在外打工者共三百五十人，从年龄上看可分三个层次。第一个层次是如贺忠远这样年龄五十岁左右的打工者，即20世纪60年代出生的人。他们外出打工的时间大都在三十年以上，在外面主要从事一些脏活、苦活、重活。这部分人人生任务基本完成，不但儿女早已婚嫁，有的甚至做了爷爷奶奶。这部分人返乡意愿最强，因为无论是从家庭生命周期还是从合理安排家庭劳动力和家庭角色等方面考虑。都需要他们返回故乡。他们是近几年返乡的主力军，但不是创业的主力军。

第二个层次是年龄四十岁左右的中年打工者，即20世纪70至80年代出生的人。他们打工的时间一般在十五年到二十年，在外面也有从事体力活的，也有在工厂从事技术活的。这部分人遇下列情况有返乡创业的需求：1. 因父母年迈丧失了劳动能力，需赡养无法外出者；2. 因父母亡故而子女尚小无人照顾，需在家照顾儿女者；3. 在外打工受到严重打击，对打工生涯丧失信心者。这部分人回乡创业不但有可能，而且也有一定物质基础，因为他们大多通过长期打工积攒了一些资本。

第三个层次是年龄二十岁到三十岁的年轻人，即20世纪90年代到千禧年后出生的人。这部分人从目前的情况来看，即使在外面打工受到挫折，也没有返乡创业的意愿。从家庭来看，眼前他们要么还没有成家，即使成了家有了孩子，也还有父母照管，不需要他们在家里抚养孩子。从村庄社会来看，贺家湾普遍存在着一种年轻人就应当在外闯荡的认识，年轻人高中一毕业（有的甚至初中毕业），心里装的只有一个信念，那就是到城市去。像贺波当了兵回来没外出打工，反而被大家认为是在部队犯了错误。当然，一些年轻打工者也对我说，假如在村里能找到合适的、稳定的收入来源，他们也愿意回来。但目前把返乡创业的希望寄托在他们身上，还不太现实。

C. 仅仅改变户籍身份无助于农民工在城市安居乐业

现在有一种说法，认为农民工不能在城里过上体面的生活，主要是因为城乡二元体制，只要取消了城乡二元的户籍制度，让农民工能够在城里顺利落户，情况就会好转。其实这种想法是非常可笑的，连打工者自己也知道不会那么容易。那么最根本的原因是什么呢？通过和打工者交谈，我知道了在目前打工者实际收入得不到提高的情况下，打工者即使在城市落了户，他们手里的那点钱也根本无法应付完成城市化的需要。所有人都知道城市的生活成本要比农村高，而打工者普遍收入偏低，何况他们也都面临供子女上学、赡养老人等问题，因此农民工要在城市维持基本的生活绝非易事，更别说过上体面的生活。人是趋利避害的动物，如果打工者的收入水平得不到实质性提高，即使放开了到城里落户的条件，打工者最终还是会选择返回农村定居。这也在客观上给农民工返乡提供了一种制度基础。（说是制度基础不知恰不恰当？）

D. 打工者返乡的可能

打工者返乡之所以会成为可能，除了上面分析的原因外，更主要的是农村现在出现的变化。现在人们都比较注重实际利益，不管是继续外出打工还是不打算外出务工，他们选择的标准只有一个，那就是无论是打工还是回乡创业，哪一样能让他们过上更好的生活。只要能够多赚钱让全家过上幸福的生活，在哪儿都行！现在明摆着的，一些成功的返乡创业者的经验说明，农村的生活成本比城市低得多，即使是回乡创业的收入比在城市打工收入低一些，但生活的幸福指数却要比城市高出许多。其一，返乡创业可以照顾家庭，尽到为人父、为人母和为人儿女的责任，过上完整的家庭生活，享受天伦之乐。其二，农村的空气新鲜，生态环境优美，比城市更宜居，日常吃的全是绿色生态食品。其三，农村是一个熟人社会，血缘和乡土情谊缔结而成的社区社会，能够给他们带来强烈的归属感和安全感，生活在这样一个社区环境里，人的心情会格外舒畅。其四，虽然城乡差距仍然存在，但是随着精准扶贫、精准脱贫和乡村振兴工作的开展，农村的生产生活条件已经得到了很大改善，而且以后还将进一步改善，农村的就业机会也越来越多。综上所述，农民工返乡创业将成为一种历史趋势。

E. 打工者返乡创业的心理预期问题

访谈中，许多打工者都有返乡创业的意愿，可是他们害怕失败，或者说，他们对返乡创业的心理预期和情感预期都很高。还有一部分中年和青年打工者，因为已经习惯了城市生活，又害怕回来不能适应农村环境，所以显得顾虑重重。在这点上，五十岁左右的人要好一些，或者是由于他们年龄大了，对返乡早已做好了充分准备，或者是因为农村生活是他们熟悉的，他们对返乡后的生活状况有充分的估计和谋划，所以他们较少顾虑。总而言之，要提醒返乡创业打工者要有充分的心理准备，创业有风险，即使是在土地上创业也一样，切不可盲目冲动，要有失败的心理准备。

F. 打工者返乡创业已经刻不容缓，但又不能操之过急

以前我听到过这样几句顺口溜："70后"不愿种地，"80后"不会种地，"90后"不谈种地。这可能是事实。今天的农村，真是和过去不一样了，大量年轻人外出，村里只剩下老人和孩子，一些土地荒芜，人少了，草长了，野兽雀鸟多起来了。如果再不改变，再等三五十年后，中国还会不会有村庄存在？这也许是一个难题。可动员打工者回乡创业，又丝毫急不得。在访谈中，除少数打工者外，许多打工者都表示出了非常矛盾的心态。有期盼，有向往，有怀疑，有麻木，也有许多痛苦甚至无奈，但不管哪一种心态都是十分正常的！没有大量的农业人口向城市转移，中国的城镇化不可能实现，而没有留守农民的坚守，中国的城镇化建设又不可能有笃定的依托，何况还有十三亿人的吃饭问题。因此，动员和吸引打工者返乡创业已经刻不容缓，但又不能操之过急，得积极稳妥地摸索出一条路子……

第三章

"贺家湾回乡打工者座谈会"于正月初四下午在村委会办公室的院子里举行。腊月底,乔燕和贺端阳商量了,叫贺文去买了二十多只红灯笼回来,挂在院子的屋檐底下,说外面文化广场建好了,可村委会办公室的院子却没有喜庆的气氛。挂了灯笼不说,又从城里找来了一个摄影师,拍摄了许多贺家湾的风景照片,设计制作了一些建设美丽乡村的宣传海报,一部分贴到外面的文化墙上,留下了两幅挂在院子正中的墙上。一幅海报上的图案是蓝天白云,下面是贺家湾的青山绿水,中间一行是非常醒目的红色大字:农业强、农村美、农民富。另一幅海报上近景是村中那棵枝叶葳蕤的老黄葛树,远景则是画眉湾易地扶贫搬迁集中安置点,上面的标语是两行蓝字:实施乡村振兴战略,描绘农村发展新蓝图!有了这两幅乡村振兴的海报和二十多只红灯笼,果然将村委会办公室衬得喜气洋洋、红红火火。

因为婆母将张恤带回了贺家湾,乔燕便一心一意投入到工作中。在这期间,张健在下了班后来过一次。乔燕以为因为孩子的事,张健会责怪她,可张健什么也没说,反而十分关心地问走访打工者的事进行得怎么样了。乔燕便把走访的情况和自己的一些心得体会告诉了他,张健听罢,道:"收获还蛮大嘛!那下一步又打算怎么办?"乔燕又把召开座谈会的事对他说了。张健便对乔燕说,等座谈会结束后,他再来接她母子俩和母亲,因为他这两天班值满后,就再不值班了,两人先去看望乔燕的爷爷奶奶,然后再一起回老家,还可以陪爸爸两天。乔燕十分感激丈夫对她的支持,想也没想便答应了。吃过午饭,她就让婆母收拾好东西,待张健一来,他们便可以马上走。在这段日子里,乔燕感到最对不起的就是爷爷奶奶。她想起以前都是自己陪着他们过春节，有孙女在家里，两个老人就显得十分快乐。去年自己的妊娠反应正强烈时，住在爷爷奶奶家里，加上又多了一个张健，一家人更是其乐融融。她想起奶奶的唠叨、爷爷的诙谐，甚至两个老人的"斗嘴"，都是那么有趣和开心。不知今年只剩下两个老人过春节，他们是否还像过去那样快乐？上午她给爷爷打电话，爷爷还打趣她说："燕儿，你知道爷爷的小棉袄在哪里，啊？"乔燕一听，便知道爷爷想她了，道："爷爷，你放心，今晚上你的小棉袄会自己跑回来！"爷爷便在电话那头哈哈大笑。现在，乔燕就想快点把这个会开完，好早点回到爷爷身边，明天又早点回到张健的老家。

虽然都还在新春拜年的日子里，可那些回乡过年的打工者听说村上召集他们开座谈会，一个个既感到新奇，又有几分莫名的高兴，吃过午饭都早早赶来了。会议照例由贺端阳主持，众人听了贺端阳的话，刚才还沉浸在一片问候和玩笑声中的会场突然安静了下来。乔燕见大家都期待地望着她，贺端阳说完后，她便清了清喉咙，用不急不缓却又富有感染力的语气对众人讲了起来。她讲述的内容和那天在联欢会上讲的差不多，但融入了更多的思考，因而比那天讲的更深刻、更有鼓动性。刚一讲完，会场上便沸腾起来。有人在人群中大声喊了起来："乔书记，我们想回来，可回来的路都没有了！"乔燕朝那人望去，原来是贺志文。她一听贺志文的话，便想起了那天晚上贺小川对她说的"我们想回来，却不知道回家能干什么"，乔燕觉得他们提的问题一样，但贺志文现在换了一种比较委婉和文雅的说法，有些不想让她下台的意思。她想了想，便对大家说道："怎么没有回来的路了？国家正在开展的脱贫攻坚和乡村振兴战略，不正是为大家找到回家的路吗？就说我们贺家湾加强基础设施建设、开展易地扶贫搬迁和美丽村庄建设，也是在为你们找到一条回家的路。我们还会继续为愿意回乡创业的人，找到回家的路……"

听到这儿，贺长春像是和贺志文结成了统一战线，忽然打断乔燕的话问："乔书记，你说的话我们还是不太明白，你说的路究竟在哪儿，能不能指给我们看看？"听了这话，不但乔燕吃了一惊，连会场上很多人也像是没想到似的，他们一边像蜜蜂一样小声地议论，一边将目光投到乔燕身上，等待着她的回答。乔燕朝会场扫了一眼，见大多数上了年纪的打工者都很安静，他们一边等着乔燕讲话，一边像是在想着什么。稍微显得躁动和不安的是年轻人。乔燕理解他们的心思，在访谈中，他们就提过各种各样尖锐的问题。这些问题，看起来是在向她出难题，其实她心里非常明白，他们一点也没有想为难她的意思，而正像她那天晚上在笔记中所写的那样，是他们在这个社会转型期一种矛盾的表现。因为他们和自己一样，未来的路还很长，对前途既充满期盼和向往，但也不乏怀疑和批判，这正是青年人朝气蓬勃的表现。她想了一想，便用了尽量客观和通俗易懂的语气说："好，我现在就讲两个故事给你们听！"说罢，就把"大姐大"那儿的杨英姿和金蓉姐姐那儿的余文化两人的故事，给大家讲了起来。讲完又对大家说："虽然他们现在规模还不大，发展中也有许多困难，可是他们是在家门口创业，既建设了家乡，也增加了自己的收入。当然，回来创业的路不止养鸡养猪这么一条，我是拿这两个故事给大家打比方。随着国家乡村振兴战略的进一步实施，回家的路只会越来越宽！"

说到这里，会场又沉默了下来。乔燕看了看大家，她期待能有人提出更多哪怕是有些刁钻古怪的问题。等了半天，却没等来提问的人，便含着笑意看着会场问："怎么不说话了？大家一起交流呀！"过了一会儿，贺小川才打破了沉默，说："乔书记，我们回来了，乡村就真的能够振兴吗？"乔燕微笑着向他点了一下头，像是十分感激他似的，说："是的！去年有一次我去看望世富大爷，世富大爷给我说的一句话，我印象很深！他说人才是一个村庄的魂，没有人的村庄，哪怕房子修得再好，道路建得再多，都只是一个外壳，而且这个外壳还不能保持得住。只有从村庄走出去的人特别是年轻人回来多了，一个又一个家庭不再破碎而是团圆了，一个一个真实的田园村庄才会由记忆变为现实……"说到这里，乔燕突然住了嘴，在心里责备自己说："怎么说着说着，像在吟诗了呢？上次一心想写首诗，却怎么也写不出来，难道真是有心栽花花不成，无心插柳柳成荫了？"这么想着，便急忙改了口，说："现在一些地方，想用引进城市大资本的办法来振兴乡村，其实乡村振兴靠城市资本根本就是不现实的……"刚说到这儿，她突然记起忘了把乡村振兴不靠城市资本的思考写到笔记本上，应该回去补上，眼下她想给大家解释解释为什么不能靠城市资本来振兴乡村，又怕一打开了话匣子便会收不住，想了想于是接着说，"总之，乡村振兴只能靠我们从村庄走出去的人，只要你们回来了，乡村就一定能振兴！"

话刚说完，郑通忽然站起来像是准备反驳乔燕似的，大声说："现在国家不是在提倡城市化吗？农村人都回乡了，还怎么城市化？"乔燕一听这话，非常吃惊地看着郑通，觉得这话提得很有水平，幸好她也早就想到这一点，于是立即回答说："是的，国家在大力推进城市化，但城市化和乡村振兴并不矛盾。我不但不反对城市化，相反，我非常拥护国家城市化政策，因为只有城市化水平提高了，国家的经济才上得去。可是，城市化并不是一天两天就能完成，它是一个非常漫长的过程，甚至可能要几代人……"说到这里，她笑了起来，放缓了语速说，"各位大叔大婶、兄弟姐妹，如果你们中有人通过这些年的打拼，真正能够在城市安定下来，不说像湾里的贺世海爷爷或贺兴仁大叔那样，成为亿元富翁或千万老板，只要能够在城里有房有车，过上有尊严的生活，我就衷心希望你们安心留在城市，千万不要回来……"众人笑了起来，说："莫说亿元、千万，我们就是有个三五十万块钱，都不会回来！"乔燕听他们这么说，便又笑着道："对了！我知道在座的各位大叔大婶、兄弟姐妹给城市修了许多高楼大厦，却没有一间房屋是属于你们的；你们为城市修了许多街道和公园，可城市却没把你们当作主人；你们为城市的发展做了许多贡献，就像你们给我讲过的那些打工的生活一样，却无法过上舒心的日子……在这种情况下，我是衷心希望你们为了更有尊严地生活，也为了希望，能够踏上回家的路！"她一边说，一边看了大家一眼，然后才问，"你们说，这和城市化有矛盾吗？"

　　人们并没有回答她，像是她的话又一次勾起了这些打工者心中的伤痛。乔燕感到她今天的话，再次深深地撼动了大家，尽管会场上没一个人表态愿意回来，但她知道，她的话会像一颗种子，只要种下去了，总有一天会在他们心里生根发芽。她还想给大家讲一讲贺家湾未来的发展规划，正在这时，桌子上的手机响了。她拿起一看，见是张健打来的。她以为张健等不及，已经来接她了，不想当着众人的面说，便朝贺端阳点了一下头，拿着手机走到村委会办公室里，并掩上门，才和丈夫通起电话来。

　　当乔燕打完电话，重新回到会场上时，人们惊奇地发现在这短短几分钟的时间里，她突然像是变了一个人——先前脸庞上的红晕，现在变成了一片灰黄灰黄的颜色，眼眶里噙着泪水，嘴唇不断哆嗦，仿佛随时都可能会哭出来的样子。她走到贺端阳面前，低声对他交代了几句什么，然后抬起头，见满院子的人都瞪着大眼望着她，她嘴唇动了动，却没有发出声音，接着嘴角两边的弧线往耳际后面一牵，脸上呈现出了一缕比哭还难看的苦笑。然后转身走出院子，来到自己那辆小风悦电动车前，打开后面的工具箱，从里面取出一双加绒的防寒保暖手套戴上，又戴上头盔，这才跨上去，连到楼上去和婆母打声招呼都没有，便径直往城里飞驰而去。

　　乔燕将电动车开到最大挡，可她还是嫌速度太慢。尽管戴着头盔，她仍能听到风从耳边掠过的呼啸声，感到风从头盔的缝隙中灌到脸上来的寒意，感到四肢特别是两条腿正在慢慢麻木和僵硬。可她顾不得这些，脑海里还在不断地给自己下达着命令："快些，快些，还要快些！"恨不得一下就飞到城里。她双手紧握着电动车的两只车把，一边向前飞奔，一边想着刚才和张健打电话的情景。她拿着手机走进村委会办公室，刚把接听键打开，便听见张健在里面像是着火了似的叫喊了起来："你赶快骑车回来，我等会儿来接妈和张恤……"她忙问了一句："出什么事了……"张健没等她说完，用焦急和惊恐的声音说："爷爷不行了……"乔燕身子不由自主地哆嗦了一下，一股寒意迅速从脚底往头顶蹿了上来。她正想问问怎么回事，张健似乎知道她的心思，便又急忙告诉她："爷爷突发心脏病，现在正在县医院抢救！医生说，他不光是心脏病，还有多个器官衰竭，恐怕凶多吉少……"下面说的什么，乔燕已经听不清了，只觉得两只耳朵里像是飞进了一群蜜蜂，此时"嗡嗡"叫着，乱成一团。

现在，她一边往前行驶，一边在心里大声呼唤着："爷爷，你可千万不能走呀，听见了吗？千万不要离开我们呀……"这样想着，眼泪又不争气地从眼眶里涌了出来，而且越流越多，像是决堤的江河。隔着头盔，她又不好去擦，最后双眼变得有些模糊起来，连自己已经占了汽车的车道也没发觉。一辆红色奥迪A3从对面驶来，猛地一打方向盘，车轮摩擦地面发出一阵"叽叽嘎嘎"尖锐的叫声，这才把她惊醒过来，急忙将车刹住了。奥迪车也停了下来，司机是个中年男人，他摇下车窗，正想骂几句难听的话，可一看她满脸的泪痕，心软了，想了想才说道："姑娘，有什么事情想不开，也不能用这种方法来寻死呀！"乔燕一听这话，愈觉得伤心，干脆把车移到路边，摘下头盔，让眼泪流了个痛快。哭完后，这才重新上车，将身子尽量伏在两只车把上，继续风驰电掣地往城里赶去。

从小到大，乔燕最爱的就是爷爷，她觉得爷爷比爸爸妈妈还要亲。爸爸在外地，父女俩每年见面的时间不多，妈妈虽然在身边，却是一个工作狂，而且还是一个在事业上追求完美的人，不管干什么，她都想要干得与众不同，都想要争得第一名。她经常挂在嘴边的话就是："哪怕扫厕所，也要扫出个第一名来！"乔燕至今还记得外婆在世时，曾经给她讲过的她妈小时候读书时的一件事：她妈读小学时，无论语文还是算术，考试时都是满百分，可有一次却看见她偷偷躲到一边哭泣。问她为什么不高兴？她说班上有十多个同学都得了双百分，并不是她一个人才是第一名。有这样一个工作狂和在事业上追求完美的母亲，乔燕几乎是在爷爷奶奶的照顾下长大的。特别是爷爷，就像俗话所说，含在嘴里怕化了，捧在手里又怕摔了，不知该如何疼爱她才好。爷爷不但在生活上关心她、疼爱她，更用他的正直、善良、豁达、乐观教会了她如何在这个社会里做人、做事，如何树立正确的理想和人生观。不但如此，爷爷的幽默、风趣、含蓄和举重若轻，还教会了她怎样树立战胜困难的信心和化解生活中各种各样的矛盾。她想，要不是有爷爷的鞭策和鼓励，这两年贺家湾出现的事，她还真不知道该怎样去应对呢。早上他还问他的"小棉袄"哪儿去了，最多还有两三个小时，他的"小棉袄"就要回到他的身边，他却怎么发病了呢……

　　接着，她又为自己的行为深深地自责起来。她想，要是今天不开这个座谈会，她至少昨天晚上就和爷爷在一起了。爷爷看见她回去了，肯定又会成为一个"老顽童"，像往常那样和她谈笑风生。他心情一好，说不定就不会犯病。这么一想，她便觉得爷爷犯病，都是自己导致的，她应该对爷爷的病负责。进而，她又想起春节这几天在贺家湾开展的千人团年宴、文艺联欢会和对返乡打工者进行的大走访以及下午的座谈会等活动，现在她突然有些明白了，莫非在不知不觉中，她也成了一个像母亲那样的工作狂和在事业上追求尽善尽美的人？是的，或许这样就完全能够解释她脑海里为什么会有那么多"怪想法"了。是这样的！在贺家湾将近两年的时间里，她学会了一个词叫"养女像娘"，这话不单纯是从遗传基因上说，而更多是从后天母亲对女儿的言传身教上说的。谁叫自己是女强人吴晓杰的女儿呢？别看平时乔燕有些抱怨母亲把工作当作了女儿，对她这个真正的女儿的关爱少了一些，实际上，她心里是非常敬佩母亲并且暗暗攒着一把劲，不但立志要成为母亲那样的人，而且还要像爷爷说的"青出于蓝胜于蓝"！更何况她还有爷爷呢。如果说母亲是以强悍的性格和"拼命三郎"的干劲以及对事业的完美追求，在对乔燕进行直接的言传身教，那么，爷爷则是以他的智慧和几十年的人生经验以及豁达而乐观的生活态度，在对她进行着潜移默化的影响，而后一点，乔燕觉得比母亲的言传身教更为重要！可现在，爷爷却要走了，她不仅仅是失去一个亲人，也是失去一个良师益友，这怎么能不让她伤心？更让她痛苦的是，爷爷发病时，她没在他身边，她成了一个不孝的人，辜负了爷爷二十多年对她的疼爱……

　　乔燕推开县医院内科大楼321病室的房门，看见爷爷躺在病床上，一群医生和护士以及奶奶、张健围在床前，奶奶在轻声啜泣。乔燕以为爷爷已经离世，肝肠寸断地大叫一声："爷爷……"向床前扑了过去。医生和护士都被她的叫声吓了一跳，一个四十多岁医生模样的人立即把她挡住，并将手指伸到嘴边嘘了一声，非常严肃地做了一个"安静"的动作。乔燕一见，像吓住了似的，急忙伸出手把自己那张由于惊叫而张成"O"形的小嘴捂住，也把后面的哭声给堵了回去。她这才发现围在病床边的护士正在给爷爷的身子上插监护仪的各种管子，还看见床头摆着呼吸机、除颤机、输液泵等各种用于抢救病人的仪器，才知道爷爷没死。她朝床上看了一眼，发现爷爷的脸色苍白得和身上的被单差不多。她知道爷爷虽然还活着，却处在深度昏迷中。她见奶奶在一旁悄悄抹泪，便走过去抱住她，将头依偎在奶奶肩上，也陪着她抽泣起来。乔奶奶把乔燕搂在怀里，一边拍着她的背，一边对她轻声说："别哭，别哭，你爷爷知道了会不高兴的！"可自己的眼泪却越流越凶。乔燕发出一声长长的抽泣，仿佛被什么东西噎住似的，然后对奶奶问了一声："奶奶，爷爷他……"乔奶奶没回答，枯干的手掌只顾在乔燕的头上抚摸。乔燕没有再问，她想起小时候要是在外面受了什么委屈或是考试没考好，回到家哭鼻子时，不善言辞的奶奶就用这种方式来安慰自己。她觉得眼下最应该安慰的，就是奶奶，怎么还能让奶奶来安慰自己呢？想到这里，她强忍住眼泪，掏出面巾纸给奶奶擦去脸上的泪水。她看见护士在爷爷床前忙着，自己留在屋子里也没什么用，想了一想，便过去拍了拍张健的肩，和他一起走了出去。

到了走廊里，乔燕问张健："爷爷是怎么犯的病？"张健道："我也不知道。我接到奶奶的电话，赶过去，爷爷就已经躺在地板上昏迷了！"乔燕像是不相信地问："奶奶没说是怎么犯的病？"张健说："我赶过去后，见爷爷那样，打了120。在等救护车来的时候，奶奶对我说，春节之前，爷爷经常咳嗽，可咳又咳不出痰，而且像是很疲乏，坐到沙发上就不想起来，奶奶出去跳舞时，叫他一起去打拳，他也不愿意去。要不就是晚上失眠，要不就是白天昏睡，还时不时张着嘴巴大口大口地呼气。奶奶叫他到医院检查检查，可爷爷永远都是乐天派，说马上过年，你不要给我许不吉利的愿！奶奶说爷爷听说你今晚上就要回来，心里高兴，中午还喝了两口小酒。吃过午饭，爷爷显得十分兴奋，把他过去工作时的事，你爸爸妈妈年轻时的事，还有你小时候的事，什么陈芝麻烂谷子都翻出来讲！说着说着，爷爷突然大汗淋漓，奶奶急忙给我打电话。我去一看，才给120打了电话！幸亏我去得及时，医生说，要是再晚几分钟，爷爷就没命了！"乔燕忙问张健："医生说是什么病？"张健道："具体是什么病，医生说了一大串病名，我也记不清楚了，好像是什么老年退行性心脏瓣膜病，又是什么老年传导束退化症，还有什么冠心病、肺心病……"乔燕没有耐心听下去了，打断他的话直接问:"非常危险吗?"张健从口袋里掏出一张纸递到乔燕面前,说:"爷爷一到医院,医院就下了这张通知书。奶奶当时只知道哭,没办法,我才代表病人家属在上面签了字!"乔燕接过来一看,是一张病危通知书,泪水立即模糊了她的双眼。她握着通知书的手轻轻颤抖着,过了一会儿才又问:"给我爸妈打电话没有?"张健道:"打了!你爸要明天才能往家里赶,你妈在下乡,她直接从下乡的地方往回赶,大约天黑后可以赶到家里!"乔燕心里感到宽慰了一些,想起这事多亏了张健,又想起因为自己,张健这个春节都没过好,一种愧疚的心理和柔情油然而生,道:"对不起,又看不成你爸爸了!"张健说:"只要你爷爷不出意外,就谢天谢地!"说完又说,"我就是等你回来后,才去接张恤和妈……"乔燕一听这话,忙说:"你去吧,我留在这儿!"说完,张健就要走,乔燕喊住他说,"张恤回来了,叫妈把他抱到这儿来我喂奶,晚上我肯定回去不成!"张健答应了一声,匆匆走了。

　　乔燕正要回病房去,却见医生和护士都从病房走了出来,乔燕忙跑过去,追上刚才那位医生模样的人,急切地问道:"医生,我爷爷他究竟……"医生站下来看了看她,大约他经历这种情况多了,此时脸色十分平静,不动声色地回答:"我们会尽力!"乔燕像是有些不满意他的回答,看着他又直通通地问了一句:"难道我爷爷就真的没救了?"医生突然笑了起来,看着乔燕说:"谁说没有救了?"乔燕又马上问:"那我爷爷什么时候能醒过来?"医生笑了笑,说:"我们担心他会出现烦躁和定力性障碍等精神方面的问题,适当使用了一些镇静的药物,让他安安静静地休息,对他有好处,这下你知道了吧?"乔燕听医生这么说,马上破涕为笑:"这么说,我爷爷不会死了哦!"医生又恢复了刚才平静的神色,说:"你也不要太乐观,虽然我们尽了力,可你爷爷毕竟是老年混合性心衰,而且还到了晚期,伴随着多个器官衰竭,你们家属也要有心理准备……"

　　乔燕听完医生的话,觉得爷爷真的凶多吉少,噙着眼泪回到了病房。病房里现在清静多了,乔老爷子还像刚才一样静静地躺在床上,不同的是他身上插满了各种塑料管子,监护仪上的指示灯一闪一闪,发着神秘莫测的光。另一台机器的屏幕上也不断闪过一道道像是波浪一般的曲线,乔燕虽然读不懂曲线的内容,却知道那起起伏伏、不断闪动的线条,代表着爷爷此时生命的状况。在雪白的床单、雪白的墙壁、雪白的灯光的映衬下,爷爷的面色似乎比刚才更苍白。这是一间单人病房,除了爷爷这张病床外,旁边还有一张床,那是专门留给陪护的病人家属用的。奶奶此时却没有坐在这张床上,而是坐在爷爷床边一张小椅子上,她已经没哭了，眼睛也没有看着爷爷，而是呆滞无神地落到天花板上，像是忘记了什么，显得十分空洞。乔燕一见，心里又疼痛起来。她突然觉得从今天起，自己再不是那个一回到家里就向爷爷奶奶撒娇、永远长不大的小姑娘了，也不再只是爷爷奶奶心中的一颗"开心果"，而应该是家庭中一个有决断的顶梁柱才对！这么想着，她便走过去抱住奶奶，先在她脸上亲了一下，把她从一种空洞和谵妄中唤了回来，然后才用平静却坚决的语气对她说："奶奶，你先回去做晚饭吧！"

乔奶奶听了这话，却说："做晚饭忙什么，你妈还没有回来呢！"乔燕说："奶奶，我妈迟早会回来，你累了一下午，先回去歇一歇，这儿有我呢！"乔奶奶显得有些生气地说："我不回去！"说完，见乔燕一脸不理解的神色，才补了两句："要是你爷爷等会儿醒来，有话对我说，我走了，他和哪个说？"乔燕一听，原来是这样！想想这也不奇怪，他们一起生活了几十年，别看平时两人喜欢斗嘴，用爷爷的话说，就是他有多少门，奶奶就有多少副对子，可是在那种斗嘴中，蕴藏的却是夫妻间最深沉的爱和对彼此的关心。怪不得奶奶放着旁边舒适的床不坐，却要坐爷爷床边那把硬木椅子，原来她在等待着老伴弥留之际的遗言呀！这么想着，乔燕心头一热，改变了主意，说："好，奶奶，那你到床上去躺会儿吧，我陪你！"说罢，她又将老太太扶了起来。这次乔奶奶没有拒绝，像一个听话的孩子般随乔燕走到那张空床边，脱了鞋，乔燕把她扶了上去。

天完全黑了的时候，吴晓杰来了，她没有回家，而是直接到了医院。当她推开病房门的时候，无论是乔奶奶还是乔燕，都像是没想到似的发出了惊呼。乔奶奶马上从床上下来，穿上鞋，看样子想去对儿媳妇说什么。吴晓杰没等她开口，过来先喊了一声妈，然后把她抱住。过了一会儿，她才松开手，回头问乔燕："情况怎么样？"乔燕打开床头柜抽屉，从里面取出一大沓各种检查报告单和病危通知书，交给吴晓杰。吴晓杰接过来翻了翻，便拿着那些检查报告单出去了。

过了十多分钟，吴晓杰才回来，她紧抿着嘴唇，脸色也呈现出灰白的颜色。她走到乔老爷子床前，嘴唇颤抖起来，但她努力克制住了。乔燕知道母亲也和自己一样，刚才去问医生了，而医生的答复也一定没有什么新的内容。她想了想，突然对母亲说："妈，要不我们把爷爷转到市中心医院或省城医院去……"话还没说完，吴晓杰一边摇头，一边对女儿说："我问过医生，转院途中的颠簸，会使爷爷的病进一步加重，说不定还会……"吴晓杰没有再往下说，声音哽咽了起来。乔燕害怕母亲一哭，又会勾起奶奶和自己的悲痛，便急忙走到母亲身边，先附在她耳边说了几句什么，才又大声说道："妈，大家都还没有吃晚饭，你带奶奶回去做晚饭，这儿先交给我，你们吃了晚饭再来替我……"话还没说完，乔奶奶急忙说："我不回去……"吴晓杰说："妈，就让她留在这儿吧！爸这辈子最疼的就是她了，让她多尽尽孝也是应该的！"说完便去搀扶乔奶奶，乔奶奶仍然不肯离开，吴晓杰又说，"妈，爸起病急，也没来得及请个人在家里给做饭，我下了一天乡，又急急忙忙赶回来，肚子早饿了，乔燕也恐怕一样，爸要陪，可大家也要吃饭，你说是不是？"这话果然起了作用，乔奶奶再没说什么，随着儿媳妇走了。

奶奶和母亲一走，病房里更加安静，爷爷床头的监护仪和氧气机发出的声音不但清晰可闻，而且听起来还有些惊心动魄。乔燕在奶奶刚才坐过的那张椅子上坐下来，目光静静地落在爷爷的脸上。她看见爷爷的脸色虽然仍然苍白，但神态是那么安详和平静。她知道爷爷迟早会醒过来，她心里有很多话想对爷爷说，可是究竟该从哪儿说起呢？爷爷是坚强的，可不能说他的病情，说病情他会不高兴！那么，说说贺家湾千人团年宴和文艺联欢会的事吧，那么盛大的聚餐场面和欢乐的文艺演出，爷爷一定会高兴听。可要不要对他说说那些打工者在外面的辛酸和选择回乡创业的矛盾心态呢？想到这儿，她猛地又回忆起下午还没开完的座谈会，也不知自己走后，贺端阳是否把这个会开了下去，也不知那些打工者后来又提出了什么样的问题和意见。她想打电话问问贺端阳或贺波，想了想又打消了这个念头。要不就把座谈会上贺志文、贺长春、贺小川和郑通等打工者提出的问题和自己的回答，说给爷爷听听，请他老人家指点一下迷津……可她又立即否定了这个念头——爷爷都这个样子了，怎么还能给他说这些工作上的事呢？要不像过去一样，给爷爷说几句笑话，让他老人家高兴高兴，可她的脑海里像是被灌了糨糊，怎么也想不出一句可以逗爷爷开心的话来了。

想了半天，乔燕也没有想出说什么话合适，便又反过来想："爷爷醒来看见我坐在这儿，他又会给我说什么？"过去她只要一回到家里，爷爷便会先惊喜地叫起来："哦，我孙女回来了。"然后会看她的表情，如果是高兴，他便会问："我孙女又遇到什么高兴的事了？"如果她是愁眉苦脸的样子，他的话便会变成："哦，我孙女又有什么难事了？"爷爷常常在一种不经意中给她打气。细想想，这两年来，爷爷最关心的，还是她工作上的事。于是她想："要是爷爷醒来问我工作上的事，我就报喜不报忧，把全村贫困户都住了漂亮的新房，垮塌的石拱桥不但重新修了起来，而且比原来漂亮，二十多户没修通通户公路的人家，现在车子可以开到院子里了，还有村文化广场，以及大年三十举行的千人团年宴和文艺演出告诉爷爷就行了！"

正这么想着，张健忽然抱着张恤进来了。乔燕忙过去把孩子接过来，然后才对张健说："这么快就回来了？"张健道："我去把他们接上就走的！"乔燕又问："妈呢？"张健道："我叫妈在家里做饭。"乔燕不再说什么了，拉开衣服就给张恤喂起奶来。喂完奶后，乔燕又把孩子往张健手里塞。张健道："你抱回去吧，我在这儿守着！"乔燕却说："不，我想在这儿多陪爷爷一会儿，你先回去吧！"张健知道乔燕的心思，这才接过孩子。乔燕说："我妈回来了，你吃了晚饭后去看看她们吧，最好不要让奶奶来了！"张健答应一声，抱着张恤去了。

张健刚走，一个医生和一个护士推门走了进来。医生不是下午那个，一张方方正正的脸，皮肤白净，鼻梁上架了一副眼镜。护士只有十八九岁，一张鹅蛋脸，上宽下窄，鼻子小巧，一双没有做任何修饰的单眼皮小眼睛，给乔燕的感觉不但美丽可爱，而且还质朴善良，是位值得信任的姑娘。乔燕见他们进来，急忙从椅子上站了起来。医生和护士走到监护仪前，查看了上面的图像，护士在一个本子上记了什么，医生回过头问乔燕："他有什么动静没有？"乔燕急忙回答："没有，我爷爷一直在睡。"医生说："你爷爷的病情从现在来看，还算稳定，一直在睡就好！"说罢和护士便往外走。乔燕追了过去，在门边站住问医生："医生，我爷爷什么时候能够醒来？"医生看了看时间，说了一句："应该快了！"又叮嘱乔燕说，"醒来后就立即通知我们，按床头上边那个红色的呼叫键就是！"乔燕答应一声，掩上门，回床边椅子上重新坐下。

现在，乔燕再也不去想爷爷醒来该给他说什么话了，只是希望爷爷能够早点醒来。这么想着，她把目光投到爷爷脸上，她觉得爷爷的眼皮好像动了一下，再仔细看，还是紧紧地闭着。又顺着爷爷的脸往下看，首先看见覆盖在爷爷身上白白的被单，接着她看见了爷爷放到被子上的一只手，手背朝上，除了扎着针头的皮肤被一块胶带蒙着外，其余裸着的皮肤不但松弛和青筋暴露，而且呈现着一块块赤褐色的老年斑。看见爷爷这只手，乔燕不禁感伤起来，爷爷这双手，过去是多么细腻、白净和健康呀，可现在却被岁月剥蚀得像是树根一样苍老。看着看着，她俯过身，把自己的手放到了乔老爷子的手腕上，她立即感到一种冰一样的凉意。她不知爷爷的手怎么会这么冷，想把他的手放回被子里去，又怕碰着了手背上的针头，不敢轻举妄动。她想了想，用一只手抓住爷爷的手，另一只手轻轻地在他的皮肤上摩挲起来。

这样不知过了多久，乔燕忽然感到爷爷的手动了一下，像是想把自己的手从乔燕手掌中抽出去一样。乔燕一惊，抬头看乔老爷子的脸，乔老爷子的眼皮也像进了沙子一样在颤动。乔燕立即惊叫了一声："爷爷，爷爷，你醒了?"说着，还用手推了推乔老爷子。说话间，乔老爷子慢慢睁开了眼睛，他转动着头朝四周看了一下，仿佛十分诧异，可他很快就明白了过来，看着乔燕不好意思地笑了一下，才说："我把你们吓着了吧?"乔燕一听这话，突然"哇"的一声，伏在乔老爷子身上一边抽泣一边说："爷爷，你的'小棉袄'回来了……"

　　乔老爷子身子动了动，看样子想挣扎着坐起来，却又像是被身上的管子给缠住，没动得了，便慢慢移过那只扎着针头的手，抚摸着乔燕的头发说："孙女别哭，爷爷还活着呢!"乔燕听了这话，果然急刹车一样嘎地就止住了哭声，接着又撒娇似的将脸埋进爷爷的被子上左右摆动了几下，将脸上的泪水都擦在爷爷洁白的被单上，这才抬起头来冲爷爷一笑，想说什么却一时没找到合适的话。乔老爷子看着孙女，嘴唇不断嚅动，同样也没有发出声音。过了一会儿，乔老爷子忽然颤巍巍地朝乔燕举起了那只扎着输液管针头的手。乔燕知道老人想做什么，急忙把手也伸了过去，乔老爷子果然一把紧紧攥住了孙女的手，并用力将乔燕往自己的面前拉。乔燕一边朝爷爷俯过身去，一边看着他问："爷爷，你要说什么?"

　　乔老爷子没有答话，两只眼睛死死地落在乔燕脸上，仿佛不认识了她，并且嘴唇和身子也开始哆嗦起来。乔燕一见爷爷这样子，突然有些害怕起来，她又对爷爷说："爷爷，你怎么了?"乔老爷子仍然没有答话，但攥着乔燕那只手更用力了，同时，嘴唇也比先前颤抖得更加厉害，乔燕甚至能清晰地听见从爷爷嘴里传出的牙齿的磕碰声。乔燕的心"咚咚"地跳动起来，她正想把手从老爷子的手掌中抽出来，忽然看见两滴硕大的、昏黄的泪珠从爷爷眼里滚落出来。从小到大，乔燕都没见过爷爷掉过眼泪。如今爷爷却哭了。她不知爷爷是害怕死神，还是心里另有什么事。她没有把手从爷爷的手掌中抽出来，而是再一次把头伏在爷爷胸前，带着哭腔对他说："爷爷，你有什么话就对我说吧!"

　　乔老爷子的嘴唇哆嗦了一阵，终于停了下来，他突然用一种命令的口吻对乔燕说："把头抬、抬起来，爷爷有、有话对你说!"乔燕听爷爷这么说，连脸上的泪水都顾不得擦，便听话地抬起了头。乔老爷子看着她，又说："不准哭、哭!"乔燕噙着眼泪点了点头。乔老爷子开始喘起气来，脸上浮现出一片红晕，过了一会儿才断断续续地说了起来，声音像是从很远很远的地方传来："爷爷这、这话在心里藏、藏了二十多年，一、一直想告、告诉你……"乔燕见爷爷说得这么严肃，便有些等不及似的，看着乔老爷子问道："爷爷，是什么事？"乔老爷子咳了一阵，脸上更红润了，咳完，才石破天惊般对乔燕说了一句："你、你不是你妈亲、亲生、生的……"

一语未完，乔燕仿佛听错了般，立即惊愕地瞪大了眼睛，从乔老爷子的手掌中抽出了自己的手，和另一只手一起紧紧抓住了他的那只手，用力摇了摇，这才发出一种惊异而惶惑的叫声："爷爷，你是不是病糊涂了？"说着，她的身子颤抖了起来，眼睛一动不动地看着爷爷。乔老爷子却一点也不像糊涂的样子，他用力地摇了摇头，脸上的神色十分平静，接着说："爷爷说、说的是真、真的，我早、早就想告诉你，可你妈和奶奶不、不让！爷爷不、不想把这个秘、秘密带、带到棺、棺材里……"乔燕听到这里，像是被霹雳击中了，身子不再颤抖，脸色却一下变白起来。她仍然不敢相信这是真的，这怎么可能呢？于是她又摇着爷爷的手大声问："那我是谁生的呢？"乔老爷子又停了半晌才说："你、你是我那年到贺、贺家湾扶、扶贫回来的路、路上捡、捡的……"乔燕听了这话，眼泪突然奔涌出来，不敢相信爷爷的话。捡的，这就是说，她是一个弃婴，她怎么可能是个弃婴呢？她冲爷爷不满地叫了起来："爷爷，这不可能，不可能！爷爷你是说胡话！"乔老爷子却勉强地笑了笑，说："我、我也希望是胡、胡话，可这全、全是真的，孙女……"说罢，目光落到天花板上，像是陷入了回忆中，说道，"那、那年，我们把世、世行贷款一个养、养猪的项、项目给到你、你们乡上，每个村都发、发了小猪、猪崽。过了不久，我们下、下去检查，我到的贺家湾，陪同我的乡上干、干部，中途有事回去了。我检查完原打算回乡上，可刚走、走到贺家湾垭口上，就听见旁边草丛中传来婴儿的哭声，过去一看，看见了襁褓中的你，我就把你抱、抱回、回来了……"

乔燕听完，惊得什么话也说不出来。爷爷一辈子没骗过她，再说，爷爷为什么要拿这话来骗她呢？她的身子不但发僵、发冷，像是掉进了冰窟窿里，而且心里很痛，像是有人在撕扯着她的五脏六腑。她在心里设想了好多种爷爷醒来可能要对她说的话。万万没有想到，爷爷告诉她的却是这样一个令人无法相信的秘密！她从爷爷手上抽回双手，突然捂住了自己的胸膛，似乎想用这种方法来按住"咚咚"乱跳的心脏一般。此时，她不光呆若木鸡，而且脸色也白得吓人，好像自己也像爷爷一样犯了心脏病。过了半天，她才突然一下扑到爷爷身上，"呜呜"地恸哭了起来。乔老爷子似乎早就知道孙女在得知真相后会有这样的反应，他也没有劝她，仍用那只枯瘦的、扎着针头的手，像小时候一样轻轻摩挲着她的头发。过了一会儿，乔燕的哭声慢慢小了下来，老爷子才喘息着对她说："孙女，我、我们一直把你当亲生的待，你爸爸妈妈也爱你……"乔燕听了这话，急忙朝爷爷点了点头，她知道爷爷说的也是真的。正想答话，突然看见爷爷尽管插着呼吸机，此时却像一只青蛙在张着嘴巴大口大口地呼气，不但呈现出呼吸困难的样子，而且嘴唇也现出青中带紫的颜色。她突然想起只顾和爷爷说话，忘了医生刚才的嘱托，便急忙跳起来，去按了墙壁上那颗红色的呼叫键，同时又给妈打了电话，告诉爷爷醒来了的消息。

刚挂了电话，医生和护士都涌进了房间。医生查看了监护仪和另外两台机器上的数据，突然对乔燕问："你爷爷醒来多久了？"乔燕说："有一阵子了。"医生又问："老人家醒来是不是又激动过？"乔燕一听这话，忽然不知该怎么回答了。幸好医生没有再追问下去，只附在护士耳边说了两句什么，护士听后马上出去了。没一时，护士进来，将一支注射液注射进了爷爷的静脉里。医生守着护士注射完毕，才往外面走去。乔燕追了过去，问："医生，我爷爷现在怎么样了？"医生显得很疲惫："你爷爷又出现了心性混合性发绀的症状，说明他的病情极不稳定，你们家属可要注意……"一听这话，乔燕心里着急起来，她想问问什么叫"心性混合性发绀"，可医生已经走了。没一时，奶奶、母亲和张健都来了，可乔老爷子这时昏昏沉沉地睡了过去。

尽管乔燕在心里为爷爷做了不止一千次祈祷，愿上天保佑爷爷这次能够逃离阎王爷的鬼门关。可是上天没有睁眼，第二天乔老爷子的病情迅速恶化，医生虽然尽了最大努力抢救，仍然无法回天，这位慈祥的老人还是带着被疾病折磨出的痛苦神情去了另一个世界，让他的亲人尤其是孙女肝肠寸断。

第四章

　　春节后上班第四天,张健又开着那辆红色吉利,把乔燕、张恤和母亲送到了贺家湾。在这几天里,乔燕一直在协助爸爸妈妈料理爷爷的后事。爷爷是县上的老领导,他的老同事、老朋友、老部下多,来送别和吊唁的人络绎不绝,直到两天前才把他送到公墓安葬了。安葬了爷爷的当天,妈妈就走了,昨天爸爸也急急忙忙回了单位,她留下来又陪了奶奶一天。她原打算再多陪奶奶几天的,可昨晚上贺端阳打电话来,问她爷爷的病怎么样了,又问她什么时候回村上。乔燕听他说话的口气有些急,便问他有什么事。贺端阳犹豫着,像是想告诉又不忍打扰她的样子,过了一会儿才说:"等你爷爷病好了,回来再说吧!"乔燕一听这话,便知道村上一定有事,但她也没问。直到现在,爷爷去世的消息她还没对贺家湾任何人说过。她明白,如果贺家湾人知道了她爷爷去世的消息,那些质朴善良、重情重义的村民肯定会把殡仪馆的门槛都踏断,她可不想让那些还沉浸在喜庆祥和气氛中的乡亲,因为自己也惹上悲伤。现在贺家湾有事,她便有些在家里坐不住了。晚上,她才十分委婉和含蓄地告诉奶奶,说她打算明天一早赶回贺家湾看看,晚上再回来陪她。她没敢把贺端阳打电话的事告诉奶奶,尽量用一种轻松的口气说只去点一下卯便回来。乔奶奶不是糊涂人,知道她肯定有事,便说:"你有事就去吧!你爷爷已经走了,就是你留在家里,他难道会回来?"说罢便又抹起眼泪来。乔燕急忙安慰她说:"奶奶,我真的没什么事,只不过到村里看一看放心一些,我天黑前准回来!"

　　爷爷去世后,乔燕一直沉浸在悲痛之中。因为操劳没睡好觉,也由于悲伤,短短几天憔悴了许多。昨天晚上她照了照镜子,发现自己的眼圈不但又大又黑,面色也变得有些蜡黄蜡黄的，鼻翼两边的几颗小雀斑也比平常更加显眼。更使她痛苦的是爷爷临终前告诉她的关于她身世的事。在这几天里，只要稍稍安静下来，她耳边便响起爷爷那惊雷般的话。现在，她对爷爷的话已经坚信不疑，可是仍然有几个疑点，她没来得及问爷爷，比如爷爷把她抱回来时，她有多大？是一个月、两个月还是半岁？又比如在她的襁褓里，有没有记着她出生信息的纸条，比如她的生父和生母是谁？她的具体出生日子是什么时候？还有，爸爸和妈妈当时为什么又会收留她……可是爷爷把这些疑问都带到另一个世界去了。在这几天里，她鼓了好几次勇气，想问问奶奶甚至妈妈，可她知道在这样悲痛的日子里，她去问这些只能是往亲人们正在淌血的伤口上撒盐，是非常不明智的，因此便努力将这个念头强压了下来。

　　现在，她在车里又苦苦地想了起来。她想起贺家湾通往外界一共有两个垭口，一个是贺世银爷爷建房的鹰嘴岩，又叫鹰嘴岩垭口，那个垭口虽然是个三岔路口，可无论是东边的张家湾还是西边的伍家坝，离那个三岔路口都比较远。另一垭口就是尖子山下面的土地垭，尖子山的另一面是徐家坡，离这个垭口更远。爷爷虽然没说清他到底是在哪个垭口发现她的，但无论哪个垭口，都不可能是那几个村的人舍近求远，把她抱到贺家湾的垭口来遗弃到草丛中。如果她就是被贺家湾人遗弃的，那遗弃她的人是谁，又为什么要遗弃她？在家里这几天静下来时，她脑子里对贺家湾所有的人进行过一一排查，似乎有很多人都值得怀疑，但又都不大可能。

　　她越想越觉得心里像闯进了一只小兔子，"怦怦"地乱撞。她忍不住在心里叫了起来："天啦，老天为什么要这样捉弄人呀？"喊完，又叫了起来，"爷爷，你为什么要告诉我这些？"想到这里，眼泪又忍不住涌上了眼眶，但她害怕被张健和婆母看见，便急忙低下头抹去了。

　　张健刚把车开进村委会院子，就从办公室里冲出来一个人，喜出望外地叫了一声："乔书记回来了……"乔燕从车里望出去，见是贺兴林。今天他上面穿了一件棕色的皮夹克，下面是一条深灰色的牛仔裤，笔挺的鼻梁和稍微往外翘的下巴直愣愣地对着车里的乔燕，两边嘴角露着有些杂乱的笑纹。这笑容让乔燕看出了一个庄稼汉子的厚道、耿直和豪气。车子停了以后，贺兴林急忙来打开车门。乔燕从车里下来问道："大叔，你怎么在这里？"贺兴林仍憨厚地笑着，说："我和贺小川还有端阳书记都在等你呢！"话音刚落，贺端阳和贺小川便从屋子里走了出来。贺小川也笑嘻嘻地喊了一声，乔燕正想回答，贺端阳便像是有先见之明似的对贺兴林和贺小川说："我说乔书记今天一定会回来，怎么样？"乔燕一听这话，便叫婆母先抱着张恤上楼去，自己往村委会办公室去了。张健等母亲下车后，调转车头，又赶回去上班了。

乔燕在村委会办公室坐下，才问贺端阳："你怎么知道我一定会回来？"贺端阳说："一起共事了几百天，你是什么样的人我还不知道？虽然我昨天在电话里没给你明说，但你一定猜得出村里有事，还能在城里坐得住？"不等乔燕说什么，便又看着她问，"你爷爷的病好了吗？"乔燕笑了笑，尽量用了一种轻松的口气回答了一句："谢谢你的关心，好了！"贺端阳听乔燕口气有些不对，马上露出了怀疑的神情，又看着她问："真好了？"乔燕露出两排白白的小牙，笑得比刚才更灿烂了，说："可不是？彻彻底底、完完全全、干净利落地全好了！"贺端阳又看了看乔燕的神情，像是深信不疑了，便松了一口气似的说道："彻底好了就好，你回来我就有了定心丸子吃！"

乔燕听他这么说，便问贺兴林和贺小川："大叔、哥，你们等我有什么事？"贺兴林和贺小川听了这话，便看着贺端阳，贺端阳却说："你们的事，自己给乔书记说吧！"贺兴林听了，叫贺小川先说，贺小川却推辞说："老叔，你就竹筒倒豆子，把我们的事一并给乔书记倒出来吧！"贺兴林稍稍迟疑了一下，像是在肚子里打腹稿似的，看着乔燕说："乔书记，过年那天你在黄葛树下说村庄才是我们的家，这话说得太对了！没有在外面打过工、受过气的人可能不太理解这话，我们这些在外面受过欺负和委屈的人，太能理解这话了！说实话，那天你要是再多讲几句，我都要掉泪了……"说到这儿，贺兴林像是忘记了下面的话，停了下来。贺小川一见，便马上接了过去："可不是！后来又听了你在打工者返乡座谈会上的讲话，更感到你说得句句在理！因此，我、我大伯还有小琴妹妹，以及兴林老叔都决定不出去打工了……"

听到这里，乔燕吃惊地叫了一声："你们都不出去打工了？"贺小川正要回答，贺兴林瞪了他一眼，似乎很不满意他打断了自己的话，又抢在了前面对乔燕说："乔书记，打工不能打一辈子，像我们这个年龄的人，迟早都要回贺家湾来！因此我和你大婶商量，从现在起，就留在家里种地。"

乔燕听贺兴林也说出真不出去打工了的话，更像是听天方夜谭，立即睁大了一双眼睛，看着贺兴林不相信地问："大叔，你不是和我开玩笑的吧……"贺兴林见乔燕疑虑重重的样子，马上又说："姑娘，这样的事，我怎么敢和你涮坛子？"乔燕脸上仍疑云密布，说："大叔，我听说你在公司里，都做到市场营销部的经理，属于管理层了，在厂里既有地位，待遇也好，怎么突然想起回来种地？"贺兴林这才明白乔燕不肯相信的原因，便笑了笑，说："姑娘你不知道，市场营销部经理并不是公司管理层，管理层只有老板！在一般打工者眼里，做到市场营销部经理确实已经很不错，工作轻松，可以不在流水线上，也从来没有加班的说法，而且待遇还好。可他们哪知道我们这些人的苦处呢？说直白一点，营销部经理就是一个替老板喝酒、打牌、行贿，拿自己的生命为老板换钱的人。而且这个喝酒、打牌也没个固定时间，经常是深更半夜，我和你大婶都睡了，老板一个电话打来，说：'去××酒楼陪客！'我一听，知道身体又要遭殃了，可是不去又不行，只好爬起来，穿上衣服就走。不瞒姑娘你说，我过去在家里是滴酒不沾的，现在我成天都泡在酒里！不喝能行吗？你明知道不能喝了，搬一箱酒过来，每人敬你一杯，人家是客人，只是抿一口做做样子，可你自己不但得干，还得'感情深，一口闷'。吃饭也是这样，他们吃就是随随便便，意思一下就可以放筷子，你好意思在一边饿死鬼转胎似的只顾吃吗？他们吃饭只是借吃饭谈生意，一杯酒喝半天，你不但要在旁边干陪着，还不能随便插嘴。等他们生意谈完，站起来拍拍屁股要走，可你面对一桌子山珍海味，肚子还在唱'空城计'，回到家里便对你大婶喊：'老婆，快给我煮碗面条来……'"

说到这里，这位憨厚直爽的汉子嘴巴咧开，嘴角两道括弧样的皱纹向两边翘起，露出了苦笑的神情，旁边的贺小川也不由自主地笑了起来。贺兴林有些不满地对他说："你以为我说的假话是不是？我跟你说，有半句假话，都天打雷轰！"贺小川忙说："我可没说你说假话。"贺兴林转而看着乔燕说："姑娘，你知道我为什么下决心要回来吗？实话给你说吧，这个春节我过得很不愉快……"

听到这儿，乔燕和贺小川几乎同时问："为什么？"贺兴林说："这不关村里的事，也不关家里的事！要不是村里搞团年宴和文艺演出，我心情恐怕还要糟……"乔燕见他仍没说出不高兴的原因，还想问他，想了想又忍住了，只怔怔看着他，等着他自己说出来。贺小川却忍不住，在一旁催问道："到底什么事让你连年都没过好……"

贺兴林似乎有些不好启齿似的，过了好半天，才像下了决心一样看着乔燕说："说就说吧，有什么丢人的！就在我回来的两天前，老板叫我拿八十万块钱去给几个当官的行贿……"乔燕、贺端阳和贺小川都吃了一惊。贺小川马上叫了起来："拿八十万块钱行贿，天啦，这怎么敢？上头不正在反腐吗？"贺兴林道：

33

"国家那么大，光靠上面就能把腐反下来？"说完又看着乔燕，"但我们老板行贿的方式不是直接送钱，而是用打牌的方式把钱输给那些当官的！他对我说：'你只能输，不能赢，而且要速战速决，最好在一个小时内输完，领导还有其他事要做，没时间在那儿和你慢慢玩！'一上牌桌，我就想：'八十万块钱呀，贺家湾要多少人种多少年庄稼，才能赚到这么多钱？这到底是怎么了？'我这么想，老天爷就像特别照顾我似的，越想输越输不出去。一万两万一把的牌，一连打了两个多小时，还有三十多万在我的提包里。最后，有个当官的像是不耐烦了，便站起来说：'不打了！'说完便往外走。另外两个人一见，也站起来走了。他们不打了，我也不好强迫他们呀，便只好提着这三十多万回去给老板交差。老板一见，顿时大发雷霆，抓起几十匝崭新的票子就像扔砖块一样朝我砸来，骂我坏了他的事，是饭桶、草包、上不得台面的土包子……那天听了乔书记你的话后，我就和你大婶商量，与其在外面受那些窝囊气，不如回家过自由自在的日子，与其让老板炒我的鱿鱼，不如我先炒了他！你不想让我干，老子还想留着身子把儿子养大呢……"说到这儿，贺兴林又咧嘴笑了。

乔燕心里明白了。她真没有想到，不仅贺小琴、贺小琼以及贺忠远这些普通打工者有一肚子苦水，像贺兴林这样的"成功人士"，也有这么多无奈和无助。她觉得现在已经完全能理解贺兴林回来的原因了，想了想便对他说："大叔，你说得对，要是身体像你说那样给酒精泡垮，给熬夜熬垮，还有什么意义？我们非常欢迎你回来，你们回来，村里就有希望！不过大叔可要想好，回来打算干什么。"乔燕的话一说完，贺兴林便说："别的事情我们办不了，种庄稼还是我们的拿手好戏。我打算和我父母还有我家老三两口子，加起来就是六口人，办一个家庭农场，就种庄稼！我从电视里看到，现在不是有个词叫职业农民吗？"

乔燕一听他说办家庭农场，正契合了她的想法，眼前又浮现出贺老三那一串串吊在房梁上的玉米棒子，想起他说过的种玉米的经验，不由得高兴起来，心里暗暗想道："这一家人办一个家庭农场，一定会非常不错！"可她没把这种高兴挂在脸上，反而做出忧虑的样子，对他说："大叔，种粮食风险大、效益低，大家都说除了锅巴没有饭，而且你们还要付土地流转费，有时请雇工还要付工资，这样更会增加成本，你们不怕亏本……"贺兴林不等乔燕话完，急忙说："乔书记，你放心，我和我老汉算了一下，觉得种庄稼虽说一口吃不成个胖娃娃，可也不像大家说的那样亏！我们想种一年试试，不行再想其他办法！现在最主要的问题就是，我们自己那点地，肯定不够种，我们想请村上帮我流转二百亩土地，才有规模效益，不知乔书记答不答应？"

乔燕听了贺兴林的话，没立即表态，又看着贺小川问："你回来又打算做什么？"贺小川忙说："乔书记，我和我大伯还有小琴妹妹，打算在家里种绿色生态蔬菜……"乔燕便说："种蔬菜有一定的技术含量，尤其是生态蔬菜，你们没种过，行吗？"贺小川还没答话，贺端阳却看着乔燕说了起来："忠远老叔在没有出去打工以前，就跟着他父亲世明大爷在家里种蔬菜，是远近闻名的蔬菜种植大户呢……"贺端阳的话还没完，贺小川便接了过去："那时没其他的门路，种菜肯定比种粮划算！那时湾里还有一个种植蔬菜的人，是贺世跃的女人曹银娥。贺世跃借了乡上农业基金会的钱，出去躲债，曹银娥在家里种蔬菜，不但还清了基金会的钱，还盖了房子！"说完，仿佛怕乔燕不相信，停了停又接着说，"那时从村上到乡上公路不通，卖菜太辛苦，后来他们才不种了。大伯和我商量好了，菜一种起来，我们就去买辆长安货车，专门拉菜到城里卖，就不会那么吃力！"乔燕又看着贺小川问："你们打算流转多少土地？"贺小川看了看贺兴林，迟疑地回答说："兴林老叔要二百亩，我们也要二百亩……"话音没落，贺兴林便瞪了他一眼道："这也不是上街买东西，非要比着买不可！我的二百亩是种庄稼，你一下子种二百亩蔬菜，管得过来吗？"乔燕听贺兴林这话在理，不等贺小川开口，便对他说："兴林叔说得在理，种蔬菜投入的时间和精力都要比种粮食多得多，我看先不要种那么多，你回去和忠远爷爷商量一下再说！"贺小川听了这话，才红着脸说："我和大伯已经商量好了，我们先流转一百亩土地，实在不行，流转五十亩也行！"乔燕想了想，又说："五十亩又太少，我看还是一百亩较为合适！"说罢便看着贺端阳。贺端阳忙说："他们昨天来给我说过，我对他们说，这当然是好事，不过还得等乔书记回来拍板，所以我才给你打电话呢！"

乔燕听了，回头看着贺兴林和贺小川，又像不放心似的对他俩说："不过，我还是要再问一句，你们是不是真的是吃了秤砣铁了心？这事开弓没有回头箭，一旦定了，就没有反悔的，你们还是回去再和家里人商量商量……"乔燕话还没完，贺兴林和贺小川同时说："乔书记，我们已经商量了！你放心，我们绝不会后悔！"乔燕见他们说得如此坚定，高兴了，便对他们说："既然这样，那我和贺书记在这儿也给你们表个态，我们一定帮你们把土地流转出来！"贺兴林和贺小川立即大喜过望："太好了，那就多谢乔书记和贺书记！"贺兴林又望着乔燕有些迟疑地说："乔书记，我还有一句话，还望你们能抓紧一点，因为马上就要春耕，不是土地流转过来就完事了，我们还得平整，还得进城买农机具，活儿很多……"贺小川也说:"就是,俗话说'误了一季春,十年扯不伸',我们想抓住季节,能种一季是一季!"乔燕明白了,爽快地说:"行,大叔、小川哥,我们一定抓紧落实,你们也可以先做些准备,放心,我们绝不会让你们失望!"贺兴林和贺小川听了这话,高高兴兴地走了。

贺兴林和贺小川走后,乔燕问贺端阳:"你怎么看这件事?"贺端阳连想也没想便说:"好事呀!镇上老是在叫我们发展产业,我们正找不到发展什么,他们主动找上门来,难道不是好事吗?再说,不是你号召他们回来的吗?"乔燕说:"正因为是我鼓动他们回来的,我心里反而有些不踏实了!现在到处都在发展产业,可发展的是什么呢?无非是种果树,要不然就是养鸡、养羊、养鸭……同质化非常严重,一窝蜂地上这些项目,我担心以后会出问题……"没等她说完,贺端阳便打断了她的话,说:"可他们并不是种果树,也不是养鸡养鸭!"乔燕道:"我知道!可就像我刚才所说的,种粮的效益比较低,种蔬菜的风险也很大,要是他们赚不到钱,我不是成罪人了?"一听这话,贺端阳便哈哈大笑起来,一边笑,一边指着她说:"你呀你呀,什么时候也变得前怕狼、后怕虎了?我还以为你一直都是天不怕地不怕的人呢!"乔燕被贺端阳说得有些不好意思起来,便红着脸对他问:"贺书记觉得很有信心?"

贺端阳又一阵大笑,笑完才对乔燕说:"乔书记,你尽管把心放到肚子里好了!你不是贺家湾人,只知其一,不知其二。你以为贺兴林那个脑袋简单了?我跟你说,他从一个下苦力的,成为公司销售部经理,没几把刷子,能做到?贺小川虽然是个冒冒鸡,可你没听他说吗?他是和贺忠远一家联合起来种菜,有贺忠远这个老名堂,你怕什么?他们在背后早就合计好了,赚不到钱的事,他们才不会做呢!"说着俯过身子,看着乔燕低声问,"你知道贺兴林为什么不出去打工了?"乔燕忙问:"为什么?"贺端阳道:"他刚才给我私下说,一是他父母年纪大了,又不愿意进城里跟着他们住,因此得有人回来照顾他们!还有一个原因,你不是知道贺老三的小儿子贺兴明有些不成材吗?偏这贺老三两口子,又把这个幺儿疼得不行,怕他继续这样下去,弄不好他老婆都跟别人跑了!于是老家伙就和贺兴林商量,想把这老幺两口子都留在家里,他们老两口子随时可以管到他们……"说到这儿,贺端阳把声音压得更低,像是耳语一般对乔燕说,"还有一个原因,他虽然没有跟我说,但我猜得出来……"听到这里,乔燕开玩笑地对贺端阳说:"贺书记还会给人看相呀?"贺端阳说:"开玩笑,一堆一块住了几十年,哪些人肚子里有几根肠子我还不知道？"乔燕忙问："什么原因？"贺端阳便说："我估计，贺兴林平时多少吃了老板一些钱！老板对他发那么大脾气说不定是察觉到了，才借题发挥。贺兴林虽然胆子小，可平时为老板发财熬更守夜，喝酒喝得吐血，哪会甘心只得几个干工资？现在老板既然发觉了，哪还有勇气再回去？几个原因加在一起，所以就决定留在村里。"

乔燕细细分析一下贺端阳的推断，一切都在情理之中。她想了半天，还是有些不相信，决定不再谈这个话题，便看着贺端阳问："就算是这样，可他回来承包土地种庄稼，明显赚不到多少钱呀？"贺端阳好像有些责怪乔燕少见多怪似的笑了笑，继续对乔燕说："他如果只种二百亩地的庄稼，当然赚不到多少钱，他实际上还有其他打算。你刚才没听他说？他打算马上进城买农机具。他告诉我，他准备先去买两台旋耕机、两台插秧机、两台脱粒机和一台收割机……"听到这里，乔燕不由得叫了起来："他只有二百亩土地，买这么多农机具做什么？"贺端阳又笑了笑，才道："机关就在这里，二百亩土地只是权宜之计，是做幌子的，他的真正打算，是想成立一个农机具租赁公司。他说，农业机械化是今后农村发展的必由之路，我们这些地方，地少人多，土地又分散，一家一户不可能都去把这些农机具买齐，因此，他开一家农机具租赁公司一定会有市场！还有，贺兴明不是不成材吗？到时就让他开着这些农机具出去给人干活，不就强迫他学好了吗？"

乔燕觉得有道理，便说："要是这样，倒真还不错！"贺端阳却说："贺兴林还不止这点打算，他的野心还大着呢。他说，等条件成熟后，他便在贺家湾开一个大型的粮食烘干厂！他说现在家家种的田虽然不多，可一遇收割季节下雨，晒粮食便成了问题，如果有个粮食烘干厂，生意也肯定不错……"乔燕听贺端阳这么说，更高兴了，似乎已经看见了贺兴林的粮食烘干厂，便说："他的这个规划真是太好了，真要实现，别说全乡，就是全县，也是独一无二的产业！"说完却蹙起了眉头，"即使他这些年攒了不少钱，可开粮食烘干厂需要不少的资金，钱从哪儿来？"贺端阳说："我也这样问过他，他说车到山前必有路，慢慢来吧！我估计他在做销售经理这些年，不管钱是怎么来的，肯定攒了一笔钱，要不，那些农机具，少说也要几十万，他怎么一下拿得出来？当然，他还可以到银行贷款，现在买农机具、办与农业相关的企业，贷款不是很容易吗？"

乔燕听了这话没吭声，过了一会儿才说："就算兴林叔这儿没什么问题了，可忠远大叔和小川哥种生态蔬菜，哪有那么容易，要是不能成功怎么办？"贺端阳又道:"你也不必担心,生态蔬菜的名字听起来吓人!忠远大叔和曹银娥大婶他们种蔬菜那些年,还不时兴像眼下这样大量施化肥,也不时兴往蔬菜上打什么生长剂、膨胀剂、色素什么的,也没有这么多农药,他们种出来的菜,用今天的话说,就是生态蔬菜!再说,我也问过贺小川,贺小川说,他大伯种菜卖时,认识了一个姓苏的菜友,两人一卖完了菜,经常在一起喝点小酒,摆点龙门阵,天长日久,结拜为了弟兄。这个姓苏的几十年来一直种菜,现在在城郊镇袁家坝租了五百亩地专门种生态蔬菜,他大伯已经去找了他,人家答应把经验和技术都无条件地传给他们!"一听这话,乔燕高兴起来,说:"真是这样,就太好了!"

两人说到这里,像是把话说完了,屋子里沉默了下来。过了一会儿,贺端阳站起来,对乔燕说:"乔书记,还有什么没有了?"乔燕本想问问他二三十年前贺家湾有多少遗弃女婴的人家,话到嘴边又改成了:"贺书记,土地流转不会遇到什么阻力吧?"贺端阳说:"会遇到什么阻力?"乔燕见他的回答好像十分容易似的,便说:"平时大家只要一说流转土地,都一个劲儿反对!再说,该流转的,都在三亲六戚、朋友邻居间自行流转了,我们现在又去流转,村民不会反对?"

贺端阳一听乔燕这话,重新在椅子上坐了下来,说:"乔书记你这又是不知道农村的实际情况了!村民不同意土地流转,是不赞成城里人下来流转!那城里人下来一流转,就是几千亩上万亩,流转的时间又长,动不动就是一二十年。你想,这么长的时间,农民要是在城里遇到什么事待不下去了,还怎么回得来?把土地流转给了城里人,等于是农民把自己的退路都给堵死了,你说他会赞成流转吗?"乔燕没等他说完便问:"流转给贺兴林、贺小川,和流转给城里人难道有什么不同?"贺端阳马上说:"那可大不一样!首先贺兴林、贺小川和大家都是一个祖宗下来的,平时一见面,都是互相喊爷叫叔或称兄道弟,那些把土地流转给他们的人,如果遇到急难事情回到家里,想重新讨几分地来种,贺兴林、贺小川就算订了合同的,敢不给他们吗?都是一个祖宗下来的,你忍心让人家饿死吗?何况贺兴林、贺小川也不像那些城里人有几千万甚至上亿元的资金,他们打算五年五年地和村民签合同。这样,即使一些村民担心有什么风吹草动在城里断了生路,可因为时间不长,起码比把土地流转给城里人让人放心不少!所以,笼统地说农民不愿流转土地是错误的!"

听到这里,乔燕笑了笑。其实,她早已掌握了农民在土地流转中的心理状态,现在听贺端阳的说法和自己的理解完全一致,不由得高兴起来,但她并没有把这种高兴过分流露出来，而是看着贺端阳说："谢谢贺书记给我上了生动的一课！可是还有一点我还是不明白，现在大多数整家外出的村民，已经把土地流转给了亲戚朋友，我们怎么动员这部分人把土地再流转给贺兴林和贺小川？"乔燕提出的这个问题，不再是有意考问贺端阳，而是从内心发出的一个真实的疑问。问完，两只眼睛便紧紧落到贺端阳脸上，等待着他为自己解惑。贺端阳像是看出了乔燕的心思，想也没想便说："这有什么难的？乔书记我问你，你说农民想不想钱？"乔燕不知道贺端阳为什么问她这样的话，想了想便老老实实地回答说："世界上谁不想钱？何况农民是最重实际利益的，当然……"乔燕还没说完，贺端阳便兴奋地叫了起来："这就对了！先前一些村民把自己的土地无偿流转给亲戚朋友种，是因为村里没人来大规模有偿流转土地，谁好意思为了那每亩土地百把块钱，伤了亲戚朋友间的和气？可现在不同，是由村委会出面向大家流转土地，每亩地的流转费，昨天贺兴林和贺小川也给我谈了，别的地方是每亩四百元，可他们看在乡里乡亲的面上，愿意每亩多出五十元。这样，土地多的人家，每年就有两千多元，少的人家，也有千把块钱，你说有了这笔钱，那些把土地免费流转给了亲戚朋友的人家，会不会动心？加上土地规模化经营，又是上面的政策，我们一宣传，那些白种了人家几年十几年土地的人，还好意思占着别人的土地不还？即使他们还想种人家的地，至少也得出和贺兴林、贺小川同样的价钱，他们一算账，出了同样的价钱，等于是除了锅巴没有饭，你说他们还会种？所以乔书记你放心，农民没有几个是傻瓜，这事绝对没问题！"说完又补了两句，"当然，林子大了会什么样的鸟都有的，也不排除有一两个咬卵匠……"话说到这里，突然脸红了，又急忙说，"对不起，乔书记，我粗话说惯了，得罪你了！"乔燕听他这么说，先前脸还没有红，现在却忍不住也红了，过了一会儿才把话题扯开，说："你一席话，真让我开了窍！既然这样，我们就趁热打铁，下午先开一个村两委扩大会，把这事迅速落实下去，然后趁一些打工者还没走，再开一个村民大会，你看怎么样？"贺端阳想了一想，回答说："你说得很对，那就按你说的办，我现在就通知人！"

  说着，贺端阳就从口袋里掏出手机，正想打电话，乔燕却又喊住了他，张着嘴，像是想说什么却不好开口的样子。贺端阳愣了一下，才问："乔书记，还有什么事？"半天，乔燕才像下了决心的样子，用带着颤抖的声音说："贺书记，这几天，可要劳烦你……村上的事多操一些心……"贺端阳一见乔燕脸色不对，吃惊地叫了起来："乔书记，你怎么了？"乔燕的嘴唇立即像风中的树叶急剧地哆嗦了起来,眼泪从眼眶中簌簌滚落下来,一边掉泪,一边才哽咽地对贺端阳说:"我爷爷他、他已经走、走了……"贺端阳盯着乔燕问:"你刚才不是说,他已经彻底好了吗?"乔燕掏出面巾纸,擦了擦眼泪,苦笑了一下才说:"都到了另、另一个世界,难道不是彻底好了?"贺端阳急忙拍打了一下自己的脑袋,十分懊悔地说:"你看我,真是长了一个猪脑壳!刚才你这话,我竟然一点也没听出来……"乔燕见他还要说什么,便忍着眼泪打断了他的话,用尽量平静的语气对他说:"我爸爸妈妈没在家里,奶奶才失去爷爷,还没从悲痛中醒过来,加上也是高龄,我和我妈本想找个保姆照顾她,可我奶奶是个要强的人,说自己还能动,死活不答应,我们也只好依她了。这几天,我想早上到贺家湾来,下午天黑前赶回去照顾她老人家,基本做不了什么事,贺兴林和贺小川土地流转的事,就靠你多担一些担子……"

话还没说完,贺端阳脸红筋胀地站了起来,对乔燕大声嚷道:"乔书记,你放心,我虽然没你懂得多,可也是个通情达理、有情有义的人!你家出了这么大的事,怎么事先不对我们说一声?我要早知道了,怎么还轮得到你亲自到贺家湾来?这事你就交给我!我要办不好,见一个贺家湾人就磕一个头!"乔燕听完贺端阳一番话,眼泪又掉了下来,这次不是因为悲痛,而是由于感动,于是一边流泪,一边对贺端阳说:"谢谢!谢谢……"还想说点什么,却觉得喉头像是被什么噎住了,没有说出来。

第五章

　　村两委扩大会结束,乔燕正等着张健来接他们,张健却打来一个电话,告诉她东南乡发生了一起凶杀案,凶手已经逃走,现在全局的干警马上集合到事发地点去,他不能来接他们了,让她骑电动车回去。乔燕一听这话,有些着急了。现在,张恤只吃她的奶,一点也不想吃奶粉。她还想像原来那样,把他留在婆母身边,可又害怕他晚上哭闹;带他回去,电动车上风大,又害怕给吹感冒。和婆母商量了半天,还是决定把他包严实一些,带他回去。于是婆母把他包了几层,又在头上和脸上搭了披风,这才坐在乔燕的电动车后面,三个人一起回去了。回到城里时,大街小巷都亮起了璀璨的灯光。乔燕先把张恤和婆母送回自己的小区,在车棚里停好车,才转身往奶奶家去。路过小区外面的超市时,她也不知道奶奶白天到市场买菜没有,为了保险,她走进超市,买了两只西红柿、两根茄子和一把豇豆。

　　乔燕打开门,看见屋子里黑灯瞎火的,急忙喊了一声:"奶奶!"没有听见老人的回答。她又提高声音喊了一句,屋子里仍然静悄悄的。乔燕有些慌了,急忙打开灯,朝屋子里一看,沙发、电视机、空调还是原模原样,就是没有奶奶的人影。乔燕又去开了厨房的灯,奔进去一看,厨房同样冷冷清清、空空荡荡的,奶奶像是压根儿没有进去过。乔燕把蔬菜往灶台上一放,三步并作两步地往爷爷和奶奶那间卧室跑去。她打开灯一看,发现奶奶和衣躺在床上,像是睡着了,乔燕这才放下心来。她以为奶奶又在想爷爷了,便一边往前走,一边说道:"奶奶,你怎么这么早就睡了?"她看见老人的嘴唇嚅动了几下,没有发出声音。她一屁股坐在奶奶床边,抓住了奶奶的一只手,她的手刚一接触到奶奶的皮肤,就叫了起来:"奶奶,你身上怎么这么烫?"说完,又把手落到了奶奶的额头上。这一摸,更惊得她失声大叫:"奶奶,你在发高烧?"半响,乔奶奶终于吃力地将眼睛觑开了一条缝,看着乔燕吃力地说:"孙女,你回、回来了……"说完停了一会儿才接着问,"你、你还没有吃、吃晚饭吧?"乔燕努力控制着自己的眼泪说:"奶奶,你在发烧,你是病了,我送你进医院……"话没说完,乔奶奶非常疲倦地说:"别、别送医院……我只是头、头疼得厉害,我想是你爷爷来、来接我了……"乔燕听奶奶这么说,再也没法控制住自己的情绪,"哇"的一声,便抱着奶奶哭了起来,一边哭一边忍不住埋怨道:"我们说给你请个保姆,可你偏偏不答应,这下怎么办……"然后抹干了眼泪对奶奶说,"奶奶,你放心,我马上就给张健打电话!"说罢却猛然想起张健已经到东南乡去了,心里一急,便打通了母亲的电话。吴晓杰一听,忙说:"你立即把奶奶送医院,我马上回来!"乔燕听了母亲的话,又急忙拨打了县医院的急救电话。

救护车把乔奶奶拉到县医院后,照例又是心电图、血常规、生化、电解质等各种检查、化验,乔燕楼上楼下跑来跑去,累得她的两条腿都快变成了两根木桩。就在将要支撑不住的时候,检查结果出来了:原来乔奶奶只是由于身体羸弱,加上因为乔老爷子去世悲伤过度,抵抗力下降,造成寒邪侵体而患上重感冒。乔燕一听奶奶只是重感冒,才长长地舒了一口气。虽然只是一场感冒,但医生还是要求病人住院。因为病人年事已高,容易出现其他并发症,住院是最稳妥和安全的办法。乔燕当然希望奶奶能够得到最好的治疗,听了医生的话,便急忙去给奶奶办了住院手续。等这一切忙完后,她把奶奶生病的消息告诉了张健。

把奶奶安排在病房住下后,乔燕感觉肚子一阵"咕咕"地乱叫,像是在对她提抗议似的。她这才想起还没吃晚饭。她想出去找地方吃一碗面条,可奶奶又没人照顾。正不知该怎么办的时候,婆母打来电话,说张恤要吃奶了。乔燕这才把奶奶生病的事对婆母说了一遍。婆母听后,急忙问乔燕:"那怎么办,燕儿,你一定还没吃晚饭吧?"乔燕听见婆母问,便有些像一个小孩子受了委屈似的颤抖起来,她对婆母说:"妈,你把张恤抱来,顺便给我买桶方便面送来……"婆母立即说:"方便面怎么能行?我给你煮碗面条来!"

没一时,婆母果然一手抱着张恤,一手提着饭盒进了病房。乔燕忙过去将孩子接了过来。小家伙一见乔燕,便高兴得一面在乔燕怀里踢着两条藕节似的小腿,一面用手来抓乔燕的衣服,乔燕知道孩子饿坏了,急忙解开外衣扣子喂孩子。婆母将手里的饭盒放到乔奶奶病床旁边的小柜子上,过去拉了乔奶奶的手,问道:

"她奶奶,你好些了吧?"乔奶奶似乎不想说话,"嗯"了一声,又合上了眼睛。

乔燕给张恤喂了奶,重新把孩子交给了婆母。婆母急忙道:"你快吃饭,可饿着了!"乔燕打开饭盒,见热气腾腾的面条上面还卧了两只黄澄澄的煎蛋,感激地对婆母说了一句:"妈,谢谢你!"说完便狼吞虎咽地吃起来。须臾,一盒面条吃得见了底,这才感到活力重新回到了身上。吃完后,把饭盒递给婆母,婆母便抱着张恤走了。

婆母刚走,张健忽然一头闯了进来,看见乔燕,便急匆匆地问:"奶奶怎么样了?"乔燕有些惊喜地问:"你怎么回来了?"张健说:"我给领导请了几个小时的假,赶回来看看!"乔燕见张健一脸疲惫的样子,便问:"凶手抓到没有?"张健听了这话,将乔燕拉到一边,附到她耳边轻声说:"现在还没抓到,有人看见凶手逃到案发现场后面的大荒山上去了。现在公安干警和武警战士以及预备役民兵把大荒山围得铁桶一般,等着天亮后搜山……"乔燕关心地问道:"那你明天还得赶过去?"张健说:"可不是!领导只给了我六个小时的假,天亮以前我必须到达现场!"一听这话,乔燕立即心疼起来,看着他问:"你吃晚饭没有?"张健说:"吃了,当地政府提供的盒饭给我们吃!你呢?"乔燕说:"刚才妈抱张恤来喂奶,顺便给我煮的煎蛋面来,妈才走呢!"张健听了这话,似乎放心了,问:"奶奶现在情况怎么样?"乔燕道:"没什么大碍,但可能要住几天院!我刚才就给你说明了,奶奶是感冒,这么晚了,你回来做什么嘛?"张健道:"我担心你忙不过来,回来看看放心些呗!"

乔燕心里涌起一股暖流,便抱着张健,在他脸上亲了一口。张健也抱着乔燕亲了亲,然后才对她说:"你回去睡一会儿吧,我在这儿守着!"乔燕说:"我今晚上耽搁了瞌睡,明天还可以补起来,可你明天到哪儿睡?"张健听了这话,深情地望着她。乔燕又和他拥抱了一下,然后便把他向门口推去,附在他耳边轻声叮咛了一句:"可要小心些!"然后回到奶奶床边的椅子上坐下了。

大概是药物起了作用,乔奶奶已经睡着了。乔燕摸了摸奶奶的额头,虽然还很烫,但呼吸比刚才平稳了许多。乔燕将目光移到奶奶的输液管上,只见那袋子里的药液和葡萄糖水通过那根透明的塑料管子,一滴一滴缓慢地流进奶奶手背上那根暴突起的血管里。她看见奶奶的症状比入院前减轻了许多,心里踏实了些,加上累了一天,瞌睡也袭了上来,便把床头柜前的椅子挪了一个方向,在奶奶均匀的呼吸声中,靠着墙壁睡了起来。

睡得正香，乔燕觉得有人在摇她，她蓦地睁开眼睛，一看，却是母亲站在面前。她一下站了起来，道："妈，你什么时候到的？"吴晓杰道："你一个人在这儿？"乔燕道："是，妈。"说着便把东南乡发生命案，张健执行任务，刚才又请假回来看过的事，给母亲说了一遍。吴晓杰听了问："孩子呢？"乔燕说："他奶奶带着在睡呢！"吴晓杰再没说什么，伸手在乔燕的肩胛上摸了摸，道："都不知道回去拿床毯子盖在身上，就这样睡感冒了怎么办？"乔燕不好意思地笑了，说："坐着坐着就睡着了！"吴晓杰看了看床上的乔奶奶，对乔燕道："奶奶是什么病？"乔燕先将医生的话对吴晓杰说了一遍，然后才说："刚才打了点滴，现在好多了，不过为了防止并发症，得住几天院！"说完，她看着母亲的眼圈有点儿发黑，脸上挂着疲惫的神情，便问，"妈，你明天不走吧？"吴晓杰说："怎么不走？明天市里要开常委扩大会，等奶奶醒来了我和她说几句话就赶回去！"乔燕一听这话，一种依恋的感情突然袭上了心头，这对她来说是很少有的一种情绪，便对母亲说："妈，还有几个小时的时间，你回去睡一会儿吧！"吴晓杰说："睡什么？我车上刚好有床毛毯，我去给你拿上来吧！"乔燕刚想阻拦，吴晓杰已转身出去了。

一会儿，吴晓杰果然拿了一床橄榄绿的珊瑚绒小毛毯上来。乔燕把毛毯放到奶奶床边，将两把小椅子端到一起，母女俩就在乔奶奶的床头挨着坐下了。乔燕把毛毯打开，盖在了两人的膝盖上。吴晓杰见了，突然笑道："你长大了……"乔燕忙问："怎么了，妈？"吴晓杰说："能挑起家庭重担了！"一听这话，乔燕就红了脸，道："妈，我刚才不该给你打电话，害得你跑一趟……"吴晓杰忙说："谁说不该打？这本来是我当儿媳妇的责任，现在让你做孙女的承担了，难道真像农村人说的虱子靠不到靠虮子？"说着，她一把将乔燕搂到了自己怀里，抚摸着她的头发说，"爷爷走了，你很难过吧？"

乔燕的眼泪忽然流了下来。吴晓杰忙掏出纸巾为女儿擦眼泪："我知道你最舍不得爷爷，以后有什么问题，别再像以前那样，只对爷爷说，把妈妈丢在一边……"一听这话，一股暖流迅速流遍了乔燕全身。她忽然想起自己的身世之谜，想趁这个机会问问母亲，可话到嘴边又给咽了回去。爷爷刚去，母亲虽然没流露出太大的悲伤，但心里也和自己一样，还沉浸在痛苦中，现在奶奶又病了，这时候问她，不等于拿刀子剜肉吗？想到这里，她抓住吴晓杰的一只手，像小时候一样把头依偎在她肩上："是，妈，谢谢你！"吴晓杰又问："爷爷去世后，你还没去贺家湾吧？"乔燕道："我昨天才去了贺家湾！"吴晓杰"哦"了一声，接着问:"这段时间的工作还好吧?"乔燕一听母亲问到了工作,高兴起来,想起还没把贺家湾办团年宴和在春节联欢会上号召打工者回乡创业等事情告诉母亲,尤其是贺兴林等人流转土地发展产业的事,她正好征求一下母亲的意见,于是一五一十地对吴晓杰说了一遍。吴晓杰听了后,沉默了半晌,才拉着乔燕的手说:"虽然妈平时关心你不够,可你每成长进步一点,我都很高兴!你组织贺家湾的村民到天盆乡和石桥镇参观,你们局长给我说了,我觉得你做得很好!这个团年宴和联欢会更是大手笔,考虑得很长远!贫困村的问题很复杂,钱不是万能的,因为贫困本身也不仅仅是缺吃少穿。这些活动虽然不会产生立竿见影的效果,可对凝聚一个村庄的精气神特别重要。还有,农民祖祖辈辈沉积下来的东西,我们要一下子改变很难,但你至少慢慢地熟悉农村了,只有熟悉了才找得到病根在哪儿,再想办法解决就容易一些了!"

说到这里,吴晓杰停了停,想了一会儿又对女儿说:"你说的在贺家湾发展家庭农场、培养职业农民的想法,更是适合我们山区人多地少的实际情况,我非常同意你的做法。现在一些地方,动不动就是动员大资本下乡流转几千亩甚至上万亩土地,他们不想一想,一个人就流转了几千亩上万亩土地,其他人干什么?在我这几年的工作实践中,凡是那些大资本下乡流转几千亩上万亩发展产业的,成功的并不多,甚至给农民造成一些伤害。我也赞同办家庭农场,一家四五口人、六七口人,适当流转一些土地,大不过两三百亩,小不过五六十亩,配以小型机械化,农忙请几个帮工,农闲就自己干,不但收益有保障,风险也很低,农民也很拥护……"

听到这里,乔燕高兴起来,抱住了母亲说:"妈,你这么一说,我心里就有底了,我起初还没把握呢!"吴晓杰听了女儿这话,说:"发展产业是脱贫攻坚关键的一环,确实有一定的风险,谨慎一些是对的!"说到这里,像想起了什么似的说,"哎,我们市里有个精致现代农业开发有限公司,它是省上神农现代农业集团的一家分公司。神农现代农业集团听说过吧?"乔燕摇了摇头,吴晓杰道,"神农现代农业集团是一家农业投资机构。集团通过对不同精致农业项目的投资,以生产高品质、高附加值的农产品为目标,打造中国精致农业领导品牌。神农现代农业集团代表了中国农业发展的方向。这家精致现代农业开发有限公司赫赫有名,你猜老板是哪里人?"乔燕又摇了摇头,吴晓杰接着道,"就是我们县上的人,说起来还是老乡呢!他原先也是体制中人,后来下海,当过木材加工厂厂长、房地产公司副总、林业公司总裁等。国家精准扶贫开展后,我们市委、市政府专门把他请回来发展现代农业。他的精致农业，不仅仅是种点蔬菜和粮食，在他的园区里，建有草莓种植大棚、农业科技展示馆、园林示范基地、星级酒店、现代农业示范区、农耕文化体验区、农耕教育区，当然也有无公害蔬菜种植，多达几十项，这些都是神农现代农业集团帮助建设的！如果有机会，你可以去那里看看，虽然你们现在没能力达到他们那个程度，但开开眼界，知道什么是现代农业，也是有好处的！"

此时在乔燕心中，觉得有很久很久，母女俩没有把心靠得这样近了，她不由自主地将母亲的手紧紧攥着，就像小时候害怕走丢了一样。坐着坐着，母女俩不知不觉地把头靠在一起睡了过去。睡梦中，忽然听到床上发出一阵响声，两人同时惊醒，往床上一看，乔奶奶不知什么时候已经醒来了，正定定地看着她们母女。

第二天天一亮，乔燕给贺端阳打了一个电话，这次她没瞒贺端阳，把奶奶生病住院的消息告诉了他。贺端阳仍像头天那样对乔燕说："乔书记你安心陪老人家治病，贺家湾这点事，你就等着听好消息！误了贺兴林、贺小川抛粮下种，我甘愿陪他们的损失！"乔燕听贺端阳连这样的话都说出来了，放了心，便在医院里安心陪奶奶。

乔奶奶在医院里住到第五天，病情已大大好转，便吵着要出院。乔燕又拖了一天，见奶奶实在不愿在医院里住下去，便去办了出院手续。在这六天里，张健他们追捕的那个杀人犯终于被抓住了，但不是警方把他从围困的大荒山上搜出来的。那座大荒山山高林密，山上有很多洞。最初两天，警方几乎把整座山都翻了个遍，也没有找到他的踪影。但从种种迹象看，犯罪嫌疑人还在山上。警方便改变了战略战术，只围不搜。这个季节，那山上冷，又什么吃的也没有，果然围到第四天，犯罪嫌疑人实在扛不住了，便下山来投案自首。据初步审讯，犯罪嫌疑人四十多岁，没讨上老婆，邻居女人的老公在外面打工，老光棍多次打女人的主意，都遭到女人的拒绝。这天晚上，老光棍在外面喝了一点酒，又想去占女人的便宜。这次，女人不但坚决地拒绝了他，还威胁要给她男人打电话！老光棍怒从心上起，看见女人屋子里有把斧子，抓起来就朝女人头上砍，在酒精的作用下，他又冲进另一间屋子，把女人正在熟睡的儿子也砍了。第二天吃过早饭，村里有人上工时从女人院子路过，闻见浓郁的血腥味，冲进屋子里一看，发现了两具尸体，便急忙报了案。乔燕听罢，深深地叹了一口气，说："我们贺家湾也有二三十个光棍,这些光棍并不全是因为家里穷或长得丑娶不上女人,而是眼下农村女少男多,拉高了婚姻市场的彩礼,很多条件不错的男人无论怎么努力,都没法配上媳妇。你说,要是我们贺家湾也出现了这样的悲剧,该怎么办?"张健想了想,似乎找不到合适的答案,便说:"全国哪儿没有光棍?我们老家也有呢!如果他们犯了法,我们公安抓就是,难道你还害怕国家修不起监狱?"乔燕觉得丈夫这话说得也对,怪不得贺端阳说她脑海里有许多怪念头,怎么又咸吃萝卜淡操心了?想到这里,便不好意思地笑了一笑,不再说什么。

乔燕一回到奶奶家里,便打开电脑搜索母亲说的那个神农现代农业集团,不搜不知道,一搜吓一跳,原来这是一家农业高科技与供应链金融相融合的集团公司。公司的口号是:"让农业插上科技的翅膀,发展健康农业,恢复土地生机,建设美丽新村,塑造幸福农人!"目前集团主要有彩叶苗木、农业科技、原乡食材、原乡水果四大板块。光是"农业科技"这一板块下面,便有专业研究机构四家,经营项目不但有蔬菜、水果、花卉种植、内陆水产养殖,还有生态农业观光、酒店管理、餐饮、住宿、会议、休闲健身、酒吧、咖啡厅服务等几十个,真正像母亲所说的,是一家融现代农业科技展示、科普教育、休闲旅游观光、农事体验于一体的现代休闲农业观光体验园。乔燕越看越激动,真没想到农业还可以这样办,自己实在是坐井观天,太孤陋寡闻了。她把搜到的资料全都记到了本子上,希望有一天自己能够用上。

乔奶奶见孙女一回到家里便坐在电脑前忙,便对她说:"孙女,你好几天没到贺家湾去了吧?"乔燕说:"是的,奶奶!"乔奶奶便说:"你现在就去吧!我晓得,你和你妈一样,人在家里,心却在工作上……"乔燕忙说:"没有,奶奶!村里工作我都安排好了,这段日子,我的主要任务就是在家里陪你……"乔奶奶没等她说完,又说:"你别哄我这个老太婆!你要是没歉着村上的工作,为什么每天都要背着我,给那个叫贺、贺端阳的支部书记打电话?"乔燕一见被奶奶揭了老底,有些不好意思了,便亲了奶奶一下,说:"奶奶,你的耳朵还灵着嘛!我告诉你,我们打电话,可不是谈工作……"乔奶奶马上打断了她的话,盯着她问:"那是谈什么?"乔燕一下语塞了,过了一会儿才说:"奶奶,你可不要往一边想。"乔奶奶说:"我往一边想什么?我就知道你是一天不到那个贺家湾去,就一天不放心!你各人去干各人的事,奶奶已经没什么问题了……"乔燕听到这里,有些犹豫起来,说:"奶奶,你才出院……"乔奶奶马上说:"又不是什么大病,一点伤风感冒,好了就好了,还要你操什么心?你放心,就是你爷爷用八乘大轿子接我，我现在还不想跟他走呢！"一句话把乔燕说笑了，她说："那好，奶奶，今天时间不早了，我把你的衣服洗一洗，明天再和婆母一起去！"

第二天在家里吃过早饭，乔燕让已经办完案的张健开车送她母子俩和婆母一起去了贺家湾。乔奶奶说得很对，这几天她人虽然在医院里，心却像是系了一根线，始终被牵引着往贺家湾飞。尽管贺端阳向她做了保证，她依然有些不放心。因为土地向种粮大户和专业户流转，不仅仅是一个业主出钱，由村委会出面动员村民把土地拿出来的问题，还要将流转的土地集中起来。也就是说，村民流转出来的土地是东家半亩、西家一亩，而贺兴林、贺小川需要的土地，却是集中连片的，这样才方便耕种。而要将零散的土地集中连片，又需要与那些没流转土地的人家协商土地调整和置换，事情看起来不大，却牵涉许多复杂的利益和人际关系，实际做起来困难很多。在乔燕他们第一书记的 QQ 群里，那些经历过土地流转的第一书记，叫苦最多的不是土地流转本身，而是土地集中当中遇到的障碍。因此，尽管她一点也不怀疑贺端阳的能力，可仍然有些隐隐的担忧。果然，前两天在电话里，每当乔燕问到工作进度时，贺端阳马上告诉她哪些人答应了土地流转，哪些人又同意了土地调整，哪些人又怎么怎么……一副旗开得胜、志得意满的语气。可是后来，他那种坚决、果断的口气少了，特别是昨天，当乔燕再次问到情况如何时，他没有对乔燕说出那种大包大揽的话，而变得有些优柔寡断起来，只笼统地对她说了一句："你放心，我们正在想办法！"乔燕一听贺端阳这话，便有一种不好的预感，她身上的皮肤一紧，像有一只蜜蜂蜇了她一下，只是当着奶奶，她不好说出来。

但她不知自己的预感对不对。

一下车，乔燕的预感就得到了证实——贺端阳、贺文、贺通良、张芳、郑全智、贺波等两委干部和贺小川都坐在村委会办公室里，看样子正在开会。一看见乔燕回来了，几个人马上迎了出来，像见了救星一般高兴地："乔书记回来了？""我们正盼着你回来呢！"乔燕便问："什么事呀？"贺端阳显出了几分不好意思的样子，说："事情不大，可把我脑壳都涨大了，我才把大家招来讨论一下，三个臭皮匠，顶个诸葛亮嘛！"说完又问，"你奶奶好了？"乔燕说："奶奶只是感冒，已经出院了！"说完这话，便随众人走进会议室坐下，问贺端阳，"什么事把你脑壳都涨大了？"

贺端阳朝乔燕笑了一笑，说："我说不会遇到拗国公，却偏偏遇到一个！你知道贺世东吧?"乔燕愣了一下,过了一会儿才想起来:"他不是没在家吗?"贺端阳说:"是呀,大半年时间他都在他女儿家里,这几天却突然回来了!"乔燕"哦"了一声,没说话,只定定地看着贺端阳。

贺端阳停了一下,才接着说:"他就是为他家那十亩地,专门回来制造麻烦的!"听到这里,乔燕有些糊涂了,问:"制造什么麻烦?"贺端阳道:"他那十亩地,就戳在贺忠远老叔和小川老弟要流转的一百亩地中间,他整死都不同意流转,说哪个要流转他的地,先把他老命收走再说!我跑了无数趟,嘴皮都磨起了泡,就差给他下跪磕头了,可他死活不答应!前两天还好,这两天他干脆端根板凳坐到他地头,说哪个敢去动他的地,他就和谁拼命,你说该怎么办……"贺端阳话音还没落,贺小川便在一旁愁眉苦脸地插了一句:"就是呀,他那几块地在那儿一扛起,我们那地还怎么平整?"

乔燕明白了,便问众人:"他那地种的什么庄稼?"众人立即叫了起来:"种的茅草、牛网刺!"贺端阳也说:"石牛坪那里,你平时过路还没看见?有几块地草都有一人那么高,那就是他的,你说他种的什么?"乔燕立即又问:"那他为什么不同意流转?"话刚说完,会议室里便热闹了起来,贺文说:"他原来就是村里出了名的倔脑壳嘛!"贺通良道:"他是故意给村里出难题!"贺端阳道:"他不是想给村里出难题,而是和忠远老叔过不去……"乔燕一听这话,便看着贺小川问:"是不是你们家和他有什么过节?"贺小川听了乔燕这话,忽然红了红脸,说:"不是我和他有什么过节,是我爷爷曾经和他犯过口角,这事贺书记最清楚。贺书记你给乔书记说说吧!"

贺端阳没有推辞,先说了一句:"这事说来话长!"然后才对乔燕讲了起来,"乔书记你没接触过贺世东,不了解他的为人,我跟你说嘛,他就是农村说的倔脑壳!他娶过两个女人。第一个女人我们叫她吴大娘,生了一对儿女,儿子就是贺兴富,女儿贺兴芳。不幸的是这个吴大娘在贺兴芳四岁多的时候害病死了。后来贺世东又娶了一个姓张的女人,可那女人没和他过多久,便跟人跑了。这个老叔的性格本来就有些孤僻,第二个女人跑了后,更变得古怪起来。他平时很少与村里人来往,只关着门过自己的日子。特别是村里的大小公益事业,根本别指望他参加。渐渐地,他在村中口碑就差了,大家有些瞧不起他。那年村里修连接乡上那条公路,虽然我们从县上争取了几十万块钱,但还差点儿,于是我们号召大家集一点资金,每人一百块钱。他们家三百块,可他就是一个子儿也不给,说:'我不出钱,今后不走你那公路就是了!'那时贺世明老辈子是上湾的村民组长,他去向贺世东收钱,贺世东不给,两人就吵了起来。贺世明老辈子那时也是个火暴性子,吵着吵着,两人就动了手,还是我们赶去,才把他们拉开。直到公路修好,贺世东也没交那三百块集资款。后来有一次,他从乡上挑了一挑化肥回来,那天又刚好下过雨,走到离家里口不远的时候,被贺世明看见了,便对他说:'你说过的不走公路,为什么又要走?'贺世明可能是说了一句玩笑话,贺世东却认了真,立即红着脸说:'不走就不走,你以为我稀罕?'说着便拐上旁边的泥土路,结果脚下一滑,不但把两袋化肥给摔到了路上,还把尾椎骨给摔坏了,在家里躺了一个多月。农村有句俗话,叫'说话人短,记话人长',我估计就是这次,他们两个把仇结下了!他伤好以后,天天来缠我,非要我去给他画出三百块钱的路不可。本来公路直接通到他家门口,我没法,只得从他家门口开始,往外画出了一丈多长的路,说:'三百块钱大概就修这么长的路吧!'从此以后,他不但自己再没有走过那一丈多公路,而且也不让儿女走,而是从旁边铲了一条小路通到自己家的后门……"

贺端阳说到这里,会议室里响起了"哧哧"的笑声,乔燕却没有笑,她神情十分严肃地看着贺端阳,又问:"后来呢?"贺端阳伸出舌头舔了舔两片嘴皮,然后才说:"后来像俗话说的'三十年河东,三十年河西',贺世东高中毕业后,没考上大学,出去打工,先在山西一座煤窑挖了三年煤。你想也想不到,这兄弟一边下井做苦力,一边参加一家电子大学的函授课程,竟然取得了大专文凭。后来到北京一个电讯公司又打了几年工,然后自己拉起了一个工程队,先做电讯,后做互联网,听说赚了不少钱,在北京把房子也买上了,车子也买上了。女儿贺兴芳嫁到城里,也很有出息,在南大街那儿开了两家服装店,一家叫'卓尔不凡',专卖高档服装,一家叫'美衣庄',卖的服装虽然没有'卓尔不凡'高档,却也尽是一些品牌货。不过我们也听人说,那些服装都是一些山寨产品。但不管怎么说,人家反正是赚到了钱的!这兄妹俩也孝顺,贺世东吃的、喝的,要多少给多少,家里这将近十亩的地,他也不种了,一直荒在那儿长草,别人想流转,即使给他钱,他也不答应……"贺端阳说到这儿,贺通良插话说:"他现在日子过得比解放前贺银庭还舒服,哪还在乎这几亩地的流转费?"众人听了这话又都说:"是呀,是呀,发财人不在乎这点把点……"

乔燕听大家议论纷纷,仍然抿着嘴唇没吭声,过了半晌,才又看着贺端阳问:"除了你刚才说的孤僻和倔强以外,这个世东大爷还有什么脾性?"贺端阳想了想,说:"我倒想不出他还有什么不好的脾性了!"说着又望了望众人,"你们记得他还有什么古怪的脾气没有?"贺文马上说:"其他古怪的脾气倒是没有,也不赌博也不耍牌!就是喜欢喝几口小酒,但从来没见他喝醉过!"贺通良也说:"他很讲信用,那年赶场,他在街上向我借了几块钱,后来我都忘记了,过了好几年,他把那几块钱拿来还我,我才记起来!"郑全智也说:"还有些好面子!"乔燕听了这些话,没再问什么,把话题转移了回来,看着几个干部问:"那大家说说,现在我们究竟该怎么办?"众人一听又沉默了。过了一会儿,贺文才说:"反正他那地也不种了,管他同意不同意,给他推了就是!"贺通良也说:"就是,土地是集体的,村上也有权利把地收回来!"贺端阳却说:"要是像你们说得那么简单,我这脑壳就不会涨大了!你们难道不知道,前些年土地确权,那地的权属还是确定到他名下的,他要是和村上打官司,村上就只会是孔夫子搬家——尽是书(输)!"众人又都不说话了。乔燕也觉得这办法不行,想了想又问:"除了强行流转,还有什么办法?"众人沉默了一会儿,张芳突然道:"依我看,他既然不答应流转,我们就不流转他那十亩地!他要想种,小川老弟你们就不让他从地里过,看他怎么去种?"贺文和贺通良急忙摇头说:"他压根儿就没有打算种那地,你怎么难得到他?"

　　乔燕抿着嘴想了半天,也没想出什么主意来,见时间也不早了,便对众人说:"既然大家都没想出什么主意,那就先回去吧!想出了什么好的办法,给我和贺书记打电话也行,当面来交流也行!"众人听了这话,便散去了。

第六章

乔燕看见贺端阳和贺小川也往外走,便叫住他俩道:"贺书记和小川哥请留一下!"两人一听,又回到椅子上坐下。乔燕先看着贺小川问:"你爷爷当年说贺世东那句话,究竟是有意还是无意?"贺小川道:"我那时小,怎么知道他那话是小和尚念经——有口无心,还是拿着锄头刨黄连——有意挖苦的?"乔燕想了想又道:"如果让你爷爷现在去给贺世东赔个不是,他会不会……"话还没完,贺小川急忙叫了起来:"乔书记,你千万别说这话!我爷爷这个人呀,也是宁输一条命,不输一口气的!"贺端阳也说:"你想叫贺世明去给贺世东下矮桩?我给你说,这法子我早想过了!前天我去给贺世明老爷子说,解铃还须系铃人,你就去给他说声对不起……我话还没说完,他就黑着脸对我说:那你就等着吧!我把这话当真了,便问他:等到什么时候?他说:石头开花马长角那天!我说:老爷子,你两个何必要为当年一句话,就要记恨一辈子呢?他说:别说当年那句话是我有口无心,就算是我有意说的,他不缴钱还有理了?我就是不流转这一百亩地,也不得去给人赔小心!"乔燕听完贺端阳这话,心里明白了,原来是一对犟拐拐碰到了一起。她想了半天,仍然没想出好办法,便对两个人说:"好吧,你们也先回去,让我再想想!"贺端阳和贺小川便走了。

吃过午饭,乔燕向石牛坪走来,老远就看见那块叫燕麦大地的边上坐着一个老头,年纪六十多岁,身体有些干瘦,满脸的皱纹又多又密,眼睛向额头里面陷去,眼泡大得像是肿了一般,可深陷的一对小眼睛却非常明亮。上身穿了一件小县城流行的大码咖啡色唐装轻薄棉衣,下面一条深蓝色保暖绒棉裤,头上戴一顶枣红色无舌毛呢帽,给人一种衰老的印象的同时,又有一种精明的感觉。在他的旁边，就是几块长满荒草的地。尽管乔燕和贺世东没见过几次面，可还是一眼认出了他，于是走过去，装作不知道地大声喊道："爷爷，你在这里干什么呀？"

贺世东急忙将眼睛觑起来，乔燕看见从他眼缝中射出了两道明亮的、审视的光芒。他将乔燕上下打量了一阵，做出不认识的样子问："姑娘，你是谁？"乔燕知道他是明知故问，便道："世东爷爷，你真是贵人多忘事，我是乔燕，贺家湾村的第一书记，我们见过几面的，你难道不认识了？"老头这才"嘿嘿"地干笑了两声，说："哦，你就是乔书记呀？"说着，抬起两只手朝乔燕打拱，接着说，"对不起，老朽眼拙，得罪得罪！"乔燕见他故意装糊涂，看了看他旁边的地，也装着不知道地问："爷爷，这地方是不是叫蒿草坪？"老头一时没回过神来，看着乔燕说："什么蒿草坪？这地方叫石牛坪！"说着还指了前边一块像牛形状的石头对她说，"你看那块石头，像不像一头牛躺在地上吃草？"乔燕顺着他的手指看了看，说："真的很像，爷爷！不过我看这几块地里的草，以为叫作蒿草坪呢！"

老头明白了过来，急忙说："姑娘，你莫笑话，老汉没力气种了，没办法！"乔燕听他这么说，决定不再和他绕弯子，便开门见山地问："爷爷，你自己没力气种，为什么不把它们流转出去，却要让它们长蒿草呢？"老头听了这话，将耳朵侧过来，对乔燕认真地说："姑娘，我耳朵背，你说的什么？"乔燕真以为他没有听清，于是又把声音提高了一些，说："爷爷，我问你为什么不把土地流转出去？"老头听完，仍说："我还是没听清，你还大声点！"乔燕又只得将声音提高几度，把刚才的话说了一遍，老头还是说："你再大声点！"乔燕这才知道老头是故意装聋作哑，便把嘴唇贴到老头耳边，把手卷成喇叭筒，然后才一字一句像打雷似的喊叫起来："你——为——什——么——不——把——土——地——流——转——出——去——"喊完，乔燕觉得喉咙像是被撕破了一般。可老头还是既不恼也不怒，一边摇着头，一边仍像先前一样语气淡淡地说："嗯，姑娘，我人老了，耳朵背，还是不知道你说的什么。"

乔燕见他这样，真有些拿他没法，像是一只泄气的皮球，不由得有些沮丧地咕哝道："爷爷，你真是个老糊涂……"话还没完，却见老头霍地瞪圆了双眼，愤怒地盯着乔燕，从身边拿过手杖，高高举到头顶。乔燕一见老头要打人的样子，急忙闪到一边，才问："爷爷，你要干什么？"老头见乔燕闪开了，并不起来追赶，却气咻咻地盯着她问："我哪儿老糊涂了？"乔燕又是一惊，急忙道："你不是听不见吗？"老头说："你骂我的话，我能听不见？"又没好气地道，"你以为我不明白？你一来我就知道是干什么的了！你们干部穿的都是一条裤子，就是想让我把这地流转给贺世明！我偏不流转给他，看你们怎么办。别说是你，就是天下掉个人下来，也休想让我改变主意！"乔燕听了这话，又想哭，又想笑，这才知道平时自以为还算聪明，却远不是这个貌不惊人的老头的对手，于是叹了一口气，说："爷爷，你这是何必呢？我是担心你在这里坐感冒了，没人照顾你……"还要往下说，老头却说："我的事我知道，不要你们狗咬耗子多管闲事！"乔燕听了这话，便不打算再说什么，道："好，爷爷，算我没说，那你就在这里坐吧！"说完转身往回走。

回到村办公室，乔燕立即给贺端阳打电话，叫他到村办公室来一趟。没一时，贺端阳便赶到了。乔燕把刚才的事给他说了一遍，然后问贺端阳："你忙不忙？"贺端阳反问："你有什么事？"乔燕道："如果你不忙，和我进城去一趟！"说完，不等贺端阳再问，便把自己的想法对他和盘托出。贺端阳听后，突然拍了拍自己的脑袋，笑着说："你看我，怎么就没有想到这点？好，你等等我，我回去骑车子！"说罢，转身出了村委会办公室的大门。

乔燕对婆母说要进城去，婆母道："你上午才回来，什么事又要回去？"乔燕道："妈，事情很急，我晚上会赶回来！"婆母听后便把张恤抱来让她喂奶。可还没到吃奶的时候，那小子吸着吸着，干脆停下来，用胖胖的小手摸着母亲的乳房玩了起来，急得乔燕直骂道："小混蛋，正喂你不吃，等会儿饿着了你又哇哇叫！"婆母道："孩子习惯了吃奶的时间，就像大人习惯了一天三顿饭一样，这半下午，他肚子还没饿，怎么会吃嘛。"乔燕没法，只得叫婆母把张恤包裹好，随她一起回城。

到达城里时，天已近黄昏，乔燕先把婆母和张恤送回家里，把自己那辆小凤悦停在车棚里，出来坐在贺端阳摩托车的后面，朝南大街驶去。乔燕问贺端阳："你知道兴芳姐的服装店在哪儿？"贺端阳道："听说挨到县公安局不远！"乔燕道："你没去过？"贺端阳道："我去干什么？我本身进城就少，即使进城，也不走南门。再说，自从她成了城里人，回村的时间也不多，我们见面时间一少，感情也就渐渐淡薄了，我没事到她那儿寻魂呀？"说罢停了一会儿又说，"我还是听村里一些人赶场回来说的，他们想到她店里买点便宜衣服，结果买回来一看，不但不便宜，还比人家的卖得贵，才知道她是专整熟人的……"听到这里，乔燕忽然"扑哧"一笑，却没说什么。

两人一边慢慢往前行驶，一边搜寻"卓尔不凡"和"美衣庄"服装店。不久，果然在县公安局办公大楼旁边，找到了"卓尔不凡"服装店。乔燕一看，这"卓尔不凡"的店面虽然不宽，可这是县城的黄金地段，能在这里盘下店面，其主人也够得上"卓尔不凡"了。屋子里灯光璀璨，各式时装琳琅满目，大多是女装。乔燕和贺端阳在街边把摩托车停好后，径直走了进去。大约是天色将晚，抑或是才过了春节不久，正是服装销售淡季，店里冷清，一胖一瘦两个年轻营业员，一个坐在柜台后的椅子上，手趴在柜台上，头向前倾；一个站在柜台外面，同样手趴柜台，身子前俯，两人头靠着头，低声在说着什么。一听见有脚步声从门口传来，两人同时像从睡梦中惊醒似的，立即抬起头，脸上露出了机械的笑容。站在柜台外面的女孩马上款款地走了过来，把两只纤纤玉手握在一起，垂在胸前，一边朝乔燕和贺端阳鞠躬，一边莺声燕语地道："欢迎光临！"乔燕一看，倒像训练有素的样子，便也送她一个表示赞赏的微笑。姑娘像是受了鼓励，立即看着她甜甜地说了起来："大姐买点什么？我们这里刚进了一批换季的衣服，可适合大姐了……"话还没完，贺端阳便打断了她的话，道："我们找你们老板！"女孩一听这话，脸上立即飞上一道怀疑的神情，半天才道："找我们老板干什么？"乔燕看出了女孩的疑虑，便道："你们老板是不是叫贺兴芳？"女孩点了一下头，仍然没有解除戒备，道："你们……"贺端阳像是等不及了，道："啰嗦什么呀？我们是你们老板的亲戚，你只告诉我，你们老板在不在就是了！"女孩的目光在贺端阳和乔燕的身上扫了一遍，还是顾虑重重地说："我们老板刚才出去了……"话还没完，贺端阳又对她说："你给她打电话，告诉她我叫贺端阳就行！"坐在柜台里边的女孩听了话，果然掏出手机打起来。打完，从柜台后面扯出两只塑料凳，一边招呼乔燕和贺端阳坐，一边忙不迭地从饮水机里接了两杯热水，恭恭敬敬地端到他们面前，口里像抹了糖似的说道："贺叔叔，我们老板说，请你们稍微坐一坐，她一会儿就回来！"

果然没过多久，一个三十多岁的女人就旋风般地冲进屋子。乔燕一看，只见她个子不高，人有些胖，脸是鸭蛋形，嘴唇肥厚，嘴角往两边高高翘起，胸脯也有些大，总之一句话，她长得并不好看。可从她走路来看，却有一种雷厉风行的泼辣和果断的作风。她一眼就看见了坐在柜台旁边的贺端阳，便有些夸张地叫了起来："端阳哥哥，什么风把你吹到我这里来了？"一边叫，一边过来抓住了贺端阳的手。贺端阳道："妹妹发财了，还认得我这个穷哥哥，那就好！"说罢便把乔燕介绍给了她。贺兴芳又立即过来抓住了乔燕的手，道："你就是乔书记？我从电视里看见贺家湾举办的千人团年宴，真是了不起！"乔燕见贺兴芳左手戴只硕大的银戒指，右手戴只金戒指，一金一银，在头顶柔和而明亮的灯光照耀下，闪着一种炫耀的光芒。她正想说点什么，贺端阳却抢在了她前面问道："那么热闹，你为什么不回来？"兴芳道："我想回来，可那两天正是生意兴旺的时候，怎么走得开？"说完又问贺端阳，"你们怎么突然想起到我这里来了？"贺端阳道："我们进城办点事，路过这里，我突然想起小时候我和你哥哥一起爬到桑树上摘桑泡，你像个小跟屁虫一样跟着我们，便想来看看这个发财妹妹现在眼睛大了没有……"

贺端阳话还没完，贺兴芳便道："端阳哥哥怎么这么说话？别说我没有赚到钱，就是真的成了发财人，敢把娘屋的父母官给忘了？"贺端阳道："这话说得好！俗话说，别说娘屋来个人，就是来条狗，也会觉得亲呢！妹妹你要是在婆家受了什么欺负，尽管告诉我，我带人来帮你！"贺兴芳又夸张地叫了起来："哎呀，没想到端阳哥哥还没有把我当成泼出来的水，这可太好了！"说完笑了起来。贺端阳和乔燕也跟着笑，笑毕，贺端阳才说："既然妹妹这样看得起我，今晚上我和乔书记请你吃饭，你给不给我们面子？"

贺兴芳一听这话，便正了颜色，对贺端阳问道："端阳哥哥你是不是怕妹子请不起客？"贺端阳道："我知道，妹子别说请一次客，就是请一百次，那也不当什么！不过，我是哥，理应由哥请妹子嘛！"贺兴芳道："这不是想打妹子的脸吗？你们既然进了城，哪有要你们请客的道理！"说完大手一挥，做出了十分坚决的样子，对贺端阳和乔燕说，"就这么定了，今晚上我请娘家两个父母官！"贺端阳还想推辞，乔燕立即对他说："既然兴芳姐这样热情，我们恭敬不如从命，你看怎么样？"贺端阳还没答话，贺兴芳便显得高兴起来，说："我们也不走远了，旁边刚开了一家牛肉馆，听说都是本地黄牛肉，生意不错，我们去品尝一下！"乔燕微笑着对贺兴芳说："行，我们听姐的就是！"贺兴芳听了，挎起放在柜台上的棕黄色真皮单肩包，对两个女营业员交代了一番，便带着乔燕和贺端阳走了出去。

牛肉馆有个很霸气的名字，叫"五洲牛肉"，离贺兴芳"卓尔不凡"服装店只有二百来米远。贺兴芳他们在服务员的带领下，左绕右拐，到了后面一间包间，乔燕和贺端阳抬头一看，只见包间门上写着"纽约"两个字。三人进去坐下，服务员倒茶，贺兴芳点菜，乔燕等贺兴芳菜点完后，才对她道："姐，你们先坐，我上个洗手间！"贺兴芳信以为真，道："你去吧！"乔燕走出来，径直去了吧台，掏出一千块钱来对收银小姐说："我先压一千块钱在这里，等会儿有人来结账，你就说我已经结了！"收银小姐问了乔燕包间号和她的姓名，在账单上记下，乔燕才转身回到包间。

没一时，服务员送来三只汤锅，放在电磁炉上，接着又送来几碟牛肉和几盘小吃，以及几样时鲜蔬菜，摆了满满一大桌。乔燕一看那牛肉，红白相间，色泽鲜艳，虽然切工精细，但从那颜色和肉质上一看，便知是从工厂流水线上加工出来的，哪是什么本地的黄牛肉。但她没说破，而是客随主便，等汤锅里的水开了以后，挑了几片牛肉在锅里。刚才要酒时，贺兴芳非要给贺端阳要一瓶当地有名的"小醇香"，被贺端阳给挡下了。贺端阳告诉贺兴芳，他们今晚上还要赶回去，要是喝醉了，误了村里的事情是其次，要是路上出了问题，那可麻烦了。贺兴芳听了这话，便换了一瓶"长城干红"，说无论如何也要表示一下。她让服务员开了酒塞，往乔燕、贺端阳和自己的高脚杯里都倒了一些，然后端起杯来，正要发表祝酒词时，却被乔燕一把按住了，道："兴芳姐，你的心意我们领了，可这酒，我们不能喝！"

贺兴芳马上愣住了，先看了看贺端阳，然后目光又落到乔燕身上，有些不明白地问："乔书记是怕我在酒里下了毒药？"乔燕立即道："不是这个意思，姐！明给姐说吧，我和贺书记赶来，是有一件为难的事想求姐，姐如果愿意帮我们，别说是一杯酒，就是一杯砒霜，我们也一口喝下去，要是姐不愿意帮我们，我们喝起有什么意思？"贺兴芳见乔燕一脸严肃的样子，有些不明白了，道："我一个弱女子，嫁出来都这么多年了，能帮你们什么忙？"乔燕立即看着她说："这事姐一定能帮忙，而且也只有姐能帮上忙，就看姐给不给我们面子。"贺兴芳也没问什么事，便道："只要我能够帮上忙，绝不说半个不字！"乔燕听了这话，急忙端起酒杯，说："凭姐这话，我和贺书记就先敬你一杯！"说着看了贺端阳一眼，贺端阳站起来，举起杯子和贺兴芳碰了一下，说："妹子，我们先干为敬！"说毕，和乔燕一起，将杯子里的酒一饮而尽。

贺兴芳也忙不迭地把杯里的酒饮干，然后抓起一张纸巾擦了擦嘴角，才对乔燕问："什么事？"乔燕向贺端阳投去一瞥示意的目光，贺端阳便把她父亲如何不肯流转土地的事对她说了一遍。说完，便按照事先和乔燕商量好的，皱起眉头，哭丧着一张脸，先打苦情牌道："妹子，真佛面前不烧假香，这事，我不但在乔书记面前做出过保证，也在上级领导和全村人面前做出过保证，现在就是你爸一个人在那儿拗起了，让我没法向领导和全村人交账，你说我该怎么办？"贺兴芳听罢还没回答，乔燕也苦着脸对她说："姐，产业发展是脱贫攻坚的头等大事，贺家湾产业发展不起来，就没法从根本上脱贫，到时上面脱贫验收通不过，贺书记交不了账，我更交不了账！姐，你是知道的，现在的年轻人好不容易才考个公务员，要是因为贺家湾脱不了贫，我把饭碗搞丢了，你说该怎么办？"听了乔燕这话，贺兴芳马上爽快地说："丢就丢了，有什么要紧？到时到我店里来打工，我保证给的工资不比你现在少！"乔燕听贺兴芳这话有些玩笑的意思，继续苦着脸道："姐，玩笑归玩笑，你一定要帮帮我们，我和贺书记现在都踩到火石要水浇！"说完，两人都紧紧看着贺兴芳。

贺兴芳听了他们的话，像是有些不相信地问："你们就是为这事进城来的？"贺端阳道："可不是，妹子！我们知道妹子是大忙人，不到万不得已，怎么敢来打扰妹子？"贺兴芳却道："端阳哥、乔书记，实在对不起，我可能要让你们失望了……"话还没完，乔燕和贺端阳惊得叫了起来："为什么？"贺兴芳白白的脸颊上挂着一种平静的、似乎早有预见的神色，道："我爸那个脾气，他认准了要做的事，十条牛也拉不回，你们又不是不知道。其他事都好说，这事我没法办到！"

贺端阳一听贺兴芳这话，马上泄下了气来，看着乔燕沮丧地说了一句："那怎么办？"乔燕看了看贺兴芳的神色，却没着急，说："姐，我们不能光说话不吃菜，是不是？"说着，往贺兴芳锅里夹了几片牛肉，又给贺端阳锅里夹了几片，最后才往自己锅里夹。贺兴芳脸上的神情仍没多大变化，只淡淡地说了一声："谢谢！"然后将涮好的牛肉从锅里夹起来，拌了作料，丢进嘴里。乔燕等她将牛肉咽下肚后，才看着她问："姐，我想问一问，世东爷爷回贺家湾，你知道吗？"

贺兴芳马上遮掩地说："我知道啥？我成天店里的事都打整不过来，管这些事干什么？前几天他对我说要回贺家湾一趟，我还以为他出来时间长了，想回老家看看，便没管他，哪知道他回去是做这事！"乔燕听罢，突然拍打了一下脑袋，做出了懊悔的样子说："原来是这样，我们还差点错怪了姐……"贺兴芳忙问："错怪我什么？"乔燕对贺端阳示意了一下，贺端阳马上道："我们还以为是妹子让老叔回来的呢！"贺兴芳停了一会儿，才掩饰地说："我要知道他是为这事回贺家湾，早就不让他回去了！"贺端阳又要答话，乔燕抢在了他前面："刚才我一见姐，就知道姐是一个深明大义的人，现在我们更知道这事不怪你！可湾里的人，都在背后议论你们兄妹呢……"贺兴芳忙问："议论我们什么？"乔燕停了一下才说："我说了姐千万别生气呀！"贺兴芳说："你说吧，我不生气。"乔燕道："村里人说那么好的地，自己不种，又不流转给别人种，暴殄天物，只有过去那些土豪恶霸才做得出来，也不怕遭报应！"贺兴芳抿着嘴唇没吭声。乔燕看了她一眼，又紧接着说:"这还是好听的,比这个更难听的,我都不好给姐说……"贺兴芳忙说:"乔书记你尽管说!"乔燕看了看贺端阳,贺端阳立即道:"妹子,乔书记不愿意说,哥是巷子里扛竹竿——直来直去的人,还是我来给你说吧!湾里一些人现在不怪你爸,说土都快埋到脖子上了,知道什么。这肯定是你们兄妹唆使你爸这么干的……妹子不要急,你也知道贺家湾有句俗话,叫'坛子口好封,人口难封',人家要这么说,你有什么法?还有比这更难听的呢!说什么你们发财人不靠点把点,自己赚得盆满钵满,就不管别人死活,真的是一有钱了连良心都变坏了!还说什么你们现在有钱,可以不求人,总有一天,比如世东老叔今后四脚一伸,要埋到贺家湾,总要求到湾里的人!就算你们有钱不求湾里人,但那坟头的三尺地皮,总是贺家湾的,既然都一根眉毛扯下来盖住了眼皮,大家就都不认人,你们就把他葬到北京八宝山去吧,反正你们有钱……"

听到这里,贺兴芳突然哈哈大笑起来,道:"端阳哥,你可别这么说,我们什么大风大浪没见过?贺家湾不让埋,我们就找不到埋他的三尺地了?"说完忽然严肃了脸,继续道,"你要这么说,倒是越说越生疏了!"乔燕和贺端阳立即面面相觑起来。乔燕红了脸,仿佛贺兴芳刚才那几句话,是打在她脸上的耳光一样。过了一会儿,她才既像有些不甘心,又像为自己找台阶下似的对贺兴芳说:"姐,你可别生气,舌头长在别人嘴里,一些人要这么说,我们也没有办法。只要世东爷爷那几亩地一流转,不管是怀疑、议论还是谣言、诽谤,都会不攻自破,你说是不是?"贺兴芳的目光露出了一丝怜悯来,等乔燕说完,她才说:"你们要他把那几亩地流转出来,其实十分简单……"

乔燕和贺端阳马上盯着贺兴芳问:"姐,你有什么好办法?"贺兴芳见两人着急的样子,却将话停了下来,两人只得定定地看着她,等待着她说下去。

过了一会儿,贺兴芳估计将两人的胃口吊得差不多了,才道:"你们让贺世明老叔给他赔个礼,什么问题都解决了……"乔燕和贺端阳没等她说完,眼神又暗淡下来。贺端阳道:"妹子,如果世明老叔肯赔礼,我们就不会来打扰你了……"

他还要往下说,贺兴芳却有些生气地打断了他的话:"他有什么不该赔礼的?俗话还说揭人不揭短,打人不打脸,明知道那时我爸拖着我们兄妹,又当爹又当妈,日子过得不容易,别说三百块钱,就是三十块钱,我们家那时也掏不出来,并不是我爸故意耍赖。人穷了,有什么办法?我爸为这事在背后还悄悄掉过眼泪,说全湾人都集了资,唯独自己交不出钱,连祖宗八代的脸都丢了!交不出钱，他本身就感到低人一等，世明老叔还偏偏往他伤口上撒盐，这不是打他的脸吗？我爸本身就是一个爱面子的人，怎么受得了这话……"

说到这里，贺兴芳的语气变得缓慢和沉重起来："端阳哥、乔书记，人穷志短，马瘦毛长，那时候，全湾有哪个人正眼看过我们爷儿三人？为走门口那段公路，我和我哥没少挨我爸的打！我记得十分清楚，有次因为下了好几天雨，我和哥哥去上学，就没走后门那一两丈长的土路。可刚踏上水泥路，我爸就从屋里冲出来，给了我和哥哥每人两个耳光，一边打还一边骂：'硬是立不起志的东西，走土路会死人呀……'"

说着，贺兴芳眼圈忽然红了起来，乔燕急忙道："姐，你别说了，我理解你爸当时的行为！"听了这话，贺兴芳瞪着发红的眼睛盯着她，问："你真的理解？"乔燕道："他只不过在用这种方式维护着一个男人最起码的尊严……"话还没完，贺兴芳叫了起来："你真是这样想的？"乔燕又道："如果换作我，我也会这样的！"贺兴芳听乔燕这么说，马上冲门外的服务员喊了起来："给我们拿一瓶'小醇香'来！"说完回头看着乔燕，说，"乔书记，承蒙你看得起我这个姐，就凭你刚才那句话，不管你答应不答应，我也要把你当作妹子，今晚上姐和你喝杯白酒，你敢不敢？"乔燕一见贺兴芳这个架势，也横下了一条心，道："姐，我刚才就说过，只要姐愿意帮我们，就是砒霜我都喝……"

话还没完，服务员拿来一瓶白酒和三只玻璃酒杯，贺兴芳一见酒杯，便道："给换两个大玻璃杯来！"又对贺端阳说，"你说今晚上还要回去，我就不劝你的酒，我和乔书记喝！"话刚完，服务员拿来了两个大玻璃杯。贺兴芳拧开瓶盖，"哗哗"地把一瓶酒二一添作五，倒在两只杯子里，然后看着乔燕说："妹子，看得起姐，我们干了！"乔燕一听，忙对贺兴芳说："第一次和姐打交道，我看你也是直道人，姐说，怎么喝？"贺兴芳道："感情深，一口闷……"贺兴芳还没说完，乔燕便举了杯子，对贺兴芳说："好，妹子先喝为敬！"说罢端起来便要喝下去，这时贺兴芳却一把按住了乔燕的杯子，道："别忙，妹子，你究竟能不能喝哟？"乔燕还没答话，贺端阳抢在了前面说："她真不能喝，再说她还在给小孩喂奶……"话还没说完，乔燕道："再不能喝，今晚上我也要舍命陪君子！"贺兴芳一把抢过乔燕的杯子，瞪着乔燕嗔怪道："谁要你舍命来陪！明告诉你，我只是试试你的诚意，现在你想喝我也不会让你喝那么多了！"一边说，一边将乔燕杯子中的酒往自己杯中倒了大半，然后将杯子递给乔燕，"这点你能喝吧？不行姐又帮你！"乔燕道："姐，你这是干什么？"贺兴芳道："姐这个胃，早在生意场上锻炼成了酒囊饭袋,这点酒算什么?"说罢端起酒杯,"我先干为敬!"接着便像饮凉白水似的"咕咚咕咚"地喝了下去。乔燕叫了一声:"好!"也将自己杯子里的酒一饮而尽。贺端阳在一旁惊得目瞪口呆。

　　喝完以后,乔燕才按着胸口一声接一声地咳起嗽来,没一时,不知是咳嗽咳的,还是酒精都涌到面颊上来了的缘故,一张脸红得像块绸布。贺端阳忙叫服务员拿两瓶矿泉水来,拧开一瓶递给乔燕,将另一瓶递给贺兴芳,贺兴芳摆了摆手,却伏在桌上哭了起来,说:"自从那次挨父亲打过后,不管是天晴还是下雨,我和哥哥再没有走过门口那截不该我们走的公路,但我们在心里暗暗发誓,等我们长大了,哪怕拼了命,我们也要挣钱,要扬眉吐气……"乔燕喝了一瓶矿泉水,心里不像刚才那么像是着了火似的难受,头脑暂时也还清醒,听了贺兴芳的话,便说:"姐,宝剑锋从磨砺出,梅花香自苦寒来,你刚才讲得太好了!可事情毕竟已经过去了这么多年,人要往前走,事要往前看,何况你们兄妹在贺家湾人眼里,大小也是成功人士,何必还老是揪着过去一句话不放呀……"话还没说完,贺兴芳忽然站起来大包大揽地说:"妹子,你什么也不要说了!你看得起姐,没在姐面前端架子,姐也就信得过你!你们放心,我爸的事,包在我身上……"

　　乔燕和贺端阳听贺兴芳这么说,立即叫了起来:"真的?"贺兴芳道:"我是他女儿,我的话他都不听,还有谁的话他能听?"说罢也不等乔燕和贺端阳回答,便又看着他们问,"吃好没有?吃好了我们就撤!"

　　三人来到吧台,贺兴芳去结账,收银小姐向乔燕努了努嘴,说她已经结了。贺兴芳一听,立即生气地说:"你什么时候去把账结了?"乔燕虽然头痛得厉害,意识却还没有混乱,便说:"姐,我们是为村上的事来找你,耽误了你一晚上时间,我们已经过意不去,怎么还会要你破费?"贺兴芳像是受了侮辱,立即红着脸道:"你们这也是在打我的脸,这事要传回贺家湾,大家还不笑话我这个嫁出来的姑娘连人也不会为?"乔燕见贺兴芳还想说什么,便急忙说:"我倒有个建议,姐也有好几年没回贺家湾了,如果姐真心想帮我们,不如就在这几天,抽个时间回贺家湾来,一则看看贺家湾的变化,二则也做了你爸的工作,你看怎么样?"贺兴芳还没答话,贺端阳又道:"就是,妹子!到时我让你嫂子烧几个菜,再把你爸请来,虽说你嫂子的菜没城里厨师烧的好,毕竟还是贺家湾的味道,你也回忆回忆过去的生活,怎么样?"贺兴芳听了两人的话,马上说:"难道你们还怀疑我是雨过送伞——假仁假义?行,我明天就回来!"

第二天上午，贺兴芳果然回到了贺家湾，那时乔燕头天晚上的酒还没醒。也不知贺兴芳采取了什么手段，等乔燕酒醒后，贺世东老头已经在村委会的土地流转协议书上歪歪斜斜地签上了自己的名字。

第七章

　　过了一个多星期，镇上突然通知各村第一书记和党支部书记、村委会主任开紧急会议。贺端阳正好在家里，乔燕便约了他一起往镇上去。走出村委会办公室不远，乔燕忽然对贺端阳说："时间还早，我们去看看小川哥和兴林大叔两家的土地平整得如何了。"贺端阳忙说："行呀，反正去早了也是白聊闲话！"说完，两人便朝石牛坪方向走去。到了那里一看，包括石牛坪、黄泥嘴、簸箕垭口在内的三百亩土地基本平整出来了。贺兴林的二百亩地在东边，贺忠远、贺小川的一百亩地在西边。当初乔燕把他们的地都规划到一起，正是为了平整出来的土地能够像上级要求的那样，成为田成块、路相通、渠相连、林成网、旱能灌、涝能排的现代化农田。尽管现在平整还没结束，但那种现代农田的格局已基本成形，暖和的春阳照在那一块块新翻出来的、整齐得如棋盘似的田畴上，呈现出深褐色，仿佛泛着一层油光。乔燕没想到在贺家湾这个四周都被群山包围的小山村，竟能造出这么一个小平原，不由得高兴地说了一句："要是把贺家湾所有零零碎碎和高低不平的土地，都整理成这个样子，那该多好呀！"贺端阳道："前些年国家专门有农田整理项目，可惜我们不在公路沿线，没福分享受！"乔燕一听，忙看着贺端阳问："为什么不在公路沿线就没福分享受？"贺端阳说："你整理出来了，哪个领导会来你这个山旮旯里参观？人家公路沿线，领导坐在车子里，隔着玻璃就看见了。"乔燕听了这话没吭声，心里却在想："要是把全村土地都整理成这样，即使没人来流转，起码也消灭了土地细碎化，家家土地都集中到一块儿，无论施肥、打药、管理、灌溉、收获，不知要节省多少劳力和生产成本！"可她没把这话向贺端阳说出来，因为她深知要把全村的土地整理出来，绝不是一件轻而易举的事。看了一会儿，他们才骑上车"突突"地往镇上驶去。

到了镇上，发现镇政府大院内静悄悄的，像是没人一般，但院子里停满了摩托车。乔燕和贺端阳在一棵才绽开新叶的银杏树下架好车，便急急地往楼上会议室走去。到了那儿往玻璃窗里一看，见镇政府那间能容纳一百多人的会议室，不但镇政府的几十号人和各村的第一书记、村支书、村主任已经坐在了那儿，而且镇级机关的头儿也都来了。乔燕和贺端阳急忙走到会场中，找到自己的位置坐下。抬头往会场中一看，只见主席台上面的会标写的是"全镇土地大流转动员大会"。两边墙壁上悬挂的标语，左边是"土地流转是产业振兴、实现农村全面小康的重要途径"；右边是"土地规模流转，是去小农化的必然要求"。乔燕又回头往后看了一眼，只见后面墙壁上的标语倒通俗了许多："土地流转得租金，入股分红得股金，就近打工挣薪金"……正这么左顾右盼着，台上麦克风"噗噗"地响了两声，郑镇长喊道："大家注意，开会了！"

乔燕急忙回过头，从包里掏出笔和本子，刚打开，郑镇长便在台上念起了开场白："同志们，为了深入贯彻落实习近平总书记扶贫开发战略思想，确保打赢脱贫攻坚战，实施乡村振兴战略，大力实施产业扶贫和产业振兴，经镇党委和镇政府研究决定，召开这次全镇土地大流转动员大会……"听到这儿，乔燕觉得镇长这短短几句话中，一会儿是"扶贫攻坚战"，一会儿又是"乡村振兴战略"，一句话中既有"产业扶贫"，又有"产业振兴"，不但在修辞上有些重复、累赘，而且在逻辑上还有些混乱。她正打算在脑海里给镇长找出这几句话逻辑上混乱的地方时，会场上却突然响起了一片掌声，原来镇长的开场白已经说完，大家正在热烈欢迎罗书记做重要讲话，乔燕也忙跟着鼓起掌来。

掌声中，罗书记咳了一声，还没等掌声停下，便讲了起来："同志们，刚才郑镇长已经把今天会议的主要精神和发展产业的重要意义，讲得非常明白了……下面我着重讲一讲为什么要开展全镇土地大流转！"说完，罗书记严肃了面孔，"首先，随着经济的迅猛发展，特别是中国城镇化的快速发展，越来越多的农村青壮年背井离乡，农村闲置和抛荒的土地越多，这一点不用我多讲，大家都是知道的……土地是一种稀缺资源，所以，土地大流转的意义，首先便是为了防止土地荒废，发展中国特色农业现代化、促进农业产业升级和提高集约化经营水平、提高土地资源的市场配置效率和规模经济收益率的需要……"听到这里，乔燕对"集约化经营"和"规模经济收益率"这两个经济学名词倒是有些理解，但对"市场配置效率"却有些似懂非懂。她急忙在本子上记了下来，准备回去查查资料。刚记完，罗书记又讲了："土地流转是建设现代农业的必由之路。建设现代农业的前提是要上规模。没有土地流转，规模生产就无法实现，也不会产生规模效应；没有经营的集约化，也就没有现代化。所以，加快农村土地流转，是实现农业现代化的必然选择……"

乔燕脑海里立即浮现出那三百亩现代农田的雏形，不由得心悦诚服地朝主席台点了点头，接下来她便听得更认真了。只听得罗书记又说："……第三，土地流转是增加农民收入的有效之策。农业目前还是一个比较效益低、市场竞争力弱的弱势产业，一家一户生产结构单一，分散经营，农产品科技含量低，抗风险的能力弱，事实表明，如果不解决土地分散经营这个根本问题，不抓住农村土地流转这个根本途径，农民增收就只是一句空话。只有加快农村土地流转，才能提升农业产业化水平，才能有效配置土地资源，增加农民的收入！"听到这里，不但乔燕在频频点头，整个会场也响起了一片"嗡嗡"的声音，人人都显露出了一种心悦诚服的钦佩和兴奋的神情。乔燕点完头以后，心里不禁又有些纳闷起来："罗书记今天总不会只是给我们上课吧，他的葫芦里到底藏着什么药呢？"这么想着，不由自主地朝会标上看了一眼。

罗书记似乎也猜出了大家的心思，他把土地流转的一番重要意义讲完后，这才话锋一转，眼里闪着一股激动的光彩，看着大家高声宣布说："告诉大家一个振奋人心的好消息：在县委、县政府的亲切关怀下，经过镇党委、镇政府的不懈努力，全省龙头企业——润捷粮油加工公司的赵总，决定来我们乡流转两万亩土地发展核桃种植……"一语未了，会场里"嗡"的一声，犹如一滴水掉在了滚油锅里，立即炸开了。

乔燕的脑海经过短暂的沉寂、震撼和惊骇后，迅速清醒了过来，原来罗书记说的，就是过去报纸和广播里常说的"大资本下乡"，前不久母亲还给她讲过大资本下乡的事呢！她非常清楚地记得母亲说过，那些大资本下乡效果并不理想，甚至有一些是以失败告终，她相信母亲不是随便讲这样的话的。可现在镇上怎么一下子要把全镇的土地都流转出去呢？如果失败了怎么办？在众人一片交头接耳的"嗡嗡"议论声中，她突然瞪着有些惊恐的眼睛，看着罗书记问："两万亩，不是全镇的土地全都要流转出去吗？"罗书记脸上还带着得意的色彩，又朝会场扫了一遍，然后才回答乔燕说："当然是这样的，要不，今天的会议主题为什么叫作'全镇土地大流转动员大会'呢！"说着，将目光从乔燕身上移到众人身上，继续骄傲地说,"同志们,下面我简单介绍一下润捷粮油加工公司的情况!该公司在20世纪90年代初,只是我们县城郊乡一个家庭碾米场,后来,在米面加工的基础上,开始收购油菜籽、玉米、花生、芝麻等油料作物生产油料。进入21世纪后,公司经理赵百亿又在粮食加工和油料生产的基础上,增加了稻子、小麦等主要粮食品种的收购和销售业务。现在,该公司已经成为我们地区融粮食收购、加工、销售于一体的大型民营企业。这次,赵老板能够来我们镇流转两万亩土地建立核桃种植基地,主要是为他过几年生产核桃油做准备……"

罗书记话还没说完,乔燕在众人的窃窃私语中,突然对罗书记冒出了一句:"罗书记,好事是好事,可是不是冒进了一点?"话音刚落,会场上立即鸦雀无声,所有人的目光都"唰"地集中到了乔燕身上,好像她说了什么不该说的话。罗书记的脸不由自主地哆嗦了一下,可他马上恢复了平静,目光落在乔燕身上问:"怎么冒进了?"乔燕道:"一流转就是两万亩,要是……"还没等她说完,罗书记便打断了她的话,说:"两万亩就多了?国外一些大农场,动辄就是几千几万公顷土地,你怎么解释?"乔燕听罗书记这么问,像是口干似的伸出舌头濡了濡嘴唇,正想回答,贺端阳忽然拉了她一下,她只好坐了下来。罗书记见会场上没人再"嗡嗡"议论,像是非常满意,言归正传:"我知道要在短时间内,一下子从老百姓中流转两万亩土地,无异于一场艰苦卓绝的革命,为了做好这项工作,我们经过慎重研究,成立了'全镇土地流转中心'办公室和领导小组,由我担任组长,郑镇长、党委副书记和镇纪监书记任副组长,镇上相关同志和各村第一书记、支部书记和村主任任成员,全方位地为土地流转提供政策指导和服务工作!各村回去,也要成立相关的组织机构……"

会场上有人忍不住了,终于大声叫了起来:"罗书记,你别只叫我们流转,那个什么公司的赵老板,出多少租金一亩,你还没有告诉我们呢!"众人一听,又马上交头接耳起来。乔燕朝那人一看,原来是周家沟六十多岁的老村主任周发太,一个老实巴交的老农民。乔燕壮了胆,也跟着叫了起来:"就是,罗书记,土地全都流转了,这么多留在家里的村民怎么办?"罗书记一听,脸顿时黑了下来,他没回答周发太的话,却盯着乔燕,用手指了指会场后边的标语,冷冷地说:"村民怎么办,后面标语上不是写得很明白吗?'土地流转得租金,入股分红得股金,就近打工挣薪金'!难道这还不好吗?"说完也不等乔燕回答,又将目光移到周发太身上,"根据县上的统一规定,每亩土地的租金为四百斤粳稻!"乔燕一听这话,迅速在心里盘算了一下,四百斤粳稻的价格倒是不低,折算成现金后，比贺忠远、贺小川和贺兴林在贺家湾流转的土地还要高一点。可乔燕还是有些不明白，土地流转的租金明明是业主和村民在自愿、平等的基础上，通过协商达成，县上怎么又越俎代庖，制定一个统一的标准来为老百姓做主呢？她想问问罗书记，可一想起罗书记刚才那张像生铁一样的面孔，又忍住了。

  罗书记见会场虽还有些"嗡嗡"的声音，但再没人站起来问什么了，于是停了停宣布说："为了调动大家流转土地的积极性，保证按时按量完成全镇土地流转任务，镇党委和镇政府制定了奖励和惩罚措施！从现在起到本月底，土地流转是全镇工作的重中之重，是压倒一切的任务！镇土地流转中心将每天对全镇土地流转进度进行考核，不但对流转工作进度快的村给予财政奖励，而且将流转指标作为村第一书记、村支部和村委会的年终工作考核指标。对在规定时间内，完成流转任务百分之八十的村，给予每亩二十元的一次性工作补贴；对完成流转任务百分之九十的村，给予每亩二十三元的一次性工作补贴；对全部完成任务的村，除每亩给予二十五元的一次性工作补贴外，还给予村第一书记、村支书、村主任每人五千元的一次性奖励！至于完成任务百分之八十以下的村，少百分之十，扣村支书、村主任工资百分之二十。至于第一书记，你们的工资虽然不掌握在我们手上，我们却可以将你们的工作状况通报给你们单位和组织部门……"罗书记说到这儿，有人又叫了起来："要是遇到了钉子户，镇上还像不像搞计划生育那样组织突击队……"

  没等那人说完，罗书记坚定果敢地摇了摇头，用斩钉截铁的语气说："别想镇上组织什么突击队！我不管你们采取什么情感型、威胁型、压力型，还是经济型或者软硬兼施型等手段，或叫工作策略也好，我只要效果！但我还是要给你们规定一条红线，即不准出群体性事件！谁弄出了群体性事件，谁负责任……"罗书记说到这儿，会场上又变得鸦雀无声了。罗书记大概也发现自己的话说得有些过了，于是将语气放缓和了一些："当然，大家也一定要注意工作方法，针对村民的不同情况，可以采取分类型、分步实施的方法进行！对个别顽固不化的……"说到这儿，他提高了声音，"也可以实行亲属连坐法……"

  听到这儿，乔燕浑身一震，她还是第一次听到"亲属连坐法"这个词，可怎么个连坐法，她压根不知道，于是抬起头，怔怔地望着主席台。她看见罗书记犀利而严肃的目光从乡干部和乡属机关单位负责人身上一一扫过后，然后他才宣布说："今天这个会开了过后，凡是镇境内端了财政饭碗和享受了财政补贴的人员，不管你是镇上干部，还是教师、医生或其他工作人员，都暂时把手里的工作停下来，回去先把自己的爹妈叔伯、亲戚老表的工作做通！做通了，就回来上班，做不通的就继续做，什么时候做通就什么时候回来！必要时，学校也可以让学生回去做父母的工作……"

乔燕觉得这些话十分刺耳，她越来越不能理解，土地流转不是一件好事吗，可怎么会用这么多强制的手段去推行呢？如果真的这样，我们党的群众路线到哪儿去了？实事求是的工作方法又到哪儿去了？我们这是在动员农民还是在强制农民？是帮农民还是在明目张胆地侵害农民的利益……

乔燕脑海里正这么打着架，忽听得罗书记又在大声说："现在，请各村的第一书记和支部书记上台表态发言！"一听这话，会场又静得像是没人一般，坐在前面几排的各村第一书记、村支书和村主任都互相看了一眼，谁也没有动。罗书记见没人主动上台，两道目光像两把凛冽的刀子从大家身上扫过，最后定在了乔燕身上："乔燕书记，你先讲！"

乔燕的身子不由自主地哆嗦了一下，脸也涨红起来。她不知道罗书记为什么会先点她的将，是自己刚才的话冲撞了他，还是见自己年轻好驾驭？可这个态她实在不好表！她仍在心里坚持着自己的信念，觉得把全乡两万亩土地一下子流转给外来的大资本，是一种非常冒险的举动，弄不好会给村民带来很大的伤害！想到这里，她抑制着自己的心跳，决定实话实说，于是不卑不亢地站起来，用初生牛犊不怕虎的大无畏精神，看着罗书记说："对不起，罗书记，这个态我不能表……"

"唰"的一下，会场上所有人的目光都集中到了乔燕身上，有的人像是听错了，脸上流露出一种怀疑的表情，一些人却又像被吓住了，脸上的皱纹在轻微地打着哆嗦。可更多的人却露出了欣喜的神情，一边点头一边向乔燕投去赞许的目光。罗书记两眼又锥子般盯着她问了一句："为什么不能表？"乔燕从罗书记貌似平淡的话里听出了他咄咄逼人的气势。但她不打算退让，也不准备回避他的目光，同样用一种深思熟虑般的语气回答了起来："土地流转的原则是平等、自愿和协商，我们还没有回去和村民商量，怎么就能表态呢？"说着，她看见罗书记那张方方正正的国字脸，一下变成了酱猪肝色，眼睛里也迸出了两道愤怒的火焰，像是自己的权威受到了极大的挑战。乔燕见领导就要发怒了，但此时她不希望有人打断她阐述观点，于是趁罗书记还没来得及说话，又接着说了下去："而且我认为，在我们这样人多地少的山区，应该大力培育本乡本土的职业农民和发展家庭农场，而不适合引进大资本……"

罗书记像是再也忍不住了，没等乔燕的话说完，便把右手攥成拳头并举了起来。可就在他要往桌子上砸下去的时候，贺端阳突然站了起来，大声说："罗书记，乔书记年轻，没做过农村工作，我代表贺家湾村党支部和村委会向镇党委、镇政府表态！"说罢，也不等乔燕说什么，在众人的一片注视中，走到主席台上的发言席前面，抓过麦克风，掷地有声地说了起来："刚才罗书记讲得很好，使我们深受教育，知道只有土地集中了，才能实施规模经营，才能带动农村大发展，实现机械化和农业现代化，带领全体人民共同致富！我们贺家湾保证按镇党委、镇政府的要求，采取一切措施和方式方法，在规定的时间内，百分之百地完成全村土地流转任务，不留一点死角！请镇党委、镇政府放心！"

一听这话，罗书记脸上的神情终于松弛了下来。会议室里响起了一片热烈的掌声。贺端阳在掌声中昂首挺胸地走下台来，乔燕却没鼓掌，只红着一张脸，像是受了羞辱。贺端阳在她身边坐下来时，她也没看他一眼。因有了贺端阳的带头表态，下面各村的表态也就顺利起来，所有的话都和贺端阳的话如出一辙。大会表态完毕，郑镇长又做了一通总结强调，便宣布会议结束。当大家正往外面走时，罗书记突然板着脸对乔燕喊了一句："乔书记，你到我办公室来一下！"乔燕一听，不由自主地站住了。她正思忖着去还是不去，贺端阳拉了她一下，并附在她耳边说："你去吧，我在外面等你！"说完又关心地补了句，"见风使舵，听清楚没有？"乔燕听了这话没回答，跟在罗书记后面随他去了。

罗书记在桌子上放下茶杯，然后在办公桌后面的一把摇椅上坐下，招呼乔燕在他对面椅子上坐下，这才继续板着一张铁青色的脸，没好气地对乔燕说："你不要以为在贺家湾干出了一点成绩，我就不能批评你……"乔燕的目光匆匆从罗书记脸上掠过，落到了他面前凌乱的文件和书籍上，有些委屈地说："我并没有说领导不能批评我呀！"罗书记像是被问住了似的愣了一下，过了一会儿才严厉地问："你知道今天开的是什么会？"乔燕想也没想，便用反问的口气回答说："不是全镇土地大流转动员大会吗？"罗书记看着乔燕粗声粗气地说："既然知道，为什么要在会场上提出那些奇怪的问题？想和我作对还是想出风头？"

乔燕一听罗书记把她在会上说的话，说成了想作对和出风头，心里也不平起来，又看了看罗书记那咄咄逼人的威严气势，心里产生出一种豁出去了的感觉，于是说："罗书记，我只不过说出了自己内心的真实想法而已！"说到这里，干脆一不做、二不休，用带着几分挑衅的口吻反问了一句，"难道我没有权利表达意见吗？"罗书记听了这话，脸又变成了酱紫色，只见他脸皮哆嗦几下，举起手掌正要拍下去，却立即放下了。他朝走廊上看了看，见有人不断伸着头朝屋子里张望，便站起来，过去将门重重关上，坐下后才摊了摊双手，做出了一副妥协的样子，对乔燕说："好，好，你完全有表达不同意见的权利，今天我就虚心向你学习，洗耳恭听你的宏论和高见，你说吧，啊！"

乔燕原本不打算再说什么，可一听罗书记这番话，心里不服气起来。她想了想，也好，趁这个机会，把心里的话都开诚布公对领导说出来，说不定罗书记听了后，真会改变主意呢！想到这里，她没推辞，推心置腹地讲了起来："罗书记，我真的觉得在我们这样人多地少的山区，适合发展家庭农场，不适宜搞几万亩的土地流转！如果把土地都流转给了城里来的大资本，农民的生活势必会受到影响……"说到这里，她的目光落到罗书记身上，见罗书记微微闭了眼，什么表情也看不出来。她略微停了一下，才接着说下去："即使要流转，也应该因地制宜，对没有留下几个人的空心村，把整村的土地流转出去也没什么问题，可对于贺家湾村来说……"说到这儿，罗书记"霍"地坐直了身子，盯着乔燕，有些气冲冲地问了一句："贺家湾有什么不一样？"

乔燕没屈服于罗书记冷峻和严厉的目光，她只略微停顿了一下，平静地说："贺家湾虽说大多数青壮年都出去打工了，可留在村里的六十岁以上的老人和妇女，全村常年还有两三百人。这两三百人中，除去已经丧失劳动能力和正在上学的孩子以外，有劳动能力的还有一百多人，他们依靠农村现在的小微农业机械，不但把全村的地种得很好，日子也过得非常惬意……"罗书记打断了乔燕的话："就依靠你那老人农业，就能实现农业现代化，实现乡村振兴？"乔燕咽了一口唾沫继续说："正因为靠老年农业不能实现农业农村的现代化，我们正在努力培养职业农民！我们已经动员和回引了贺忠远、贺小川、贺小琴和贺兴林等中青年打工者返乡创业，他们流转了村里二百和一百亩土地，用来种植粮食和蔬菜，现在土地已经平整出来了……"

乔燕以为罗书记听到这里，不说一定会高兴，至少也会流露出感兴趣的样子。可出乎她的意料，罗书记仍紧绷着脸，嘲讽地说："一两百亩土地，就算得上规模化、集约化？就能推动农村产业大发展？"说完见乔燕要插话的样子，又马上说，"我知道，问题就在这儿！你是怕镇党委、镇政府抢了你的功劳，想抱着你那一两百土地、一两个所谓的家庭农场不放，是不是？"乔燕一听罗书记这话，觉得罗书记不但伤害了她，更伤害了贺家湾村村民，伤害了党在农村的政策，于是也沉下了面孔，两眼毫不妥协地盯着他，语气变得犀利起来，说："罗书记,你说错了!我在贺家湾做的,并不想为个人捞什么好处,更没想要和镇党委、镇政府争什么功,我是完全为了老百姓好!再说,我还是觉得像我们这样的地方,发展家庭农场、培育本地的职业农民,是唯一正确的路!"

罗书记没想到乔燕会说出这样一番话来,听完,他也愣住了,过了半天,才突然像是恨铁不成钢,伸出手朝乔燕点了点,用教训的口气说:"你呀你呀,小小年纪,我没想到你脑子里还有这么严重的小农意识!你放眼看一看世界,看一看欧美发达国家那些大农场,哪个农场不是成百上千甚至上万顷土地?人家农业为什么那么发达?就是全靠了这些大农场!农业规模化越大,机械化程度越高,利润也才越高,这点道理你还不懂?"乔燕道:"你说的也是事实!我虽然没有机会去参观欧美发达国家的大农场,可在学校读书时,也从书本上学过一些。比如美国随便一家农场,至少也是几百公顷土地。可书记你也别忘了,美国才多少人,又有多少土地?我们是多少人,又有多少土地?人家人少地多,一个农场主拥有几百几千公顷土地,当然不足为怪。可如果我们这儿也这样,又会是什么样子?如果贺家湾的土地全流转出去了,留在家里这几百人该怎么办……"说着,她看见罗书记刚刚缓和的面孔又开始绷紧,张了张嘴像是要插话,但她没等他开口,继续说了下去,"当然,领导会说,不是还有土地流转金吗?不是还有在业主的土地上劳动的劳务收入吗?不错,就算这个老板很讲信用,年年都如数把土地流转租金付给农民,也每年吸收一部分身体好的农民在他的土地上打工,付一定数量的报酬,可你别忘了,这些农民在自己的土地上劳动,自然期待着好收成,可还有更重要的,那就是他们劳动惯了,只要一握着锄头他们就觉得充实、愉快,也觉得有希望。一旦让他们放弃了土地及土地上的劳作,他们该怎么安顿自己空虚的灵魂?"

乔燕把憋在自己肚子里的话,一口气都说了出来。说完,连自己也有些吃惊起来:"怎么连想也没想,就口若悬河般说出了这么一番话来?"这么想着,又忍不住看了罗书记一眼。只见罗书记两眼定定地看着她,像不认识了她似的。过了一会儿,罗书记才突然摊了摊手说:"好了好了,你们这些小年轻伶牙俐齿,一讲起话来就是滔滔不绝,我承认我们这些老家伙不是你们的对手,行了吧?"然后从桌子上抽出一份文件,拍了拍,严肃地对乔燕道,"现在我们言归正传,还是回到全镇土地流转的事情上来!你先看看这份文件是怎么说的?"说着,把一份红头文件推到了乔燕面前。

乔燕见是一份县委办公室下发的关于土地规模经营的通知,心里立即疑惑起来，怎么从来没听镇上传达过这份文件？再一瞥日期，原来是三年前发的，于是抬起头对罗书记说："不是三年前的文件吗？"罗书记听出了乔燕话里的怀疑，立即说："三年前怎么了？文件又没有宣布过期！我告诉你，直到现在，这都是全县土地流转的一份纲领性文件！"说完，见乔燕并没有表现出有阅读兴趣的样子，便又把文件抓回去，"好，我知道你现在也没有心思阅读，我就把几个重要的提纲读给你听听！"说完，也不等乔燕回答，就读了起来：

第一，加快推进农村土地承包经营权流转，促进土地向规模经营集中，优化农村土地资源配置。

第二，促进土地适度集中，发展农业机械化、集约化经营，以提高农村土地利用率、产出率，提升农业产业化经营水平，稳步推进土地向规模经营者集中、人口向城镇集中、农村劳力向非农产业转移。

第三，农村土地流转要推动土地资源的高效利用和相对集中，支持发展适度规模经营，提高土地利用率和产出率。

第四，鼓励有资金、懂技术、善经营、会管理的农村专业大户、农业产业化龙头企业、农民专业合作社、外出务工经商回乡创业者等经营主体，采取灵活有效的组织方式和经营方式受让流转的土地，围绕农产品区域布局，发展特色产品，建立生产基地……

读到这里，罗书记放下了文件，看着乔燕说："你听明白了吧？鼓励有资金、懂技术、善经营、会管理的农村专业大户、农业产业化龙头企业流转土地，赵百亿老板的润捷粮油加工公司不但是县上和市上，而且是省上的粮油加工龙头企业，是全县有实力的工商资本大户，实力非常雄厚，别人求都求不到，为什么我们镇上不能把他引进来发展产业……"乔燕听到这里，心想："引进来没错，可文件上也说了，要采取灵活有效的组织方式和经营方式受让流转的土地，并没有说规模越大越好呀！"她正想这样回答罗书记，罗书记似乎看出了她的心思，没等她开口，便神情严峻地看着她说："引进赵老板来我们镇流转土地，不光是镇党委、镇政府做出的决定，而且也是县委领导的意思！我就打开窗子说亮话，润捷粮油加工公司是省、市、县的龙头企业，也是县委孙书记挂包的重点企业，正是孙书记做工作，赵老板才同意到我们镇来流转两万亩土地建立核桃生产基地的！我还实话告诉你，县上为了帮助赵老板发展核桃基地，除了按政策从农田水利、土地、农业保险、贷款、农业项目和农业补贴等方面，全方位地为他提供支持和保驾护航外，还给他提供了每亩一百斤粳稻的特殊补贴！也就是说，赵老板每年给村民每亩土地的四百斤粳稻的租金，润捷粮油加工公司只承担三百斤，剩下一百斤由县上解决！你现在不是在和镇党委、镇政府过不去，而是在和县委孙书记过不去，你知道吗？"

乔燕这才知道罗书记今天在会上为什么要用少见的强硬口气来讲这件事，又为什么会用雷霆式的作风和强制手段来推动这件事，她心里有种说不出的压抑和悲哀，可想了想，还是忍不住问："那我们村贺忠远、贺小川和贺兴林，已经把村里流转给他们的三百亩土地基本整理出来了，他们都是普通的打工者，整理土地时，政府和村上也没有给他们一点补助，他们都是用辛辛苦苦挣的那点血汗钱来整理那些土地和购买农机具的！现在要把他们好不容易整理好的土地收回来流转给赵老板，谁赔偿他们整理土地的损失？"罗书记皱了皱眉，像是乔燕给他出了一个难题，可随后便斩钉截铁地说："你问我，我问谁？现在不是强调属地管理吗？既然是你们村上的事，难道还要县上、镇上来解决？我现在要的只是下级服从上级的组织原则，谁不服从镇党委、镇政府的决议，不管什么人，我都不客气……"乔燕听出了他话里恫吓和威胁的意味，突然站了起来，也没好气地说："那好吧，罗书记！"说完，也不等罗书记再说什么，将包往肩上一挎，打开门，走了出去。

来到楼下，贺端阳果然在等着她，见她出来，忙迎过去说："完了？"乔燕黑着一张脸，也没答话，走到自己的车边，正要上去，贺端阳急忙对她喊道："你干什么？"乔燕一边发动车子，一边气咻咻地回答了一句："回去！"贺端阳忙说："镇上准备了午饭，你不吃了回去？"乔燕像是和贺端阳有仇一般，气冲冲说了一句："我要回家给张恤喂奶！"说完跨上电动车，将车子一轰，小凤悦便像脱缰的野马般驶出了镇政府的院子。骑到公路上，两行热泪才从她的眼眶里涌了出来。

回到贺家湾，正是村民吃午饭的时候，一些房顶的瓦楞缝里还飘着一缕缕淡淡的炊烟，而更多的屋顶上只反射着和煦的、暖暖的春阳的光辉。没有风，树木纹丝不动，空气十分清新湿润。早上起来的时候，乔燕看见天上有云，可到了这正午的时候，云又都不见了，天空一片清亮。燕子忙忙碌碌地衔泥做窝，漫山的小草脱去了嫩黄，有的开始亭亭玉立在路两边了。野地里，上年留下的枯草蓬蒿上，先是响起一声鸟叫，接着许多鸟儿的叫声便此起彼伏地响了起来。蜜蜂"嗡嗡"地唱着，不断从身边飞过。鸡鸭们有的在屋檐下打着瞌睡，有的在屋旁的公路上不慌不忙踱着步，显得十分绅士。要在平时，乔燕一定会被这种温馨和安详的世外桃源般的生活所感染，也从心里升起一种岁月静好的幸福感。可今天，她的心里充满了烦躁、苦闷甚而愤怒，她知道，一场暴风骤雨马上就要打破眼下的静谧和祥和，她遭遇到了下乡以来也是人生中的一场很大的危机！

乔燕回到楼上自己那间小屋里，为了不让婆母看出她心里的不快，不得不像往常一样尽量做出轻松的样子。她把孩子奶完，贺端阳便像追赶着似的也回来了。婆母一见贺端阳找来，知道他们有事，便抱着张恤走开了。乔燕冷着脸问贺端阳："你怎么也不在镇上吃饭就回来？"贺端阳看着乔燕冷淡的脸色，便道："我知道你还在生我的气！你这么聪明的人，怎么糊涂了起来？鸡蛋能和石头碰吗？"

乔燕愣了一会儿，才愤愤地说："我们不是鸡蛋，罗书记也不是石头……"贺端阳紧跟着追问："那是什么？"乔燕顿了一下，这才说："是真理和谬误，不管他权力有多大，总得讲道理呗！"贺端阳等她把话说完，才像一个耐心的老师那样对她又爱又惋惜地问："那你和他讲道理，讲赢了吗？"乔燕立即哑了。

贺端阳笑出了声，然后脸色迅速沉了下来，说："我说你糊涂，你还不服气！你也不想想，在这样的大会上，你作为一个下级，发几句杂音倒也罢了，可叫你表态，你不但不表，还当着那么多人给领导上课，好像自己比领导还聪明！你说，我不上台表态，怎么办？我是在帮你，你知道不知道？"乔燕听了贺端阳的话，心里还是有些不服气，便说："你不是在帮我，是在助纣为虐……"贺端阳没生气，只是从鼻孔里冷笑了一声，然后才接着说："是的，从某种程度上说，我确实是在助纣为虐！可我不这样，又能怎么样？你是从城里来的干部，每月有几千块工资，而且还有一个当市扶贫局局长的母亲，即使得罪了姓罗的，大不了屁股一拍回原单位去就是。可我们是什么人？我们是泥腿子，姓罗的叫你继续干，你就干，叫你不干，你就得趴下。"说到这里，贺端阳停了停，欲言又止，想了半天，还是忍不住说了，"事到如今，我也只有实话实说！下半年村委会就要换届，难道你想让姓罗的把我换下来？"

乔燕听完贺端阳一番话，心里既对他充满同情，同时又有几分鄙视，于是说："怪不得你会那么积极去表态……"但她说话的语气比先前柔和多了。贺端阳听罢，不急不躁，好像这样的话他听得太多了，说："不管你怎么说，反正我是一根肠子通到底，对你没有坏心眼！你只知道其一，还不知道其二……"

乔燕马上问："其二是什么？"贺端阳说："你知道姓罗的为什么要这么积极

地将全镇的土地都流转给县上那个姓赵的老板吗?"乔燕努力平抑了情绪说:"姓罗的后来给我交了一个底,说流转全镇两万亩土地,还是县上孙书记做的工作!"说完,便把罗书记在办公室给她说的话,简明扼要地对贺端阳说了一遍。贺端阳听完,又轻蔑地笑了一笑,说:"就算这事和孙书记有关,可是你还是只知其一……"这次乔燕没等贺端阳说下去,便像等不及似的打断了他的话道:"你直接说好不好?"贺端阳像故意考她一样,看着乔燕道:"今年下半年村民委员会和乡上换了届,明年该哪里换届?"乔燕马上道:"县上呀!"贺端阳道:"这就对了!你不知道,两年多前,便传说姓罗的要到县上做副县长,听说上面都来考察了,还听说县上召开的民主推荐会也都通过了!正在这时上面来了脱贫攻坚。为了保证脱贫攻坚顺利进行,在脱贫攻坚中一律暂停提拔干部,于是姓罗的当副县长的事也就搁了下来。姓罗的为了在明年县上换届时顺利坐上副县长的交椅,现在急需干出一番引人注目的成绩。你想想,还有什么比一次性流转两万亩土地出来办产业更有声势、更能引人注目和显示政绩?"

乔燕顿时恍然大悟,急忙说:"原来是这样,我还以为姓罗的只是为了贯彻县上的指示,才采取这样强制的手段来推行这件事呢!"说完,马上又像过去一样,带着虚心求教的口吻问,"那我们该怎么办?"贺端阳马上说:"小老百姓还能怎么办?这是领导要办的事,你还没看明白,这些年凡是领导要办的事,没什么办不成的!你没听见姓罗的在会上讲,只要不出群体事件,什么方法和手段都可以采取!可你还在那儿说什么自愿、平等、协商,你以为你那自愿、平等、协商,就能阻挡领导想办的事?"乔燕听了贺端阳这话,不作声了。她在心里细细想了想罗书记在会上讲的那些方法和手段或"策略",现在才真正明白了,政府和资本强强联合所产生的力量,哪是自己这样一个弱女子所能抵抗的!任凭自己怎么努力,也无法改变村民被迫放弃土地的命运。可是,要她这样去胁迫和强制贺家湾村民放弃土地,无论从情感上还是自己多年接受的教育上来讲,她都无法接受。她又像是陷入一个巨大的旋涡中,有种即将被淹没和吞噬的感觉。

贺端阳见她沉默不语,过了一会儿才诚恳地说:"我知道你做不出来对贺家湾村民强迫命令的事,何况贺忠远、贺小川和贺兴林刚刚在你的动员和支持下,才流转了三百亩土地,又是花钱买机械,又是进行土地整理,才刚刚把那些零碎分散的土地整理出个样子,现在不但从别人那里流转的地要被收回去,而且自己的地都保不住,还不知他们会暴跳成什么样子?农村人口无遮拦,兔子急了都会咬人,何况人急了?我虽然还不知道贺忠远、贺小川和贺兴林知道这事后会怎么样,但过激行为多多少少都会有的！说得好一点，只是骂你祖宗八代，说得不好，找你拼命！叫你骂粗话，你骂不出口，叫你打架，你这个身子骨，恐怕人家还没动手，你就倒了！所以我在回来的路上就想，这事你最好避开，管它是好是歹，你交给我就是！我反正就是个跑田坎的干部，既然变了泥鳅，就不怕糊眼睛了！"

乔燕听了贺端阳一番话，心里不由得迅速涌起一阵感激之情。就在刚才，她还对贺端阳没有好印象，转眼之间，她突然觉得他像是变了一个人，便对他说："谢谢你！可是这么大的事，我又怎么能避得开呢？"贺端阳说："怎么避不开？明天一早你就回城去，就说自己病了，医生嘱咐要休息，村里的事就交给我！"见乔燕露出怀疑的样子，又说，"你放心，我也不会乱来，别的村怎么样，我们村就怎么样，虽然我带头表了态，但我绝不会去做出头的椽子！我也不会把事情做绝，车到山前必有路，到时再说吧！"乔燕听了贺端阳的话，放心了一些，但还是有些忧心忡忡地说："我最担心的是忠远叔、小川哥和兴林叔，他们是听了我的鼓动才回来流转土地的，现在把好不容易挣的一点血汗钱都投进去了，一下又打了水漂，即使他们不来找我拼命，可他们的损失谁来赔偿？罗书记说现在是属地负责，明显是让村上去赔他们的损失，可村上用什么来赔？我自己不吃不喝，也没法赔偿他们呀……"说着，像是要哭了的样子。

贺端阳爽朗地笑了起来："这又有什么难的？羊毛出在羊身上，那姓赵的老板流转了土地，他还得整理一下吧？他要整理这么多土地，总不能每块地都派人来看着吧？到时我们把贺忠远、贺小川和贺兴林整理了多少土地、花了多少钱都报上去，他要给钱就给，不给我们自然有办法对付他！只要老百姓气不顺，他在这块土地上收个屁的核桃！"

乔燕虽然没听贺端阳说出具体的补偿办法，但听了他这话，还是多少受到一些鼓励，于是说："谢谢你，贺书记，只要能把忠远叔、小川哥和兴林叔的损失减少到最低限度，我心里会好受一些……"话还没说完，贺端阳便又像过去一样大包大揽地说："办法总是人想出来的，我一定尽量挽回他们的损失！"听了这话，乔燕再次感动了，心悦诚服地说："贺书记，非常对不起，先前我错怪你了，现在我才知道你是个好人……"贺端阳没等她说下去，说："我算不上好人，但绝对不是坏人，这年头好人不好做，坏人最好做，不好不坏的人最难做，我只希望自己是个不好不坏的人！我肚子早打几遍洋鼓了，对不起，告辞了！"说着转身走了出走。

贺端阳离开后，婆母把张恤抱来交给乔燕，又去厨房端上饭来。一碗饭吃进肚子后，她又觉得身上充满了力量。

第八章

　　第二天乔燕起床对婆母说："妈，今早上不要做早饭，我们回城里吃！"婆母听后一惊："有什么急事吗？"乔燕道："也没什么急事，不过我们这次可能要在城里住几天。"婆母见儿媳妇不愿说，便没有追问，只说："张恤还在睡呢！"乔燕道："把他抱起来吧。"婆母将张恤从被窝里抱起来，给他穿上衣服。小家伙真是能睡，奶奶颠来倒去地给他穿衣服的时候，竟然都没有醒。

　　昨晚上乔燕想了一夜，觉得贺端阳对她说的很有道理。她留在村上，既不能按照罗书记在会上讲的那样，对村民采用强制手段，又无法帮助他们，更无法接受他们那一双双或愤怒、或哀求、或无奈的目光，还害怕自己成为村民攻击的对象。所以经过反复的思考和抉择，她决定三十六计走为上。她不认为自己的做法是一种逃离，为这次的行动她还给自己找到了一条理由，那就是我既然不能帮助村民，也绝不助纣为虐！这句话是由过去一句耳熟能详的名言演变而来的，那名言是：如果不能说真话，但也绝不说假话！因此，她觉得自己的回避不但不耻辱，还有些高尚——毕竟没有去参与逼迫村民的行动！

　　婆母为张恤穿戴完毕并用褓褓包裹好以后，又将几件换洗衣服用乔燕那只双肩包装好，背在背上，怀里抱了张恤，三人便出发了。刚走出屋子，乔燕便看见聚在尖子山和擂鼓山顶上的一团团云正在不断地往天空升去，然后在半空中散开。乔燕知道又是一个大晴天，在这样的晴好天气里，贺兴林和贺小川也许正踌躇满志，满怀希望地抓紧时间整理着自己的土地，可他们哪里会想到这一切都会是白白付出呢。可是她却无力去帮助和拯救他们，有什么办法呢？

　　因为婆母背上背着包，怀里又抱着张恤，乔燕不敢把电动车开快，刚走到鹰嘴岩贺世银大爷的新房旁边，忽然听见有人在后面大声喊她："乔书记……"乔燕回头一看，见贺小琴骑着一辆粉红色"玫瑰之约"轻便摩托，迎着阳光从后面追了过来。乔燕急忙停住了车。没一时，小琴便来到了她面前，把车子刹住，摘下头盔，对乔燕兴冲冲地说："姐，我老远就说像你，还真是你呀！"

乔燕看见姑娘青春四溢的样子，便问："你到哪儿去呀？"话音刚落，贺小琴便快言快语地回答道："我到城郊乡袁家坝苏伯伯那儿学种绿色生态蔬菜！"她的语气显示出一种骄傲。乔燕这才记起土地流转前贺端阳曾经对她说过的话，道："你真去学种绿色蔬菜了？"贺小琴道："我都去学了半个月了！"乔燕听了这话，又说："怪不得，我说这段日子怎么没见到你了呀！学得怎么样了？"

一听这话，小琴立即高兴地说："姐，真是不学不知道，一学才知道种绿色蔬菜还有那么多学问！幸好苏伯伯一点也不保守，把他种了几十年绿色蔬菜的知识和经验都传授给了我……"乔燕见姑娘满脸洋溢着自豪神情，一时心里也高兴起来，便一边推着车走一边饶有兴趣地问贺小琴："哦，都有些什么知识？"贺小琴便滔滔不绝地说了起来："学问可大了！比如说，我现在才知道，不是什么土地都可以种绿色蔬菜的，得选没有受到过化肥、农药等污染过的土地，或者曾经受到过污染，现在已经没有了农药和化肥残留的地，才能种植绿色蔬菜！"乔燕一听到这里，便有些着急起来，担心地问："我们这儿的土地能种绿色蔬菜吗？"贺小琴信心十足地说："能！苏伯伯说，我们这儿离城远，没有城市居民的生活垃圾及粉尘、烟尘等污染，空气清新，自然条件好，气温也适宜蔬菜生长，最适合种生态蔬菜了！我们流转的土地即使有很少的化肥和农药残余，但经过我们的平整，基本没什么问题了，可以放心地种植！"

乔燕听贺小琴说完，高兴地问："我听说种植绿色蔬菜，一点也不能用化肥，是真的吗？"贺小琴忙说："不是一点也不能用，只是不能滥施化肥。科学合理使用一些有机化学肥料，还是允许的。总之一定要结合实际，定期检测科学搭配微量元素，还可根外追肥，促进蔬菜根部对营养的快速吸收，有助于自然生长。如果同时与微生物中性农药配合使用，还可以防治病虫害。"乔燕听贺小琴说出"农药"两个字，又问："听说种植绿色蔬菜也不能用农药，是不是？"贺小琴又马上说："也不完全是这样！当然，对于绿色无公害蔬菜种植来说，首先要做到的是对病虫害应秉持防治结合，以预防为主。从蔬菜幼苗阶段，就做好病虫害防治工作，保障菜苗健康生长。总之方法很多，其次才是使用一些对人畜无害的低毒农药来杀虫，只要合理使用，也是可以的！"

乔燕听贺小琴说得头头是道，便对她说："真看不出，小琴妹妹学到了这么多知识，今后可以当农艺师了！"贺小琴听了乔燕夸奖，脸红了，说："姐，通过和苏伯伯学种绿色蔬菜，我觉得当初听了你的话，没有再出去打工，真还留对了！"乔燕听了这话，像被人揪了一把，看着她不相信地问："真的吗？"贺小琴说："怎么不是真的？只要种蔬菜成功了，肯定比外面打工强得多，姐你说是不是？"乔燕急忙把目光从姑娘脸上移开，像是害了牙痛似的咧了一下嘴，半天没回答，过了一会儿突然说："可要是失败了，你们会不会恨我……"话没说完，姑娘立即充满信心地叫了起来："姐，有你的支持，我们肯定会成功的！"

　　乔燕心里一热，眼泪突然涌上了眼眶，但她尽力忍住没让它们掉下来，仰起头，装作看天空的样子，让泪水慢慢消失。贺小琴等了一阵，见乔燕没说话，便又热情地对她说："姐，等我们的绿色无污染蔬菜种出来了，我天天给你送新鲜蔬菜来，你就不用再吃那些施了化肥和农药的蔬菜了！"乔燕听完这话，更像打翻了的五味瓶，一种说不出的复杂的情愫在心里巨浪般翻滚。她把头转到一边，然后才淡淡地说了一句："那好，谢谢你！"单纯而热情的姑娘此时内心是满满的憧憬和希望，一点也不知道自己发自肺腑的话，此时是怎样激起了她尊敬的这位姐姐思想和情感上的煎熬和冲撞，她仰起头看着乔燕还想说什么，乔燕却像不耐烦似的挥了挥手，粗声粗气地说："小琴妹妹，对不起，我有急事得先走一步，以后我们再找机会聊！"说罢，也不等贺小琴回答，猛地一踩油门，人和车便像离弦的箭，飞也似的向前驶去，惊得婆母在后面大喊："慢点，慢点，开这么快干什么？"乔燕这才把车速减了下来。

　　可不知怎的，这时乔燕有种在战场上当了逃兵的感觉。贺小琴那张对她充满信任的和期待的面孔，那些热情、真诚的话语，以及那双眼睛流露出的对未来满满的希望和信心，都交替地在闪烁和回响在她脑海里。这时，她才明白自己是真正地辜负了他们对自己的信任和希望！在这样的关键时刻，她谎称病了回城去，并不是简单回避，而是一场彻头彻尾的叛逃！难道自己采取鸵鸟战术，离开贺家湾，就真的能躲开所有矛盾吗？如果大家在人民群众利益受到侵犯的时候，都采取和自己一样的逃避和闭目不见的态度，不正是姑息和纵容甚至是鼓励那些不良行为吗……想到这里，她身上那股桀骜不驯和不服输的个性，突然涌了上来。她兴奋了起来，好像每道血管的血液都加速了流动。乔燕一个急刹车，猛然停了下来。婆母见了忙问："怎么不走了？"乔燕一边掉车头，一边说："妈，我们还是回去！"婆母感到非常奇怪，便道："燕，你今天是怎么了？一大早要回城，可现

79

在又要回去，究竟出了什么事？"乔燕一听婆母这么说，突然又犹豫了："回到贺家湾，凭借我这点微不足道的力量，我改变不了什么。能够改变镇上这个决定的，只能是县上！"一想到这里，她脑海里立即亮开了一条缝："罗书记不是口口声声说把全镇两万亩土地流转给润捷粮油加工公司是县委孙书记的意思吗？如果真是这样，解铃还须系铃人，这事最好还是回去向孙书记陈情！孙书记听了我的话，如果觉得有道理，一句话便可以纠正罗书记的做法，这样兵不血刃，不是更好吗？"她又想起前两次为争取贺家湾建桥和二十多户人通户公路资金，和郭副县长打交道的往事，觉得越是上面的大领导，越体恤民情，越没架子，也越好说话！想到这里，她又往城里骑去。

　　回到城里，婆媳俩在一家早餐店吃了早饭，回到家，乔燕给张恺喂了奶，没有急于去见县委孙书记。其一，她知道孙书记很忙，并不是她这样一个小人物想去见就能见到的，她得找人帮忙，替自己约一约。其二，更重要的，她得认真思考一下，把要对孙书记说的话，准备得更充分、更详细、更有条理和更有说服力一些，不说全部写在纸上，至少也得在肚子里打好腹稿。要是孙书记再追问自己几个问题，比如为什么贺家湾不适宜发展大农场？资本下乡有什么不好？或者问自己什么是家庭农场？家庭农场和大农场比，有什么好处……如果自己讲不出来，或讲得前言不搭后语或自相矛盾，岂不是授人以柄，反让领导笑话？这么想着，她不敢懈怠，立即去抱出一摞书来——自从到贺家湾担任第一书记以后，她就陆续网购了一些有关脱贫攻坚和乡村振兴方面的书籍。张健上班去了，婆母知道乔燕要忙，抱了张恺到滨河公园晒太阳。屋子里很静，正适合于她专心致志地翻阅书本。令乔燕失望的是，除了在一本叫《如何做好产业扶贫》的通俗读本里，比较笼统和含糊地读到一段土地流转方面的话，她没有在这些书本中找到更详细、准确以及更有针对性的论述。但这并没有难倒她，毕竟这两年，贺家湾村的父老乡亲用他们的经历和实践，告诉了她一个真实的农村并赋予了她独立思考的能力。加上她平时又喜欢从互联网上吸取自己所需要的知识、经验和理论，从而形成了一套有别于其他人对当下乡村的判断。也正因为这样，她才会在贺家湾春节的千人宴和联欢会上，向贺家湾在外打工者发出"回家"的呼唤。她不但坚信自己的做法符合像贺家湾这样人多地少的山区实际，而且也相信能从自己的工作中总结出理论根据！这么想着，她便把那些书本推到一边，坐在椅子上冥思苦想起来。

真应了"功夫不负有心人"这句话，没一时，乔燕脑海里便闪过一道道电光石火。这些灵感之光，虽然倏忽而来，又倏忽而去，却如一束束明亮的探照灯光，不但照亮了她前行的道路，甚至照亮了她的灵魂。她想抓住那些闪烁着思想光芒的只言片语，把它们写成一篇系统的、有深度的文章，可是不行，那些思想、语言的光点都争先恐后地朝她脑海里涌来，她不知该先抓住谁！她的身体因为激动和兴奋而有些微微颤抖起来！过了一会儿，她打开笔记本，在本子上"沙沙"地写了起来：

一、什么叫家庭农场

在贺家湾，贺忠远、贺小川和贺兴林流转的用于粮食种植和绿色蔬菜种植的经营主体，以及其他流转了亲友、邻居土地用于种植庄稼的人家，都可以叫作"家庭农场"。纵观贺家湾的家庭农场，不难发现有这么几个特点：第一，他们祖祖辈辈都是土生土长的贺家湾人；第二，贺兴林流转了二百亩土地，贺小川流转了一百亩土地，其余种着亲戚、朋友、邻居土地的，多则三四十亩，少则十来亩，都有一定规模，可以在一定程度上实行集约化、规模化、商品化经营；第三，这些家庭农场的主要劳动力以家庭成员为主，贺兴林的家庭农场的成员有贺兴林夫妇、贺兴明夫妇、贺世富夫妇、贺忠远、贺小川的家庭农场有贺忠远夫妇和女儿贺小琴、贺小川夫妇、贺世明夫妇，除了非常忙碌的关键时刻请少量雇工外，平时上阵全是兄弟兵、父子兵、婆媳兵、妯娌兵、叔侄兵等，肉烂了在锅里，肥水不流外人田；第四，他们家庭的主要收入，也全来自家庭农场的种植业和养殖业。以上四点，便与大资本下乡经营的大农场有了显著区别。

二、家庭农场有什么好处

1. 家庭农场经营的土地规模比小农户大，比大农场小，船小好掉头，这种灵活性既表现在抗自然灾害能力强过小农户，又表现在精耕细作上强过大资本的大规模经营；

2. 家庭农场不会出现因劳动力不足而耽误农时的情况；

3. 家庭农场可以充分利用家庭的剩余劳动力，既节约了经营的劳动力成本，又提高了家庭资源利用率；

4. 家庭农场的主要劳动力是家庭中的父子兵、兄弟兵、婆媳兵、妯娌兵，人人参与劳动，人人肯出力，不存在大资本大规模经营中很难克服的劳动力监管问题，不仅劳动力成本低，经营风险也低；

5. 投入少，抗风险能力强。家庭农场经营规模小，前期投入少，后期维系资金和应急投入少，故降低了经营的风险性，增强了家庭农场经营的稳定性……

写到这里，乔燕停了下来，她觉得家庭农场的优越性还有很多，想了想，却一时没想起来，但另一道灵感的火花又在脑海中闪现出来。她急忙放下这一条，又迅速写起另一条来：

三、城里大资本下乡的大规模经营与家庭农场有什么区别

润捷粮油加工公司的赵老板一下子流转全镇两万亩土地发展核桃生产，这和忠远叔、小川哥和兴林叔以及就湾里其他小型的家庭农场相比，有天壤之别。其一投入大；其二得大量雇用劳动力；其三赵老板不是当地人，尽管他流转了这么多土地，但他肯定不会亲自参加生产，甚至管理都可能另外请人；其四以赚钱为最大目标！

仅从上面四点看，就和家庭农场有着本质区别。

四、把全镇土地都流转给城里大资本后，村民整体生活质量会下降

罗书记在会上说，把土地流转给润捷粮油加工公司后，村民"土地流转得租金，入股分红得股金，就近打工挣薪金"，好像村民一下子就可富起来。可实际情况，农民的整体的生活质量会下降：

第一，村民到核桃园里给赵老板打工，具有不稳定性，绝不会天天都有活儿干，故一些家庭收入会下降；

第二，即使赵老板的农场需要人打工，也并不是人人都可以得到这样的机会，他一定是会根据需要对劳动力有所选择，那些年纪大、身体多病的老人，会被他排除在外，因此这些人的生活水平会下降甚至难以维持生计；

第三，除了老人外，家庭劳动力少或弱的兼业农户（一个在外务工，一个在家务农）的农民，家庭收入也会下降，因为在家务农的人收入不及以前；

第四，以上判断，不包括润捷粮油加工公司因为资金链断裂，拖欠或用各种借口不付或少付村民土地租金甚至"跑路"（这是本人最不愿看见的）。

写到这里，乔燕意犹未尽，她奋笔疾书继续写了下去：

五、领导掩盖了大规模农场潜在的风险

比起小农户经营，在我国农村现实的条件下，像润捷粮油加工公司这样财大气粗的大资本下乡来流转土地办大规模农场确有很多方面的优势，但这种优势有意无意地被领导夸大了，因为掩盖了可能潜在的风险，犯了"常识判断"的错误。最大的错误，是大资本和领导都忽视"资本下乡"后面人的因素。大资本的大规模经营容易亏本的原因，除了气候、管理等原因外，最重要的是劳动力方面的原因。贺端阳书记昨天中午说了一句至理名言："只要老百姓气不顺，他在这块土地上收个屁的核桃！"这话就充分说明了农业生产的效率很大程度上依赖劳动者的自觉，在这一点上，大资本的大规模经营者永远无法跟家庭农场相比，其最后的结果是，大资本对劳动者监管无力，对最终的生产成果可能是毁灭性的……

乔燕的思想像脱缰的野马任意驰骋，一个想法还没结束，另一个想法又马上涌了上来，连她自己都为头脑里产生的思想和智慧火花给惊呆了。下一个，她又想到了大资本下乡会对乡村社会带来的冲击和危害，刚想写下来的时候，忽听得房门"吱呀"一声，把她吓了一跳。抬头一看，才发现是张健下班回来了，这才知道在不知不觉中，一上午就过去了。她只好停下来，向张健迎了过去。

下午，乔燕给在县防疫站工作的闺蜜王东莉打电话，告诉她自己想见见孙书记，能不能请她丈夫帮忙给约一下。王东莉的老公邵杰是县委办公室秘书科的笔杆子。

王东莉一听乔燕要见孙书记，便在电话里问："什么大事一定要见孙书记？"乔燕道："电话里说不清楚，等我告诉了你老公，你老公回来再给你说吧！"王东莉又道："见孙书记可不是一件容易的事，他一个小秘书，哪有那么大的面子？"乔燕道："他可不是一般的小秘书，他是专门给孙书记写材料的大秀才，这点事还做不到？"不等王东莉回答，又开玩笑地说，"你是不是怕我把你的大秀才给拐走了？"王东莉在电话里哈哈大笑起来，说："他那个样子，你看得上？你看得上尽管拐走就是，我才不管呢！"说完才换了正经口气，"好了，我也不知道他能不能做到，我把他电话发给你，你们单线联系吧！"

果然没一会儿，王东莉便发来了邵杰的电话号码，乔燕便给他打了过去。邵杰知道乔燕是老婆的高中同学和闺蜜，但一听乔燕说想见孙书记，还是吃惊不小："什么，你想见孙书记？"乔燕听邵杰的语气，好像自己提出了一个根本没法办到的事情一样，便用开玩笑的口吻说："怎么，大才子，我难道就不能见孙书记？"邵杰忙说："不是那个意思，乔大书记！你难道不知道一个县委书记有多忙吗？"说完问乔燕，"你见孙书记有什么事？"乔燕本想告诉他，想了想却说："是一件大事，电话里一时说不清楚，我马上赶过来给邵大才子当面汇报一下，你看行不行？"邵杰马上叫了起来："别别别，乔大书记，我正在赶一个材料！"停了一下才接着说，"这样吧，孙书记今天在市上开会，晚上才回来，我现在过去问问他秘书，明天他如果在办公室，我们再说下一步，如果不在，我就没办法了！"乔燕忙说："行，那就有劳大才子了！"

　　只过了两三分钟时间，邵杰便把电话打了过来，语气有些兴奋，告诉乔燕说："你的运气不错，孙书记明天没有其他安排，都在办公室……"乔燕没等邵杰说完，便高兴地叫了起来："真的？你已经约好了……"邵杰道："书记还没回来，我到哪儿去给你约？"乔燕道："我的意思是说和他秘书约好了？"邵杰说："他秘书办公室里男的女的、老的少的满满一屋子人，我怎么好说？我只是问了一下孙书记明天的工作安排……"乔燕长长地"哦"了一声，然后才又对邵杰问道："我们明天怎么办，大才子？"邵杰说："你吃过早饭就到我办公室来候着，我再去给我们主任说说，看他能不能临时安排。"说完又补充了几句，"你也要有思想准备，我只是一个小秘书，心有余而力不足，到时如果主任不答应或孙书记不同意见你，我就没法了，你可不要怪我！"乔燕听邵杰这么说，还以为他是故意谦虚，便笑着说："有你这个领导身边的大才子，我怎么会见不着呢？一定能行的！"

　　第二天吃过早饭，乔燕便挎上包，迫不及待地来到县委大门口，正想进去，旁边突然伸过一只手，动作像是经过严格训练过，十分标准地把她给拦住了，同时传过来一个威严的声音："你找谁？"乔燕猛地停住脚步，不由自主地抬头一看，发现是一个三十多岁的保安，目光如炬，正犀利地盯着她。乔燕想说找孙书记，想想不妥，便回答说："我找县委办公室的邵杰秘书！"那人又从嘴里吐出冷冰冰的几个字："哪个科的？"乔燕略微停了一下，回答说："秘书科！"那人接着问："秘书几科？"乔燕一听这话就愣住了：她只知道邵杰是县委办公室的笔杆子，却不知他在几科，便说："难道县委办公室还有几个秘书科……"那人没等乔燕说完，指了指旁边的门卫室，用命令的口吻道："到里面等到起！"乔燕朝屋子里看了一眼，她有些不理解，便道："为什么要在这里等？"那人见乔燕满脸惶惑，又补充了两句："等上班后核实了你再进去……"

正说着，邵杰匆匆忙忙来了，一见乔燕，便大声喊了起来："乔大书记，你怎么这么早就来了？"乔燕如获救兵，高兴地叫了起来："你叫我早些到你办公室来等着，也没说具体时间，要来见你大秀才，怎么敢迟到？"保安朝他们俩看了看，说："真是找你的呀，那进去吧！"说着站到一边，让开了路。

进入大门，乔燕仿佛走进一个生机盎然的世界。迎面一座玻璃幕墙的大楼巍然耸立，大楼前面的绿化地带里，乔木灌木造型别致，绿篱修剪匠心独运，草坪植被均匀平整，鲜花错落有致，整体景观给人一种立体感、层次感和艺术感，而且植被色彩更使人赏心悦目。乔燕先在心里感叹了一番，突然想起刚才门卫的话，便一边走一边问邵杰："你们县委办公室有几个秘书科？"邵杰听乔燕这么问，便随口说道："三个呀，怎么了？"乔燕猛地停了下来，道："什么，有三个秘书科？"邵杰道："可不是！一秘专门为主要领导写材料，二秘为一般领导写材料，三秘写一般性的材料，比如总结呀、请示呀、会议通知呀！"乔燕做出恍然大悟的样子，说："我还以为只有一个秘书科呢！刚才保安问我你是几秘的，我答不上来，差点进不来呢！"

两人沿着甬道一边说一边走，来到大楼底层大厅，大厅里摆着一张桌子，一个穿制服的保安端坐在桌后的椅子上，一见乔燕，忙站了起来，喊住她说："登记！"邵杰忙对保安说："她是找我的！"保安看了邵杰一眼，一副公事公办、不徇私情的表情，说："也要登记！"乔燕只好过去，拿起桌上的笔刚要写，保安又把她拦下了，说："身份证！"乔燕打开包，掏出身份证来让保安看了，保安方才让她在登记簿上写下自己的姓名、身份证号码，在写来访事由时，她犹豫了一会儿，写下"汇报工作"几个字。

上楼时，乔燕对邵杰说："怎么前面一道关卡，后面还有一道关卡？"邵杰笑了一笑，说："你不知道，上面还有一道呢。"乔燕立即问："还有一道，在哪儿？"邵杰说："在孙书记办公室门口！"乔燕伸了伸舌头，说："真是过五关斩六将呀！"邵杰说："你以为什么人都可以见县委书记？不瞒你说，连我们一年也见不到书记几次呢！"乔燕瞪着大眼问："你给书记写材料，怎么会见不到书记呢？"邵杰道："材料都是由领导层层交代下来，写好材料后先交给科长审，科长审了再交给分管领导审，分管领导审了再给主任审，主任审了再给书记亲自审，书记

85

有什么意见，又由领导层层反馈给我，你以为书记会亲自给我交代任务？"乔燕听完邵杰的话，便不吭声了。

邵杰的办公室在二楼，乔燕进去一看，屋里有两张办公桌，桌上除了电脑，凌乱地堆着一些书籍和文件，靠墙摆着两个文件柜和一台饮水机。乔燕见屋子里只有两把椅子，正犹豫时，邵杰对她说："乔大书记你就在那把椅子上坐吧，小张出差去了，今天不会来上班。"乔燕便在他对面办公桌后的椅子上坐下来。邵杰接了一杯水放到乔燕面前，这才坐下来问："你要见孙书记究竟有什么事？"乔燕端起纸杯喝了一口水后，把润捷粮油加工公司流转他们镇两万亩土地的事和自己的想法及担忧，给邵杰详详细细地讲了一遍。邵杰听完，皱起了眉头说："就为这事见孙书记呀？"乔燕听邵杰的口气，便道："你觉得这事还不算一回事呀？"邵杰见自己说漏了嘴，忙说："县上领导每人都联系了一个骨干企业，孙书记联系的正是润捷粮油加工公司，这事……"乔燕见邵杰流露出为难的样子，直接道："你是不是不愿帮这个忙了？"

邵杰忙说："你误会了我的意思！我是说，见孙书记一般都要事先预约，如果临时想见，除非两种情况，一是县委常委级别的领导，二是部局级领导有特别重大的事情要汇报，但都要先向我们主任申请，主任进去请示后，书记决定见才能见！"说完停了一下又说，"不过凡事都有例外，等会儿我们科长来了，我给他汇报一下，看他能不能去给主任说说，请主任进去通报一下！"乔燕伸了伸舌头，说："天啦，这么复杂呀？"邵杰道："这已经是破例了！"

正说着，一个穿西装、打领带，头发向后梳的瘦高个男人走进来，道："小邵，昨天给你那份材料写完了吗？"邵杰急忙站起来，对他说："快完了，科长！"说完，朝乔燕瞥了一眼，又回头对那人说，"科长，我正说要找你呢。"科长也斜着眼睛朝乔燕看了看，问："什么事？"邵杰指着乔燕对科长说："她是我老婆的同学，贺家湾村第一书记乔燕……"一听这话，科长像是突然想起什么似的打断了邵杰的话："是不是春节搞千人团年宴那个第一书记？"邵杰忙高兴地道："正是，科长还知道这事？"科长说："那么大的阵仗，县电视台都连续播了好几个晚上，不错！不错！"邵杰趁这机会，忙说："乔书记想见见孙书记，我正想麻烦科长，能不能请主任……"话还没完，科长把目光移到乔燕身上，问："你有什么事要见书记？"乔燕一听这话，忙带着一种求救的神情看着邵杰，邵杰便把乔燕刚才对他讲的话，给科长说了一遍。科长听完，眉头也像邵杰先前那样皱了起来，说："就为这事呀……"邵杰见科长的态度有些犹豫不定，忙过去附在他耳边低声说了一句什么，科长的脸色便又晴朗起来，看着乔燕说："哦，原来你母亲是吴晓杰局长呀！"乔燕正想说这事与她母亲无关，可科长没容她插话，便显出几分热情的样子说，"没问题，我正有事请示王主任，顺便把这事给王主任说说，估计问题不大！"一听这话，乔燕高兴了，急忙站起来对科长掬了一躬，说："谢谢科长！"科长说："别客气，小邵的朋友就是我的朋友，有事尽管说！"说完又对邵杰叮嘱了一句，"小邵，那份材料可要抓紧哟！"邵杰说："我知道，科长！我们等你的消息哟！"科长一边往外走，一边回头说："没问题！"说完出去了。

乔燕在心里不断祈祷，希望老天保佑，让孙书记能抽出半个小时时间来听她汇报和陈述，更希望孙书记能采纳她的建议，保护一方百姓安居乐业！可是事情究竟会如何呢？此时她的心里像有面小鼓"咚咚"敲着，真像俗话说的好比是十五个吊桶打水——七上八下，要是能有个准确的答复那该有多好呀！正这么想着的时候，邵杰桌上的电话突然响了起来，铃声把乔燕吓了一跳，她急忙朝邵杰看过去。邵杰抓起话筒听了几句，便放下电话，对乔燕说了一句："科长叫我到他办公室去一下，准是关于你的事！"一边说，一边匆匆跑了出去。

乔燕的心一下被揪紧了，她盯着邵杰跑出去的背影，忽然感到心里特别慌，好像这屋子顿时变成了一间密不透风的地窖，她想出去透透气，走到门口又退了回来。到底是全县首脑机关，虽然每个办公室出入的人不断，却异常安静，仿佛压根儿就没有人一般。她退回到椅子上，拿起桌上的报纸看了看，却连标题也没看清便放下了。在一片寂静中，她听到了自己的心跳。正在她焦躁不安的时候，邵杰回来了。只见邵杰低着头，像是霜打蔫的白菜一般。乔燕忙站起来，正要问，邵杰却向她摊了摊手，一边摇头一边道："没门儿了！科长告诉我，主任向书记通报了，书记说润捷粮油加工公司流转土地的事，是县委的部署，叫你服从镇党委和镇政府的决定，做好自己的本职工作！"说到这儿，邵杰停了下来，看着乔燕。乔燕看见邵杰欲言又止的样子，冷静了下来，看着他问："还有什么？"邵杰犹豫一阵，这才说："书记问，是你站得高还是领导站得高……"

乔燕先是愣了一下，接着脸便红了起来，半响才说："我明白了，大才子！当然是谁的权力大，谁就站得高，谁就是真理！"说完便对邵杰拱了拱手，感激地说，"谢谢你，大才子，给你添麻烦了！"说完这话，便大步朝外面走去。

乔燕从县委机关大院出来，没有回家，而是从街边码头拐上了滨河公园。她心里像压上了一块石板，堵得难受，想到河边呼吸呼吸新鲜空气。大白天，滨河公园游人很少，清幽而寂静。气象预报说最近几天今年第一场春汛将要到来，上游的龙潭水库正在放水蓄洪，昔日平静的江水此时汹涌澎湃，一浪赶着一浪地滚滚向前，空气中弥漫着一股泥土和水腥的味儿。天气果然在变了，立春后第一场倒春寒蓄势待发，太阳隐在厚厚的云层后面，几只灰色的水鸟"呱呱"叫着，贴着江面匆匆忙忙地飞过，显得焦躁不安。乔燕沿着江边走了一会儿，心情并没有平静和轻松下来。她耳旁始终雷鸣般地响着邵杰转告给她的孙书记的两句话：一句是"是县委的部署"，另一句是"是你站得高还是领导站得高"。她想："也许孙书记是对的，领导不但政策水平高，而且考虑问题是从全县的大局出发，当然比我站得高！"可刚冒出这个念头，另一个否定的声音又在心里响了起来："要是领导考虑问题时有私心，一叶障目，那又怎么办呢？"想到这里，她又马上想到了贺端阳告诉她的明年县上换届，罗书记竞争副县长以及润捷粮油加工公司的赵老板和孙书记私交甚好的话，她把这些话联系到一起来分析，又觉得这件事情并不那么简单！可是现在她又能有什么办法呢？孙书记不愿见她，退一万步说，即使她有机会见着了，她又能够让孙书记改变"县委的部署"吗？是的，她已经尽力了，该发生的事就让它发生吧！

这么想着，她心里稍稍释然了一些，这时再看江水，潮头已经过去，她长长地舒出一口气，似乎想清空肺腑中所有的浊气一样。然后，她打算尽快忘掉这件事，便转过身，想去看看奶奶。正在这时，挎包里的手机突然响了起来。她掏出来一看，是贺小川打来的。她也没有多想，将电话贴在耳边，像平时一样刚喊出一声"小川哥"，却听得电话里贺小川像是疯了一般，对她大声叫道："乔书记，你们是不是骗子……"乔燕心里"咯噔"地响了一下，立即意识到了是怎么回事，却仍耐着性子问："怎么了？"话音刚落，贺小川便又喊了起来："你装什么蒜？我问你，我们刚刚流转的土地，为什么又要收回去，啊？我们整理土地的钱谁赔我们，啊？是你把我们叫回来的，不是骗子是什么……"乔燕一听这话，知道全镇土地整体流转的事已经在村里传开了，便故意惊诧地对贺小川说："有这样的事，我怎么没听说？"贺小川冷笑两声，才道："你继续骗吧，姓乔的！你到贺家湾来的第一天，贺世银爷爷说你是骗子，看来真还没有说错！你和贺端阳一起到镇上开的会，还敢说自己不知道……"一听这话，乔燕耳朵里突然像有只蜜蜂钻了进去一样"嗡嗡"地响个不停，一张脸也立即红到了耳根，仿佛有人将一口唾沫啐到了她面孔上。她觉得此时装作不知道太蠢，反不如实话告诉他为好！于是停了一会儿，嚅嗫着对贺小川说："小川哥，你听我说，这是镇上的决定……"贺小川马上粗暴地打断了她的话:"我不管是谁的决定,我打酒只问提壶人!是你叫我们回来的,是你红口白牙同意把土地流转给我们的,我们就只找你!我给你明说,想把土地收回去,没门!哪个敢来收,我们没有刀枪,木棒槌还有几根……"听到这里,乔燕正想劝他"不要乱来",贺小川已经把电话挂了。

放下电话,乔燕的心里又慌乱起来,像是被人扇了几个耳光,脸颊一阵阵发烧。她知道这一天迟早会来,却没想到来得这么快、这么猛,幸好自己听了贺端阳的话,没留在贺家湾,避免了当面锣、对面鼓,面对面和村民交锋的尴尬和冲突。一想到贺端阳,乔燕便又掏出电话,打算问问他村里是不是已经开了会以及现在全村的情绪怎么样。正要拨号码时,一个来电又抢在了前面。她一看是贺兴林打来的,想摁下不接,可一想不对,不接表示自己做贼心虚,便让铃声继续响着。响到十多遍时,那铃声像是自己疲乏了,住了声。乔燕等了一会儿,这才开始拨号码。还没等她把那十一个阿拉伯数字按完,贺兴林的电话又追着过来了。看样子,贺兴林完全知道她是有意没接他的电话,如果再不接,他会一直打。乔燕想了想,按了接听键。刚按下,便听见贺兴林在电话里问:"姑娘,你不愿意接我的电话是不是?"乔燕听他口气不像贺小川那么冲动,便说:"哪里,大叔,刚才我上卫生间了!你有什么事,就平心静气地说吧!"她特别强调了"平心静气"几个字,想把招呼打在前面。贺兴林果然显出有修养的样子,语气不高不低地说:"姑娘,你可别生气,我话也不多。我知道这事怪不得你和贺端阳!可我们土地流转,是和村上签订了合同的,现在村上违约,要么你们赔偿我们一切损失,包括打工损失,要么法庭上见!现在是法制社会,什么事情都得依法,你说是不是?"说完,也不等乔燕说什么,便挂了电话。

乔燕半天才把电话放下来,此时,她再也没心思给贺端阳打电话了,事已至此,还有什么说的呢?她知道马上就会有更多的电话接二连三给她打来,就像她无法面对贺家湾父老乡亲那饱含怀疑和责难的目光一样,她也无法在电话里回答他们那一句句带着火药味的询问与谴责。她想了一想,果断地按住手机的关机键,直到那个铁疙瘩发出像是呻吟的"咔嗒"声后,才松开手。可是,她的心情并没有松弛下来。她原以为只要自己逃离了贺家湾,"眼不见心不烦",就可以落得个清静,现在看来,她根本没法躲开这场风暴!于是在心里呼喊起来:"怎么办?怎么办?"她想:"要是爷爷在就好了,他一定会有办法,可是……"

刚想到爷爷,乔燕脑海里突然一亮,想起母亲那天晚上在奶奶的病床边对她说的话,心里又激动了起来。尤其是母亲那句"以后有什么问题,别再像以前那样，只对爷爷说，把母亲丢在一边"，使她突然感到有了依靠。是的，知女莫如母，事到如此，也许母亲是自己唯一的靠山了，为什么不去对母亲说说呢？即使母亲不能扭转局势，最起码的，也能给她想想办法！这么想着，乔燕差点叫出了声："妈，实在对不起，我从没给你添过麻烦，这次女儿只有来求你了！"一边这么想，一边急忙朝家里跑去。

第九章

　　乔燕在下午 4 点 15 分抱着张恤来到了市上。她原来打算把张恤留给婆母的，但又考虑到晚上回不去，孩子绝对会吵。现在，她越来越感到孩子一天天成长起来，对母亲的依恋情感也越来越强烈，一天看不见她，便会吵闹。另一方面，她也想把孩子带来让母亲看看。上次奶奶生病，母亲连夜赶回来，张恤在家里睡了，母亲也没能逗逗他。母亲见了宝贝外孙，一定会非常高兴，这样母女俩说起话来，感情也肯定融洽得多。

　　下了火车，乔燕才给吴晓杰打电话。开机一看，竟然有三十多个未接电话，全是贺家湾人打来的。她吃了一惊，短短三四个小时，竟有这么多人给她打电话来，说明贺家湾已经炸了锅。但这时她没有把心思放在未接电话上，给她打电话的人越多，越说明她应该在最短的时间内得到母亲的意见。她不假思索地拨通了母亲的电话。电话刚响一声铃，便被对方摁断，接着飞来一条信息："请给我发短信！"乔燕一看，便知母亲此时肯定不方便接电话，便给她发过去一条信息："妈，我和你宝贝外孙到市上来了！"刚发过去，吴晓杰的短信就回了过来："出差吗？"乔燕马上回："专门到你这儿来！"过了一会儿，吴晓杰才回："怎么不打招呼就来了？"乔燕回："事情很急，我必须当面给你说！"过了片刻，吴晓杰回："你先去我住的地方，我让王姐把钥匙给你送过来，5 点钟会议结束我就回来！"

　　吴晓杰调到市里后，乔燕来过三次，一次是吴晓杰上任那天，她帮母亲提东西来过一次。另一次是她参加工作不久，市里组织新进技术人员进行业务培训，她没住宾馆，而回母亲的宿舍住。可那次名义上和母亲住了十天，实际上只和母亲同住了三个晚上——母亲不是到省上开会就是下乡，忙得双脚不沾地，哪有时间来陪着她。最近一次是去年全市优秀第一书记表彰大会，那次会议时间只有半天，会议结束后乔燕留下来在母亲这儿住了一晚。也许是母亲为女儿取得的成绩感到高兴，或是因为吴晓杰这天开完会后心情特别放松，晚上，专门带她去"好吃一条街"吃了名小吃"心肺汤圆"，吃完后又带女儿去市文化宫听了一场市艺术剧团的音乐会。尽管母亲在看演出时睡着了，但母亲这天晚上表现出来的对她的爱给乔燕留下了深刻印象。吴晓杰住的小区叫"丽水花园"，说是"丽水"，实际上只是人工挖了两个水塘，塘里堆了一座假山，节假日的时候，会从假山的喷管里喷出几道水柱。"花园"更是名不符实，不过是在房屋之间的绿化地带上栽了一些树而已。吴晓杰调到市上工作以后，因为乔老爷子和乔奶奶在县上有房，她丈夫又在外地，就没在市上买房，单位便在这个小区给她租了一套两居室。

乔燕到达的时候，吴晓杰单位那个分管后勤的办公室副主任王姐早在楼下等着了。乔燕接了钥匙，转身上到六楼，一手抱着张恤，一手将钥匙插进锁孔里，"咔嗒"一声将门打开。进去一看，屋子一如既往地凌乱，沙发上摆着吴晓杰的一件卡其色针织开衫外套，门后面堆着一堆各式颜色和款式的皮鞋。乔燕走进卧室看了看，床上的被子没有叠，枕头边扔着一件V领的灰色长袖开衫，床头柜上放着一只空牛奶盒。乔燕一见这凌乱和邋遢的场景，不由得笑了笑：要是有人来看了，谁还敢相信妈是个女强人？尽管这样，她还是从凌乱中闻到了母亲身上的气息，甚至可以这样说，从她踏进这间屋子起，母亲的气息便紧紧地包裹了她！这是一种只有女儿能闻到的气息，这气息让她亲切、温暖和幸福。她在沙发上坐下来，开始喂奶，一边喂，一连轻轻拍打着孩子的背，嘴里哼起一首摇篮曲。张恤吸着奶，没多久便睡着了。乔燕把他抱到里面屋子，放到床上，拉过被子轻轻盖上，这才轻手轻脚地走出来，先把那只空牛奶盒拿去扔掉，然后将沙发上的衣服拿起来，找出衣架，挂在衣柜里。接着，她到门后把母亲那些鞋子一一摆放整齐。最后才走进厨房，先打开冰箱看了一看，冰箱里空空如也。她又揭开灶台上的锅看了一眼，发现锅像是很久都没用过了。她明白妈很久都没有自己做过饭了，不由得一阵心酸。正不知怎么办的时候，忽听得门锁响了起来，走出来一看，吴晓杰出现在了客厅里。

乔燕撒娇似的扑了过去，抱住吴晓杰喊了一声："妈！"一边喊，一边在她脸上亲了一下。吴晓杰很少看到女儿这种亲昵的举动，一时倒显出了有些局促的样子，待乔燕松开她后，才说："疯疯癫癫的，什么事呀？"乔燕说："想你嘛，妈！"吴晓杰露出了不相信的神色，说："假话！"乔燕故意嘟起嘴，说："你不相信呀？要不是真想你了，我怎么会来？"吴晓杰半晌没吭声，过了一会儿才说："张恤呢？"乔燕道："睡着了！"吴晓杰走到里面屋子里，见孩子在床上睡得正香，便俯下身去，在孩子的脸蛋上亲了一口，这才走出来问乔燕："怎么不先告诉我一声就突然上来了，还带着孩子？给妈说老实话，是不是和张健吵架了？"

一听这话，乔燕"扑哧"笑了起来，道："妈，我和张健好着呢！"吴晓杰还是露出了怀疑的神色，道："那为什么连招呼都不打一个，要是我出差了怎么办？"乔燕想了想才说："我想给你一个惊喜呗！"说完，见母亲还是一副不肯相信的样子，又紧接着说，"妈，前不久我找人算了一次命，算命先生说我近段时间运气特别好，办什么事情都会心想事成，所以我就知道你准在家里！"

一句话把吴晓杰逗笑了："还像没长大一样，就知道贫嘴！"说完又补了一句，"都是跟你爷爷学的！"乔燕马上说："错，妈，爷爷说我和你一模一样！你说，我像不像你呀？"吴晓杰一听女儿这话，像有什么东西触痛了她心里敏感和脆弱的神经，突然收敛了脸上的笑容，瞥了一眼乔燕，眼神中流露出温情和怜爱，说："你和张健没吵架就好，妈就是担心你也像有些第一书记那样，因为照顾不到家庭，和丈夫闹矛盾甚至离婚呢！"乔燕马上想起金蓉和她丈夫的事，便说："妈，你放心，张健很支持我！"说完补了一句，"我觉得自己亏欠了张健许多！"吴晓杰听了这话道："两个人过日子，总要有人做出牺牲嘛！"

母女俩东一句西一句说了一会儿闲话，吴晓杰对乔燕说："妈这里也没什么招待你，跟我一起到机关食堂吃饭，再晚就吃不上了！"乔燕一听，马上叫了起来："妈，你一直都吃机关食堂呀？"吴晓杰道："吃机关食堂既方便又便宜，有什么不可以的？"乔燕沉默了一会儿，才抬起头来，目光中带着恳求对吴晓杰说："妈，我还没怎么饿，加上张恤也还没有醒，要不我们说会儿话，完了再出去随便吃点什么都行，你看怎么样？"吴晓杰早已猜到女儿一定是遇到了过不去的坎，要么是和张健闹了矛盾，要么是工作上遇到了麻烦，才连招呼也不打便跑到市上来了。前者刚才被她否认了，那么一定是工作上出了麻烦，她想了想，在沙发上坐了下来，说："那好，有什么事，妈今天就当回听众，你说吧！"

乔燕一见母亲满脸严肃的样子，一时倒不知该怎样开口了，便又做出轻松的样子说："妈，真没什么事，我只不过想和你随便聊聊……"一听这话，吴晓杰两眼便落到乔燕身上，看着她问："真没什么事？妈晚上还有一个会，真没什么事，妈就不奉陪了！"说毕，抓起身旁的包，做出要走的样子。乔燕一见，忽然一把抓住了吴晓杰的手,说:"妈,我有事,真的有事!"吴晓杰不禁露出洁白的牙齿笑了笑,看着女儿说:"跟妈还打哑谜?坐下,再和妈打哑谜,我可就不管你了!"乔燕一听母亲这话,心里一阵感动,乖乖地挨着母亲坐下了。

可坐下后,乔燕的思维仿佛又短路了一般,不知该从什么地方说起了。想了半天,这才拉着母亲的手问:"妈,你还记得那天晚上在奶奶的病床前,我给你说过的贺家湾的事吗?"吴晓杰故意装作想不起来了的样子,看着她反问:"什么事?我不记得了。"乔燕以为母亲真的忘了,马上说:"就是在我的动员下,贺家湾的贺忠远、贺小川、贺兴林等农民工返乡创业,流转了村里三百亩土地发展家庭农场。你说发展家庭农场、培养职业农民,很适合我们山区人多地少的实际,你还记得这话吗?"吴晓杰见女儿两眼期待地望着她,这才做出记起来了的样子,说:"是呀,我是说过这话!怎么了?"乔燕没正面回答,只顾看着她反问:"妈,你现在还坚持这样的观点吗?"吴晓杰想了一想,也没给女儿肯定的答复,又问她:"怎么了?"

乔燕眼神暗淡了下来,她避开了母亲关切和询问的目光,把头垂了下来。过了半天,这才从镇上召开"全镇土地大流转动员大会"讲起,把在会上和罗书记的分歧,会后罗书记找她谈话的经过,自己内心的苦恼,上午去县委想见孙书记的经过以及贺小川、贺兴林给她打电话的内容和态度,一一对母亲讲了出来。在乔燕幽幽的讲述中,吴晓杰像位耐心的听众,一言未发。可随着女儿的讲述,她的眉毛越蹙越紧,脸上的神情也越来越严峻。乔燕讲完了,她还紧抿着嘴唇,眼睛看着地板,像是陷入了彷徨迷离。屋子里十分安静,从小区外面街道传来的汽车喇叭声,既有些压抑也有些轻飘,仿佛是从地下深处传来的。乔燕见母亲没回答,拉了拉她的手,喊了一声:"妈……"吴晓杰这才像被惊醒过来,抬起头,将目光落在了乔燕身上。她看见女儿脸上有眼泪在闪着光,猛地将乔燕拉进怀里,一边拍着她的背,一边说:"妈都听明白了!这道坎对你来说,确实不容易过……"

乔燕从母亲怀里挣脱出来,目光一动不动地落在她的脸上,带着一种殷切的希望问:"妈,你说我现在该怎么办?"吴晓杰把手落在了乔燕的头上,一边抚摸着女儿的头发一边语气缓慢地说:"你叫妈怎么说呢?首先我要说的是,你是对的!在我们这样人多地少的山区,确实不适合发展动辄几万亩的大农场。我给你背一组数字,我们现在户均耕地仅相当于欧盟的四十分之一、美国的四百分之一,这样的资源禀赋决定了我们不可能像欧美那样搞大规模农业、大机械作业。

当前和今后一个时期，要突出抓好的只能是农民合作社和家庭农场……"说到这里，吴晓杰看了看女儿，见乔燕的一对眼睛格外明亮，停了停才又告诉女儿，"这话不是我说的，是习近平总书记说的……"

听到这里，乔燕猛地坐直了身子，惊喜地问："真的?"吴晓杰说："妈难道还会骗你?"乔燕拍了一下手，仿佛得到了尚方宝剑，马上站了起来道："那他们为什么还要这样做?"吴晓杰见女儿单纯和幼稚的样子，不觉皱了皱眉，看着她问："你以为这种现象很容易消除吗?"乔燕仍然有些不服气，说："这可是总书记说了的呀!"吴晓杰笑了笑，说："傻丫头，如果这种现象容易消除，怎么又会在你们镇上发生?"乔燕听了母亲这话又沉默了。过了一会儿，吴晓杰才继续对女儿说："你以为县上孙书记就没有学习过总书记的讲话?你们镇上罗书记就真的不知道一下子把全镇土地流转出去的风险?"说着，吴晓杰瞥了乔燕一眼，见女儿听得很认真，停了停才接着说，"在这两年的工作中，我还发现一种奇怪的现象，就是那些动辄来流转几千上万亩土地、搞所谓的大产业的老板，并不是心甘情愿的!这些老板不是傻子，他们十分清楚投资农业风险很大，所以都非常谨慎。但他们为什么还要来呢？大多数是因为当地官员为了政绩和贪大求洋的面子工程，于是反复动员、用小恩小惠利诱这些老板，他们不得已才去的。因为他们在当地政府和官员手下讨生活，自己的企业以后还要生存和发展，不听那些官员的不行!有些企业老板也很聪明，他们迫于当地政府和官员的压力，下是下去了，成千上万亩土地也流转了，转眼他们就把流转的土地化整为零，再分包给若干当地人，以尽量规避经营中的风险和可能造成的损失!我在东山县就碰到过这样一个老板，土地还是给当地村民种，自己只坐吃县上的各种补贴。我估计你刚才说的那个润捷粮油加工公司的赵老板，就可能是迫于县上的压力才到你们镇来一下子流转那么多土地的。要不然，县上为什么还要每年给他每亩土地补助一百斤粳稻的租金呢……"

一听到这里，乔燕高兴地对吴晓杰说："妈，真有你的!你能不能给孙书记打个电话，让他……"吴晓杰知道女儿要说什么，没等她说完，便严肃地说："你又犯傻了!你以为妈这个扶贫开发局的局长，能管到县上所有的事？何况这事关系着人家的政绩和前途。"乔燕听母亲这样说，脸色又暗淡下来，半晌，才看着吴晓杰，有些忧郁地问："那怎么办，妈?"吴晓杰心疼地看了女儿一眼，然后才说："你别急，总会找到办法的!"说到这儿，她突然改变了话题，看着女儿问，"在说这事以前，我可得先问问你!在这件事情上，你很有可能既得罪镇上罗书记，也得罪县上孙书记，你想过后果没有？"乔燕忙眨着眼睛问："什么后果？"吴晓杰道："前途！省上有文件规定，对脱贫攻坚中涌现出来的优秀第一书记，组织上要提拔重用，你的前途都攥在别人手里……"乔燕听了这话，低下了头。半晌，她才看着吴晓杰迟疑地说："可是，妈，我总不能为了以后的前途，就让我没脸再回贺家湾面对那些父老乡亲了吧？如果我现在都没脸再回贺家湾，我又怎么会成为优秀的第一书记？"

吴晓杰笑了笑，说："生活中真没有两全其美的事！是的，你顾得了现在，就可能失去将来，你想得到将来，就可能失去现在！"说着低头抚摸着乔燕的头发，继续说，"你现在大了，路由你自己选择吧……"乔燕没等母亲说完，便语气坚定地说："妈，比起虚无缥缈的将来，我更愿意选择现在，让贺家湾人像过去一样接纳我、信任我、亲近我，我生活在他们中间，我感到很幸福！"一听这话，吴晓杰眼眶突然湿润了，但她迅速控制住了自己的情绪，看着女儿问："你真的确定了？"乔燕说："我永远也不会后悔！"吴晓杰听后，没有立即说话，定定看着女儿，似乎还在等着她改口。可乔燕没有再说什么，吴晓杰这才说："那好吧！我没有能力让你们县委孙书记和镇上罗书记改变决定，但我可以告诉你一个人……"

乔燕马上坐直了身子，眼睛盯着母亲问："谁？"吴晓杰说："省上有个记者正好在我们市上采访土地流转和产业发展的情况，昨天我们交流时，我发现她的许多观点和我们的看法都十分相似，我觉得如果她知道你们镇上发生的事后，也许还能用舆论的方式帮上你的忙……"乔燕马上兴奋地问："妈，这个记者叫什么名字？"吴晓杰说："李亚琳……"

吴晓杰话还没说完，乔燕惊得一下从沙发上跳了起来，大声道："什么？亚琳……"吴晓杰一见乔燕高兴的样子，便问："你们认识？"乔燕将双臂缠绕在吴晓杰的脖子上，附在她耳边骄傲地说："妈，我们不但认识，还是好姐妹呢！"说着，便把她们如何结义姐妹，李亚琳如何在柏山镇红花村当第一书记，又如何辞职做了记者等，都一一对母亲说了。吴晓杰听完，才道："原来你还有这样一批好友！既然你们认识，就省得我瞎操心了，就不知道她在乡下采访回市上没有？"一听这话，乔燕马上说："我打电话问问！"

说罢，乔燕便给李亚琳打起电话来。电话刚一接通，乔燕便迫不及待地叫了起来："亚琳妹妹，你回市上来了？"也不知对方在电话里说了些什么，只听乔燕又大声说："我也到市上来了，我现在在我妈这儿，我要来看你！"说完生怕李亚琳拒绝似的，马上说，"我有重要的事对你说！"说完停了一会儿，突然放下电话，又像小孩子似的抱住了母亲的脖子说："太好了，妈，她刚回到宾馆，叫我马上过去！"说完，便拉起了吴晓杰的手，道，"走吧，妈……"吴晓杰道："看你这火烧眉毛的样子，你连娃儿也不要了？"乔燕这才回过神来，冲吴晓杰不好意思地笑了笑，道："我还真忘了！"说着到里面屋子将张恤抱了起来。张恤还在睡。吴晓杰将乔燕挂起来的那件卡其针织开衫外套取出来盖在孩子的身上，然后对乔燕说："给我抱，我好久没抱过外孙了！"乔燕果然把张恤交给了母亲，母女俩出了门。

吴晓杰为了不影响两个年轻人说话，把乔燕送到李亚琳住的宾馆门口便回去了。乔燕上楼去，刚一按门铃，门就开了，李亚琳从屋里冲出来，张开双手想拥抱乔燕，一看乔燕怀里的孩子，愣了一下，便将张恤抱在了自己怀里，口里一个劲喊道："乖乖幺儿，乖乖幺儿！"小家伙一路上都睡得香香的，这时却醒了。他睁着一对亮晶晶的眼睛看了李亚琳一会儿，突然冲她甜甜地笑了。李亚琳急忙喊道："你看他对我笑了，对我笑了！"乔燕一见也颇感奇怪，道："这小东西怎么这样怪？他认生，不认识的人一抱他就哭，可他还对你笑！"李亚琳马上在张恤脸蛋上亲了一口。

李亚琳将乔燕迎进屋。乔燕朝房里打量了一下，只见桌子上放了一台笔记本电脑，角落里放着一只银灰色的铝框拉杆箱，床头柜上放着一只酒红色的双肩包，便问："你什么时候到市上来的？"李亚琳道："到市上三天了。"乔燕道："回县上不？"李亚琳道："这次不回！"乔燕"哦"了一声，像是有些失望的样子，李亚琳见了忙问："怎么了？"乔燕想了想才道："我还要感谢你呢！要不是你给我们联系砖，我们易地扶贫搬迁集中安置点现在恐怕都没建好！"李亚琳道："这有什么值得感谢的，举手之劳呗……"乔燕马上道："这样大的事，还是举手之劳？怪不得说你们记者是无冕之王，神通广大！不管怎么说，我都应该感谢妹妹的帮助！"说完又转换了话题道，"你写小莉姐姐和'大姐大'村里那个杨英姿的文章，写得太好了……"

话还没完，李亚琳脸上便浮现出了凝重的神色，和刚才与乔燕说笑时判若两人："小莉姐姐是烈士，宣传烈士那是应该的！不过，我当时还写了另一篇文章，标题是《请给扶贫干部松松绑》。我在文章里说，周小莉同志之死，表面上看是一场意外，可在这意外中却有着必然。自这轮精准扶贫开展以来，不少地方都传出了扶贫干部尤其是第一书记因劳累过度而生病住院甚至献出了年轻生命的消息。以我担任一年多第一书记的经历为例，几乎每天都在长时间地连续加班工作，'5+2、白+黑'成为工作常态，不是在村里走访、调查、登记，就是填表、建档等。人不是机器，即使机器还需要保养，在这种满负荷甚至超负荷运转的情况下，扶贫干部不堪重负而倒下，也就不奇怪了。我还说：我们提倡扶贫干部为脱贫攻坚事业拼搏实干是对的，但是在扶贫干部倒下的背后，折射出的是一些地方严重的官僚主义和形式主义问题，折射出的是一些地方扶贫制度设计不合理，工作安排不科学。最后我呼吁各级领导都要树立正确的政绩观，坚决扫除官僚主义和形式主义思想，在给扶贫干部压力的同时，也要给他们松绑，尤其是减少一些无关紧要的材料汇报、表格填写和检查评比等工作，让扶贫干部真正深入田间地头干事创业！"

乔燕听完，马上叫了起来："亚琳妹妹，这篇文章真正说出了我们的心里话！可是这样好的文章，我们为什么没有看到呢？"李亚琳沉默了半晌，这才道："领导说，要正面宣传扶贫干部的奉献精神，这样的文章就不发了！领导说不发就不发，我有什么办法呢？"乔燕听后也无比惋惜地说："可惜了，可惜了，我敢说，文章发表出来，所有的扶贫干部都会高兴！"李亚琳听了没吭声，像是在思考什么。

过了一阵，李亚琳重新拾起了话头，问乔燕："杨英姿的事，你没听说过吗？她的养鸡场已经关闭了……"一语未了，乔燕惊得叫了起来："去年入冬前我们还去参观过，为什么一下就关闭了？"李亚琳道："去年年底刮得那么猛的环评风暴，燕儿姐姐难道都不知道？"乔燕明白了，道："知道是知道，可和英姿姐的养鸡场有什么关系？"李亚琳道："怎么没关系？它不是属于'散、乱、污'的家庭作坊吗？上面'一刀切'，便给切掉了！"乔燕听了惊愕不已，半晌才喃喃自语道："这么说，金蓉姐村上那个叫余文化的生猪养殖场，也给切掉了哟？"李亚琳道："可不是这样，金蓉姐前几天还给我打电话，叫我去写写他们村上一个残疾人身残志坚办养殖场的故事，也给她脸上贴贴金，可没过几天，又给我打电话叫不要去了，我猜想就是养殖场已经被强行关闭了！"

乔燕听了这话沉默了下来，过了半天才忧心忡忡道："那他们怎么办？"李亚琳道："我问过'大姐大'，'大姐大'说政府赔了一点钱，可那点钱也只是办养殖场和鸡的本钱，至于这一家人以后如何生存，她就没有办法了！"乔燕道："我好久没和'大姐大'联系了，这样重大的事我还不知道。英姿姐说今年一定要把孩子带到医院里装晶片，这鸡场关闭了，不知她能不能再实现这个愿望。"李亚琳听了没有回答，屋子里一时非常安静。

　　过了一阵，李亚琳才说："我就不明白，在那样的深山老林里，贫困户办了养鸡场和养猪场，怎么就污染了环境？农民养了几千年的鸡鸭和猪牛，不但没听说过污染环境，反而农家肥还是宝，施到地里，不仅实现了循环利用，打下的粮食还自然环保，可现在反倒成污染源了，这也不知是什么逻辑？中央曾多次发文，禁止在环境治理中'一刀切'，可不少地方在落实的过程中，不仅让正常排污的合法企业限产停产，还关闭小豆腐坊、小面馆等民生小项目，拆除农户的养殖场，有的甚至封闭农户的柴火灶，导致老百姓生计困难，典型的懒政、怠政、庸政行为！"

　　乔燕也道："可不是！英姿姐和余文化大爷好不容易才找到这样两条路，一家人也因此树立起了生活的信心，现在，政府关掉的不仅是他们的养殖场，还是他们的未来和希望！我最担心的是英姿姐孩子的眼睛，如果不及时去安上晶片，那孩子就将一辈子生活在黑暗中，这不是罪孽吗？为什么我们的一些干部，要么就是'一刀切'，要么就是'一刀也不切'？这环境和空气质量恶化，正是先前'一刀都不切'的恶果。现在一说环境治理，连农民养鸡养鸭也不放过了。为什么就不能从实际出发，就像我们搞脱贫攻坚一样，也来个精准施策，下足细功夫，该关的才关，不该关的做出精细管理，树立绿色导向，这样不仅会有好环境、好空气，还能催生更多好企业，不更好吗？"李亚琳听到这里，笑了起来，道："好了好了，燕儿姐姐，你也和我一样，吃丫头的饭，操小姐的心！我们不说这些了，越说心里越难受，你说有重要的事给我说，是什么事？"

　　乔燕听了这话，才把镇上发生的事和自己眼下的处境给李亚琳说了一遍。李亚琳一听急忙说："一下子流转两万亩土地给城里的大老板，这确实是一件非常冒险的事！燕儿姐你说得很对，我们这里人多地少，一百个人的土地给一个人种了，剩下九十九个人到哪里去？去干什么？一些地方的领导以为农业现代化就是土地规模化，只要土地集中到几个大企业大公司的老板手里，就能实现农业现代化了。可是这种方式只能把农民挤出农业生产领域，被挤出的农民因年老体弱又不能出去打工，你说怎么办？我给燕儿姐讲一个土地规模经营的故事。这个故事发生在我们省一个产粮区，几年前农村土地经过整理后，县上的领导也认为应将农村土地集中到少数有资本实力的'工商资本型大户'手里，农业才有发展前途，于是动员了县上一个农机经销店的老板，回去承包了他家乡那个村两千亩土地。这个农机经销店的老板原先只是一个跑运输的个体户，因为他和县上一个副县长是同学，经常给副县长捎一些东西。这个副县长恰好分管农业，后来在副县长帮助下，租了一间门市办起了农机经销店。你知道经销农业机械是有补贴的，就这样慢慢做大，由一间门市变成了几间门市，后来企业还被评为市级龙头企业。当时也是副县长动员他回去承接那两千亩土地的。他感到压力很大，答应吧，他知道农业风险很大，何况又是那么大的面积，一旦经营不好连老本都要赔进去。不答应吧，得罪了老同学，以后自己的企业还想发展就很难了，何况政府的一系列优惠政策又很诱人。最后他一狠心，白给的好处为什么不要？于是就和村民签了八年合同。可这个农机经销店老板可不是个糊涂人，前面和村民签了合同，后面就回去找到他的几个堂兄弟，每人承包几百亩。几个堂兄弟又给村民说，谁谁的土地你们还是谁种，如果上面有人来问，你们就说土地全流转给我哥的，你们是给他打工！农民本不愿意把土地流转出来，听他这么一说，心里也很乐意。我去采访时，农机经销店老板还是那两千亩土地的经营主体，每年坐享县上几万元的各种政策补贴。他把这几万元拿到后，给几个堂兄弟分一点，农民则一分钱也没有。不但如此，因为是这两千亩土地的经营主体，他又被县上培育成了省级龙头企业，又享一份政策的红利！你说说这是什么事呀？我们地方政府为什么非要这么干不可呢？这样的故事太多了！

"燕儿姐姐，过去在红花村的时候，我也发现农村有很多问题，不过那时以为只有我们村或我们镇才那样，说得再大一点，或者我们县才有那样的问题。可这一年多跑的地方多了，接触的人多了，特别是对农民的遭遇了解多了，才知道全国都一样。我也才渐渐明白农村落后的根本原因了！这些年来，我们一些领导已经习惯于做大事，做领导感兴趣的事，做面子和形象工程，只管奠基，只管剪彩，只问有哪些领导来！他们所做的一切，都只做给领导看，而不是为农民解决问题。那些原来很小的问题慢慢积累起来，就变成了生产力下降、环境被污染、教育面临滑坡、基础设施落后等严重的'三农'问题！假如我们那些坐在办公室只一门心思想干'大事'迎合上级的领导，能像我们这第一书记一样，扑下身子去了解农村的真实情况，切切实实去解决农民的一些实际问题，你说'三农'问题还会这么严重吗？"说着，李亚琳叹了一口气，像是喃喃自语地说，"我只觉得农民太苦、太软弱、太不幸，什么人都可以欺负他们……"

李亚琳说完低下了头。乔燕忙道："亚琳妹妹，你说得太好了！真是士别三日，当刮目相待，没想到才一年多时间，你就懂得了这么多，说出来一套一套的，你可以到党校去做理论教员了！"李亚琳一笑，道："党校的理论教员会要我这样的人吗？"乔燕道："你刚才问一百个人的土地给一个人种了，剩下九十九个人到哪里去？去干什么？问得太好了，我也基于这样浅显的认识，才不赞成这样大规模流转土地的！"说完看着李亚琳问，"亚琳妹妹，你还没答复我，愿意帮我这个忙吗？"李亚琳立即道："这是我的职责，怎么不愿意……"话还没说完，乔燕抱住了李亚琳，嘴里激动地说："谢谢你，亚琳妹妹！"李亚琳也抱住了她，道："燕儿姐姐，我不值得你谢，我再说一遍，记者就是做这个事的！再说，你的话也进一步启发了我，我非常赞同你土地经营只能适度规模，且以家庭经营为主体的观点，我们都是为农民说话的同一个战壕的战友！"

乔燕半天没说出话来，她看了看睡得正香的张恤，对李亚琳说："亚琳妹妹，今晚上我不回去了，就在你这儿睡，行不行？"李亚琳立即高兴地叫道："那好呀，燕儿姐姐，那我们姐妹俩就来个彻夜长谈！"乔燕立即掏出手机，给母亲打起电话来。

第十章

  贺忠远、贺小川在流转的一百亩土地上，搭建了十多个屋脊式的竹架大棚。大棚长40米，宽8米，顶高2.5米，肩高1.5米。大棚里面中柱一排，侧柱两排，边柱两排，顶上覆盖着透明的聚乙烯薄膜。在偌大一片平整的土地上，这十多个塑料大棚就仿佛散布在蓝天上的几朵毫不起眼的云彩，显得有些孤单。本来，他们完全有能力多建一些，反正贺家湾有的是毛竹，建筑成本又不高，多建一些大棚，就可以像别的蔬菜种植户一样栽种反季节蔬菜。贺忠远却坚决反对，说他活了几十岁，过去也种过蔬菜，说菜这种东西，本就该在露天里顺天顺地顺时节长成，现在倒好，本该在三伏天才长出来的菜，却把它罩在塑料棚里，让它在寒冬腊月给长出来，那还叫菜吗？比方说一个人，要吃二十年的饭才能长成一个大小伙子，可现在把他关在玻璃罩子里，给他喂些乌七八糟的东西，让他两年就长到二十岁这么高，那已经不是人，而是妖了！但话既然说出去了，要种绿色生态蔬菜，就绝不能挂羊头卖狗肉。在贺忠远的意识里，只有那些顺时顺季在露天里种出来的蔬菜，才配称绿色生态蔬菜，那些从大棚里长的反季节蔬菜，不是蔬菜而是"妖菜"，所以，既然要种，就该在大田里种！贺小琴在城郊袁家坝苏伯伯的菜场里学技术时，看见苏伯伯也全种的大田露天蔬菜，非常赞同父亲的意见。唯有贺小川担心赚不到钱，还来请教过乔燕。乔燕觉得贺忠远说得有些道理，但她又拿不准，于是专门回城请教县农科所的专家。专家对她说："大棚蔬菜虽然经济效益高，可投资大，栽培技术复杂，生产成本高，管理稍微跟不上，就可能鸡飞蛋打！大田蔬菜虽然经济效益低一点，但风险也低得多，等他们把大田蔬菜种好赚了钱，又积累了经验后，再逐步发展大棚蔬菜也不迟！"乔燕一听这话，正符合家庭农场的实际，回来给贺小川一说，打消了他的疑虑，于是只建了十多个屋脊式的竹架大棚为大田培育菜苗。

这天是他们从大棚将菜苗移栽到大田的第一天，乔燕觉得这个日子对贺家湾和她自己来说都值得纪念。如果说贺兴林流转的二百亩土地几天以前就破犁下了种，标志着贺家湾历史上第一个粮食种植大户的诞生，那么贺忠远、贺小川今天从大棚往大田移栽蔬菜，则标志着贺家湾第一个蔬菜种植专业户的诞生，这两个家庭农场在贺家湾都同样具有划时代的意义，乔燕当然要去见证一下这个不同凡响的时刻。更重要的，乔燕也想去开开眼界——前不久贺兴林的二百亩地开始起垄播种时，他从县城开回一台叫"起垄机"的新机器。贺家湾人见过耕地的拖拉机、耙田的旋耕机、插秧的插秧机、收割的收割机、脱粒的脱粒机……却没见过也没听说过什么"起垄机"，跑去看时，原来那起垄机是由一辆拖拉机牵引的铁机器，前后有好几个轮子和像铁锹一样的铁片，上面还背着一只大水箱，往前一开，田垄便自然形成了。不但田垄会自然形成，垄上的塑料薄膜也铺得平平整整。贺家湾人过去把起垄叫作"打行子"，种玉米时要打"苞谷行子"，栽种红苕要打"红苕行子"，种菜要打"菜行子"，甚至连栽点烟叶也还要打"烟行子"……这些名目繁多的"行子"都要靠手里那把锄头来做，费工费时不说，常常累得人腰酸背疼。现在一见那机器打的"行子"不但垄形标准，如笔杆一样端端正正，而且塑料薄膜给铺得巴巴适适，不觉都叫了起来："哎呀呀，没想到世界上还有这样的机器，你看这行子打得又快又好，别说两百亩土地，就是两千亩也种得下来嘛！"贺兴林听了，跳下机器，炫耀地说："这有啥子？它不光会打行子、铺薄膜，还可以打孔、滴灌呢！"说完又跳上机器，将一个键一按，拖拉机再往前开时，果然那垄上又打出了一个个十分标致的孔。所谓孔，就是贺家湾人常说的"坑"，就是往里面丢种子用的。众人正要惊呼时，却又见从机器底下一根塑料管子里喷出一股水，端端正正地滴在坑里，就等于给种子浇了水。众人算是见识了什么是"起垄机"，离开时一边摇头，一边"啧啧"惊叹，好似在梦中一般。

那边厢还没完毕，这边厢几天以前贺小川又跑到城里开回一辆什么全自动蔬菜移栽机。贺家湾人又惊动了，"起垄机"算是见识了，可那栽蔬菜的机器又长得什么模样？于是跑到贺忠远那老房子来，争看西洋镜一般，把那机器里三层外三层地围了起来。只见那机器比一辆手扶拖拉机大，也比手扶拖拉机壮实，看来看去，也没看见手，怎么能栽菜？便七嘴八舌地问贺小川，贺小川只是卖关子，笑而不答，问急了，便说："急啥子？等栽菜那天，我自然会表演起给你们看嘛！"众人只好悻悻而去了。那天乔燕也在那里，和大家一样，她也急于知道这机器怎么移栽蔬菜，见贺小川一副怕泄露了"机关"的样子，也不好再问，只好和众人一样"且待下回分解"！因此这天乔燕早早就起了床，吃过早饭，特地换了一件短款牛仔外套，搭配一条紧身牛仔裤，内搭一件黄色的针织衫，把自己打扮得既率性洒脱，又靓丽优雅，又往脸上施了一点薄妆，这才挎起包出了门。

又是一个晴好的天气，前段时间因为忙，也因为心绪很乱，她没注意到身边景物的变化。那天晚上在宾馆和李亚琳长谈后，李亚琳第二天便到县上来了。李亚琳为了保护她，不让她和自己一起回来，更不让她陪自己到贺家湾采访。李亚琳到了县上，先去县委宣传部报了到，但她不敢说自己是到黄石镇调查两万亩土地流转的事，只说是来采访脱贫攻坚的。县委宣传部新闻科要派一个干部陪她，被李亚琳婉言拒绝了，说自己不习惯有人陪着采访。可县委宣传部等她前脚走，后面还是派了一个人跟了去。李亚琳没办法，只得罢了。但她有她的办法，回到县城，甩开了跟她的人后，就给乔燕打了一个电话，如此如此，做了一番安排。果然没多久，贺端阳、贺忠远、贺兴林、贺小川、贺兴海、贺世庆、郑全兴等十多个汉子，就骑着几辆摩托车到了李亚琳父母住的那个小区里。贺端阳又打电话，把和自己相好的郑家沟村的郑支书、雷家扁村的雷支书和周家湾村的村主任周发太，也连夜请了来。一行人便在李亚琳的家里接受了秘密采访。采访完毕，李亚琳才约了乔燕见面。两人见面的地点，还是石子岗隧道外面那个小园子的黄葛树下。两人刚在冰凉的石凳子坐下来，李亚琳便神色凝重地对乔燕说："燕儿姐姐，这可能是我写的最后一篇稿子了……"

乔燕立即惊得瞪大了眼睛，看着李亚琳问："怎么是最后一篇？"李亚琳过了一会儿才道："我想离开报社……"乔燕不等她说完，便又急忙道："难道当记者还不好吗？"李亚琳突然冷笑了一下，才说："老百姓都以为做记者好，无冕之王，有些老百姓还把记者称为'青天'，有了委屈的事，连法院都不找，却专门找记者。可他们哪里知道记者的难处……"说到这里，李亚琳突然不说了。乔燕有些明白了，便道："亚琳妹妹，我知道了，可这个世界上，做什么事情没有难处呢？"李亚琳道："我指的不是一般的困难，一般的困难我能克服，可我现在遇到的困难，是无法克服的……"乔燕不明白地问："什么困难不能克服？"李亚琳道："你难道还没看出来吗？我一个堂堂的党报记者采访，弄得像一个地下党秘密接头一样，你觉得这正常吗？"

乔燕一听这话，立即低头不语了。李亚琳道："如果仅是这样我也能克服，关键的问题是你辛辛苦苦冒着风险采访来的东西写成文章后，不能和读者见面，这才是最无奈、最痛苦的……"李亚琳停下话来，迷茫地看了远处一阵，这才又看着乔燕说，"你还记得在市上宾馆里，我给你讲的那个故事吗？"乔燕马上道："就是那个农机经销店老板回乡包土地的事……"李亚琳没等她说下去，便道："对！这件事我花了好几个晚上的时间写成了深度报道，可拿给领导一看，领导说像这样的东西以后就不要写了！"说到这儿，李亚琳见乔燕要插话，便挥了挥手，继续说了下去，"我还给燕儿姐姐讲一个故事。不久前我到一个县上采访，那个县要打造一个文化公园，那个地方本身就有很多文化遗址，比如有两座古院落、一座古寺庙、一座古塔，历史文化底蕴很厚重。可县上领导嫌那些文化遗址破旧了、落后了，要把古院落推倒建成具有罗马风格的水泥建筑，要把古寺庙推倒建一座天主教堂，把古塔推倒重建一座高六十米、占地一千平方米的假古董，整个公园耗资将近十个亿，而这个县还是一个国家级贫困县，群众意见很大。我采访到这些以后，便写了一篇文章。这次我们领导同意发排这篇报道。可不知县上怎么知道了这个消息，急忙安排人来到我们报社，要求将这篇报道撤下来，说这篇文章如果发表了，将严重影响他们县的稳定，影响全县经济文化事业发展。领导怕惹麻烦，大手一挥，就将那篇报道轻而易举地撤了下来。我更没有想到的是，第二天那个县的县委书记亲自给我打电话，说：'李亚琳，你是我们县最不受欢迎的人！'言下之意就是你今后甭想再来我们县采访了！我听了这话，躲在寝室里伤伤心心哭了一场……"

乔燕听到这里，深深地同情起李亚琳的处境来，便说："亚琳妹妹，我还不知道当记者有这么多难处……"李亚琳马上纠正她的话说："也难也不难，燕儿姐姐！你要是只昧着良心唱赞歌，就一点也不难，你还会成为他们最欢迎的人，去了吃辣的、喝香的，还有大包大包的土特产相送！可作为一个记者，良心驱使着自己，怎么只能当喜鹊呢……"乔燕没等李亚琳话完，担心地看着她问："亚琳妹妹，这次我不会给你带来麻烦吧？"李亚琳道："麻烦肯定会有的！世界上没有不透风的墙，不管我怎么保密，他们最终还是会知道……"乔燕关心地问："那怎么办？"李亚琳突然笑了笑，把手搭在了乔燕肩上，安慰地说："燕儿姐姐你不用替我担心，大不了也被我们县列为最不受欢迎的人吧！成了这样的人也不要紧，因为我决计要离开报社了。"乔燕不相信地问："你真的要离开报社呀？"李亚琳道："不瞒燕儿姐姐说，我早就想离开了，因为我这样的人真的不适合当记者，尤其不适合在这个时代当记者！我不离开，迟早也会被踢开……"乔燕没等她继续说下去，便担心地问："那你离开后又做什么呢？"李亚琳又笑了笑，说："天下之大，难道我还找不到一只饭碗？实在不行，我回来和父亲摆夜摊卖麻辣串吧！"乔燕听了这话，只觉得万箭穿心，却不能替好友分担一点什么，心里非常愧疚。倒是李亚琳若无其事的样子，分别时对乔燕说："燕儿姐姐，你放心，你交给我的任务一定完成，回去我就把这篇调查报告写出来。但肯定没有报纸肯发表，不过我会通过各种办法，用内参的形式送到省委主要领导手里。当然，领导看了会怎么处理，我就不知道了！"说完对乔燕凄然一笑，补了一句，"燕儿姐姐，作为姐妹，我算努力了。如果没有帮到忙，你可别怪我！"乔燕也挂着苦笑说："我知道，亚琳妹妹，我永远不会怪你！"说罢两姐妹又拥抱了一下，才伤感地分了手。

　　乔燕觉得那段时间是她人生中最难熬、最苦闷也最无奈的日子。李亚琳一离开，她就在盼望着消息，一个星期过去了，没有任何消息反馈回来，十天过去了，仍然石沉大海。而镇党委和镇政府派了马主任下来督战。马主任虽然同情他们，但作为特使，她又不能不和镇党委、镇政府保持一致，害得乔燕和贺端阳每天都绞尽脑汁来编造谎言，以应付镇上。而贺忠远、贺小川、贺兴林这儿，虽然不像开始那样"打酒只问提壶人"，把矛头对准乔燕，可眼看着季节一天天逼近，整理了一半的土地还搁在那儿，心里比乔燕更急，每天不是到村委会来打听消息，就是给乔燕打几次电话。乔燕仿佛被架在火上烤一样，没两天，嘴角便起了泡，紧接着牙龈又肿了起来。到了晚上，乔燕忽然感到脖子僵硬并有些疼痛，她以为是落了枕，便起来把枕头拿开，叠了一件毛衣来垫着睡，可脖子仍然痛。到了半夜，身子又像火烤一样发起烧来。到了天亮，婆母起来做好了早饭，她还没有起床。婆母奇怪了，过来问她怎么样了。乔燕说："妈，我可能感冒了，你到村医贺春那儿给我买点感冒药。"婆母跑去买了一包药丸，乔燕吞了下去，不久感到好些，起来洗了脸，又喂了张恤奶，坚持到村子里转了一圈。可到了下午，不但脖子痛得厉害，而且连喉咙也肿得咽不下口水，说话也非常困难。不仅这样，发热、心慌、多汗等症状也都一齐袭了过来。婆母一见，吓得急忙给张健打了电话。傍晚时分，张健赶了来，立即将乔燕母子俩和他母亲接回到了县城。

　　张健把乔燕送到医院一检查，原来她得的是亚急性甲状腺炎。拿到检查报告单时，乔燕忽然哭了。她知道这病是怎么得的，可又无法说出来，只能独自将眼泪往肚子里咽。出院那天,她回到村子里,村子刚刚经过了一场倒春寒。奇怪的是,连续两天的寒风,竟然将村里山坡上、地坎边的油桐树给吹开了喇叭似的紫色花朵,密密匝匝地挂满了枝头,满村子飘散着一股浓郁的让人迷醉的芳香。可她没有心思来欣赏山村这独有的景色,心里只牵挂着李亚琳那儿的消息。就在她即将绝望的时候,镇上马主任突然来到村里,宣告了暂停两万亩土地流转的消息。乔燕一听这话,激动得差点跳了起来。她压抑着满肚子的兴奋,故意不明白地问马主任:"马姐,昨天还雷吼地昂叫加快流转,今天怎么又停下来了?"马主任也大惑不解道:"我怎么知道?反正领导叫我来通知你们,停就停吧!前段时间你们为这两万亩土地的流转没少挨群众的骂,现在停下来还不好?"

马主任走后,乔燕立即给李亚琳打电话。李亚琳道:"我也是昨天才在报社看见省委主要领导在我文章上的批示复印件!我知道这个批示连同内参都要一同转到你们县上,所以没再打电话告诉你!我现在要告诉你的是,给领导的内参上是要署上作者姓名的,我现在肯定成了我们县上最不受欢迎的人了!"乔燕听了这话忙道:"亚琳妹妹,可我们欢迎你,群众欢迎你……"乔燕还没说完,李亚琳笑了起来,道:"燕儿姐姐,欢不欢迎我现在已经不关心了!不过我可要提醒你,尽管在采访时我让你回避,可领导不是傻瓜,这个内参到了你们县上领导那儿,他们可能要怀疑你,你可要有思想准备……"乔燕听了李亚琳的话,又想起了母亲那天晚上的提醒,便道:"亚琳妹妹,你放心,我也早已把个人荣辱置之度外了!"

说罢,姐妹俩又互道了几句"珍重",结束了通话。一放下手机,乔燕便忙不迭地跑去把这大好消息告诉了贺兴林、贺忠远和贺小川。第二天,那两处停了十多天的工地,机器又加班加点响了起来。

从那天以后,乔燕觉得青春的活力和满腔的热血又回到了身上。她每天都要往平整土地的田地跑上两趟,听着机器的轰鸣声,看着他们忙碌的身影,再享受着明媚的阳光,她像一只鸟儿似的快乐了起来。尤其是那被拖拉机深翻起来的泥土,混合着油桐树花独特的清香味儿,有种令人陶醉的感觉。

乔燕被贺家湾明媚的春光包裹着,款款地向石牛坪走去。昨晚上下了一场春雨,细如发丝,却又一丝一丝清晰可辨,淅淅沥沥,不绝如缕。乔燕以为这雨会下到今天,没想到天快亮的时候却停了。刚才出门的时候,她以为路上会很滑,可走出来一看,只是泥土变得松软了些。再看看路边的油桐树,树枝上最后几朵紫色喇叭花被昨晚那如丝一样的细雨给打落在地上了,从油桐树上长出的嫩叶带点儿浅红的颜色,十分鲜艳,又像是另一种花朵。地上细密的野草在渐渐滋长,远远看去,大地不是变绿而是变青了。蓝湛湛的天空没有一丝云彩,仿佛刚刚用水洗过。空气中带着一股特有的酸酸甜甜、苦苦咸咸的泥土味儿,呼吸起来格外清新爽快!这是一种被埋在大地深处的气息,只有农民在春季翻耕土地时,才能让这种气息从脚下的泥土中散发出来。这是一种母亲的气息,也只有深爱着她的儿女们才能有幸闻到。乔燕便想:"奇了怪了,平日看惯了的景物,今天怎么全变了呢?"又想,"怪不得一些城里人不能理解乡村,原来乡村里隐藏的那些鲜为人知的秘密和变化,离我们大多数人想象的太远太远了……"这样胡思乱想着,乔燕听到了从石牛坪传来的一阵嘈杂的喧闹声……

乔燕远远一看,贺小川已经把那台红色的机器开到起了垄的地里。起垄是用贺兴林的起垄机起的。他两家早就商量好了,买农机具时尽量错开,两家可以互相借用,这样可以最大限度减少农机闲置。起垄那天,乔燕也来看过,贺忠远夫妇和贺小川、贺小琴兄妹把湾里别人抛弃不要的秸秆全部拉来,用旋耕机轧碎后撒在地里,起垄时地里的泥土翻出来将那些轧碎的秸秆全部压在底下。乔燕一看,不由得在心里佩服起来:到底是老把式,那些秸秆在土里腐烂,便是很好的有机肥,这真是一举两得!乔燕看见很多人已经站在那台机器旁边,便不由得一笑:"说我着急,比我急的人还有!"一边想,一边又生怕落后了似的小跑起来。

近了一看,才发现贺波、张芳、贺文等村干部也在那儿,一看见她便高兴地叫了起来:"乔书记来了!"众人一见,也跟着叫了一遍,接着自动让开一条路,好像她是什么重要人物似的。乔燕刚要说什么,贺小川和贺小琴兄妹俩从机器旁走了过来,贺小琴一把拉住了乔燕的手,说:"姐,你可来了,我们正等你来栽第一行菜呢!"乔燕说:"不是机器栽吗?"贺小川说:"你往机器的接秧筒里把菜秧一放,就等于是你亲手种植的了!"乔燕一边摇手,一边推辞说:"那可不行!这机器我一点不懂,要是栽坏了,岂不是浪费了菜秧?"贺小琴忙说:"姐,非常简单的,我来告诉你!"说罢便把乔燕拉到了机器旁。

乔燕这才看见那机器前面的操作台上,早已摆了两个装满茄秧的方盘,那茄秧刚从大棚里拔出来,根上带着少量湿润的泥土,叶片嫩嫩的,有一股清新的气息。方盘下面,又有一个圆盘,圆盘里立着几个手腕粗的塑料筒,贺小琴便指了那圆盘对乔燕说:"这圆盘里面的塑料筒就叫接秧筒,你从上面的方盘里拿起菜秧,一个筒里放一株就行了!"乔燕一听这话,立即惊讶道:"这么简单?"贺小川道："对，就这么简单！整个机器都是电脑控制，除了需要人往接秧筒里放菜秧，全是自动的，这接秧筒也是自动移动的，行距、株距什么的，我也已经调节好了，你只需坐在操作台上，机器栽了一株，你往空出来的塑料筒里放一株就是！"乔燕一听这么简单，便爽快地说："行，我来试试，要是栽坏了，可别怪我！"说着便把肩上的包取下来往张芳手里一塞，跳上了机器。贺小川高兴地拍着手掌道："好哇，欢迎乔书记栽第一行菜秧！"众人一见，也起哄似的叫喊和鼓起掌来。

贺小川喊叫完毕，跳上操作台，朝乔燕努了努嘴。乔燕从面前的方盘内拿起一把菜秧，分了一株放进旁边接秧盘的塑料筒里。贺小川看她的动作十分笨拙，便道："你这样分菜秧的姿势不对！"说着，抓住乔燕拿菜秧的手，说，"这样的，你用大拇指和食指的指尖，轻轻顶着菜秧的茎稍一用力，一株菜秧便分离出来了，右手接过，再往接秧筒里放。不是用右手到左手里分，那样速度太慢！"说罢，让乔燕试了几次。乔燕慢慢熟练起来。贺小川等乔燕将面前的每个接秧筒都放好一株菜秧后，便说："乔书记，开始了！"说罢启动机器。只见那机器响了几声，四个橡胶轮子便在两边的垄沟里慢慢转动起来。说时迟，那时快，贺小川跳下了机器，只听见从机器肚子底下传来"咔嗒"一声响，一只塑料筒里的菜秧突然不见了。乔燕牢记着贺小川的话，急忙往空筒里又放上一株，刚收回手，"咔嗒"一声又传来，一只塑料筒又空了，她急忙放上一株。随着接秧筒的自动移动，那轻巧而均匀的"咔嗒"声犹如一首优美的乐曲在乔燕耳边响起。伴随这首乐曲的，还有众人不断的欢呼声和跟随机器前进的脚步声。乔燕知道那机器的"咔嗒"声每响一次，便有一株菜苗被栽入泥土之中。她很想下去看看那些菜苗栽得如何，可机器在往前自动前进，她无法擅离职守，但从人们的欢呼声中，她知道这机器栽的蔬菜质量一定不赖。

当一垄栽完，贺小川跳上来将机器暂停了。乔燕忙不迭地从机器上跳了下来。不知是因为有点紧张还是兴奋，她迎着阳光的一张脸红得像一只熟透了的柿子。贺小琴见她脸上挂着一颗颗细密的汗珠，急忙掏出纸巾递了过去。乔燕没接，转身朝后面跑去。她的目光落到栽好的茄秧上。天啦，这一株株茄秧，像一排等候检阅的士兵一样，均匀、整齐，每株茄秧周围，自动滴灌的水把泥土潮润成一片墨黑色。那秧苗上顶着的稚嫩的叶片此时迎着阳光，和着微风轻轻摇晃，像是在欢呼呢！乔燕看着看着，抑制不住内心的高兴，跑回机器旁，抓住贺小琴的手说："太好了，真没想到机器能把蔬菜栽得这么好！要是整块田都栽上了，都这样整齐，竖成行，横成排，该有多壮观啊！"众人也跟着说："是呀，是呀，真是又快又好！"乔燕问贺小川："小川哥，这机器每天能栽多少亩？"贺小川道："不瞒你说，这机器我和小琴一天使八小时，能栽二十亩左右！"众人一听，又"啧啧"地叫了起来："二十亩呀？那你一百亩地不是四五天就栽完了？"贺小川说："可不是这样！"他的话刚完，乔燕又问："只能栽一行，不能栽两行吗？"贺小川说："哪儿的话？不但能栽双行，还能栽三行！今天我这茄秧只能一垄栽一行，所以调成了单行……"

正说着，贺忠远推着一辆独轮车送菜秧来了，一见乔燕，便亲热地喊了起来："姑娘，你也来了？"乔燕笑着道："大叔，你看这机器栽的菜端端正正的，多好！"贺忠远朝垄上看了一眼，回过头对乔燕感激地说："姑娘，这都是托你的福，要不是你，我们平整土地的钱还不是全打水漂了！"贺小川一听这话，也对乔燕说："真的，乔书记，我们还没有感谢你呢！"乔燕知道他们指的是什么，便附到他耳边说："你感谢我什么？要感谢也得感谢写文章的记者，要不是省上领导在她写的调查报告上做出明确批示，县上能够轻易放弃让润捷粮油加工公司来流转两万亩土地的决定吗？"

说到这里，乔燕没等贺忠远和贺小川插话，便又看着贺忠远转移了话题，说："大叔，这下你们可以放开膀子大干一场了！我听说你原来种菜，差一点就成为万元户。这一次呀，争取成个百万元户、千万元户……"乔燕的话还没完，贺忠远就乐得下巴上几根胡子像风吹似的颤动起来，一边"呵呵"地笑，一边说："姑娘，借你的吉言！可这种菜，要把钱赚到手里了才算！不瞒你说，我现在最担心的就是蔬菜以后的销路。要是菜种出来卖不脱，那才是莲蓬子不叫莲蓬子——呕人（藕仁）呢！"乔燕一听这话，身子突然轻轻颤抖了一下。在这些日子里，她也曾有过这样的担心呢！可今天是他们开始往大田移栽菜苗的日子，她只能给他们打气，而不能泄他们的气，于是说："大叔，车到山前必有路，你放心，种出来了，自然会找到销路！"贺忠远正要答，乔燕又马上说，"大叔，我告诉你一个方法，保准你们能成功……"话还没说完，贺忠远急忙问道："什么方法这么好？"乔燕道："大叔你不知道，我上初中的时候，特别不喜欢数学，考试时总要比那些成绩好的同学差很大一截，我特别沮丧！爷爷知道后，就对我说：'孙女，你每天上学时，对着天空大喊几声：我能行！我能行！我一定能行！'我真照爷爷说的办，你猜后来怎么样？我的数学成绩果然上去了！大叔，你们每天早晨起来，也对着太阳喊几遍：我们一定会成功！我们一定会成功！一定会成功！你喊的次数多了，晦气就被你们喊跑了，好运气被你们喊来了，你说怎么会不成功呢！"贺小琴听到这里，突然说："姐，那何不现在就喊？"乔燕愣了一下，便看着贺小琴说："好哇！我喊一二三，你们就跟着我喊，怎么样？"贺小川和贺小琴道："好！"乔燕道："那就准备，一、二、三……"说完，便把手卷成喇叭状，举到嘴边，对着天空一字一句地喊了起来："我、们、一、定、会、成、功……"贺波、张芳、贺文等村干部一见，也跟着喊起来。大家的声音像是拧成了一股绳或变成了一条飞舞在头顶的蛇，久久地在天空缠绕、盘旋和回响！喊第二遍时，一些来看稀罕的村民也加入了进来，喊第三遍时，所以在场的人都把手卷成喇叭筒加入到呼喊中。从一两百个喉咙里发出的巨大的声音汇合在一起，立即成了一股巨大的声音洪流。这洪流冲天而起，像闪电般向四面八方飞奔而去。它们撞上周围的群山，又被山崖给弹回来，发出经久不息的回声。它们冲上云霄，太阳马上隐藏起了脸庞。它们惊动了树上的鸟儿，鸟儿立即扑扇着翅膀冲上了蓝天……

　　乔燕被这巨大的声音给感动了，她的眼睛慢慢湿润起来，她忽然攥紧了拳头，觉得有这样强大的信心和力量，不但忠远大叔这家人会成功，整个贺家湾的事业，也一定会成功！

第十一章

这天，乔燕从贺忠远和贺小川的蔬菜移栽田里回来，突然看见吴芙蓉从贺家湾的祖坟地——上马坟走来。

吴芙蓉胳膊弯里挂了一只竹篮，看见乔燕忙和她打招呼。乔燕笑着问道："婶，你和大叔过得……好吧？"吴芙蓉和贺勤自从去年请客以后，两人去办了结婚登记，就住在了一起。吴芙蓉听乔燕这么问，脸上泛起一层红晕，说："老都老了，哪能和你们年轻人相比！"乔燕一听这话，便知道她对贺勤十分满意，不由得笑了一笑。她的目光落到吴芙蓉胳膊弯里的篮子上，见篮子里搭着一块红色的绒布，也不知下面盖着的是什么，便问："婶，你这是干什么？"

吴芙蓉听见乔燕问，脸不由得更红了，她拉了乔燕一把，又朝四周看了看，仿佛害怕被别人偷听似的，附在乔燕耳边轻声说："姑娘，你可别怪我迷信！这段日子，我天天晚上梦见贺峰他妈。这个死婆娘不是披头散发地在后面追我，就是张牙舞爪地掐我、抓我，我喊也喊不出来，跑也跑不过她，把我吓得不行！这个死婆娘大概见我占了她的男人，在阴间也不饶我。我给你大叔说，你大叔叫我不要管她。我怎么会不管她？姑娘你不知道，我们农村有个风俗，就是像我和大叔这样的二婚，结婚前都要知会阴间的亡人一声。我和你大叔结婚时，只顾请了阳间的客人，却没去给这死女人把言语拿顺。眼看清明节要来了，我今天专门备了一点祭奠的东西，去那死人坟上烧了把纸，叫她今后别再来纠缠我了，这也怨不得我，是不是？"

说着，吴芙蓉揭开篮子里的绒布，乔燕看见竹篮里有一块腊肉、几盘干果，还有一小瓶白酒，不禁笑了起来，说："婶，那只是你的心理障碍，她死都死了，哪还会怨你占了她的男人……"话还没说完，吴芙蓉一脸严肃地说："姑娘，话不能这么说，我给你说，你大叔和我住到一起后，有段日子，也老是梦见小娥她爸来纠缠他，我叫他去小娥她爸坟头烧了一把纸，把言语拿顺后，从此就再没有梦见过他了，这叫作信一半不信一半！你想想，夫妻恩恩爱爱一场，突然看见自己男人的旁边睡了另外一个女人，心里会怎么想？"

乔燕心中一动，忽然涌起一股复杂的感情，却不知说什么好，便对吴芙蓉说："婶，下午你有什么事没有？"吴芙蓉道："庄稼人哪会有闲着的时候。"可说完后又看着乔燕问，"姑娘，你有什么事？"乔燕没直接回答她，又问："大叔下午在家没有？"吴芙蓉道："在张家湾盖房，昨晚上都没回来！"乔燕又道："小娥和小琼妹妹也不在？"吴芙蓉道："不是上学吗？"乔燕笑了笑，说："那好，婶，我吃了午饭到你那儿去，我想和你摆会儿龙门阵！"吴芙蓉眼里闪过一丝怀疑的神色，见乔燕两眼直直地看着她，不像开玩笑的样子，于是爽快地道："那现在就跟我一起去呀！"乔燕忙道："婶，现在不行，张恤要吃奶了！"吴芙蓉听了这话，便说："行，姑娘，吃了饭你就来，我在家里等你！"

吃过午饭，乔燕到了吴芙蓉家里。吴芙蓉也刚吃过饭不久，她忙不迭地要去给乔燕"烧开水"，乔燕忙拉住她，说："婶，我才吃了饭，再也吃不下什么东西了。你坐下，家里现在没其他人，我们好好聊聊！"一边说，一边朝里面屋子里看了一下。只见吴芙蓉原来的那间卧室和过去一样收拾得干干净净，床上被褥叠得整整齐齐，不同的是床的一头，由过去的一只枕头换成了两只枕头，那枕巾上印着一朵并蒂莲，十分鲜艳。吴芙蓉听了乔燕的话，端了一只小凳子在她面前坐下，说："姑娘有什么话？"乔燕心里剧烈地活动开了，她不知道该怎样开口，想了半天，决定单刀直入，于是看着吴芙蓉道："婶，我问你一件事，除了小娥和小琼妹妹，你是不是还生过一个女儿？"

吴芙蓉听了这话，脸色顿时由红变青，像是吓住了一样，眼睛乞求似的望着乔燕，一副不知所措的样子。乔燕急忙抓住了她的手，可她心里也暴风骤雨般涌动着一股巨大的潮汐。她多么希望吴芙蓉大婶能一口说出"没有"这两个字呀！如果这样，她便可以放弃追寻，从而让自己的身世永远成为一个谜。令她没想到的是，吴芙蓉的嘴唇哆嗦了一阵，突然结巴似的对她问了一句："姑娘，你怎么知、知道……"

一切都写在吴芙蓉的脸上和声音里，乔燕的心像被撕扯了一下，一股疼痛从心瓣向全身蔓延开去。但她尽力忍受住了这突然升起来的潮水般的感情，用平静的声音说："婶，是你亲自给我说的，去年我来给你说你和大叔的事时，你无意中说过一句话，说已经失去了一个女儿，不能再失去小娥和小琼妹妹了！我一听，就知道你还生过一个女儿，是不是？"吴芙蓉一听这话，像是一只被人追逐、无处躲藏的猎物，眼睛里露出了痛苦与悲伤交织的光芒，不但脸色苍白起来，连嘴皮也没有了一丝血色。她绝望地望着乔燕，似乎想求得她的帮助一般。望着望着，眼眶里突然蓄满了清澈的泪水。还没等乔燕回过神，吴芙蓉就用力挣脱了乔燕的手，低下头，肩膀一抽一抽，"嘤嘤"地哭了起来。

乔燕以为她会跑开，可她却只是掩面而哭。乔燕忙从茶几上抽了面巾纸，一边替她擦泪，一边安慰她说："婶，别哭，有什么话说出来就好了！"吴芙蓉反而哭得更凶了。乔燕急了，说："婶，院子里有人经过！"这话立即起了作用，只见吴芙蓉像是噎住似的长长地抽泣一声，便把哭声止了下来。乔燕给她擦了脸上的泪水，跑过去把大门关上，回来低声对她说："婶，别哭了，要让外人听见，还以为出了什么事呢！"吴芙蓉自己抓过纸巾擦起泪水来。乔燕将椅子往吴芙蓉面前移了移，紧紧靠在了她身边，又把她的手抓到自己手里，这才轻言细语地对她说道："婶，究竟是怎么回事，你都告诉我吧！"

吴芙蓉像打嗝似的抽了一下，过了很长一阵，她才看着乔燕，颤抖着喊了一声："姑娘，说起这事，我心尖子都像有人在用针戳呀！"说完，才慢慢讲了起来，"对不起，姑娘，那回来，我只给你说了部分实话，还有一些话没给你说。俗话说，埋到不臭掏开臭，对一个女人来说，没结婚就生了孩子，这些事，怎么好开口对人说？尤其是我们农村人，要是传开了去，背后一人吐一泡口水，都要把我淹死，所以当时我话到嘴边，又吞回到肚子里去了。

"你还记得那回我给你说的话吧？读高中时，我和你大叔就相爱了。毕业那年……在那个中午，我把姑娘家的第一次交给了这个挨千刀的。

"后来，我又到贺家湾来找了他几次，没过多久，我便和罗英、黄小玲等几个同学出去打工，他呢，也跟着姑父去学了泥水工。那时太年轻了，只知道冲动，一点也不知道该怎么防备！到了下个月身子该见红的时候，却没有来，我也没在意，到了两个多月的时候，我开始泛酸、呕吐、不想吃东西，还以为是感冒。直到后来，车间里一个有经验的老大姐见我呕吐得越来越厉害，人也瘦得不成样子，便把我拉到一边，悄悄对我说：'姑娘，你怀孕了！'一听这话，我头脑里立即像有几十门大炮在轰，差点晕了过去。第二天，我向厂里请了假，悄悄去医院里做了检查，果不其然，我是真怀孕了！

"姑娘，你肯定想不到当我走出医院大门的时候是一种什么心情。我突然觉得自己成了一个无依无靠的孤儿！一个大姑娘，还没结婚就怀了孕，让我怎么活？我不能对父母说，不能对罗英、黄小玲这些同学说，更不能对厂里的人说！那时又不像现在这样每个人都有手机，我和他的联系主要靠书信。可他又跟着姑父学泥水工，今儿东家盖房，明天西家盖房，工作没个固定地点，我给他写过好几封信，可都没有收到他的回信。回到厂里，我想了一晚上，第二天便谎称父亲得了急病，向厂里请了一个星期的假，赶了回去。回到家里，我又不敢来贺家湾找他，何况知道他在跟着姑父学手艺，即使到了贺家湾，也不一定寻得着他。后来我东打听、西打听，打听到了他在县城商业大厦工地上干活，于是赶去，在他下工时，终于见到了他。

"他见我突然出现在他面前，显得十分诧异，问我怎么回来了。我什么也没说，只叫他跟我走。走到河边没人的地方，我突然抱住他哭了起来。他慌了，问我哭什么。我一边哭，一边把怀孕的事告诉了他。他一听，也像吓住了似的，张着嘴，半天说不出话来。我哭了一阵，心情好些了，找了块石头坐下来，问他怎么办。他却什么也说不出来。我说：'要么我去把他打下来……'可我话还没有完，他就一把抱住我，大声叫道：'不，不，你不能打，这是我们的孩子，我要你把他生下来！你生下来后，我就更有理由娶你了！'我说：'我生下来了以后又怎么办，难道我抱着一个孩子嫁人？'他像是被我的话难住了，过了半天才说：'我有办法！你生下来喂段时间奶后，再把孩子交给我，我对外就谎称是我做手艺时捡的，对内给父母说实话。父母见我们连孩子都有了，他们再不愿意，还能怎么反对我们的婚事？'那时计划生育严格，遗弃孩子尤其是女婴的事很多，我一听这话不但有理，而且也不会引起别人怀疑！退一万步说，不这样还能有别的什么办法？如果我去医院打胎，得去村里开证明，我一个大姑娘，有脸去村里开证明吗？我们又说了一些亲热和山盟海誓的话，第二天我就回到了工厂里。

"事情有了底，我也不那么惊慌和害怕了，我努力装作没事一样，该上班上班，该睡觉睡觉，该笑时笑。为了怕大家看出来，我用一根围巾紧紧缠着腰，幸好那时是冬天。转眼到了七个月，我再怎么装也没法掩盖下去了，何况这时我怕再用围巾缠着，会影响肚子里的孩子。可我该到哪儿去生下这个孩子呢？别说计划生育这么严，就是没有计划生育，我还能回娘家生吗？我左想右想，突然想到了我姨妈。姨妈嫁到离我们家几十里远的大山里，她生第一个孩子的时候难产，孩子没保住，她也差点死去，从此再没有生育。小时候，我和我妈每年都要到姨妈家去几次,姨妈把我当亲生女儿,要我把姨父和她喊作'爸爸、妈妈',有什么好吃的、好玩的都给我。姨妈那儿四周是大山,去趟县城也要一天的时间,大山里人住得分散,计划生育可能不那么严格。第二天,我便去老板那儿辞了职。

"我乘火车到我姨父姨妈那个县里,又乘公共汽车到了他们乡上,然后我循着记忆中的小路,用了整整一天的时间,到了姨妈家里。姨妈已满头白发,却显得比原来更慈祥,像观世音菩萨似的。后来我想,大山里的人比平原上的人更慈祥善良,平原上的人又比城里人慈祥善良!姑娘,我这样说,有些得罪你了!姨妈一看见我,便把我抱在怀里,眼泪'扑簌簌'直往下掉,而我想起小时候在她怀里喊'妈妈'的事,也忍不住哭了起来。哭够了,我把姨妈拉到一边,把自己的事一股脑儿全告诉了她。姨妈听后,什么也没说,只抚摸着我的头发说了一句:'我可怜的女呀……'说完又说,'你放心,有姨妈在,就不会让你受罪!'

"就这样,我在姨妈家里住了两个月,生下了自己的孩子,是个女婴。孩子白白胖胖,很可爱。孩子生下来后,我让姨父去了我们县城。他找了两天,把每个建筑工地都跑遍了,终于找到了孩子的父亲。那天晚上,他随我姨父一同上了山,一看见我,就抱着我大哭,然后又抱着孩子,亲了又亲,舍不得放开。第二天,他就想把孩子抱回去,可姨妈不答应,说孩子还这么小,你带回去怎么喂养,最起码也要等满了月,孩子老辣一些了,你抱回去喂奶粉才行!于是约定等满了月,他再来把孩子抱走。

"等到满月这天,他果然来了。第二天,我姨父陪着他,把孩子抱走了。可我没等他们转过垭口,便突然像疯了一样,又哭又喊起来。我觉得没了孩子,我真没法活下去。于是我朝他们追去,追过了几匹山梁,终于追上了他们。我一把从他手里抢过孩子,抱着就往姨妈家里走。他急了,拉住我说:'你疯了,抱回去怎么办?'我当然知道我没法把孩子留在身边,便哭着对他说:'你让我再带一个月,等满了双月,你再来抱吧!'我姨父见我哭得那么伤心,也对他说:'这样也行,孩子多吃一个月的奶,会大不同的!'他没法,只得一个人走了。等到满双月的时候,他又来了,这次,我知道自己再没有理由把孩子留下来了,便只得抱着孩子,和他一起离开了姨妈家。

"到了我们县城,天还没有黑,他不敢在白天把孩子抱回家去,只得在县城挨到天完全黑尽了,我们才抱着孩子往贺家湾走。那是一个晴朗的夜晚,月光照在路上,非常明亮,像是白天一样,却比白天安静得多。路上没有人,只有我和他的脚步声。我抱着孩子一直不松手,一边走一边不断亲着她的小脸蛋。她睡得很沉,一点不知道母亲此时的心情,直到老天爷开始下露了,我怕孩子受凉,才把孩子交给他,脱下自己身上一件的确良花褂子,裹在她身上。到了贺家湾垭口上,我不得已站住了,眼泪像断线的珠子一个劲往下流,真想大声叫出来。他看见了,一只手抱孩子,另一只手又来揽住我,一边亲我,一边对我说:'你放心,要不了多久,我一定来娶你!'说完,他怕我再伤心,松开我,头也没回地走了。我望着他消失在下去的小路上,那心真像被刀子一片一片剜着那么痛,泪水模糊了我的双眼,我一屁股在垭口上坐了下来,轻轻地哭出了声。我不知道,那个晚上,是我和孩子的生离死别!

"我像个孤魂野鬼似的在垭口上坐到天快亮了,才转身往县城走。到了县城,我直接去火车站,买了一张车票到我原来打工的工厂,那老板又收下了我。尽管孩子不在我身边了,可我心里还存着希望,等着他给我写信来,让我回去和他结婚。等了半年左右,不见他的音信。不久,黄小玲回去结婚,度完蜜月后给我带来了一个毁灭性的消息,说他已经和他姑父的侄女,一个叫张芙蓉的女人结了婚!我一听这话,当即在车间就晕倒了,被人救过来后,第二天我请假回到了县城。

"我找到他以后,他坐在我面前,完全像是一条霜打蔫的黄瓜,耷拉着脑袋一言不发。我问他我们的孩子现在怎么样了。他像是哑巴了似的。我急了,用手掐他,拿头撞他,用牙咬他。他这才告诉我,孩子早被他母亲抱到贺家湾垭口上丢了!一听这话,我像木桩一样呆了半天,然后扑过去抓住他又撕又咬。我不相信孩子被他母亲丢了,以为是被他们给折磨死了,我要他赔我孩子!他也不申辩、不反抗,直到我累得筋疲力尽了,他才跪在我面前说了事情的经过。原来,他以为把孩子抱回去,父母就会同意我们的婚事。如果他抱回去的是个男孩,也许能行。可他父母一看是个女孩,不管他怎么解释,不但不答应,反而要他把孩子送回去。因为他父母知道,如果他们要了这个女孩,他今后不管跟谁结婚,都没法再给他们生一个孙子了,这样他们家里就会断香火。可他又不愿意把孩子送走。那天趁他进城买奶粉,他母亲便把孩子抱到贺家湾垭口上,丢在草丛里。等他买奶粉回到家里,知道了这事后,跑到垭口上,可哪里还有孩子的影子?他回到家里,几天不吃饭。再后来,他母亲用上吊的方式来威胁他,最后他只得屈从父母的压力,和那个张芙蓉结了婚。

"就这样,我失去了我的女儿,这辈子,我什么都可以原谅他,唯独这件事,我永远无法原谅他!我只要想我女儿一次,我对他的恨便会增加一分!就是现在，我都恨不得把他吃了！我之所以后来嫁给小娥、小琼他爸，来到贺家湾，也还心存几分侥幸，期待着有朝一日，我女儿会从天而降，来到我面前。可我知道，这是不、不现实的……"说到这里，吴芙蓉像是再也忍受不住了，凄楚地叫了一声，"我可怜的女儿呀，也不知她现在在什么人家里，是不是还活着……"说着，又"哇"的一声哭了起来。

乔燕在听吴芙蓉讲述的时候，早已泪流满面。她也是女人，她也怀过孩子，知道一个母亲失去孩子后的痛苦！一见吴芙蓉失声大哭，急忙抱住她哽咽着说："婶，别哭了，我相信她还一定活着……"说到这里，脑袋里亮开了一条缝，立即问，"婶，我还问问，除了你那天晚上脱下的那件的确良裤子外，那个孩子身上还有没有明显的印记？"吴芙蓉听了这话，努力控制住了自己的哭声，然后才抽抽搭搭地说："怎么没有？她左边大腿根有一块比胡豆还大的胎记！我给她换尿布，还以为是被尿液给渍的，后来我拿热帕子给她洗，才发现是块胎记……"吴芙蓉话还没说完，乔燕"唰"地一下变了脸色，牙齿像怕冷似的磕打起来，发出了清晰的"咯咯"的响声，她努力咬着嘴唇，想控制住这突如其来的颤抖却没法摆脱它。吴芙蓉一见，忙停止了自己的抽泣，看着她问："姑娘，你怎么了？"话音刚落，乔燕突然站了起来，什么也没说，便向屋子外面冲了出去。

乔燕跌跌撞撞地跑回村委会，幸好张健妈抱着张恒出去了，她跑到楼上自己那间小卧室里，关上门，把手里的小包往桌子上一甩，便像虚脱似的扑到床上，把脸埋在被褥里哭了起来。尽管她紧紧咬着嘴唇，不想让自己的哭泣发出声来，可那"嘤嘤"的、既哀婉又压抑的声音还是顽强而勇敢地从胸腔深处传了出来。被单上被眼泪濡湿的图案，由两团鸡蛋般大的湿沥沥的泪痕不断扩大，最后连成一体，又慢慢变成一张不规则的地形图。还去找什么证明呢？左边大腿根上的那块胎记，就长在自己身上。小时候，她觉得很奇怪，怎么这块皮肤和别的地方不一样呢？她还以为是自己不小心，给抹了什么红色的东西在那里。有次洗澡，她用力去搓，结果那块紫色印记没搓下来，反把皮肤给搓伤了。奶奶看见嗔怪她说："真是个傻丫头，那是天生的，你怎么搓得掉？"是呀，这是天生的，可她哪里知道，这块与生俱来的胎记现在竟成了她身份的一个重要凭证。就凭这块胎记，她不需要再去做什么基因检测，便知道她就是吴芙蓉当年失去的女儿！她想承认，想大声喊出来，可又害怕承认，喊不出声。长了二十多年，这到底是怎么回事呀？她眼前不断闪现出吴芙蓉刚才给她讲述时，那张因失去女儿而痛不欲生的脸,以及那句"也不知她现在在什么人家里,是不是还活着",都像针一样扎进她的心里。她真想扑到她怀里,告诉她自己正是她失去的那个女儿。可是刚这么想着的时候,父亲、母亲、奶奶和去世的爷爷以及城里那个家,又一齐向她压过来,抓拽着她,呼唤着她,同时也在争先恐后地拥抱与爱抚她。是呀,二十多年她就生活在他们的关怀与疼爱里,她只知道她的母亲叫吴晓杰,父亲叫乔峰,她是他们唯一的女儿!现在却知道,她还有亲生的父亲和母亲,在这个父亲和母亲那儿,还有一个同父异母的弟弟和两个同母异父的妹妹,他们同样血浓于水。现在,她该怎么办呀?

乔燕哭了一阵,痛苦和压抑的心情并没有得到多大舒缓,她觉得还有许多谜团没有解开,比如爷爷把她抱回去,她怎么成了母亲的女儿?还比如,成了母亲的女儿后又发生了什么?他们后来为什么一直没再生育?还有,他们为什么一直瞒着她,没告诉她真相呢……她觉得心里堵得慌,需要找人说说!于是她不再哭泣,立即爬起来,仿佛害怕自己的决心会动摇,立即去洗了洗脸,梳理了一下凌乱的头发,又往哭红的眼圈上涂了一层淡淡的眼影,然后拿起桌上那只单肩挎包往肩上一挎,便往楼下走去。刚要关门,又想起了什么,重新返回屋子,在一张纸上写下了几行字:"妈:我有事回城去了,今晚上你就兑奶粉喂张恤,他不吃不要管他,他已经快满七个月了,我还想把奶给他断了呢!明天我赶回来。"她把纸条放到桌子上,关好门,走到院子里,跨上小凤悦电动车便朝城里驶去。

回到县城,张健还没下班,褪去晚霞的天空尽管还留有一点淡红,地面却呈现出了一种浓厚的银灰色,屋子里光线昏暗。她感到有些疲惫,便在客厅的沙发上坐下来,眼睛看着窗外逐渐暗淡下去的天空,在心里思忖着该不该把这个消息告诉张健。如果告诉了张健,他会怎么想?或者说,当他突然知道她还有一对亲生父母和三个弟弟妹妹时,会有什么反应……

正这么想着,房门"咔嗒"一声开了,张健挟着包出现在门口。他一眼看见了沙发上的乔燕,又惊又喜地叫了起来:"你怎么回来了?张恤和妈呢?"乔燕有些冷淡地道:"他们没回来。"张健见乔燕满腹心事的样子,又问:"怎么连灯也不开?"乔燕努力掩饰着内心的烦躁,说:"我想清静一会儿!"张健不知道乔燕肚子里装着什么心事,"啪"地一下打开了灯,屋子里立即洒满柔和的光线。张健问:"你到底怎么了?"乔燕张了张嘴,想回答,又马上闭上了。她看了张健一眼,突然站起来,拿过包往肩上一挎,说了句:"我到奶奶家去了,你吃饭不要等我!"说完,也不等张健回答,便打开门,下楼去了。

来到街上，两旁的路灯全都亮起来了。小城的街道很窄，只能容下两辆小车对开，而两旁的建筑却十分高大，更衬出街道像是峡谷。抬头只能看见窄窄的一线天空，被小城居民称为"一线天"。这是小城的一大特色，小城的另一大特色便是人多、车多，特别是在这种下班时刻，两旁人行道的人真可以称得上摩肩接踵。汽车的喇叭声、行人的说话声、商店老板的叫卖声混在一起，组成了一首小城特有的交响乐曲。更有车灯、路灯和街道两边的霓虹灯灯光交相辉映，更让小城呈现出斑斓多姿的色彩。不过现在这声音也好，灯光也好，都给人一种人为的、浮夸的、虚幻的感觉。

乔燕穿过人流来到了奶奶家里，她掏出钥匙，打开门，尽量轻手轻脚地走进去。乔奶奶正一个人坐在沙发上看电视，乔燕喊了一声："奶奶！"乔奶奶一惊，回头见是乔燕，立即叫了起来："哦，燕儿回来了？"乔燕把肩上的包往沙发上一放，便紧紧挨着奶奶坐了下来，然后抱着奶奶的肩问："奶奶，最近身子怎么样？"乔奶奶立即笑着说："好，好着呢！"说完才看着乔燕问，"吃饭没有？"乔燕没正面回答，却看着她反问："奶奶，你吃了没有？"乔奶奶道："我已经吃过了，中午的冷饭，我在微波炉里热了一下！"乔燕一听奶奶说吃过了，不想麻烦奶奶再去给自己做饭，再说，心里装着事，一点也没觉得肚子饿，便对奶奶说："奶奶，我也吃过了，我只是来陪你说说话！"

说着，她把奶奶抱得更紧了。她忽然觉得奶奶此时变得像是一个小姑娘，是那么轻，那么瘦弱。她不禁悲从中来，不知奶奶听了她接下来要说的话，承不承受得住？过了一会儿，她才尽量装出一种调皮的口吻，一动不动地看着奶奶，问："奶奶，你说我真是我妈生的吗？"乔奶奶听了这话，像是吓了一跳，诧异地看着乔燕说了一句："不是你妈生的，难道是从哪个草窝窝里捡来的……"一听"草窝窝里捡来的"几个字，乔燕再也无法忍受，她突然扑到乔奶奶怀里，像个受尽委屈的小女孩，"哇"的一声就恸哭起来。

乔奶奶吓了一大跳，急忙一边拍着她的背，一边问："你怎么了，怎么了？"乔燕也不答，只管伤伤心心地哭。乔奶奶急了，说："谁欺负了你？你只管给奶奶说，可别来吓奶奶！"乔燕慢慢止住了哭声，擦了一把眼泪，这才对奶奶说："奶奶，你不要骗我了，我真是爷爷从贺家湾草丛中捡的……"一语未完，乔奶奶突然脸色大变，接着满脸的皱纹像菊花的花瓣一样颤抖起来，随即惊慌地大叫了起来："孙女，你这是听谁嚼牙乱说的……"乔燕抽搐了一下，带着哭腔道："爷爷去世的时候，把什么都告诉我、我了……"一听这话，乔奶奶牙齿磕碰了半天，才道："这个老东西，连死了也不让人安宁……"

乔燕没等老太太说完，又抱住她摇了摇，然后才用带着乞求的声音问："奶奶，你告诉我，这是不是真的？"乔奶奶没回答乔燕，目光却看着远处，脸上的皱纹继续抖动着，嘴里只顾一个劲地说："这个老东西，这个老东西，要是活着，我非找他拼命不可……"乔燕见奶奶只顾责骂爷爷，心里什么都明白了，便不再问。过了一会儿，还是忍不住说："奶奶，你告诉我，爷爷把我抱回来时，我是什么样子？"乔奶奶听了乔燕这话，长长地叹息了一声，过了一会儿才说："孙女，你怎么去信那个死老头子的话？你说，难道你爸爸妈妈、爷爷奶奶待你不好吗……"乔燕忙说："不，奶奶，你们待我都好，可我就是想知道我是从什么地方来的……"乔奶奶叹息了一声，说："你知道了又怎么样，你想离开奶奶吗？"说到这里，乔奶奶忽然把乔燕搂紧了，枯瘦的手落到她的头上，一边轻轻地摩挲着她柔软、光滑的发丝，一边像是哀求地对她说，"孙女，你可别离开我们，你要离开，奶奶就没命了……"说着，几滴浑浊的老泪突然从老人眼眶里滴落下来，掉在了乔燕光洁的额头上。

乔燕一惊，抬起头来，看见奶奶泪眼婆娑，急忙在奶奶脸上亲了一下，然后说："奶奶，我不会离开你们，永远也不会离开你们……"乔奶奶听了这话，这才说："那好，孙女，奶奶求你别再跟人说这件事了！你爷爷是病糊涂了，你不要信他的话……"可乔燕已经从奶奶的神情和话语里知道了一切，只不过奶奶守口如瓶，不愿告诉她那些事。她想继续追问，又怕惹起奶奶伤心，更怕奶奶承受不住这份打击，于是点了点头，对奶奶道："行，奶奶，我不信爷爷的话！"说完，她怕自己忍不住再挑起这个话头，便对奶奶说，"奶奶，你早些休息吧，我出去走走……"乔奶奶马上又叫了起来："你到哪儿去？"乔燕从奶奶的目光中看出了她的担心，于是用释然的口气说："没事，奶奶，我到河边走一走，然后回去睡觉，明天我有时间再来看你！"说罢没等奶奶回答，将身边的包拎在肩上，便离开了。

乔燕知道张健还在家里等着她，想直接回去，可仍觉得心里很乱，就真的信马由缰地来到滨河公园。夜晚的滨河公园游人如织，除了锻炼身体的老年人外，更多的是手挽着手的情侣和推着婴儿车的年轻夫妇，一个个脸上洋溢着幸福、甜蜜和安详。白天碧绿的江水，晚上看去却如墨汁一般黑，天上的星星、两岸的灯光和建筑的倒影，被水波摇得动荡不安，一会儿分崩离析，一会儿又收拢起来，显得十分怪异。乔燕伫立在石栏边，一边呆呆地望着江水，一边两个影子、两种声音在心里打着架，她真有些不知该怎么办了。她在石栏边站了一会儿，又随着游人往前走了一段路，这才回去了。

　　回到家里，张健还在锅里给乔燕留着饭，人却不见了。她立即给张健打电话，张健才告诉她说，妈打电话说张恤不喝奶粉，哭得声音都哑了，她什么办法都使遍了，就是哄不了张恤，他这就去把他们婆孙俩接回来。乔燕一听这话，忽然清醒过来。想起奶奶刚才的话，深为自己给亲人带来的惊恐与不安而后悔。她想如果继续追寻这事，还不知道母亲和张健知道后会是什么反应，尤其是给母亲的打击，一定不会比奶奶轻！她认真地想了想，决定事情到此为止。便对张健说："老公，辛苦你了，快去吧，我在家里等你！"

　　第二天吃过早饭，张健去上班，张健妈在屋里给张恤换尿不湿，乔燕在厨房里收拾碗筷——刚经历了人生这场疾风暴雨，她不仅感到精神上有些疲惫，而且身体上也像刚刚才跑完一场马拉松比赛，有些乏力和困顿，想在家里休息一两天。就在这时，她听到了"笃笃笃"的敲门声，声音不高，却很有节奏和耐心。乔燕以为张健忘了带什么东西，或把钥匙丢在了屋子里，于是一边应声："你怎么又回来了？"一边跑过去开门。刚把门拉开，立即目瞪口呆——站在门外的不是别人，却是母亲。乔燕不由得惊喜地叫了起来："妈，你怎么来了？"

　　吴晓杰冲女儿笑了笑，一步跨进屋子，说："我怎么就不能来？"说完又问，"张恤呢？"话音刚落，张健妈便抱着张恤走了出来。吴晓杰急忙接了过去，刚想要去亲他，孩子看了她两眼，嘴唇一瘪，"哇"的一声哭了起来。吴晓杰便道："狗东西，连外婆也不认了！"一边说，一边把孩子交给了张健妈。张健妈知道吴晓杰一大早赶来，一定是有什么事对乔燕说，便对她们娘俩说了一声："你们聊吧，我抱他出去走一走！"

　　吴晓杰像是十分疲倦似的在沙发上坐了下来，目光定定地看着乔燕没说话。乔燕一时显得有些局促起来，过了一会儿才想起来，急忙用纸杯去饮水机里接了一杯水来，端到吴晓杰面前，说了声："妈，你喝水！"吴晓杰笑了笑，朝屋子里看了看，才问："张健上班去了？"乔燕机械地回答道："刚走，要是你早来十分钟，就碰得到他了！"吴晓杰嘴角呈现出一缕笑纹，看见乔燕还拘谨地站着，便又问："你在干什么？"乔燕像小学生回答老师提问一样说："我刚把碗洗完，妈……"吴晓杰把目光落到乔燕身上："那你站着干什么？"说罢，拍了拍身边的沙发。

乔燕在吴晓杰身边坐了下来。她在心里猜测着，母亲这位大忙人像位不速之客突然光临，是不是昨天晚上自己对奶奶说的话被奶奶转告给了她？她审视般地朝母亲脸上看了又看，可什么也没看出来。她想直接问，可母亲没提起，她又怎么好开口？想了半天，她才转弯抹角地对吴晓杰问："妈，你昨天晚上就回来了吗？"吴晓杰理了一下鬓角旁的发丝，用平淡的语气说："今天天还没亮就往家里赶，回家听奶奶说你也回到了城里，怕你走了，我就赶过来看看！"乔燕马上试探性地问："妈，县上今天有什么公务活动？"吴晓杰嘴角牵出几缕笑纹，对女儿道："一定要有什么公务活动，妈才能回来？"说到这儿，抓起乔燕一只手，放到自己的手掌中一边抚摸一边说，"我今天可是专门抽时间回来陪我女儿的！"

一听这话，乔燕更加坚信了奶奶把自己的事告诉了母亲，一时有些慌乱起来。她想说点什么，又找不到合适的话，而母亲两眼看着她，也似乎有些不好开口的样子，屋子里的气氛显得有些压抑和沉闷。过了半天，乔燕才看着母亲没话找话地说："妈，你把头发烫了？"吴晓杰笑了笑，说："是呀，昨天去烫的，你说妈的头发是烫了好看，还是不烫好看？"乔燕立即道："都好看，妈。"吴晓杰像是不相信地看了女儿一眼，问："真的吗？"乔燕说："真的，妈，我觉得你烫卷发显得更干练稳重，还有，你的鬓发往两边分，弧度弯得恰到好处，五官显得更突出，看起来年轻多了！"刚说完又叫了起来，"妈，你别动，这里有好几根白发，我给你扯了！"说完正准备伸手扯，却被吴晓杰一把拉住了，然后听见她有些凄楚地说了一句："算了，妈老了，它该白就要白，你扯得完？"乔燕一听，心像被什么戳了一下，隐隐地痛了起来，眼睛也湿润了。她把手放了下来，身子不由自主地往母亲身边靠了靠，像小时候那样依偎在了吴晓杰身上。

见女儿依偎了过来，吴晓杰便也伸过一只手，将她搂到了自己怀里。此时，她也许觉得母女已经到了相互敞开胸怀的时候，可刚把那双母鹿般温柔的眼睛落到女儿脸上，蓦然看见乔燕的一对眸子里，早已汪了满湖春水，便知道女儿已完全意识到了。她不由得在心里叹息了一声，轻轻抚摸了一下女儿的头发，改变了话题，轻轻地问道："你们过得怎么样？"乔燕知道母亲问的是什么，想也没想便回答道："很好，妈，他很爱我！"吴晓杰一听女儿这话，显得高兴了一些，便道："两个人过得好就好，这样我就放心了！"

又坐了一会儿，吴晓杰大概也感到了屋子里的压抑，便从沙发上站起来，对乔燕说："妈今天什么也不做，连手机也关了，你陪妈到河边散散心，怎么样？"乔燕一听这话，知道了母亲的心思，于是说："行，妈！"说完恢复了过去调皮的样子，对吴晓杰笑了一笑，"妈，你今天真有这个闲心了？"吴晓杰说："难道妈就不该休息休息？"说完再不说什么，挎了包就往外面走。乔燕也挎了自己的包朝母亲追了过去。

　　白天的滨河公园，没有了晚上摩肩接踵的人群，除了几个晨练还没回去的老头老太太外，整个公园显得非常空旷和静谧。没有风的侵袭，一江碧水光洁得像面镜子，倒映着蓝天白云和城市。两年前，因为上游和城市生活污水的污染，河水散发着一股臭味。这两年通过环境治理，河水变清、变亮了，也没了臭味。公园里的常绿乔木也开始脱胎换骨，叶片闪出一种嫩绿的、油亮的光辉，一些性急的花顶起了一朵一朵的花蕾。空气湿润而芳香，给人一种心旷神怡的感觉。母女俩手挽着手，慢慢走着，真的像是什么事都没有，只为着出来散散心。可是乔燕心里明白，在母亲表面的安详背后，蕴藏的是巨大的风暴，而自己也是一样，不知道等待着的又是什么。不过此时她不愿意去想，只觉得母亲这样牵着她的手，使她感到十分温馨。

　　走到一个八角亭边，吴晓杰像是走累了，对乔燕说："歇歇吧！"乔燕听了这话，说："行，妈！"两人走到亭子里，在用木条做成的椅子上坐下。周围一片寂静，一只黄嘴白肚黑背的鸟儿，在不远的树枝上大声啼叫，似乎在呼朋引类。过了一会儿，吴晓杰从胸腔里吐出一口长长的气，终于像是下定了决心，看着女儿的眼睛莫名其妙地问了一句："你都知道了？"

　　尽管乔燕完全知道母亲话里的意思，她还是像吓了一跳，身子微微哆嗦了一下，然后才咬着牙对母亲温驯地点了点头。吴晓杰一把将乔燕拉到自己怀里紧紧揽着，仿佛会失去她似的，然后看着她问："都知道了什么？"乔燕从母亲眼里看见了柔情、关切、怜悯、期待、惊恐……她再次被母亲的眼神感动了，决定把自己所知道的一切都一一告诉母亲。于是她努力控制着波涛般汹涌的情绪，从爷爷临终前告诉她的话讲起，再讲到贺家湾吴芙蓉和贺勤二十多年前那场恋爱，以及自己的怀疑，一直讲到昨天在吴芙蓉那儿得到的证实。话刚讲完，眼泪倏地掉了下来。

　　在女儿讲述的时候，吴晓杰什么话也没说，似乎只是在耐心地扮演一个忠实的听众而已。当女儿哽咽着说完最后一句话的时候，她的脸色才一下变了，嘴唇哆嗦着，一点也没有了昔日干练、稳重的女强人形象。她颤抖了半天，这才慢慢地俯下身在乔燕脸上不断亲着说："对不起，孩子！不是爸爸妈妈、爷爷奶奶有意瞒你，而是这些年，我们一直想让你生活在一个安定的环境里……"话还没完，乔燕哽咽一声："我知道，妈！"吴晓杰把乔燕抱紧了一下，又说："妈爱你，一直把你当亲生女儿看待……"乔燕没等母亲说完，又紧接着说了一句，仍是那句"我知道"。

　　吴晓杰见女儿回答的每句话，都是短短的"我知道"三个字，像是除了这三个字，世界上再没有其他的话了，便有些生气地说："你还有不知道的！昨天晚上，你不是在问奶奶，爷爷把你抱回来时是什么样子吗？现在妈就来回答你吧！爷爷把你抱到家里时，你显然已经饿坏了，只知道哇哇大哭，哭得脸都紫了。爷爷慌了，急忙跑到商场里买奶粉。吃饱喝足后，你在我的怀里睡得很香甜，还不时咧开小嘴笑一下，我看着你那胖乎乎的小脸上露出的甜蜜的笑容，心里就像融化了一般。你知道爷爷为什么把你抱回来吗？一是他是扶贫干部，是做善事的，心软，看见一条被遗弃的生命，怎么能不救？二是那时我和你爸结婚已经五年了，两个人一心投到事业上，也没忙着要孩子。可你爷爷奶奶不知道我们的心思，还以为我们的身体有什么问题，生不出孩子，看见你，爷爷想也没想，便认定了你就是他孙女！可带回你不久，单位体检时才发现，我怀孕都快三个月了！那时计划生育政策执行得正严格，我们又是公职人员，如果我们留下你，便意味着我得把肚子里的孩子拿掉，如果我要让肚子里的孩子生下来，就意味着必须把你送出去！可把你往哪儿送？你可是一条生命，不是一只小猫小狗，想送就送呀！看着你粉嫩的小脸，我们实在舍不得再把你送出去。我和你爸纠结了很久，商量来商量去，最后决定瞒着你爷爷奶奶，我去医院做了人流。后来就一直采取避孕措施，因此妈这辈子……"

　　听到这里，乔燕突然紧紧抱着母亲，动情地喊了一声："妈……"接着泪如泉涌，再也说不出话来了。长这么大，她是第一次知道母亲为了她，还打过自己肚子里的胎儿，她怎么会不感动呢？吴晓杰见女儿泣不成声，立即拍着她说："别哭，别哭……"可一边说，一边自己的眼泪也掉下来了。但她的控制力毕竟比乔燕要强，她掏出纸巾擦了擦眼泪，接着刚才的话说了下去："你也许还想知道那个包你的襁褓里还有什么。我告诉你，我们当时也想从里面找出能证明你身世和出生时间的只言片语，可是什么也没有。所以我们只能把爷爷抱你来那天当作你的生日，你具体生在什么时候，我们到现在也不知道！但不管是爸爸妈妈，还是爷爷奶奶，我们爱你的心永远没有变！你还记得自己的小名吗？乔吴一，爸爸妈妈的唯一……"说到这儿，吴晓杰再也说不下去了，泪水顺着脸颊滚落下来。乔燕再也控制不住了，将脸在吴晓杰的怀里擦了两下，终于抬起头，看着母亲说了一声："妈，你别说了，我都知道了，我永远是你女儿……"

吴晓杰没等乔燕说下去，她咬着嘴唇摇了摇头，然后把泪水强咽回肚里，才爱抚着女儿的头说："不，孩子！妈虽然舍不得你，可妈不是自私鬼！妈知道一个母亲失去孩子的痛苦。你现在既然知道了自己的生身父母是谁，你要去认他们，这是你自己的事，妈决不反对！但你一辈子都要记住，我们永远爱你……"她话没说完，乔燕便又叫一声："妈，你别说了，我知道该怎么办！"说完，母女紧紧抱在了一起。

过了一会儿，吴晓杰松开了女儿，对她说："我现在给你一件东西，你好好收着吧！"乔燕忙从母亲怀里抬起头来，问："什么东西？"吴晓杰拿过自己的包，从里面掏出一个用布包着的包裹来，递给乔燕。乔燕颤抖着接过来，轻轻解开，是一个婴儿褡裢、一件蓝底碎花的的确良褂子。那婴儿褡裢显然是用旧衣服改成的，做工粗糙，颜色淡红。乔燕一见，便知道是怎么回事了，手不由得又哆嗦起来。吴晓杰急忙按住她的手说："这就是当时包你的褡裢，你奶奶一直压到箱子底下，今早上我回来，才叫她找出来的！"

乔燕听了这话，嘴唇一瘪，又要哭出来的样子。吴晓杰马上说："孩子，这是命运的安排！你从贺家湾那块土地上来，想不到现在又回到了那片土地上，而且还找到了自己的亲生父母，要不是老天爷成全，怎么会有这么巧的事？"说完又说，"时间不早了，我们回去吧，别让奶奶在家里担心！"听了这话，乔燕站了起来，挽住母亲的手往回走。在路过一只垃圾箱时，乔燕忽然将手里的褡裢扔了进去。吴晓杰忙叫了起来："奶奶给你保存了这么多年，你怎么就把它给扔了？"一边说，一边捡起来，拍了拍，递给乔燕，并附在她耳边轻声说，"留着吧，孩子！如果不是他们，你怎么能来到这个世界上？"乔燕这才接过包裹，把它装进了自己的挎包里。

第十二章

　　过了几天，乔燕慢慢从自己身世之谜的打击中回过了神。这段日子，她尽量不去想这事，也尽量避免和吴芙蓉、贺勤见面，她以为这样就能渐渐抚平心里的伤口。这天下午，乔燕去看了贺忠远和贺小川叔侄俩的菜圃回来，看看时间还早，便把张恤放到婴儿车里，推到文化广场上来晒一晒黄昏时分的太阳。这时的阳光像是用发酵粉发酵过的，又像是城里儿童吃的棉花糖，蓬松而有些粘连，又有些飘忽不定的样子，让人感到十分惬意。正走着，忽然看见王秀芳也推着小满过来了。这个女人，现在长得越发俊俏了。上次张健和贺波小两口陪着她去贵州把户口迁来后，两口子去民政部门补办了结婚登记。前不久开展的建档立卡贫困户动态调整，村上和镇上同样经过入户调查、民主评议、乡镇审核、初选和公示等一系列繁杂的程序，把他们一家三口都纳入了贫困户的信息资料库。现在只等着国家的建房资金下来，便可以在第二批易地扶贫搬迁集中安置点的建设中给他们建房了。大约是因为生活安定了，王秀芳虽然也偶尔发病，但症状比原来轻多了。乔燕当初担心她发病以后，会因神志不清伤害到小满，或者她发病后小满会得不到母爱，便叫贺兴义一旦发现妻子发了病，便把小满抱到她这儿来。可这样的事只发生了一次，便再没发生过了。现在，乔燕见她也来了，便叫道："小婶子，快把小满推过来！"

　　女人答应一声，把孩子推到了乔燕身边。乔燕蹲下身去，对小满拍了拍双手。小满比张恤差不多小了两个月，她只是双脚在婴儿车里蹬了蹬，却不会对乔燕张手，乔燕把她抱起来亲了亲，发觉小满要比张恤轻许多，便问王秀芳："奶水够不够她吃？"王秀芳道："差不多。"乔燕道："如果奶水不够，就要适当补充一些奶粉！"王秀芳脸上带着一种恬静和幸福的神情道："谢谢乔书记，我们一家都多亏了你！"说完又看着乔燕道："上次你说要做她的干妈，你就认了她吧！"乔燕笑着道："我不但要做她的干妈，我还要张恤做她的干哥哥呢！"说着把小满重新放回婴儿车里，又将她的婴儿车和张恤的婴儿车并在一起。那张恤侧过头将小满看了看，突然双腿蹬起来，一边蹬，一边伸出小手将小满的手抓住了。那小满虽然小，却也很高兴地在婴儿车里踢蹬起来。

两个母亲一见，脸上都浮现出幸福的光彩。然后两个母亲推着婴儿车一起走着。走了没几步，王秀芳忽然对乔燕说："乔书记，我还和你商量一件事，他还是准备到外面打工，可以多挣点钱……"乔燕一听这话，马上问："大叔如果走远了，你们在家里怎么办？"王秀芳说："我们想把我爷爷从贵州接来，等小满大一点后，爷爷就可以照看她，我也可以在近处找些事做。"乔燕马上叫了起来："这好哇，小婶子！一来你爷爷也有了依靠，二来有个老人帮你们照看小满和家里，你们也好放心！我听张健回来说，你爷爷身体还很好！"王秀芳说："可不是这样！"听到这里，乔燕忽然悄声问："这是你的主意，还是大叔的主意？"王秀芳红了红脸说："是他的主意。他说，反正他也没爹没娘了，把爷爷接来，也省得我牵挂！"乔燕听完后便对她说："小婶子，你们年龄虽然相差了一些，但大叔多爱你，你今后可也要多关心大叔，把小满带好！"王秀芳听了这话，一边点头，一边有些羞涩地道："乔书记，我会的……"

两人正说着，忽然一对中年夫妻向乔燕和王秀芳两人走过来。乔燕一看，只见那男人四十岁上下，个子不算高，右边嘴角旁边生着一颗大黑痣，面孔黝黑，一双眼睛十分明亮，行动也特别敏捷，一看就是一个很机灵和做事干练的人。女人三十六七岁，个子比男人高，浓眉大眼，粗腰胖面，走路踩得地面"咚咚"响。两人来到乔燕面前，男人把王秀芳看了半响，突然对她说："你就是乔书记吧？"王秀芳愣了一会儿，这才不解地对他说："我不是乔书记，她才是乔书记！"那汉子立即露出了不好意思的微笑，掉过头对乔燕道："哦，我认错人了，对不起，乔书记！"乔燕从没见过他，便扑闪着一对大眼睛对他道："你是……"那汉子立即接口说："我是刘勇，乔书记……"

乔燕立即想起来了，马上惊喜地道："哦，你就是刘勇大叔？"刘勇道："就是，乔书记！"又指了身边的女人道，"这是我屋里的，你别看她身体健健康康的，可全身都是病……"一听这话，乔燕急忙拉了她的手，轻声道："婶，是什么病？"女人低声说："就是妇科方面的，过去生小孩不知道该怎么保养，月子里落下的。看起来是个好人，可干不了重活！"乔燕一下明白了，她从一些书上也看到过，月子病确是一个不好对付的病，便对她说："那婶子可要注意！"说完问刘勇，"刘叔叔你们是什么时候回来的？春节怎么都没回来？"刘勇道："春节本来打算回来的，可不是要加班嘛，我们都想多挣点钱嘛！再说，这次老板才给我们把工资结清，我们要是过年回来了，就有几个月是给老板白干！"

乔燕听了这话，想起才到贺家湾给他打电话的事，便道："刘叔叔，我觉得很对不起你！那天我到你家去，看见罗婆婆那么大年纪了还在外面挖洋芋，到家里一看又有高高低低的三个孩子，一时没忍住，便在电话上数落了你。过后一想，觉得真不应该！你也四十岁的人了，我才二十多岁，哪里轮得到我来数落你呢……"话还没说完，刘勇便道："乔书记，你千万别这么说！那天你批评得非常对，后来我跟你婶子还在说，要不是你关心着我们，也不会那么批评我们了！我今天正是为这事才来找你的。不哄乔书记说，我和你婶商量好了，这次回来，我和你婶就都留在家里了，一边照顾老人和孩子，一边干点什么……"听到这里，乔燕忙说："那好哇，刘叔叔，你留在家里，我就放心了……"刘勇看着乔燕，嘴唇动了动，一副难以启齿的样子。乔燕便主动问："刘叔叔还有什么事？"刘勇终于鼓起勇气说了起来："乔书记，实在不好意思，我想问问村上有没有什么项目，我想在村上找点事做……"乔燕突然愣住了，她记得上次自己确实对罗婆婆说过"如果刘勇叔叔回来了，我给他找项目"，可现在他能干什么项目呢？刘勇见乔燕愣着不说话，便又道："乔书记，我可是听你说在村里也能找到项目，现在回来一看，贺兴林和贺小川也在村里找到了项目，你看我……"乔燕听到这里，便道："刘叔叔，你们是不是也打算流转土地种粮食或蔬菜？"话刚完，刘勇便道："乔书记，我们可没贺兴林和贺小川那样大的资本，别说让我们流转土地，就是把土地白给我们种，我们也没那样大的本事。我们只能下苦力，不怕吃苦，你给我们找点本钱不大的项目就行！"乔燕听了这话，道："那好吧，刘叔叔，等我找到适合你做的，我就通知你！"刘勇两口子听了这话，对乔燕笑了笑回去了。

刘勇两口子离开后，乔燕和王秀芳各自推着孩子回家了。可乔燕心里因为刘勇的事又有些沉重起来。她想起自己当初是那么义正词严地训斥人家，还大包大揽地对他妈说过："我们村也要发展产业，等刘勇叔叔回来了，我给他找项目！"可下乡快两年了，村里还没有支撑项目。虽然现在贺兴林的家庭农场和贺忠远、贺小川叔侄的蔬菜种植基地建起来了，但刚刚开头，能不能成功还说不清楚。即使他们两家在一些关键的节口上需要一些帮工，可每天几十块的工资对刘勇叔叔这样的精壮汉子来说，还不如在外面打工，何况这几十块钱也不是天天都有。当初贺波在陈总和县武装部的支持下，好不容易发展起来的生态鸡养殖项目都失败了，即使没失败，在今天环境治理一刀切的情况下，也会通不过"环评"而关闭。那么，有什么既投资少，又见效快，还能保证赚到钱的项目适合刘勇叔叔做呢？想到这里，她又为当初凭一时冲动对罗婆婆说出那些大包大揽的话后悔。真应了贺家湾那句"许人人想、许神神想"的古话，或者那句"说话人短，记话人长"的俗语，你对人家许过的愿，人家可是记着的呢！人家现在回来向你要项目，怎么办？何况刘勇叔叔家还没脱贫，这不又正是自己的责任吗？

张健在傍晚的时候来了，睡觉的时候，他看见乔燕脸上讪讪的，便问："你好像有点不高兴，又遇到了什么事？"乔燕正想找个人交流一下，便故作轻松地道："你怎么知道我心里有事？"张健道："这么明显写在脸上的事我都看不出来，还当什么警察？"说罢便搂住乔燕的腰，在她耳边关心地问，"到底是什么事，快告诉我。"乔燕心里一热，便把刘勇想回家发展产业的事给张健说了一遍。张健一听便道："就这么一点事，有什么值得你挂在心头的？要发展什么产业，也得靠他自己找，如果每个人都要靠你去找，你能找到多少项目？"乔燕说："道理是这样，可我当初确实对他许诺过，现在他回来了，我怎么能够食言呢？"说着摇了摇张健的肩膀问，"你说我现在该怎么办？"

张健知道她是个认真的人，一见她发愁的样子，便道："这有什么难的？放着你妈这棵大树却不知道乘凉？堂堂一个市扶贫移民局局长，手里什么扶贫项目没有？即使没有，凭着她广泛的社会关系，给你找个什么小项目还不容易？"乔燕撇了一下嘴道："我才不想靠我妈呢！"张健忙说："妈都不靠，你靠谁？"乔燕道："你提副队长，靠了谁？"张健被问住了，乔燕又道，"我谁都不靠，只靠自己，向我妈证明我一点也不比她差……你问问你那些狐朋狗友，有没有谁能够帮我联系到一个合适的扶贫项目？"张健道："打锣卖糖，各有一行，我这些狐朋狗友，你叫他们抓坏人倒差不多，还有就是像上次帮你们找那个走失了的王秀芳，这个他们也很在行。可对这扶贫，他们知道什么？"乔燕又撇了一下嘴，道："虽然他们没扶贫，可他们认识的人比河坝里的沙子还多，说不定还行了呢！"

张健一听这话，突然醒悟过来，道："你不是有个仙女姐妹群吗？你为什么不把这事发给你那几个姐妹，发动大家给你出主意、想办法？"一听这话，乔燕也恍然大悟，急忙拍了拍自己的脑袋道："是呀，我怎么就忘了？明天我就问问群里的姐妹！"又对张健道，"可你也别想落得干净，要是在我们群里找不着，你哭也得给我哭个项目出来，不然我怎么给人家交代？"张健打趣道："老婆大人的话，我怎敢不听？"说完又附在乔燕耳边小声道："明年我们再生个小宝贝，名字就叫'项目'好了！"乔燕脸红了起来，便在张健的手上打了一下。

张健一句话给乔燕指明了方向，第二天张健一走，乔燕便马不停蹄地整理了刘勇和贺家湾的资料发到"七仙女姐妹群"里。乔燕的微信上还有一个更大的群叫"全县第一书记交流群"。这个群带有半官方的性质——是在"第一书记培训班"上，县扶贫移民局领导发动各学员班给建立的，群主还是县扶贫移民局分管扶贫工作的李副局长——这个群里年轻人多，大家又都干着一样的工作，有着一样的成就和烦恼，因此也最容易同声相应和同病相怜，乔燕和这个群里的朋友虽不如和"七仙女姐妹群"的姐妹那么亲密，但平时交流还是十分活跃。乔燕的帖子发出去不久，便很快收到了许多回帖。当然，给她提供信息最多，也有一定价值的，还是"七仙女姐妹群"里的四个姐妹。张岚文向她提供了几条开厂的信息，郑萍建议流转土地建果园，罗丹梅建议种药材，金蓉建议种花椒或者养牛、养羊……可乔燕想到刘勇的技术、文化和资金，既不适合办厂，也不宜发展果园和种植中药材以及养牛、养羊，便把这些选项一一排除了。到第三天，乔燕还没找到合适的产业项目，心里有些着急了。正在这时，她忽然接到了李亚琳的电话。李亚琳在电话里兴奋地说："燕儿姐姐，我把你发给我的信息又发到了我同学圈里。刚才有个叫王铮的同学给我打电话，告诉我说她有个闺蜜叫伍梅，伍梅哥哥的老丈人叫王友前，在土城坝那边办了一个菌香园蘑菇种植基地，种了很多蘑菇，还想扩大种植规模，你们不如去考察一下，如果能行，这也算为那个叫刘勇的贫困户找到了一条好路子！"乔燕一听，高兴得跳了起来，急忙叫道："亚琳妹妹，太感谢你了！你离开第一书记的岗位已经一年多了，以为你不会再管我们这些事了，没想到给我提供了这么重要的信息……"李亚琳忙说："这有什么，燕儿姐姐，我们还是好姐妹嘛，何况这是举手之劳呢！我等会儿把王铮的电话发给你，你直接和她联系吧！哦，还有，王铮说那个王老板的菌香园蘑菇种植基地网上资料很多，你也可以查一查……"乔燕忙说："好的，亚琳妹妹！"说完挂了电话，没多久，李亚琳便给乔燕发来了她同学王铮的电话。

乔燕打开电脑，迫不及待地在网上搜索了起来，果然找到了菌香园蘑菇种植基地的网页，打开一看，乔燕不禁吓了一跳，那网上文章标题赫然写着："土城老板种蘑菇，一年收入100万"。乔燕看见那个阿拉伯数字，怀疑自己看错了，急忙往下看去，原来这叫王友前的老板，过去在外面帮别人种蘑菇，学到技术后，回到土城坝家乡流转土地五十余亩，建成菇棚二十多个，带动了全村脱贫致富。乔燕又看了看菇棚和蘑菇样品的照片，更坚信不疑起来，接着继续在网上搜索蘑菇的种植技术以及投入等情况，这才发现蘑菇的种植技术并不复杂，投入可大可小，最大的投入便是大棚投资……乔燕越看越兴奋，便急忙给刘勇打电话，问他愿不愿意种蘑菇，又把从网上得来的知识给他说了一遍。刘勇一听种蘑菇有这么大的赚头，喜得在电话里忙不迭地对乔燕一连说了好几声"我愿意"！说完又忙问："什么时候可以种，乔书记？你快给我说！"

可一放下电话，乔燕又犯愁了，八字还没一撇，怎么又凭一时冲动便把这消息告诉了刘勇？即使刘勇愿种，那也首先得知道王友前愿不愿意提供种子和传授技术。而要知道这些，又得亲自去考察考察。一想到考察，心里不禁犯起嘀咕来，自己一不认识那儿的领导，二没熟人引荐，贸然跑去，要是人家不理自己怎么办？要知道，人家可是腰缠万贯的大老板，什么大领导没见过，怎么会把你一个小小的第一书记放到眼里？去碰一鼻子灰是小事，搞砸了事情，失去这样一个好项目的机会那可是大事。想来想去，乔燕还是鼓起勇气，拨通了王铮的电话。电话通了以后，乔燕急忙对王铮做了自我介绍，然后把自己的想法给她说了。王铮非常热情，说李亚琳已经对她说了，乔燕姐是李亚琳的好朋友，自然也是她的好朋友，她一定帮忙。可王铮最后一句话却又让乔燕跌进了冰谷之中。王铮说道："燕儿姐姐，你不知道，我闺蜜的哥哥和老丈人闹翻了，现在见了面连话都不说！"乔燕听了这话，便不好再说下面的话了。

乔燕结束了通话，坐在椅子上发起呆来。想着想着，乔燕突然灵光一闪，一个主意涌上了脑海。顿时，她那张面孔变得红润了起来，眉梢眼角的笑容挤到了一堆，眼里放起了烁烁光彩，竟高兴得在屋子里一边走，一边唱起歌来。她越想越兴奋，想让人来分享她的快乐和幸福，便急忙给张健打电话，如此这般，把从在姐妹群和全县第一书记群里发信息、如何发现菌香园蘑菇种植基地及自己的主意对他说了。张健听了道："你这是走火入魔，如果领导知道了，还不说你打着第一书记的牌子招摇撞骗？"乔燕忙不服气地道："怎么是招摇撞骗了？我们本身就是去考察嘛。再说，我们这又不是做坏事！"张健从电话里听出了乔燕不服气的口气，便道："即使领导不批评你，你能找到那么多人陪你去？还有，即使你找着那么多人了，交通问题怎么解决？"乔燕见丈夫让步了，便道："你放心，人家说要饭的都有三个知心朋友，你还愁我没几个肯两肋插刀的朋友？你就看我们演好戏吧！"张健听乔燕说得这么肯定，便不说什么了。

乔燕想出的主意是，找十几个和她一样的第一书记，陪她一起去土城坝菌香园蘑菇种植基地考察，就说是县上组织的"第一书记考察团"。这样去的人多，又是县上组织的，老板肯定不敢怠慢。如果他真想扩大规模，人多气势大，生意也更容易谈成。最初，她也有过张健那样的担心，但很快就被自己给说服了，见张健没有反对，更坚定了信心。于是她在"七仙女姐妹群"里发了消息，把想法和行动方案告诉了大家。开始的时候，乔燕还担心会遭到姐妹们的嘲笑和反对，没想到包括"大姐大"张岚文在内的几个姐妹，都一致表示支持和拥护，连李亚琳也发来短信说："燕儿姐姐，我虽然不能来参加你们的行动，但我坚决支持你们！你这样做是对的，建议姐姐们都参加，一是为你捧场，二也出去开开眼界，看看别人是怎么做的，才不会做井底之蛙。"张岚文等人看了李亚琳的话，又给乔燕发来信息，表示到时不光做她"考察团"的成员，还坚决做她的左臂右膀。乔燕一看高兴了，又想到姐妹们加起来也才五人，太少了一点，想了一想，又把信息发到全县"第一书记交流群"里，继续"招兵买马"。信息发出去当天就有好几个人报名，都是年龄和她差不多的。原来这些年轻人和乔燕一样，正值青春岁月，虽然都只当着"弼马温"似的第一书记，但骨子里躁动着的，是一颗不安分的心，同时也都想干出点成绩，不辜负了人生这段大好时光，因此都愿意来为乔燕"扎场子"。第二天有十多个人报名，第三天又增加了十多个。乔燕一看人员已经有三十多个，立即为交通的事发起愁来，马上把那条"招兵买马"的信息换成了一条"致歉信"："因交通工具的原因，本考察团停止接收新的团员，望各位友友谅解！"可"致歉信"发出去不久，又有"友友"发来信息，说他们有私家车，愿意贡献出来。乔燕喜出望外，忙把这个消息告诉了张健。张健一听有那么多人古道热肠地帮助老婆，自己这个做丈夫的，怎么能袖手旁观？于是也答应乔燕，说到了那天，也亲自驾车送她去。乔燕道："要是你能把警车开出来就更好了！人家一看，还有警察护航，谁还敢怀疑我们是山寨考察团？"张健笑着道："那你是在逼我犯错误了，本队长绝不会干！要是车子不够，我再和队里同事借一辆！"说完又附在乔燕耳边轻声道，"本队长刚刚上任，已经有人巴结我了……"乔燕立即道："真要这样，那我可不敢坐你的车了！"张健道："我这也是为扶贫做贡献，乔团长难道不该表扬表扬本队长吗？"乔燕见他嬉皮笑脸的样子，便在他身上打了一下。

接下来，乔燕和团友们共同选了一个星期天作为考察的日子。为了保证考察成功，乔燕在前两天又给王铮打了一个电话，托她闺蜜的哥哥打听一下他老丈人在家里没有。王铮干脆把她闺蜜哥哥的电话给了乔燕。乔燕便直接给那哥哥打电话，那人回话说，现在正是出菇的季节，老家伙不在家里，还能到哪儿去？不但如此，那人还告诉了乔燕他和老丈人闹翻的原因。原来那王老板虽然腰缠万贯，头脑里有着极严重的重男轻女的思想。万贯家财只愿意给儿子，却不愿意给女儿分一点，他们两口子便和老家伙闹翻了。原先他们也在老家伙的种植基地做事，一闹翻后，赌气搬了出来。那哥哥还告诉乔燕说，老家伙只想赚钱，你们去考察，他是巴不得的，他可能会首先提出送你们菌棒，引你们上钩，然后等你们种植成功了，再向你们卖菌种，其实卖菌种才是最赚钱的！你们不要着急，慢慢吊他的胃口，狠狠敲老东西一下！乔燕一听这话，心里更有底了，暗想："哎呀，这世界上的事真有趣，他想敲我，我倒要去敲他了！"

星期日，几位自愿提供私家车的第一书记，遵照乔燕的安排，早早就把车开到了乔燕小区门口，因为车够了，乔燕也没叫张健借车，加上这天张健单位学习，乔燕也没敢叫他请假。张健早就去打印店给乔燕打印了几条红底黄字的"第一书记参观考察团"字幅，和"一号车、二号车、三号车、四号车、五号车……"的车序号，一早就帮乔燕用不干胶贴在车头的挡风玻璃上面，按顺序排列好，一副煞有其事的样子。众人陆续到来，"大姐大"张岚文最后一个到，乔燕一看，她竟然还带了一个扛摄像机的电视台记者，便高兴地叫起来："大姐，你怎么把记者也带来了？"没等张岚文回答，众人齐声叫道："考察团嘛，当然应该有记者！"又道，"还是张姐想得周到，装哪个舅子就要像那个舅子，是不是？"张岚文道："绝对不是装的，也不只是来给燕儿'扎场子'的，如果他那里真搞得好，我们要发条报道回来！"众人一听，笑嘻嘻地围着那记者说："好，等会儿可得给我们多摄点镜头。"一边说着笑着，一边钻进了各自的车里，导了航，一溜八辆小车，"呼隆隆"地出发了。

已到暮春时节，车队一出城，这些年轻人便感到了一股牡丹吐蕊、樱桃红熟的暮春气息。道路两边的树木，叶片的颜色已由浅绿变成了深绿，阳光也不再像3月那样像是小孩子手里蓬松的棉花糖，而是变得紧凑而有力量了。年轻人的心随着这暮春的气息飞翔，将那一溜车开得像要飞了起来。平时要两个多小时的车程，花一个多小时便到了目的地。众人一看，原来王老板的菌香园蘑菇种植基地的办公室就建在公路边上。幸好那院子十分大，水泥地面，好停车。一行人把车开进院子里，依次停下。王老板一见来了这么多辆小轿车，车前挡风玻璃上又贴着"第一书记参观考察团"字样，急忙从二楼办公室颠颠地跑了下来。他后面还跟着一个女人。王老板五十岁出头，长着一颗皮球似的圆脑袋，身材不高，身上到处都是赘肉，偏又显摆似的穿了一件蓝色的纯羊毛西装，里面也是一件同样颜色的马甲，马甲和西装都略显得小了一些，把一个圆滚滚的肚皮衬得更加突出。他身后的女人四十五六岁，身材窈窕，面孔白皙，五官匀称，上穿一件宝蓝色职业西服，下面一条藏青色裙子，个子又高，倒显出几分端庄俊俏来。

　　王老板来到院子里，眼睛像进了虫子一样不断地眨着，闪出疑惑的光来，看着众人问："你们是……"话音未落，罗丹梅指了指旁边的车子说："我们是县上第一书记参观考察团，来你这儿参观考察的！"王老板两眼立即放出熠熠的光来，见扛摄像机的记者跟在张岚文身边，又见这群人中只张岚文年纪稍大，显得老成并有些富态，便几步跨到张岚文面前，一边点头弯腰，一边满脸堆笑地道："领导好，领导好……"张岚文强忍住笑，说："我不是领导，我只是秘书！"说着指了乔燕，"这才是我们考察团乔团长！"王老板立即跑到乔燕面前，重复了一遍刚才对"大姐大"的动作，连说："领导好，欢迎欢迎，热烈欢迎！"可说完小眼睛又眨了眨，显出怀疑的样子问，"第一书记参观考察团？乡上怎么没通知我呢……"乔燕一听这话，不慌不忙地道："你是王友前同志吧？"王老板一听乔燕称他为"同志"，似乎立即高大起来了，忙点头道："正是，正是！"乔燕又道："你的菌香园蘑菇种植基地是在这儿吧？"王老板急忙道："是，是，就在公路下面！"乔燕立即把早已编好的一段话对王老板说了出来："这就是了！是这样的，王总，我们是去前面石牛庙镇考察生态农业，半路上听说王总的蘑菇种植很不错，临时决定带大家来参观参观。因为我们这批第一书记中间，很多人都准备在村上发展蘑菇种植呢！因为是临时决定来看，所以就没有通知乡上……"王老板听到这儿，一把抓住了乔燕的手，兴奋得叫了起来："原来是这么回事！欢迎，欢迎，热烈欢迎各位光临，各位为菌香园蘑菇种植基地增光添彩了！"说完，忙不迭地回身吩咐女人，"名片，快去把我桌子上的名片拿来！"那女人忙不迭地往楼上跑，王老板又对着她背影大声道，"把办公室打扫一下，啊！"吩咐完，和众人一一握手。走到乔燕身边，对乔燕躬了一下身，笑容可掬地做了一个请的动作，道："领导请楼上坐！"一众第一书记见老板这毕恭毕敬的样子，都忍不住要笑。乔燕对众人递了一个眼色，大伙儿便都严肃了。乔燕回头对王老板说："王总，我们还要赶到石牛庙镇去，坐就先不必了，你带我们先参观参观菌棚吧！"

王老板一听，生怕误了正事似的，马上道："好，好，这就带各位领导去看！"正说着，女人拿了名片盒下来，王老板接过去，打开，在胖胖的手指头上沾上口水，从盒里抠出名片，一人发了一张。发完，这才带了众人往菌棚走去。

菌棚就在公路下边二百米左右的几块台地里，有一条水泥公路通到那里。众人一看，果然气派，只见二十多个大棚随地势而建，错错落落，仿佛一座座工厂厂房。记者扛着摄像机早跑到了大棚前面，众人到了菇棚前，王老板抢先一步，过去掀开白色塑料膜上的黑色遮阳网，再掀开帘子，众人便进到了棚子里。只见棚内立了好几排竹架，每排竹架有五六层，每层架上摆放着整整齐齐的菌棒，十分壮观。这时气温正适合蘑菇生长，菌棒上已经长出了一朵朵或大或小、颜色各异的蘑菇，身姿圆润，上面撑着一顶小伞，十分可爱，众人都不由得发出了由衷的惊叹声，脸上挂上了惊叹，掏出手机，或者"咔嚓咔嚓"地对着菇架拍照，或者穿行于一排排菇架之间拍摄视频。乔燕也被眼前的景象惊住了，她觉得今天来得太值了，即使等会儿和王老板谈不成生意，最起码也开了眼界。惊叹了好一阵，乔燕问王老板："王总，你这就是标准的菇棚吧！"王老板立即道："正是，正是！"乔燕又问："这样一个标准的菇棚，可以栽培多少个菌棒？"王老板立即打起广告来，道："三千个！我每个菌棒装的两斤干料，像现在这个季节，我堆放的是六层，再等一段时间，我就要减少二到三层。我给领导明说，一般每个周期可出菇三到四茬，每斤料可以产一斤左右蘑菇，如果管理得好，产量还要高！领导想一想，种蘑菇划算不划算？"看完第一座菇棚，王老板又带了众人出来接着看。那些跟来的第一书记拍完照后又都纷纷掏出小本子，王老板说一句便记一句，一副认真考察参观学习的模样。

参观完菌棚，时间已过去了两个小时，王老板又要他们去办公室坐坐。乔燕还没和他谈生意，当然要去坐，却故意说："坐坐倒是可以，不过我们还要赶到石牛庙镇去，最多只能坐半小时左右！"王老板喜不自胜，立即把一行人带到了楼上办公室。那女人果然把办公室给收拾好了，还泡好了茶。众人在靠墙边的沙发上一溜儿坐下。乔燕做出十分匆忙的样子，对王老板道："王总，话不多说，看了你的基地，确实名不虚传，我们想先建一个蘑菇种植基地，等成功了，我们这些第一书记，起码有一半人想在自己村上发展蘑菇种植，不知我们可不可以合作……"话没说完，王老板马上叫了起来："那好哇，领导，我也正想扩大规模，你们可以先拉一些菌种回去试试……"众人互相看看，故意露出了惊讶和欣喜的表情，连郑萍都喜出望外地突然说："真的？我们正是……"张岚文立即打断了郑萍的话："听乔团长和王总说！"乔燕马上接嘴道："很好，王总，不过，我们想听听王总合作的条件。"王老板便道："还有什么条件？我种子不要钱，技术不要钱，如果产品你们卖不掉，我还包回收，这条件够优惠了吧……"众人一听，又都忍不住惊喜地道："真的？"王老板道："可不是真的！"乔燕却早有准备，马上道："种子不要钱，是一次性，还是一直都不要钱？"王老板讪讪地笑道："看领导说的，如果一直都不要钱，我不是连裤儿都要赔进去。你们愿意跟我合作，我一次性给你们提供三千个菌棒，这三千个是不要钱的……"

乔燕听王老板说三千个菌棒不要钱，觉得这人还算爽快，生怕失去这次机会，正想拍板，忽见"大姐大"看着她咳了一声。乔燕一下醒悟了过来，把准备回答王老板的话咽了回去，站起来对大家说："我们走吧……"王老板着急地拦住乔燕道："领导怎么要走？"乔燕道："我们到石牛庙镇，看能不能寻找到更合适的合作伙伴。"王老板急忙问："领导，你们说怎么才能合作？"乔燕仍欲擒故纵道："看来我们的差距还有些大，恐怕不容易谈拢，还是到石牛庙镇去看看吧？"又转头对众人说，"怎么样，我们走吧！"众人全站了起来。王老板一把拉住了乔燕，道："领导，哪有生意谈不拢的？你别急嘛！这样，我看你们也是诚心诚意，又是第一回打交道，我就多出点血，免费给你们五千个菌棒，这可以吧？"乔燕听完，笑了一笑，道："王总，看来你并不是诚心想和我们合作，我们下次再谈吧。"说完又要走。那王老板仍拉住乔燕不放，最后顿了一下脚，像是下了狠心似的，道："领导你们说说，究竟要我怎样出血你们才愿意合作？"乔燕道："那好，王总，既然这样，我也就明说了，如果你愿意免费给我们一万个菌棒，我们就合作……"话没说完，王老板便夸张地叫了起来："一万个？领导，你也真是狮子大张口呀！一万个菌棒值多少钱了？"乔燕道："一个菌棒才值多少钱？对于王总这样的千万富翁，还不是九牛一毛罢了！王总愿意合作，我们就一言为定，不愿意合作，我们拉倒就是，不再多说了！"说罢挣脱王老板的手就往外走，众人一见，也跟着出去。快要下楼了，王老板才突然叫道："行，领导，我答应你们的要求！"听了这话，乔燕这才站住，回头看着王老板道："王总，可是真的？"王老板道："领导虽然年轻，可真会谈生意。你们今天可是赚大了！一个菌棒至少可以收入二十来块钱，稳打稳赚的，你算算一万个菌棒可以赚多少？不过我可要跟领导说清楚，我一次性提供一万个菌棒让你们赚钱后，以后你们可都得到我这儿来购买菌种！"

乔燕听了这话，便笑着："我就知道王总是在放长线钓大鱼！这一万个菌棒，就像鱼饵，钓我们上钩呢！你也算算，以后我们每一季都要来买你的菌棒，单卖菌棒，也要赚得个盆满钵满呢！"停了停又说，"行，以后我们这些第一书记村里发展蘑菇种植，都到你这儿买菌种！"众人也说："就是，就是，我们以后都到你这儿来买！"王老板高兴了，道："生意都谈成了，领导就不要到石牛庙镇去了，就在我这儿吃饭怎么样？"乔燕道："王总你是怕我们到石牛庙镇找到了更好的合作伙伴，就把你抛到一边，是不是？你放心，我答应了的，一定算数！不过技术问题，你说怎么解决？"王老板道："技术问题好说，叫你们的种植户到我这儿打几天杂，什么温度、湿度、拌料等就都学会了！"乔燕一听笑道："你们看王总的算盘打得精不精？他又免费使用了几天劳动力！"王老板一听不由得笑了起来。乔燕见了，过去和王老板握了握手，道："那我们就这样说定了，我回去就叫种植户来和你签订合同！"

乔燕说完正要走，王老板却突然说："不行，领导……"乔燕忙问："还有什么？"王老板说："我们得草签一个合同！"乔燕道："我们又不是种植户，只是来考察，怎么签合同？"王老板说："那也不行，口说无凭，最起码你也得给我一个联系方式，回头我也才找得到人！"乔燕这才知道先前小看了这个貌似憨厚和滑稽的人。她想了一想，反正自己已决计在贺家湾发展蘑菇种植了，签就签吧，便对他道："那行，你赶快草拟一个临时合同出来吧！"王老板说："不用拟，我有现成的！"说罢打开抽屉，从里面取出了两份早已打印好的合同。乔燕接过一看，上面的条款和刚才谈的差不多，只不过没填数字，乔燕便在赠送菌棒后面的空白处填上了数字，在乙方代表一栏写了自己的名字、身份证号码和电话号码，交给了王老板。王老板在甲方代表后面写了姓名、身份证号码和电话电码，拿出印泥摁了手印，又让乔燕摁。乔燕也摁了，王老板将双方摁了手印的合同给了乔燕一份。乔燕折叠好放进包里，落落大方地和王老板握了握手，才和众人一道往楼下去了。王老板把他们送到院子外，等他们的车走了以后，方才上楼去。

众人把车开出一段路后，在公路边停了下来，纷纷拥出车外，将乔燕围住，金蓉抱着乔燕，羡慕地说道："燕儿你今天可是赚大了！"罗丹梅也说："就是，一万个菌棒就是三个大棚。成功了，可是白花花的银子，失败了，也没一点损失！"其他跟来的第一书记也说："乔书记可真是谈判高手呀！"乔燕急忙给大家打躬捏揖，道："都是托兄弟姐妹的洪福，快走吧，回城里我请客……"

正说到这儿，乔燕的电话突然响了，她掏出来一看，竟然是王铮闺蜜的哥哥。乔燕刚按了接听键,就听那汉子问:"那老东西给你们送了多少个菌棒?"乔燕道:"一万个。"汉子道:"一万个?那你们今天还是划得来,平时那些来与他合作的,最多送五千个,有的还只有三千个,反正就像钓鱼一样,只要能把鱼钓上来就行!"乔燕听了这话便对汉子说:"多谢大哥在我们出发前提醒我,我当初都差点答应他三千个了!"汉子说:"他那一万个菌棒算什么?我告诉你,一个菌棒的成本只有几毛钱,他一万个菌棒只算成本的话,大不了五六千块钱,可你们如果种植成功了,每年来买他的菌棒菌种,少说也要花两万多,他只赚你们一次,就赚回了好几个本钱,你们还以为捡了他的便宜呢。"乔燕一听明白了,便道:"大哥,看来你那个老丈人也真是没有馍馍烙煳了的呢。"汉子听了又道:"不过,你们一万个菌棒拿回去,如果种得好,今年赚个几万块钱没问题!乔大妹子,你问问种植户需要不需要管理菇棚的?如果需要,我可以来给他做!"乔燕听了这话,才清楚这汉子打电话的目的,但她仍然很感谢他,便说:"那行,大哥,等我们发展起来以后,如果需要人我再和种植人商量吧!大哥,你说我们能不能自己培育菌棒呀?"汉子马上道:"你以为菌棒就那么容易培养呀?我告诉你,那老东西培育菌棒有一套独门绝技,连我和我老婆都不教,只教他儿子!"乔燕道:"原来是这样,好的,大哥,谢谢你,我们以后再联系吧!"

  乔燕把电话挂了,告诉大家刚才汉子说的话。众人一听,都不觉笑了起来,说道:"哈哈,还以为我们今天敲了王老板一个竹杠,却没想到还是被王老板套进去了!王老板才是吃小亏、捡大便宜的角色。看来真的如俗话所说无商不奸,我们可永远奸猾不过商人!"张岚文听了这话,却道:"话不能这么说,商人的本质就是逐利的,无利不起早,他不图赚钱就不会冒任何风险,他不冒风险,社会就不能进步了!"金蓉也说:"就是!总的来说,燕儿还是白捡了几千块钱的菌棒,这也是大收获,如果真像那汉子说的,成功了今年就可以赚几万块钱,那也是花了小钱赚大钱呢!"说着,众人又上了车。正要开车的时候,乔燕跳下车来,把车头挡风玻璃上面的"第一书记参观考察团"的标牌给扯了下来。一路风驰电掣,很快到了城里。乔燕要留大家吃饭,众人全拒绝了,道过再见,又说了一通今后互相帮助的话,各自回家去。

  张岚文、郑萍、金蓉和罗丹梅留下来和乔燕说了一会儿话。乔燕要单独招待几位姐姐,张岚文却说:"这成什么话?如果其他朋友知道了,不是说你一样人情、两样看待,厚此薄彼吗?"金蓉也说:"就是,为了维护燕儿的名声,今天这顿饭就免了,下次你做东吧!"乔燕还没来得及答应,忽听得张岚文说:"再过一个多月，就是小莉一周年的忌日了，姐妹一场，到那天大家都去她坟前烧炷香吧！"一听这话，金蓉、郑萍、罗丹梅严肃了面孔。乔燕马上想到如果周小莉活着，今天也肯定和她们一起去了，想到这儿，就红了眼圈儿，半响才咬着嘴唇说道："好的，我一定去！"金蓉、郑萍和罗丹梅也道："我们也一定去！"张岚文听了她们这话，便道："好，那就这样说定了，丹梅到时候再联系大家一下！"罗丹梅点了点头。

第十三章

  乔燕从土城坝王老板的菌香园蘑菇种植基地满载而归，心里自然是十分高兴。可这天对于儿子张恤来说，却是他的"受难日"，因为正是从这天开始，乔燕决定给他断奶。对于给孩子断奶，婆母虽然一再反对，可她也知道这是无法避免的。一是张恤渐渐大了，成天想着妈妈的奶水，对奶水以外的东西一概不感兴趣，身体反而比以前瘦了一些。二是乔燕明显感觉奶水比过去少了。加上乔燕从一些书上了解到，孩子到了七八个月，母乳的营养成分已经大大减少，及时断奶，对孩子还大有好处。几个原因加在一起，乔燕便做出了给张恤断奶的决定。婆母知道给孙子断奶是迟早的事，便在一个多月以前，将几斤籼米在清水里泡透，放在锅里蒸得半熟，然后倒在一只簸箕里，白天端在下面院子里让阳光曝晒，晚上则放到阳台让米吸收露气，这样日晒夜露了七七四十九天，再让张健拿到城里，找一个加工干粉面的小作坊，将米打成了细细的米粉。尽管婆母做好了一切准备，可还是对儿媳说："给孩子断奶，就看你狠不狠得下来心了！"乔燕听了道："妈你放心，我会狠得下心的！"她想，不就是给孩子断个奶嘛，有什么大不了的？

  可是，乔燕那天上午刚刚走进村委会办公室的院子，听着从楼上传来的儿子嘶哑的哭声，便像有无数只爪子在抓着她的心。她从电动车上一跳下来，就疯狂地朝楼上跑去。把门打开一看，婆母正抱着张恤在屋子里像是牛推磨一般转着圈子，一边转一边用手拍着张恤的背，嘴里喃喃地说着什么。张恤却只是踢蹬着小腿哭着。听到开门声，婆母扭头一见是乔燕，便立即竖起了眼睛对她道："出去，你不要过来……"乔燕立即像是痴了一般在门口站住了。她从没有见过婆母这般严厉，一时没了主意。婆母见她仍然没有走，更生气了，又大声叫道："你走哇，还站着干什么？"乔燕这才回过神来，正打算离开，张恤已经看见她了，哭声顿时提高了好几个分贝，张开双手朝她倾过了小小的身子。乔燕一下子犹豫了，她正想伸手去把儿子接过来。可是婆母突然抱着孩子走过来，伸出一只手，毫不留情地把她推到了门外，然后"哐啷"一声将门关上了。

大概是隔着门的缘故，乔燕听见儿子的哭声变得断断续续起来，像是一只有了小洞的皮球，那里面的气不是"嗞嗞"地漏，而是用手挤一下，"噗"地漏出一股气来，再挤一下，再"噗"地漏出一股气来。乔燕觉得那漏气的不是儿子，而是自己，儿子每发出一声哽咽的声音，都像一根针扎在她心上。于是乔燕忍不住隔着门板对婆母说："妈，要不我再给他喂一次吧，就这一次喂了再不喂了……"话还没完，婆母在里面怒气冲冲地说："你狠不下心，还给他断什么奶？"一听这话，乔燕便理亏似的住了声。婆母知道她还没走，过了一会儿才又说："你各人走，中午回来也不要让看见！下午我叫张健来把我们两婆孙接到老家去，你眼不见，心不疼，不然你怎么把他的奶断掉？"乔燕这才一边掉眼泪，一边离开了。

吃过午饭，张健果然把车开到村委会办公室，乔燕那时还躲在厨房里，她好几次都想冲出去抱抱儿子，可婆母知道她的心思，她刚想跨出厨房，便被婆母用命令的口气喝住了："不要出来！"她只好又把脚收了回去。直到婆母抱着张恤上了车，关上了车门，乔燕这才从厨房冲了出来，一边哭着一边叫了一声："儿子……"可张健这时已发动了汽车，朝前开走了。乔燕泪如雨下，看见汽车开远了，这才冲到楼上，倒在床上"呜呜"地哭了起来。

孩子一走，乔燕便觉得像是被人掏空了五脏六腑一般，处在一种难言的空虚中。同时，她又觉得自己变得格外脆弱起来。只要一想起孩子可怜的样子，她都忍不住会掉下眼泪。为了转移注意力，白天她努力工作，最难受的是晚上。在睡梦里，她经常会听见儿子的哭声，可醒来一听，却是窗外的风声，这时她便会把头伏在枕头上掉起泪来。这样过了一个多星期，婆母终于抱着张恤回来了。乔燕一见，急忙扑了过来。孩子看了她一会儿，才从他奶奶怀里向她倾过身子来。她把儿子抱在怀里，细细观察儿子的小脸，发现他的小脸又瘦了一圈儿，心疼得不行，便在他脸蛋上亲个不停。她以为儿子又会像过去一样去抓挠她胸前的衣服，然而没有，他只是在她怀里蹬着小腿。中午的时候，婆母去搅了米粉羹，用一只小碗盛了，乔燕这时才看见那米粉羹亮晶晶的，白得晃眼。婆母又从一只罐子里舀出小半勺蜂蜜拌在羹里，用嘴吹凉了，用一只小勺子往孙子的嘴里送去。张恤立即张开小嘴，过来迎住奶奶手里的勺子，将米羹卷在了小嘴里。乔燕知道儿子断奶成功了，立即高兴得热泪满面。可过了一会儿，又觉得儿子从此不吃自己的奶，像是缺少了什么，尤其是想起儿子吸吮乳头时自己那种内心的颤动及由此带来的幸福、安详和骄傲，都会没有了。这么一想，又哭了起来。

但不管怎么说，给儿子断了奶，乔燕感到彻底放松了。这段日子，她便把全部精力都投到刘勇的菇棚上。那天她去刘勇家里，告诉了他们王老板答应送一万个菌棒的事，刘勇高兴得像是拾到了一块金元宝，第二天便拿着乔燕和王老板草签的合同，去了王老板的菌香园蘑菇种植基地签订正式合同和学技术。种植蘑菇的技术并不复杂，刘勇本来几天就能掌握，可害怕学不精，竟然在那儿一住就是半个月，一回来便紧锣密鼓地搭建起菇棚来。最初，刘勇打算建在郑家塝，离家近，管起来方便一些。可郑家塝地势窄，加上大家都没有种过蘑菇，怕失败，都不愿把土地流转给他。乔燕便动员他建到村委会旁边来。建到这儿不光是因为土地的原因，还有一个重要的因素乔燕没说出口，那就是更容易让大家看见。乔燕的打算是等刘勇这几个大棚成功后，慢慢扩大，到时再号召村里的贫困户都加入进来，成立一个蘑菇专业合作社，合作社的名称她都想好了："菌绣前程专业合作社"！到时候就像王老板一样，一溜几十个大棚摆在村委会旁边，你说壮观不壮观？乔燕有时候怀疑自己也是在搞形象工程，可又一想，这年头搞点形象工程也并没有错，关键是形象的面子和里子要一致！就像人一样，只要不是金玉其外就行了。

刘勇的菇棚现在有五个，王老板免费提供的一万个菌棒，够三个大棚用，乔燕吸取了贺波养鸡失败的教训，希望刘勇能够稳扎稳打，步步为营，暂时就利用王老板赠送的一万个菌棒，先建三个大棚，成功了，再慢慢扩大，失败了，除了建大棚的一点原材料费和人工费以外，也没更多损失。刘勇在王老板的种植场做了半个月后，觉得自己已经完全掌握了蘑菇的种植技术，加上在这半个月中，又目睹王老板卖了几次菇，每卖一次菇，都得把票子数上半天，高兴得嘴都合不拢，更动了心。因此不顾乔燕反对，另外掏钱向王老板买了六千个菌棒。乔燕见刘勇吃了秤砣铁了心，也只得依了他。现在一溜五个大棚摆在村委会旁边，不管什么人只要一走进村口，便能看见那几排盖着黑色遮阳网罩的塑料大棚，和金灿灿的太阳形成了强烈反差，十分夺人眼目。

乔燕只要一有空，便掀开大棚的帘子，去里面查看菌子的生长情况。就像一个作家面对自己的作品一样，一走进大棚，她便会产生出一种自豪骄傲的感觉。她为大棚里每天出现的变化惊讶不已。最初那些灰白色的菌棒被刘勇按一定的标准给摆在那一层层竹架上时，她突然觉得那些菌棒变成了一排排等候她检阅的士兵，是那么威武雄壮、整齐划一，给人一种震撼的力量。没过多久，当她再进去时，看见从那些菌棒上冒出了一些不大的、往外凸起的像孢子似的东西，她知道那便是菌丝，蘑菇便要从那儿长出来了！她像哥伦布发现了新大陆，真想大叫几声。果然没几天，那孢子渐渐变长、变粗，径直往上生长，然后头顶就撑开了一把小伞。她想："大自然真是太神奇了，生命也真是太伟大了！就那么一点连肉眼都无法看见的菌丝，眨眼之间便变成了一朵朵散发着清香、营养丰富、人人喜爱的蘑菇，简直太不可思议了！"不管怎么说，刘叔叔成功了！当然，刘叔叔的成功，也是自己的成功，更是贺家湾村民的成功，她怎么能不高兴呢？于是往大棚跑得更勤了。

天气说热就热起来了。这个季节是绿色的世界，在贺家湾随便哪儿转悠上一阵子，映入眼帘的，都是绿色的庄稼、绿色的野草、绿色的树木，甚至连溪水也呈现出碧绿的颜色。一切都是这样生机勃勃，到处都在弹奏着生命的最强音。这些日子，贺家湾的工作似乎也和这个季节一样，进入了一个新的阶段。首先是刘勇的菇棚迎来了开门红，第一批菇卖出去稳稳地赚了七千多块钱。其二是贺兴林大叔家的几十亩水稻，已开始进入返青阶段，秧苗嫩绿，一派生机。还有几十亩玉米，已经长出叶子，背面的叶片颜色墨黑，而面光的一面颜色却有些发白，像有雪片落到上面一样。如果刮起了风，那叶片交叠晃动，如一只只绿色的蝴蝶在上下翻飞，也给人一种生机盎然的感觉。其三是贺忠远和贺小川叔侄俩的蔬菜，一天一个样，人见人爱，马上就要上市了，别说菜的主人高兴得成天像笑佛爷样，就是村里人也都为他们高兴呢！乔燕当然更别提了。加上她现在不管到哪儿，再也不必忙着回去给儿子喂奶，行动也因此更加自由起来。所有这一切加在一起，如同一张过滤网，把她生活中曾经发生过的烦恼、焦虑和不快等，都统统过滤掉了，剩下的只有生活的美好和从心底涌出的原始的生命冲动。

但乔燕忘记了一个重要的日子，直到罗丹梅给她打电话，她才猛然记起来。罗丹梅问她："燕儿，你回来没有？"乔燕道："回来干什么？"罗丹梅立即不满地道："你真是重色轻友，忘了'大姐大'那天说的话？今天可是小莉姐姐的周年……"乔燕没等她继续说下去，猛地拍打了一下自己的脑袋，叫道："哎呀，丹梅姐，我真的忘了！我马上回来，你们等着我……"说着，急忙进屋换了一件白色的衬衣、一条青色的裙子，然后给张健打了一个电话，和婆母打了招呼，又去亲了亲张恤，下楼来骑上电动车便走。走到文化广场边，发现花坛里几株白色的花正开着，忙又返回拿了一把剪刀和几张报纸，剪了几枝花用报纸包了，放到电动车后备厢里，一溜烟将车开出了贺家湾。

乔燕一边骑车，思维一边跳到周小莉的事上去了。她想起自己和小莉姐接触的时间虽然不长，接触的次数也不多，可是她的音容笑貌和说的话，却镌刻在了脑子里。去年今天以前，她还是一条鲜活的生命，可没想到只是在一霎间，上帝便无情地夺去了这样一个年轻的生命，可见人生是多么无常！这么一想，她的心情有些抑郁起来。接着她又想到了去年那场特大暴雨，正是那场暴雨造成的山洪夺去了小莉姐的生命，今年立夏过去这么久了，老天爷竟然没下一场透实的雨，一些地方田地都开裂了。她不知道这到底是怎么了，可明显感觉得出大自然正在报复着人类。

乔燕一路胡思乱想着，径直将车开到绕城公路上，然后从绕城公路下来，到了南城城边通往青龙山公墓的岔道边，张岚文、郑萍、金蓉和罗丹梅等几位姐姐已经在那儿等着了。路边有几家专门卖祭奠用品的商店，花圈、鞭炮、香蜡纸烛以及各种纸扎。张岚文怀里抱了一把白菊花，郑萍手里拿的是一束白百合，金蓉捧着几枝白玫瑰，罗丹梅拿的则是马蹄莲。乔燕一见几个姐姐手里那些洁白的花朵，一种悲伤的气息突然扑面而来，鼻子里发起酸来。她急忙跳下车，对几位姐姐说："对不起，姐姐们，我不是故意的，真的忘了！"金蓉说："还好意思说，那天你表态最快，怎么一回去就忘了？今天一定惩罚你！"乔燕忙说："我认罚，请姐姐们高抬贵手！"说得大家笑了起来。张岚文说："我们都买了花，丹梅也帮你买了几枝马蹄莲……"乔燕忙说："花我已经有了。"一边说，一边打开车后盖，拿出花来。罗丹梅忙道："那我就帮你白买了哟？"乔燕道："怎么会白买？等会儿我就告诉小莉姐说，丹梅给你献的花是双份，你可要保佑她升官发财哟！"金蓉道："还贫什么嘴？你也去买对香蜡，我们就走吧！"乔燕买好一对香、一对蜡，然后大家便骑上车，朝墓园去了。

几个人在墓园外边下了车，从水泥小道走进去，找到了周小莉的墓。去年安葬周小莉时，周小莉的墓还在墓园边上，可才一年时间，新增的墓就把周小莉的墓围在中间了。墓园里十分安静，连一只鸟叫的声音都没有，静得像是世界也死了一样。安葬周小莉的时候，几个姐姐没让乔燕来，现在乔燕朝墓园一看，只看见一片密密麻麻的墓碑，星罗棋布一般。她的眼睛一落到墓碑上周小莉那张青春洋溢的笑脸上，泪水便滚落了下来。她急忙放下手里的鲜花，从包里掏出几张纸巾，轻轻地擦起周小莉的遗像来。擦着擦着，更是泪如泉涌。张岚文看见了，便说："燕儿，你干什么？快来点香蜡吧！"她听了这话，擦了擦眼泪，突然有些愤愤地对张岚文说："大姐，小莉姐不是烈士吗？今天是她的周年忌日，可你看看她的坟前，就这么一小堆纸灰和两支没燃完的蜡烛，显然是小莉姐的家人前两天来给她烧的，可其他人呢，为什么就没有人来祭祀她？"郑萍也道："要不是我们几姐妹来，小莉妹妹今天连鲜花都得不到一朵……"

张岚文听了对大家说："好了，我们姐妹来了，就尽到了朋友一场的心意！我们只有这点力量，管不到别人。都不说什么了，来点香烛吧！"听了这话，几姐妹才转过身去，先把各自带来的鲜花摆在墓碑前，又点燃香蜡，插在墓前。张岚文对大家说："从我开始，我们每个人都来对小莉说句话吧！"说完，双手合十，对着小莉的遗像深深鞠了一躬，道，"小莉，姐妹们今天来看你了！"又说，"现在该郑萍了。"郑萍走上去，也学着张岚文的样，将两只手掌合拢，鞠了一躬道："小莉，我告诉你一个好消息，你生前日夜牵挂并为之呼吁奔走的乌龙河大桥，终于建起来了，你就在天堂安息吧……"金蓉也上去鞠躬道："小莉，自从你离开我们后，我好几次梦见你，你是我最好的朋友，所以你给我托梦！我永远不会忘记你……"说着哽咽了起来。罗丹梅上去说："小莉姐姐，我告诉你，亚琳妹妹当记者了，她给你写了一篇很好的文章。再有一年，我们的扶贫任务就满了，回到城里，我会经常来看你！"最后才是乔燕，她走上去对周小莉的墓碑毕恭毕敬地鞠了一躬，眼睛落到周小莉的遗像上，然后才说："小莉姐姐，我告诉你，你走的时候，我的小宝宝还没出世，可现在快要走路了，真是一个小天使，可爱极了！作为女人，你还没来得及体会到做母亲的幸福就走了，太、太可惜了……"说到这儿突然"哇"的一声就放声大哭了起来，慌得其他几个人急忙去扶住了她。等乔燕哭声小了一些后，张岚文对大家说："来，我们再一起给小莉鞠个躬吧！"姐妹几人听了这话，站成一排，互相拉了手，朝周小莉的墓碑又鞠了三个躬，方才含着眼泪走出了墓园。

一路无语，几个人都似乎还没从悲伤中回过来，直到进城了，乔燕才忽然对大家说："姐姐们，都不要走了，我请客！"张岚文、郑萍、金蓉和罗丹梅都问："真请还是假请？"乔燕道："我来的时候，已经叫张健去临江楼把房间都订好了！

我今天来晚了，心甘情愿认罚呢！"金蓉见她认了真，便道："我们是开玩笑的，哪个就要你请客了？"乔燕却板起了脸，道："你们哪个不去，我就和你们割袍断义！我们姐妹好久都没在一起交流过了，大家不是说好的，要经常切磋交流的吗？"张岚文见乔燕一副真心的样子，便道："好吧，燕儿前次土城坝回来就要招待大家，既然她有这个心，我们就恭敬不如从命吧！"说完，一行人朝滨河路去了。

到了滨河路，几个人找地方停了车，步行到了临江楼。一进"555"包间，一个服务员便拿了本子和笔进来问："几个人？"乔燕没等张岚文、郑萍、金蓉和罗丹梅回答，便以主人的身份说道："六个！"罗丹梅听了这话，立即不解地对乔燕问："不是只有我们五个吗，怎么变成六个了？"金蓉马上道："肯定是她老公张大队长等会儿要来为我们女士保驾护航呗……"郑萍没等金蓉说完，便叫了起来："那不行，今天只是我们姐妹聚会，男人一概走开！"乔燕听了她们这话，道："你们忘了乡下给亡人献饭的风俗？四月清明七月半，腊月三十吃年饭，不是家家户户都要给死去的亲人祭献酒饭吗？这也是一种祭奠呢！今天是小莉姐姐周年忌日，我们姐妹在这儿团聚，也得给她摆副碗筷，留个位置……"众人都明白了，便道："那是应该的，亏燕儿想到了……"

说着，服务员便捧了六副碗筷来摆在桌上。乔燕点了菜，又问大家喝什么酒。郑萍、金蓉和罗丹梅还没答话，张岚文便急忙说："我有高血压，不喝酒！"说完又像突然想起什么似的，叫道："哎呀，我今早上又忘了吃降压药！"乔燕忙关心地问："大姐的血压现在有多高？"张岚文道："没个准，有时候高，有时候又正常。在单位上班时，每天都能按时吃药，血压控制得好。可是这一下乡，遇到事情一忙，常常忘了吃药，血压就又升上去了！"乔燕想了一想便说："今天姐妹难得相聚，还是要喝点酒！"说完便对服务员说，"那就给我们来瓶长城干红吧，葡萄酒是软化血管的！"服务员在本子上记下后，便转身去了。

没一时，酒菜上了桌。乔燕拿过一只高脚杯，往杯里倒了半杯酒，又拿过一只碗，将桌上的菜，每一样都拈了一筷在碗里，然后看着张岚文、郑萍、金蓉和罗丹梅问："去年那次姐妹聚会，小莉姐姐是坐在哪个位置的？"罗丹梅道："上次她是挨着我坐的，就是我身边这个位置。"乔燕道："那她今天还是坐你身边吧……"说完把刚才盛菜的碗毕恭毕敬地端过去，将酒杯也放过去，将筷子端端正正地插在碗里，这才给张岚文、郑萍、金蓉和罗丹梅杯子里斟上酒，端起来对她们说："各位姐姐，感谢你们这两年对燕儿的帮助，也感谢几位姐姐前次到土城坝考察为我两肋插刀！还有小莉姐姐，去年你和几个姐姐在这屋子里给我摆的吃荷包蛋的龙门阵，我都记得呢……"

张岚文见乔燕说到这儿，大家脸上的神情又有些悲伤起来，便对乔燕说："我提议今天不要再提小莉了！她虽然也是我们的好姐妹，但我们为她把该流的泪也流了，该献的花也献了，现在她又坐在我们中间，她自己该吃的吃，该喝的喝，我们不管她了，自己也要高兴一点，好不好？"郑萍和罗丹梅也马上说："就是，燕儿刚才说到去年的事，我们心里又不好受起来……"金蓉便警告说："谁再提小莉，就罚她的酒！"乔燕听了这话，立即说："好，我不提小莉姐姐了，这杯酒我就敬几个在座的姐姐！"说着，将杯子里的酒一饮而尽，然后又斟了一杯，"这第二杯酒，我再邀请各位姐姐饭后到茶坊里喝茶，我们好好畅谈畅谈这段日子的工作……"

几个女人一边吃菜，一边喝酒，大家叽叽喳喳，话多了起来。乔燕看着张岚文问："大姐，你们村上那个杨英姿的养鸡场关了，现在他们在干什么？"张岚文一听这话，脸上的神情凝重起来，道："还能干什么？三十六计走为上呀！"乔燕又忙问："往哪儿走？"张岚文道："从哪儿来，到哪儿去呗！"乔燕有些明白了，道："回娘屋了？"张岚文道："不回娘屋怎么办？本来她父母看见我们这边条件好起来了，英姿又办起了养鸡场，家里日子也有了奔头，心里就彻底原谅了英姿。没想到这下子又把她的养鸡场给关了。你说像他们这样一家人，断了生路，还靠什么活？他父亲就来把英姿给接走了……"乔燕没听完，着急地问："她是一个人走的，还是一家都走了？"张岚文道："他们那么大一家人都到山东去，又靠什么来维持生活？就是她和她儿子两个人被英姿父亲接走了，儿子接去，听说是英姿的父亲给他眼睛安装晶片。"乔燕马上又问："那她丈夫和公公婆婆怎么办？英姿和她丈夫会不会离婚？"张岚文道："我怎么知道？英姿走的时候倒是给我说，她不会和贺坤离婚，可人都天各一方了，谁说得清楚呢？"

说完，张岚文回头看着金蓉说："你们村那个余文化呢，猪场关闭了又在干什么？"金蓉一张笑脸突然挤成了苦相，道："儿子又出去打工了，家里就剩下他们两口子，成天都来找我要事情干呢。可我又没有孙悟空那样的本事，也变不出什么项目来，有什么法呢？"罗丹梅见她们又说起了沉重的话题，便道："刚才大姐才说了，今天我们要高兴一些，你们怎么说着说着，又苦起一副面孔来了？求求你们了，吃饭不谈工作行不行？"乔燕问："那谈什么？"罗丹梅道："要谈也谈点正能量的嘛，比如我们村上有个在外发了财的老板，回来又是给家乡修路，又是发展产业带动贫困户增收致富，人家那才是感动中国的人物嘛……"乔燕一听，马上道："你吹什么牛？随便什么人都配称感动中国，那还数得过来？"罗丹梅说："够不上感动中国，最低也够得上感动我们黄泥村了！"乔燕马上道："那好，你就快给我们讲讲，看他不能感动我们！"罗丹梅想了想却道："我才不上你的当呢！你是想叫我光摆龙门阵，忘了吃菜，好替你节约。我今天偏要把肚皮装满了，才慢慢给你道来！"乔燕听后道："那好，你等会儿不讲，我可不会饶你！"郑萍、金蓉也帮着乔燕说："就是，她等会儿不讲，我们帮你收拾她！"

第十四章

　　吃过饭，服务员刚来把碗筷收走，乔燕便问张岚文："大姐，你是不是很忙？"张岚文问："怎么了？"乔燕道："我们要听丹梅讲故事，如果你有事，我们不留你……"没等乔燕说完，张岚文便道："事肯定有，不过既然姐妹难得相聚一次，我就多陪大家一会儿吧！"乔燕便叫服务员给每人泡了一杯铁观音来。服务员端来茶后，乔燕便像等不及似的，要罗丹梅讲他们村上那个老板的故事。罗丹梅却道："我是喝醉了，哄你们的……"乔燕立即过去抓住罗丹梅的胳膊，去挠她的胳肢窝，嘴里说道："你讲不讲？你讲不讲……"一边说，一边又对郑萍、金蓉道："你们还不过来收拾她？"罗丹梅痒不过，便求饶道："我讲，我讲还不行吗？"乔燕这才放过了她。

　　罗丹梅理了理被乔燕弄皱了的衣服，在椅子上坐直了，这才对大家郑重地说："我真没有哄你们，我们村真有这样一个人，我一说他的名字，大姐可能知道！他姓蒲名毅，县上恒瑞建筑有限责任公司和华宸劳务建筑有限责任公司的老板……"张岚文道："是他？我过去做过他的节目，不过自从我到村上做第一书记后，就没见过他了！没想到他是你们黄泥村人。或者他给我说过，我给忘了！"罗丹梅说："可不就是我们村的人！大姐，他真可以说得上是一个有社会责任感的老板。这两年，他积极投身黄泥村的脱贫攻坚行动，已经投资了近千万元，修通了从我们黄泥村到乡政府宽八米、长三公里的基础路面，又修建了从黄泥村到渡水场六米宽、三公里长的村道公路，不但解决了我们村群众出行难的问题，还方便了天平寺、高家坝等村群众的出行。过去制约我们黄泥村发展的主要因素就是交通。现在交通瓶颈打开后，我们村已经办起了健之源生态家庭农场。现在，蒲老板正在依托健之源生态家庭农场，开发我们村渡水河的旅游资源和成立林业专业合作社，要把我们黄泥村打造成集旅游、生态健康养老、名贵花木种植、畜禽养殖加工销售为一体的现代农庄……"

罗丹梅说到这儿，郑萍忽然打断她问："又是开发旅游，又是生态健康养老，又是名贵花木种植，还有什么畜禽养殖加工，这需要多少钱？"罗丹梅道："蒲老板计划投资两个亿，现在已经在规划了……"金蓉也道："两个亿，看你把天吹破了怎么办？"罗丹梅急忙道："我可一点没吹，我刚才不是说了，他可是两个房地产公司的老板呢！你们可知道，这些年最赚钱的是什么行业，就是房地产了……"张岚文听到这儿，也道："这个人我倒是知道一些，我做第一书记前，还曾经做过他一期节目，报道的是他扶贫先扶智、培养和增强贫困家庭脱贫致富的自我造血能力。他捐款捐物资助贫困家庭的学生重新走进校园的具体数字我记不得了，但他将上千名贫困家庭的农民工安置在自己的建筑工地务工，让他们既挣到钱，又学到建筑技术的事，我十分感动。我本来还想再做一期节目，专门去采访一些在他工地上学到技术的农民工，一是觉得这是一个好的新闻点子，二也想验证一下他说的是不是真的，但一下乡，这事情便没有机会做了。"罗丹梅马上问："怎么没机会做？"张岚文道："村上的事情就忙得我焦头烂额，哪还有心去管单位的事？单位的事他们自然知道该怎么做。"乔燕却惦记着罗丹梅的故事，马上把话题转移过去，说："你快给我们讲讲那个蒲老板为什么要花那么多钱给家乡修路？树有根，水有源，一个人做好事也绝不会是无缘无故的，就是比尔·盖茨做好事，也有一定原因……"听到这里，郑萍、金蓉也说："就是，无缘无故做好事，那只能说明他思想觉悟高。可思想觉悟高，也不是无缘无故就高呀！你可要把中间过筋过脉的地方都给我们讲清楚了，我们才相信！"说完全都望着罗丹梅。

罗丹梅听了她们的话，想了想才说："我也不是十分了解他，只不过这两年到了村上，听村上大人小孩都不断说起他，又和他见过几次面，断断续续听他讲过一些在外面闯荡的故事，全面了解说不上，只能说多少知道一些他的经历……"听到这儿，乔燕迫不及待地催罗丹梅道："你可别卖关子了，就把他的经历讲给我们听听都行！"罗丹梅听了便道："你们可别催我，听我慢慢道来！这个蒲老板小名叫毅娃儿，毅娃儿1985年高中毕业回到黄泥村，那时候打工潮还没兴起，村民就选他做了村民组长……"听到这里，大家吃了一惊，看着罗丹梅道："他真的当过村民组长呀？"

罗丹梅没接她们的话，继续说："你们不要打岔！你们问他为什么要帮助家乡修路，我就从黄泥村的路说起。各位请看黄泥村是个什么状况。"说着，她用手指在桌子上画了起来，一边画一边讲，"本来302省道离黄泥村并不远，但中间隔了一条将近一百米深的峡谷，就是这个峡谷把黄泥村的交通给截断了。过去黄泥村人要进个县城，首先就要从这儿——这儿叫星火镇，再绕到这儿——这儿叫杨树乡，然后才能到达县城，你们看绕了多大一个圈。村民赶场，都是赶兴胜。兴胜是区公所所在地，不但场大一些，离黄泥村还要近一点儿。所以村民买化肥什么的，都是到兴胜供销社买，然后找个车拉到黄泥村的河对面，然后村民再到河对面去把东西背回来。背一次要多长时间呢？整整一上午！1982年蒲老板初中毕业，第一次参加劳动是到河对面背化肥。蒲老板那时年纪不大，加上体质从小就弱，又没有参加过农业劳动。化肥八十斤一袋，他背不起，他妈就帮他分了一些。头一次背东西，只觉得那个背带直往肉里钻。路又窄又陡，最后上他家里那个路，只有十二三厘米宽，得用两只手紧紧抓住里边的石壁，才有办法走，那真是手脚并用，像是在爬，而且背上还背了几十斤的东西。蒲老板的父母非常爱护他，一路走，一路不断嘱咐他：'娃儿，慢点，脚踩稳，两只手紧紧抓住崖壁上面的石窝，摔下去就没命了！'把化肥背回家里，脱了衣服一看，肩膀上是两条深深的血印子……"

听到这里，乔燕想起刚到贺家湾不久，她到郑家塝入户调查时帮罗婆婆背洋芋的事。可当时她走的是平路，路也不太长，蒲老板却是背着化肥爬山，而且路只有十二三厘米宽，背的时间又那么长，那种痛苦她是能够深深理解的。于是马上问："后来呢？"

罗丹梅顿了一下，才道："第二件事是1986年，蒲老板的父亲突然病了，要找人来把他背到下面宽敞的地方，然后再用人抬。那时蒲老板虽然有二十岁了，但体重还不到八十斤，他背不动，就找了七个人轮流背，背到对面公路上，然后抬到了兴胜区医院。但他父亲还是没有抢救过来，永远离开了他们。他父亲得的什么病呢？肠梗阻！现在看起来，这是一个非常小的毛病，但他父亲就死在一个时间差上。要是像现在，一辆车就拉到县医院，蒲老板的父亲还会死吗？"

说到这儿，罗丹梅朝其他人看了一眼，见她们眼光都落到自己脸上，听得十分认真的样子，便接着说了起来："这两件事情深深地刺激了蒲老板，年轻人又容易冲动，望着大山，他就想出去闯荡。闯失败了，大不了像留在黄泥村一样受穷，要是闯成功了，就是他的运气！于是那年他辞去了村民组长的职务，到县城来闯荡了！"

罗丹梅停了停，然后接着道："上面两个故事是村里老人给我讲的，下面的故事是蒲老板断断续续给我讲的。蒲老板说他出来先在建筑工地做小工，然后开始跟师傅学砌砖。他毕竟是20世纪80年代初期毕业的高中生，在跟他师傅学泥水工那班人里面，他是文化程度最高的。他又喜欢看建筑方面的书，还喜欢做一些设计方面的笔记。2000年的时候，他参加建筑工程师资格考试，拿到了本本。那时县城的房地产业已经兴起，私人建筑公司有三四家，他们没这方面的人才，便把他请去。慢慢地，他在建筑界有了一定名气，后来经过摸爬滚打，就弄了现在这么两个建筑公司出来！"

罗丹梅讲到这里，停了下来。乔燕、郑萍和金蓉见她很久没说话，忍不住问："怎么不讲了？"罗丹梅摊了摊手，道："完了！"乔燕有些不相信地道："就这么完了？"罗丹梅道："我就知道这些了，你们如果还想知道他是怎么修路的，又为什么要回家办现代农场，就只有问他了！"乔燕道："他又没有在这里，我们怎么问他？"罗丹梅道："我可以打电话问问他在不在城里。如果在，我叫他来一趟，就说大姐要采访他……"张岚文刚要阻止，乔燕、郑萍、金蓉一听，巴不得马上就能见到这个神秘的大富翁，便一齐怂恿道："你打，你打！"

罗丹梅掏出手机，电话接通以后，只听罗丹梅对着电话说："蒲总，你在城里呀，那太好了！是这样的，我们县电视台总编室张主任……哪个张主任，你忘了，张岚文主任呀，人家过去还给你做过节目，你真是贵人多忘事呀！对，她想采访你，如果你有时间，马上到临江楼555房间来！你跟张主任说两句？好的……"说着，就把手机交给了张岚文，又使劲地对她眨起眼睛来。张岚文没法，只得接过手机，道："蒲总，你好！对不起，好久没见面了！是，我想了解一下你这两年的情况，准备到时再做一期节目。对，临江楼555房间，好，我们等你！"说罢挂掉了电话，才对罗丹梅埋怨地道，"你个狗东西，把我牵出来做什么？"罗丹梅嘻嘻地笑道："大姐是尊大菩萨，不把你抬出来，人家怎么会答应得这么爽快？"乔燕也说："幸好刚才没让大姐走，大姐面子大，以后我们有什么事，也把大姐给抬出来！"郑萍、金蓉道："对，'有风吹大坡，有事问大哥'，大姐以后就是我们的一张金字招牌！"张岚文听了道："我要是真成了金字招牌，你们一个个还不上天？"说得郑萍、乔燕、金蓉都笑了。

趁着等蒲老板的当儿，乔燕想起刚才张岚文一句话，于是好奇地问："大姐，你刚才说村上的事把你忙得焦头烂额，是什么样的事让你忙成那样？"张岚文马上回答道:"是你们那里都不会遇到的事……"乔燕、郑萍、金蓉和罗丹梅都睁大了眼睛,看着张岚文齐声问道:"大姐,什么事我们不会遇到?"张岚文道:"找水,人畜吃的水,你们那儿能遇到吗?"乔燕立即不相信地问:"找水?"张岚文说:"是呀!你们上次来不是都看见了?我们那儿整个都是喀斯特地貌,地面存不住水,所以那么好的坝子都只能种洋芋和玉米!我不是给你们讲过吗,就是我们山下沟里,老百姓吃水都非常困难,有时要到十几里甚至几十里路外去背!后来建易地扶贫集中安置点,我们和乡政府协商,将乡上供销社原来几十亩多种经营基地拿了过来,让全村六十多户贫困户搬到那儿。我们在旁边还开垦了将近三百亩土地,供贫困户种植洋芋和玉米。可我们当时疏忽了,没有找地质和水利专家来考察和论证那儿的水源,加上我们想那儿离乡政府只有三里远,实在没水,也可以从乡政府接自来水过来。可令我们没想到的是,现在六十多户贫困户全部入住了,却严重缺水。原指望从乡政府接水也不现实,因为乡政府的水本身就不够用。现在水管是从乡政府接通了,可没有多少水供应我们……"

听到这儿,乔燕着急地问:"那现在怎么办?"张岚文说:"你们说人哪一天离得开水?所以这段日子,我急得血压都嗖嗖地直往上升!现在一是靠乡政府每天挤点水供应我们;二是由乡政府和村上共同从城里找了一辆洒水车,每天从邻近的乌木乡拉一车水来,每户接上一两桶,大家都节约用,早上洗脸的水要放到晚上洗脚,晚上洗了脚的水再用来拖地,至于庄稼,只有靠老天爷了……"金蓉听到这里,便把眉头皱紧了,道:"大姐,真难为你了,这确实是我们都不会遇到的事儿!"乔燕又道:"大姐,那水源找着没有?"张岚文道:"有那么容易找着,我也不会这么愁了。现在还在找呢……"听到这里,罗丹梅马上高兴地叫了起来:"有了,大姐,蒲老板虽然是房地产老板,可他生意做得很杂,这几年乡下打压井的人多,他在恒瑞建筑有限责任公司里,专门设了一个给乡下人找井、打井的专业队伍,你叫他帮你找一找!"张岚文听完道:"我们已经找过好几家专业队伍,都是无功而返……"罗丹梅说:"那不一定,什么都讲缘分,你等会儿给他说说,说不定就成功了呢……"

正说着,蒲老板来了。乔燕一看,这蒲总瘦高身材,年纪在五十岁上下,穿一件英式一字领、长翻边袖和明扣开襟的浅蓝色衬衣,这衬衣外表看并不怎么奢华,可光泽自然,做工考究,便知价格不会低。下身是一条印花青色休闲裤,脚着一双黑色纳帕羔羊皮乐福鞋。一副温文尔雅的样子。他一见张岚文和罗丹梅,便道:"你们怎么不找个茶室喝茶?"罗丹梅立即道:"茶室都成麻将室了,这儿喝茶还清静！"他听了，没说什么，先过去和张岚文握了手，道："张主任，好久不见，你这两年到哪儿去了？"张岚文道："下乡扶贫，你还不知道吗？"蒲总道："怪不得，我说这两年怎么没见你呀。"张岚文忙把乔燕、郑萍和金蓉对蒲总介绍了，蒲总嘴里一边说着"久仰"，一边过来和她们握了手。罗丹梅又叫服务员泡了一杯竹叶青来。乔燕问："蒲总，你认识三鑫房地产公司的贺兴仁董事长吗？"蒲老板道："你问他干什么？"乔燕道："他就是我们贺家湾的人。"蒲老板拖长声音"哦"了一声，然后才道："原来是这么回事。"乔燕听出蒲老板口气有些冷淡，便又问："你认为这个人怎么样？"蒲老板立即说："对不起，乔书记，我们同行之间不做评价！"

乔燕听了蒲老板这话，立即住了口。这时罗丹梅对蒲老板说："蒲总，我们张大姐虽然下乡做了第一书记，可她一直记着你。刚才我们吃饭时，她听说你是黄泥村人，无偿给家乡修了那么多路，现在又决心将黄泥村打造成集旅游、生态健康养老、名贵花木种植、畜禽养殖加工销售为一体的现代农庄，非常感动，觉得这是大手笔，决定采访你。蒲总你给张主任说说吧！"说完便看着张岚文。张岚文一副被逼上梁山的样子，道："是的，刚才丹梅给我们介绍你在脱贫攻坚中为家乡修路和发展产业的事迹，这是很好的新闻素材，便决定找你谈谈。我们虽然见过几次面，也做过你几期节目，但都是就事论事。现在我想请你重点谈一谈是如何做出给家乡修路和发展产业这个决定的？说心里话，不要说假话、空话，到时候做节目，我知道怎么取舍，你尽管放心好了！"

蒲总听张岚文说完，道："张主任，我们都是老朋友了，难道还会不放心你？你既然想知道，我就把修路的事都一五一十地告诉你。至于发展产业，现在还只是在做规划，也没什么谈的，我就只着重说修路吧！"张岚文说："也行，以后我们会跟进你的事业的！"

蒲老板又朝大家看了一眼，讲了起来："不瞒大家说，在黄泥村修路，我从2000年后便开始了。为什么从那时候就开始了呢？一是到2000年，我荷包里有了点'子弹'。那时不比现在，荷包里有了那么两三百万，便觉得是有钱了！二是那时人年轻，还有点虚荣心，心想，赚了钱不为家乡做点事，谁知道你有钱？中国自古以来都有造福乡梓的传统，你在外面发达了，不忘众乡亲，回家乡修桥补路建学堂，青史留名，这就是光宗耀祖嘛！这么一想便蚂蚁背田螺——假充起大头鬼来，做出了回老家把公路修通的决定。当时做梦都在想，如果我回去把路修通了，把那公路就命名为'蒲毅路'，不说留名青史，起码这一代人都知道这路是蒲毅修的，一辈传一辈，我蒲毅从嘴里出口气，也会像是龙王爷打呵欠——全是神气，是不是？不怕张主任和几位书记笑话，这想法你肯定不能用到节目里去，但我当时真是这样想的，我说的全是实话！

"想是这么想了，但那个时候我也不敢有太大的动作。我找村上商量，我说村上出劳力，我出炸药、雷管，我们联合起来把路修通！村上几个干部一听，脸上笑得像开了花，立即点头答应。我见他们答应得十分爽快，也很高兴，但我又提醒了他们一句：'劳力我不得给钱哟！'村上干部说：'我们晓得，你放心，要走好路，大家出点力也是应该的嘛！'我听了这话，也真的放心了。回到县城后，我就去相关部门办手续，买了五吨炸药，一万四千发雷管，花了四万五千多块钱。

"然后就开始修路了。

"原来计划的是用这五吨炸药，把村上到星火镇的路连通。结果他们炸了多长呢？你们一定猜不到。炸了不到一百米！就修了这么短一段路，村上就说炸药用完了，这路也没法修了，你说气人不气人？还不包括劳动力，我四万五千多块修了一百米路，你说一米路加上劳动力，花了多少钱？但他们说炸药没有了，我也没法。后来有村民悄悄告诉我，说村干部把炸药偷偷卖了！村民叫我去查，可他们又提供不出真凭实据。即使提供得出证据，罗丹梅书记是知道的，黄泥村大多数人都姓蒲，当时的支部书记和村主任都是我的两个老辈子，即使我查出来了，又能拿他们怎么办？罢罢罢，就当做生意亏了那样想！

"修了一百米路，摆了一个大豁口子在那儿，看起来怪眉怪眼的，像是给我留的一个耻辱在那里一样。我有些不甘心，第二年，具体日期我记得好像是2001年底的时候，那时我已经有些信不过村上的干部了，心想，村上你几爷子整我的冤枉，我惹不起还躲不起你们？于是我找到我们组的组长说：'我把钱给你们，你们去弄！'组长也答应了，于是当时我给了他们几万块钱，让他们自己去买炸药和组织劳动力修。这一次，他们又只修了六十米长的样子，又对我说钱用完了。这次我不责怪组长，因为当时滑坡。我们那个山崖炸了以后，土和石头被炸松了，它要往下滑。

"修了这么一段，又没有钱了，我还是不甘心。2003年，我就派我手下的一个施工员去给我修。这个施工员也是黄泥村的人，而且和我老屋只隔了两道田坎，基本上算是一个院子的人。我交给他十万块钱，对他说：'你亲自回去修，我不信就把这段路修不通！'他就回去组织劳动力修了。这一次，他确实把路修到我们住的老房子那儿了,但前面一寸还没有修,又说钱不够了。我回去看了这个工程量,无论如何我这十万块钱他没有花完。我喊他给我报个一二三来。他报来报去,都没法把这十万块凑齐,差了一大截。最后他实在没办法了,便说这个土地是他的,他不同意往前修了!这事又搁下来了。

"整了个烂尾工程在那儿,实在不像样。到了2006年,我找到我们村民小组上面那个组的组长,这个组长是过去一个老队长。我对他说:'我出钱和派施工员来放炮,你们组织劳动力,把公路修到你们组上来。'老队长当然求之不得,我马上派另一个施工员,既负责放炮,又负责施工,当然也还有监督的意思在内。这次不错,一共修了1.5公里上来,我的铲车能够上去了。修了这么一段后,工程又停下来了,原因是后面的工程量更大,施工更难。

"这一停就停到2013年的冬天,我只要一想起这条没修通的路,脸上就发烧。所以这年冬天,我亲自带了工程技术人员回去考察。工程技术人员一看,也对我说:'蒲总,这个路太陡了,工程量太大,修不上去!'我一听有些火了,怎么说我也搞了十多年的工程,关于这个线路问题我起码还是知道一些的!最后我说:'哪怕我蒲毅倾家荡产,也一定要把这条路修通!'最后我决定自己回家来修,而且立下誓言,不修通黄泥村的公路,誓不为人!我带来的工程人员听了我这话,便不吭声了。我这次真的是豁出去了,怎么说呢,人争一口气,佛争一炷香,是不是?

"2013年过年前,大约是农历腊月下旬,我回到黄泥村,和村民代表与村两委干部共同召开了一个会议。会上我提出路由我回来修,需要占用的土地包括荒山,村委会自己协调,我不出一分土地费,但村民投工投劳,我付工资。过去我是不付工资的,但我知道中国的老百姓讲究实际,你不给他工资,即使是他自己的事,他也没有积极性。再说,都是乡里乡亲,肥水也没流外人田,所以我做出了这样一个决定。

"那天开会,本来只有二十多个人参加,但村民爱凑热闹,我们这儿开会,那边可能聚焦了二百多人旁听。一听我付工资,村民高兴了,都叫:'好!好!欢迎!欢迎!'就这样,我和村委会达成了一个修路的协议。

"协议达成了,可真的动工起来,才知道艰难。公路接口处就是一个硬骨头:下面是一条河,路在二十米高的山崖上,原来已经炸出了一百米长的毛坯,但很窄,小车可以擦着崖壁通过,大车休想通过,现在我得把它炸宽,否则大机械过不去,前面的路就没法修。我把这二十多米的山崖一炸,就把下面这条河全部堵断了。但不炸不行，非炸不可。我们是2月17日开工，我前面有一台挖土机、两台汽车、一台铲车，先给我炸了。就这一百米，就弄了两个月，花了八十多万。炸通了以后，还得把河里面的石头、泥土等全部拉走，要不然雨水一来，形成一个堰塞湖会十分危险。

"把这一段炸通以后。我们继续往前修。当时投入的机械，挖土机有八台、铲车两台、运土车十多台。而且都是大型机械，譬如挖土机全是225、250、270、360型的。你们没有到我们那个山上去，只有罗丹梅书记知道，今后有时间了，欢迎张主任和几位书记到我们村上看看，我负责接待你们！我们那儿全是很陡的山，如果你把崖炸了，下面唯一的几块田就全部堆满了石头和泥土，或者边上有房子的，你把人家的房子都堆了，人家还住不住人？我们只好一边炸，一边拉。拉去干什么？拉去填湾、补缺。现在我这个康养园前面是一个大湾，剩余的泥土我就填在那里的。因为这里的土地是和我同院子一个小伙子的，我也有一部分，堆到这里没有人来阻拦我们。

"路修到接近一半的时候，这个土倒多了，就是说这个湾里面倒了很多土，如果下雨一滑坡，就会把下面的河堵断。于是我一边修路，一边在这里打抗滑桩。抗滑桩打起来后这个坝子就大了。一些朋友就对我说：'蒲总，这么大一个坝子你不利用起来太可惜了！路现在你也修通了，这里离城只有十公里路程，空气又好，远离喧嚣，你在这里搞一个康养中心，多好呢！'我一听这话，确实可以，心想：'康养中心搞起来后，里面要种花种草，要有人服务，不是又可以造福家乡的父老乡亲吗？'于是我又动了这个念头，才开始修路的时候，是没有这个想法的。我说的是老实话！青山绿水就是金山银山，但我说句心里话，真正有青山绿水的地方，往往又是落后的地方，像我们黄泥村一样，因为公路不通，没有遭到任何现代工业的破坏，所以青山依旧绿，绿水依旧亮。但这样的青山绿水如果不开发，又怎么能变成金山银山？房地产行业现在已露出了颓败之势，如果这里能搞一个康养中心，再集旅游、养老、名贵花木种植、畜禽养殖加工销售为一体，肯定能赚到钱。我是生意人，能赚钱的事，我当然愿意做。

"从2014年2月17日开始，到2014年9月，花了七个多月时间，我们终于修通了到星火镇的3.26公里路。公路宽8米，纵横向水沟畅通。我的排水系统是可以让人进去清理的，因为我们要穿几个沟嘛，有滑坡。滑坡的地方打抗滑墙，抗滑墙深度有接近十七八米的，底坝有六米宽。公路通了过后，我的家乡便结束了祖祖辈辈肩挑背磨的历史，村民们那个高兴呀，就不用说了！就是我，说实话，想起我从 2000 年就开始给家乡修路，坚持了十五年，中间几起几落，但我一直没有放弃，终于为家乡实实在在办了一件好事。为这条路我一共花了多少钱？一共是八百四十六万，每笔开支都有据可查，八百四十六万！还不包括第二年我又花了四十多万，将路面全部硬化了。2015 年我看到下面村民吃水有问题，就又在半山腰修了一个二百八十多立方米的安全饮水池。

"这就是我修路的故事。上级领导对我说，为了展示这轮脱贫攻坚的成就，就说这路是在脱贫攻坚中修的。我一想，这么说也没错，因为这条路主要还是在 2014 年、2015 年这两年中完成的，归功到脱贫攻坚也是中秋节的月亮——正大光明，你们说是不是？"

说完，蒲总笑了起来。张岚文知道他讲完了，便道："我是第一次听到你修路的故事，真可以写一部情节曲折动人的长篇小说了。可惜我不是作家，要是作家，一定写出来，说不定还要得个什么奖呢！"金蓉说："编成电视剧就更精彩了！"郑萍道："给亚琳说说，叫亚琳这个大记者回来写一写！"乔燕道："蒲总，你十五年坚持为家乡修一条路，真的可以评为感动中国的人物了！"说完又问，"哎，蒲总，那条公路现在是不是命名为'蒲毅路'了？"蒲总听了这话，露出了不好意思的微笑，道："哪能呢？那都是年轻时候幼稚的想法！现在别说用自己名字命名，就是光宗耀祖的想法都没有了，只想踏踏实实做点事，不枉活了一辈子！"张岚文听了马上说："不去追求什么虚名，把自己的事业真实地写在大地上，就是最难的！"

蒲总听了这话，像是对张岚文的话表示赞成似的，马上发出了热情的邀请，道："等康养中心建成后，我来请张主任和几位书记到村上住几天，体验一下，也给我提出宝贵意见！"说完转头对罗丹梅说，"这事就交给小罗书记！"罗丹梅立即道："没有问题，蒲总！"说完看了看张岚文，又对蒲总说，"蒲总，张主任还有一件事情，不知你肯不肯帮忙？"蒲总立即问："什么事？"罗丹梅便把张岚文刚才说的找水的事，对蒲总说了一遍。蒲总一听，便道："这有什么难的？"张岚文急忙道："蒲总不知，我们那儿地形太复杂了……"蒲总没等她说完，便看着张岚文问："再复杂，我问张主任一个简单的问题，那天上下的雨到哪儿去了？"张岚文不明白他的意思，老老实实道："渗地下去了呗！"蒲总道："这就对了，只要它没有化成空气飞了，我们就能把它找出来！你想想，那么大的山，那雨水渗到地下，不会是一小股一小股，一定会在地下形成一条大河，不会在别的地方！我们找水队无论是找水方案还是打水设备，都是国内最先进的，人员技术也是过硬的，我派他们来帮你们找，无论找多久，直到把水找到，我不要你们的钱……"

张岚文马上跳起来抓住了蒲总的手，连声道："谢谢，我代表天盆乡全乡人民谢谢蒲总了！"郑萍、金蓉和罗丹梅在一旁也为张岚文高兴，拍着手道："大姐今天可遇到贵人了！"乔燕道："蒲总真是乐善好施，可不可以也帮我们一下？"蒲总听了忙正经地问："你们村上也缺水？"乔燕道："我们村上水不缺，可缺金子，蒲总能不能给我们找几砣金子出来？"一句话说得大家都笑了。蒲总也跟着笑，笑完，过来和她们一一握手，然后离开了。

蒲总一走，乔燕忽然叹了一口气，张岚文忙问："你叹什么气呀？"乔燕道："真是人与人不同，花有几样红，同样的老板，像蒲总这样的老板，十多年如一日，坚持为家乡修路，爱心满满，但有的老板没有诚信不说，反趁脱贫攻坚来沽名钓誉……"话还没完，郑萍便道："你说的老板是谁呀？"乔燕过了一会儿才道："我们村里的贺兴仁呀！贺兴仁也是个房地产老板，资产虽不能和蒲总相比，但个把亿还是有的。他自己表态给村里捐三十万元资金改造自来水管道，话说了，大姐你们电视台也做了节目播出去了，可大半年过去，捐的钱却像贺家湾俗话说的，是夜蚊子滚岩——没有响动……"

话还没完，张岚文立即惊讶地问："燕儿，真有这事呀？"乔燕道："大姐，难道我还撒谎？"便把那天村里春节联欢会上，贺兴仁如何上台表态、说的什么话、刘副台长如何指挥拍摄、回来后电视台什么时候播出的节目，对大家说了一遍。张岚文听了还没回答，金蓉便愤愤地说："光天化日之下，当着那么多村民，还有领导，红口白牙说的话，怎么就不算数了？你们问他要嘛！"乔燕忙说："我们怎么没向他要？当天活动结束后，我们就把村上的银行账号给了他，他还信誓旦旦地拍着胸脯对我们保证说：'你们放心，春节上班后，我就让财务把钱划到村上账户上来！'可是回去便没了音信。到了3月份，我们见钱没有划来，便叫会计去催，会计去了回来对我们说：'贺兴仁说，他们公司财务人员出差去了，回来就划过来。'我们又信以为真，等了一个月，钱还是没到账，我便叫村支书贺端阳亲自跑一趟，因为贺兴仁和贺端阳是一个房头下来的，平时称兄道弟。贺支书去了回来埋着脑袋半天没吭声。我把他问急了，他才说：'贺兴仁说公司财务紧，等过一阵子再说！'我听后想，开公司的人，有时现金紧张也是正常的，那就再等一等吧。可一直等到不久前，我亲自去问，办公室一个小姑娘先叫我等一等，过了一阵，另一个女孩过来对我说：'贺总出差去了，你不要等了！'我一听这话，便知道贺兴仁躲起来了，这三十万块钱，大约也是写在水瓢上了，你们说是不是？"

金蓉听完，便道："燕儿你们好傻！秃子头上的虱子——不是明摆着吗？对于一个房地产公司来说，三十万块钱，半套房子都不值。人家要是想给，早就给了，你们还傻乎乎地去问！"罗丹梅也道："就是，像我们蒲总，为村里修路投资了将近一千万元资金，怎么就拿出来了？"乔燕苦着脸道："问题的严重性还在于，他是当着全村村民喊出来的，村里就是三岁小孩，都知道贺兴仁老板给了三十万元钱改造自来水管道，可大半年过去了没见响动，村民便以为这三十万元又被村干部贪了，结果是贺兴仁得了'有社会责任感的企业家'的美名，村干部却背了'贪污分子'的骂名……"

张岚文听到这里，便道："燕儿你说的这种情况，全国都很普遍，一些老板在一些公益活动中把捐款牌举得高高的，一张口就是捐几十万、几百万，感动得台下观众热泪盈眶，又是鼓掌，又是欢呼。可一旦骗得了媒体的报道、社会的赞誉和领导的信任后，捐的款却不见了踪影。这叫诈捐！这些人不仅仅是诚信有问题，实际上是一批骗子。他们骗的虽然不是钱，却是比钱更重要的荣誉，我也最恨这种言而无信、骗取名利的小人了！"张岚文话音刚落，金蓉也说："特别是打着脱贫攻坚旗号骗取荣誉的骗子，更是可恨！"乔燕听了她们的话，道："那姐姐们说一说，我们现在该怎么办？"

郑萍、金蓉和罗丹梅互相看了一眼，没有说话，张岚文却道："那天除了我们刘副台长，是哪两位记者来你们村上拍的节目？"乔燕想了一想，才答："我们也没问他们的名字，只知道扛摄像机的叫小郑，现场采访的妹妹叫小张……"张岚文便笑着说："我知道了，燕儿！假如我去给你们把这笔钱要回来了，你分多少给我？"乔燕一听这话，先是愣了，可一看张岚文两眼紧紧看着她，又不像开玩笑的样子，过了半天才嗫嚅地道："大姐，你真能帮我们要回来？"张岚文说："你还没有回答我的话呢！你说吧，给多少回扣我？回扣少了我就不去要了！"郑萍、金蓉和罗丹梅都知道张岚文是在打趣她，金蓉便跟着起哄道："还不光是大姐，也得给我们分一份，不是有句话叫'围山打猎，见者有份'吗？"郑萍和罗丹梅也道："就是，没有我们的份，大姐就不去给她要了！"乔燕马上故作嗔怪道："你们瞎起哄什么？一分钱的力气都不出，就想得好处，比那些骗荣誉的老板还坏！"

张岚文听了，这才换上了一副正经颜色对乔燕说："好了，燕儿，玩笑归玩

161

笑，我真的要替你们去试一试！对这些言而无信的投机分子，我们一点也不能客气！再说，这个节目是我们电视台做的，也是在我们电视台播出的，播出后却没有得到落实，那等于是我们电视台给投机分子打了一个虚假广告，我们也有责任。"听到这里，乔燕还有些不相信，马上又问："大姐，你打算怎么去要？"张岚文道："这你就不用管了嘛，反正大姐一定会为你两肋插刀，你回去就静候消息吧！"

  乔燕一听这话，跳起来抓住了张岚文的手，连声道："谢谢大姐，谢谢大姐，那我也代表贺家湾全村人民谢谢你了！"说着还向张岚文鞠了一躬。郑萍、金蓉和罗丹梅便鼓起掌来。金蓉在一旁故意嘟哝道："她们今天怎么都能遇到贵人，我们怎么就遇不上呢？"乔燕听了便在金蓉肩上拍了一下，道："你什么时候也请我们姐妹吃饭，吃了就能遇到贵人了！"几姐妹又嬉闹了一会儿，看看时间已经不早，张岚文便说："散了吧，我回去还要叫小郑和小张把春节你们贺家湾那期节目调出来看看！"大家听了这话，便互相道了安，然后散了。乔燕去收银台结账时，收银小姐告诉她蒲总已经把中午的餐费和下午的茶钱都一并结了。乔燕听后，内心十分感动，觉得这个蒲总和其他老板果然不一般，是个实诚的人。

  走出来，乔燕和金蓉走在一起，走了一段路，乔燕才拉金蓉的手，轻轻地道："金蓉姐姐，你和你们那口子，现在关系怎么样了？"金蓉一听，脸色登时变了，半天才说："离了……"乔燕吃惊得一双眼睛像是变成了两只铜铃，道："什么时候离的？"金蓉道："离了都两个多月了……"乔燕忽然感到金蓉的手有些凉凉的，过了一会儿才问："为什么突然就离了呢？"金蓉道："燕儿，你不知道那种夫妻关系给人的伤害有多深，长痛不如短痛呗……"说着叹了一口气。乔燕也跟着叹了一口气，才又接着问："孩子呢，跟谁？"金蓉道："跟我，我怕孩子跟他，他会把孩子教坏！"乔燕再没说话，却感觉想哭。金蓉见乔燕难过的样子，知道她心里在想什么，便拥抱了她一下，嘴里说道："没什么，燕儿妹妹！对我来说，解脱了就是一种幸福！我一定会好好的，你放心！"乔燕相信金蓉的话，她紧紧地攥着金蓉的手，似乎这样就能传递给金蓉力量。

第十五章

　　第二天，乔燕去看望了奶奶，陪奶奶吃了中午饭后才回到贺家湾。刚在村委会坐下不久，贺小川找来了，一见乔燕便道："乔书记，你可回来了！"乔燕瞥了贺小川一眼，只见贺小川平时两道直直的眉毛此时像是怕冷一样，使劲在往鼻梁中间皱，将鼻梁上面的皮肤都挤出了三道沟壑。再看他脸上，回到贺家湾这段日子，他的脸本来就黧黑了一些，现在又像下雨前的天空那样蒙上了一层阴霾，更显得毫无光彩起来。便问："怎么了？"

　　贺小川先叹了一口气，然后才道："乔书记，真被我叔说准了，这种菜呀，要把钱赚到手里才算……"乔燕到贺家湾来后，知道了庄稼和人一样，也会生病或长虫子，她还从镇上农技员那里，学到了几招治疗庄稼病虫害的方法。听了贺小川这话，以为是他蔬菜生病或长了虫子，便急忙安慰他道："现在做什么也要把钱赚到手里才算呀！如果是菜生病或长虫了，叫曹技术员来看看不就行了？"曹技术员就是镇上的农技员。贺小川却仍苦着脸道："乔书记，你不知道，这比生病或长虫子严重得多……"乔燕有些不明白了，问："那究竟是什么？"贺小川捧了头，这才道："卖不掉……"

　　乔燕浑身哆嗦了一下："怎么会卖不掉？"贺小川继续喃喃地说："我也不知道为什么会卖不掉？反正就是卖不掉！"说完才把事情的经过对乔燕说了一遍，"我们第一茬蔬菜出来了，昨天天还没亮，我和小琴拉了一车菜到县蔬菜批发市场去卖，路上我们两兄妹心里还高兴得很，看着这一车蔬菜，又鲜活，又光嫩，还是无公害的，以为一到市场上便会成为抢手货。没想到到了市场上没多久，便有人过来叫我们拉走。我们以为遇到了市霸，问他为什么要拉走。那人说，叫你拉走就拉走,我是为你们好!你早点拉到农贸市场上去零卖,多少还卖点钱,要是在这里,没有人会来买你们的菜的!我们不信,我和小琴站到车旁大声喊:'贺家湾的绿色生态菜,没施化肥,没打农药,纯天然,无公害,餐桌上的放心菜,质优价廉,大家快来买呀!'我们把嗓子都喊哑了,连问也没人来问。眼看着别人比我们差得很多的菜都批发完了,我们一车菜连一棵也没动。我和小琴当时真想冲整个市场大骂一通,可又不知道骂谁。没办法,我们只得把菜拉到农贸市场去。可这时市民买菜的高峰时间已经过去,尽管我和小琴努力宣传我们的菜是无公害蔬菜,市民根本不相信,我们出的价钱比市场上那些施了化肥、打了农药甚至被什么生长剂、膨胀剂催出来的菜还要低。我们不想卖了,可拉回来又怎么办?蔬菜不比其他东西,特别是像芹菜和莴苣这些绿叶蔬菜,拉回来只有喂猪,可我们连猪也没得喂呀!没办法,一车菜只好贱卖了,连摘菜的人工工资和车辆的汽油费都没卖出来,你说我们冤不冤呀……"

听到这里,乔燕说:"怎么会这样呀?那么大的批发市场,怎么就没人来买你们的菜呢?"贺小川过了一会儿才又接着说:"是呀,我和小琴妹妹也是百思不得其解,这究竟是怎么回事呀?把菜全部处理掉后,我和小琴妹妹连家也没回,便去了袁家坝苏伯伯那儿。苏伯伯听我和小琴说了卖菜的经过,才叫了起来,说:'哎呀,当初我只鼓励你们种菜,却忘了告诉你们这卖菜中暗藏的机关可多呢!'我们忙问他有什么机关。他才对我们说:'那县上的蔬菜批发市场,表面看起来没什么人在操纵,更不像过去那样的有市霸和菜霸在里面横行霸道,你卖什么,他买什么,看起来完全是自由的。可实际上不是这样!这市场里有时有三级批发商,有时有两级批发商。一级批发商就是直接从货源地把蔬菜拉到市场里来批发的人,又称作一级货源,从事一级货源批发的不多,全批发市场也就那么几个人,他们是整个市场里的大佬。从事一级货源批发的大佬,赚的利润表面看起来并不高,比如洋芋,批发价一元一斤,批发商每斤最多赚一毛钱,卖一千斤洋芋才赚一百块钱。可只要是内行就知道,一级批发商利润点虽然低,可它的流通速度非常快,流通周期相当短,数量庞大,品种单一,节省了大量时间成本支出,一车洋芋十吨八吨,拉到市场里来,最慢两三个小时就批发完了,你说他赚钱有多快?二级批发商又叫二级货源,就是从一级批发商那儿进货的人。如果是淡季,二级批发商便把从一级批发商那儿进的货,直接拉到农贸市场分销给零售的菜贩,如果是蔬菜销售旺季,还会产生从二级批发商手里进货的三级批发商,也叫蔬菜分销商。但不管是一级批发商,还是二级批发商抑或分销商,都不能主宰整个市场。真正主宰市场秩序的，是幕后一双神秘的大手。这双大手谁也没有见过，但它又是十分真实地存在着。这双手一手控制了蔬菜原产地的货源，一手又控制着一级、二级批发商。它会根据不同节令、市场对不同蔬菜品种的需要等情况，指令某一级批发商去某地批发茄子、辣椒，某一级批发商又去某地批发黄瓜、南瓜、冬瓜，某一级批发商又去某地批发芹菜、莴苣等绿叶蔬菜。一级批发商从货源地把蔬菜批发回来后，奇怪的现象出现了，那就是二级批发商需要什么菜，必须去一级批发商那儿批发。表面上看，市场里并没有强买强卖，可就是那么奇怪，所有二级批发商都像开过会似的，一定会在一级批发商那儿进货。如果有二级批发商从其他人比如从你们手里进了货，或直接到货源地进了货，抢了一级批发商的生意，对不起，可能你永远就从蔬菜市场消失了。这好像形成了蔬菜市场的行规。至于控制整个蔬菜批发市场运行的那双神秘的大手，究竟长在什么人的身上，你永远不会知道！这就是你们的蔬菜尽管比别人的好，却问也没人敢来问一下的原因！'"

乔燕听了贺小川这番话，又不解地道："天啦，原来是这样！平时我们到市场买菜，只知道白菜多少钱一斤，萝卜多少钱一斤，哪知道背后还有这么多猫腻。那我们现在怎么办呢？"贺小川说："是呀，乔书记，现在还有哪个能够拉我们一把呢？我问苏伯伯，说我们也去联系一个一级批发商，把我们的菜也变成货源地，让他直接来拉行不行？我的话才完，苏伯伯就连声说：'大侄儿，你们想也别想！我刚才不是说了，一级批发商也不是想到哪儿进货就到哪儿进货，他背后有神秘人物在控制着他。这个神秘人物才是关键，你们想要成为货源地，只有找到这个神秘人物，由这个神秘人物来协调与平衡一级批发商之间的利益。要不，这个行业的规矩便会被打乱！但现实是你们即使找到这个神秘人物，他也永远不会要你们的蔬菜……'我忙问为什么？苏伯伯说：'因为你们种的是无公害绿色蔬菜，价钱要比普通的蔬菜高，那个神秘人物也要追求利润最大化，他宁肯要市场上好销的非绿色蔬菜，也不会要你们不好卖的绿色蔬菜！'我一听苏伯伯这话，急了，就央求苏伯伯说：'苏伯伯，你的蔬菜是怎么销出去的？不看僧面看佛面，就看在我叔叔和你是老哥俩的面上，麻烦苏伯伯顺便也帮我们销销吧！'苏伯伯听了我这话，半天才说：'大侄子、大侄女，不是我不愿意帮你们，可我实在也没办法呀！我种了这么多年菜，确实也和几个大点的超市建立了一些关系，和他们订了合同，用现在电视里的话说，叫什么农超对接。可现在是夏天，蔬菜长得快，我自己地里的菜，他们都要不完，剩下一部分，我还得找人挑到农贺市场按一般蔬菜低价销售。我如果帮你们销了，我的菜又怎么办？大侄子、大侄女可一定要原谅我。'我听了这话，就更没辙了！"

　　说到这儿，贺小川的声音里带起哭腔来，乔燕也不知说什么好。过了一会儿，贺小川突然抬起头，望着乔燕说："乔书记，你有没有什么好办法？这热天的庄稼，也像十八岁的大姑娘，一天一个样！那蔬菜一旦成熟，不及时采摘，便会变得一文不值！到时候我们的所有心血、本钱，全都没有了……"乔燕听了这话，只觉得脑袋一下都大了，耳朵里也像是进了一只蚊子似的，"嗡嗡"作响，想了半天，才对贺小川说："小川哥哥，车到山前必有路，你们也别这样着急……"贺小川听乔燕这么说，便马上高兴地叫起来，道："乔书记，你有主意了？"乔燕道："我现在虽然还没有主意，但我们迟早总会想出办法来的。现在我们一起去菜场看看吧！"贺小川听完乔燕的话，什么也没说，便带着乔燕朝石牛坪走去。

　　来到贺忠远和贺小川叔侄俩的蔬菜大田里，只见一片片蔬菜在阳光下显得格外葱茂、翠绿。红辣椒和西红柿，仿佛千万只小火把和小灯笼，在一片稠密的翠绿色的叶片簇拥下，闪着光芒，像是正在燃烧的样子。而青辣椒、丝瓜、苦瓜、黄瓜、茄子、菜豆，则是果实与枝叶一色，如果站在远处，看见的只是阳光照耀下蓬勃葳蕤的叶片，一片绿色的海洋；及至近处，方才看清绿叶掩映下的累累果实。那丝瓜足有一尺多长；青辣椒像小孩子胖胖的小拳头；苦瓜虽皱着脸，可那脸的颜色粉嫩得仿佛新生的婴儿；茄子半边紫、半边青；豆角一咕噜一咕噜，害羞似的半遮半露在绿叶丛中，娇羞中又现出几分憨态。最让乔燕喜欢的，还是那一大片芹菜和莴苣，笔直而整齐地挺立在阳光下，乔燕似乎听见了它们"嗞嗞"往上生长的声音。

　　她像一个检阅士兵的将军，缓缓地走过每一块田地、每一行菜畦，而那些蔬菜也像欢迎她一样，在微风的吹拂下，不时掀起浓密的叶片，让她看见自己绿袍下的累累果实。可乔燕心里一点也高兴不起来，她知道，蔬菜越临近丰收，对忠远大叔和小川兄妹俩的压力越大！怎么才能为这些蔬菜找到销路呀？她走过了全部的菜地，脑海里还是没有一点办法。走到地头，乔燕这才发现贺忠远大叔、赵书萍大婶和贺小琴的爷爷贺世明、奶奶鲁建琼，都坐在一棵油桐树下，旁边还有贺仁全、叶易容、王秀芳几个人，每个人手里都提了一只装菜的大竹篮子。油桐树厚厚的叶片遮挡住了阳光，地下显得有些斑驳迷离。乔燕一见，便知道他们都是来摘菜的，正想问他们怎么坐着不动，贺忠远见乔燕来了，说了一句："姑娘可来了？"说完身子欠了欠，似乎想站起来，可只抬了一下屁股，又坐下去了，不等乔燕说什么，便先说开了，"姑娘，你看这菜摘不是，不摘也不是！摘下来卖不出去，不摘又会老，怎么办呀？当初我就有些担心菜种出来的销路，现在真让我说准了！"

乔燕一见忠远大叔丧气的样子，便过去在他身旁蹲下，拉着他的手说："大叔，你别难过，天下这么大，东方不亮西方亮，我不相信这么好的菜就卖不出去……"贺忠远听了这话，便忙对乔燕说："姑娘，这就全靠你了！你知道的，我们两代人打工的钱，还有你帮忙给我们跑的贷款，全投到了里面，一旦卖不出去，我们就全完了！"说完又把头埋到了胸前。乔燕不知道该拿什么话安慰他，想了一想，便把话题转移开了，对贺世明、鲁建琼两个老人说："爷爷奶奶，你们这么大年纪了，还来干什么？"贺世明半晌才说："我们干不了什么，可摘点菜什么的，多少还能干！帮不到他们年轻人什么忙，糠壳不肥田，也只是松点脚嘛！"赵书萍听了却道："叫他们不要来，他们偏要来，哪个稀罕要他们来干这点活嘛！"乔燕听后也道："就是，爷爷奶奶，你们以后就不要来了，要是不小心哪儿摔一下、碰一下，还要更麻烦年轻人！"说完问贺仁全、叶易容、王秀芳，"你们是来帮忠远大叔摘菜的？"贺仁全说："可不是，忠远老弟和贺小川小倪早雇了我们几个来帮他们摘菜。刚才我们一来就要摘，可忠远老弟说，反正摘下来也卖不出去，不如多歇一会儿！"乔燕听了，却看着王秀芳问："小妯子，你爷爷来贺家湾过得惯不？"王秀芳马上笑吟吟地回答说："住得惯，住得惯，乔书记！要不是我爷爷来，我怎么能在村里找活儿？还得感谢乔书记呢！乔书记，我也准备把小满的奶断了，你说行不行？"

乔燕正想回答，忽然见贺小琴从远处跑了来，一边跑一边喊："哥，苏伯伯来电话了……"跑近了一看乔燕也在这里，便马上站住了，说，"哟，姐也在这里，那太好了！"贺小川便急忙问："苏伯伯来什么电话？"贺小琴看了一眼父亲和乔燕，才说："苏伯伯说，昨天我们走后他才想起，县上有这么多学校和机关食堂，他们把食品安全看得很重，我们是无公害的绿色蔬菜，正适合他们的要求。他叫我们不妨到这些食堂问问，如果能攀上关系，我们就成为他们食堂的专业蔬菜配送点，这也不失为一条销售渠道。苏伯伯还说，只要我们联系到一个大的单位，比如县中、县二中，每天都有几千学生吃饭，每个人每天按一斤蔬菜计算，就需几千斤，我们眼下这点蔬菜，说不定还不够供应……"

乔燕和贺小川听到这里，眼睛突然一下亮了，两人互相看了一眼，正想说话，贺忠远却瓮声瓮气地道："好倒是好，可我们和他们一不是亲，二不是戚，三不是朋友，怎么攀得上关系？"听了这话，贺小川眼里的光也倏忽而逝，然后就紧紧看着乔燕不说话。乔燕过了一会儿才对贺忠远说："大叔，苏伯伯的话有一定道理！我们现在虽说和那些食堂没攀上关系，可人人都想吃上放心蔬菜，这是无疑的，我们完全可以大胆地去试一试！"贺忠远马上又问："怎么试？"乔燕想了一会儿，才道："将于取之，必先予之，他们现在不了解我们，我们可以主动让他们了解！明天我们摘上十几筐菜，送到他们食堂去，先让他们品尝一下我们蔬菜的品质和口味。等他们品尝过后，我们才去向他们推销，他们通过比较鉴赏，说不定就买了我们的蔬菜！"说完又问贺忠远和贺小川，"大叔、小川哥，你们看怎么样？"

贺小川想了想说："舍不得孩子套不住狼，也只有这样办了！"可贺忠远仍说："要是他们品尝了也不买，又怎么办？"贺小川气咻咻地说："那还能怎么办？大不了我们的十多筐蔬菜喂了猪，有什么了不得的？"贺忠远听了侄儿这话，便不吭声了。乔燕见他们叔侄俩心里各憋了气，急忙说："大叔，你放心！苏伯伯在电话里说得对，县上光中学就有五六家，我们只要能说动一两家，你们家里的菜就不用愁了！"贺小琴听了乔燕这话，也像是有了信心，也对父亲说："爸，乔书记说得对，人家瞎猫还碰得上死老鼠呢，这么多食堂，我就不信我们的蔬菜没人买！"贺忠远听女儿也这么说，便说："那就依你们吧！"说完又对乔燕道，"姑娘，我们在县上没有一个熟人，这就要全靠你了！"乔燕听了这话，忙说："大叔，我虽然在城里长大，可才参加工作不久，也没什么熟人。不过你放心，我明天和小川哥、小琴妹妹一起到城里去送菜，直到把你们家的蔬菜卖出去为止！"贺忠远急忙站起来，先对乔燕说了一声："多谢姑娘了！"然后才对树下的人说道，"那大家摘菜吧，每样都摘一些，装到筐子里！"

树下一众人果然提起篮子下地了。乔燕也提起一只竹篮要往地里走，贺忠远见了便叫道："姑娘，你干什么？"乔燕说："大叔，我也来帮你们摘！"贺忠远急忙说道："那不行，姑娘，地里很热，你不要去……"乔燕说："世明爷爷和建琼奶奶都不怕，我还怕什么？"说罢往前走去。贺小琴一见，也急忙抓起一只篮子追了上去。

吃过晚饭，天还没有黑尽，乔燕和婆母把张恤抱到文化广场上，放进婴儿学步车里。孩子坐在学步车那条柔软的布兜上,两只胖胖的小脚在地下一蹬,学步车便在广场上横冲直撞起来。孩子感觉十分新鲜,双手一边拍打着面前的塑料椅圈,一边冲乔燕露出天真的笑容。乔燕在前边不断拍着手,引诱着儿子蹬着车子朝自己冲来。

正在这时,贺小川兄妹俩忽然来了。乔燕忙把孩子交给了婆母,在花台上坐了下来,对贺小川问:"菜都装好了?"贺小川答:"装好了,每种菜每个筐子都装了一些,我和小琴拿秤称了一下,每个筐子里的菜有六十多斤,也就是说,每样菜都有四到五斤。"乔燕道:"那你们还有什么事?"贺小川说:"姐,我们来不及到城里制作广告,我和小琴琢磨了一段话,就权当对我们蔬菜的一个介绍,你看看行不行?"说着,就从口袋里掏出一张纸,递给乔燕。乔燕接过来一看,上面写着:

贺家湾无公害蔬菜简介

贺家湾无公害蔬菜是乘本轮脱贫攻坚的东风而兴办的扶贫产业。基地位于我县黄石镇贺家湾村。贺家湾村地处我县西北部浅丘地带,土地肥沃,气候温和,蔬菜种植基地流转的100亩土地,土层厚度为60—100厘米,腐殖层厚度为10厘米左右,质地疏松,保水保肥力强,PH值6.5左右,宜于无公害蔬菜生长。目前基地种植有红辣椒、青辣椒、丝瓜、苦瓜、冬瓜、菜豆、芦笋、洋葱、黄瓜、西红柿、茄子、芹菜、莴苣、豆角等10多种蔬菜。我们抱着对消费者负责的理念,以德为先,用自己的品牌来赢得市场,所种蔬菜均为不施化肥、不打农药的天然绿色产品。

随着人们生活和文化水平的提高,崇尚自然和"返璞归真"的生活倾向,绿色食品已成为消费的主流。绿色蔬菜无公害,人人需要人人爱;纯天然、无公害,绿色健康伴您行,欢迎联系,欢迎采购!

联系人:贺小川,电话 xxxxxxxxxxx
贺小琴,电话 xxxxxxxxxxx

乔燕看罢,便懊悔地对贺小川道:"哎呀,连我也没想到要制作广告,你们倒提醒了我,这年头酒好也怕巷子深!这广告词写得还浅了一些,尤其是后面两句话,就出现了两个'无公害',可以把后面'纯天然、无公害,绿色健康伴您行'这句改成'吃健康天然蔬菜,享美丽幸福人生'!"贺小川和贺小琴都叫了一声好。乔燕掏出村委会办公室钥匙，给贺小琴说："你们先到村委会的打印机上打几十份，过后我们再找专业人员重新设计！"贺小琴接过钥匙走了。

贺小川又看着乔燕问："姐，你说我们明天送菜的路线怎么走？"乔燕想了想，却看着贺小川反问："你说呢？"贺小川道："我在家里就想好了，县职业技术学校、县三中就在我们去的公路边上，我们就先把这两家单位送了，再送县中和县二中，然后上绕城路，到外国语学校、文武学校，最后经凤凰大桥过河，再到城东实验中学，最后返回来才给县政府机关食堂送，你看行不行？"乔燕听了贺小川这话，沉吟了一会儿问："为什么要把县政府机关食堂放到最后？"贺小川道："我想先抓大头，一所学校最少也有七八百学生就餐，抓到一所，就相当于几个县政府机关食堂，如果抓到县中、二中这样的学校，就更不得了了……"乔燕马上打断他的话，道："我和你的想法正好相反！我想趁蔬菜正新鲜的时候，先送县政府机关食堂。县政府机关食堂虽然就餐人数不多，可你别忘了人家是首脑机关，有时县领导也在食堂里吃，如果得到了他们的首肯，对我们来说，不就是最好的广告吗？我们就可以到处宣传，连县政府机关食堂都是吃的我们的蔬菜，你们还有什么不放心的？这个金字招牌可要抵你多少宣传呢！"贺小川听完叫了起来："哎呀，真是人在事中迷，就怕没人提，我只看到了人数的多寡，却忘记了影响力的大小呢！姐，那就按你说的办，我们先去县政府机关食堂！"乔燕道："我们最好在他们上班的时候就把菜送到，这样，他们中午就能吃上我们的新鲜蔬菜！只要他们感觉我们的菜好，就为我们下一步行动打下基础了……"

正说着，贺小琴拿着一沓广告回来，兄妹俩正要告辞回去，贺忠远又来了。贺小琴以为父亲是来接他们的，便道："爸，我们自己知道回来，你来接什么？"贺忠远道："你们又不是三岁小孩，还要老子来接？"贺小琴道："那你来干什么？"贺忠远走近了，看见乔燕也在那里，便显得有些不好意思起来，对贺小琴嗫嚅地道："老子说出来转一下，转着转着就转到贺福来那儿去了！从他那儿回来，看见你们在这儿，就拐了进来！"贺小川一听，便知道伯父去贺福来那儿做什么，笑着问贺忠远："大伯，贺福来怎么说？"贺忠远看了看乔燕，张了张嘴，没有发出声音。乔燕便道："大叔，是不是贺福来掐算的日子不怎么好，明天我们会出师不利？"贺忠远红了一下脸，急忙说："姑娘，不是不是，明天这个日子很好！"乔燕一听就笑了起来，道："怎么个好法，大叔，你说来听听！"贺忠远果然笑嘻嘻地说了起来，道："哎呀，姑娘，我也说不完全了！不过大体还是记得！贺福来说，明天是一个黄道吉日，最宜出行、求财、开市、交易、安床等，可以说是有求必应，心想事成……"乔燕见他说得眉飞色舞，不忍扫他的兴，便道："好，大叔，借贺福来大叔的吉言，我们明天一定会马到成功！"贺忠远便"嘿嘿"地笑了起来，然后说："姑娘，你可别说我迷信，我们庄稼人，就图有个好运气呢！"说完，才和贺小川、贺小琴一起走了。

第二天一早，乔燕和贺小川兄妹二人，拉着十多筐蔬菜进城去了。车刚开过邮电大厦，就要进入主城区的时候，从旁边交通岗亭里忽然冲出一位警察，二十来岁，一张胖乎乎的圆脸庞，脸上有几颗很大的粉刺。他将戴着白手套的手一伸，把车拦了下来，然后举手对贺小川行了一个礼，才道："请出示你的入城证！"贺小川愣了，半天才说："什么入城证？"警察说："货车不准进城，你难道不知道？"说完，也不等贺小川再说什么，便从口袋里掏出笔，正要开罚单。乔燕忙说："我们是给县政府机关食堂送菜的……"警察连头没抬，打断乔燕的话道："只要没有入城证，管你是干什么的都不行！"贺小川听了这话，又忙带着哀求的口气道："我们把菜送完，马上就去办行不行？"小警察一边在纸上写，一边道："那不行……"乔燕两只眼珠在眼眶里骨碌碌转了一圈，突然惊喜地对警察道："小兄弟，我好像认识你！"

小警察突然停下了笔，抬起头将乔燕认真看了一阵，却道："我没见过你……"乔燕道："你怎么没见过我？你们局里治安大队的张健你知道吧？他是我老公。那天我两口子一起到河边转路，在街上碰到你，他还跟你打了招呼，你忘了？"警察听后拍了拍脑袋，想了半天，还是想不起来的样子，道："我怎么一点都没印象了？"乔燕道："你还不相信？要不要我给他打个电话来确认一下？"小警察急忙一边摆手，一边对乔燕道："别别别！哦，我想起来了，确实有这么回事！那我可得叫你嫂子了。嫂子，你坐在这车上干什么？"乔燕道："你还不知道呀？我在黄石镇贺家湾村做第一书记都快两年了！这都是我们村上生产的无公害绿色蔬菜，今天是第一次给县政府机关食堂送去，他们中午还等着要吃。小兄弟能不能通融一点，让我们先把菜送过去，然后再去办入城证行不行？"小警察听后想了半天，才顺坡下驴地道："真是蔬菜呀？"乔燕道："不是蔬菜还是什么？"警察说："那我看看！"说着，抓住车厢护栏，脚踩在车门下边的踏板上，揭开苫布看了一眼，跳下来，便将刚才写好的纸条撕了，这才露出笑容对乔燕道："那好吧，嫂子，今天就这样，下不为例！"说着朝贺小川挥了挥手，贺小川便把车重新发动了起来。

开了一段路，贺小琴才对乔燕问："姐，你真的认识他？"乔燕脸上露出了调皮的笑容，然后才道："我哪儿见过他？都是瞎说的！"贺小川道："幸亏乔书记随机应变，要不我们今天罚款交定了！"乔燕道："交罚款是小事，误了送菜才是大事！你们想一想，把车停在公路边的太阳底下，等我们去银行交了罚款回来，还不知什么时候，到时一车活鲜鲜的蔬菜，都被太阳晒成蔫黄瓜了，谁还会喜欢？更严重的是，等你交了罚款回来，他仍不准你进城，叫你开回去，一车菜岂不是全完了？我这都是没办法了，才打出了张健的旗号……"贺小琴听到这里，突然对贺小川道："哥，我们真得好好感谢一下贺福来大叔昨天晚上给掐算的好日子！"贺小川道："要感谢也是感谢乔书记，她就是我们的福星，要不是她坐在我们车上，我们怎能化险为夷？"说完又问乔燕，"乔书记，你说是不是？"

乔燕听贺小川这么说，故意沉了脸道："小川哥什么时候也学会说奉承话了……"一语未完，见贺小川已经把车开到五一街转盘了，还要往前开，便急忙喊了起来，"停下，停下！"贺小川急忙踩住刹车，回头问："怎么了？"乔燕道："县委、县政府那条街不能停车，车只能停这儿！"贺小川道："可路还有这么远，菜怎么办？"乔燕道："没办法，只能抬着去！"贺小川找到一个停车位把车停了下来，然后爬进车厢里，端出一筐菜来，又盖好车上的苫布。乔燕正想去和贺小川一起抬菜，贺小川把筐子往上一举，将菜扛到肩上，大步地朝前走去。

县政府机关食堂在县政府大院左边一排三层的老旧平房里，底层是厨房、餐厅和一个小仓库，第二层是办公的地方，三层是餐厅小工和厨房师傅的宿舍。三人穿过熙攘的人群，来到了县政府大院门口，刚要进去，被一个四十多岁、穿灰色制服的保安拦住了，道："干什么的？"乔燕道："大叔，给机关食堂送菜！"那人朝乔燕看了看，又看了看贺小川和贺小琴筐里的蔬菜，便叫乔燕过去登记。乔燕听话地去窗口将姓名、身份证号码等登记了，保安这才让他们进去。来到那幢小楼底层，乔燕一看，只见餐厅里，二三十张实木餐桌保持了原木的颜色，其造型既不是中国老式的八仙桌，又不完全是今天的西餐桌。餐桌两边的座椅，既不是木质的，也不是塑料的，全是藤编的，和原木色的餐桌相配。乔燕的脑海里立即产生了一种写意水墨的意境。再抬头一看餐桌上面的吊灯，高雅稳重，简洁时尚。此时虽然整个餐厅都没有开灯，但乔燕却能想象出那些柔和的灯光直接打在餐桌上的情形。乔燕虽然也是机关的人，可因为离家很近，从来没到机关食堂来吃过饭，现在突然来到这里，像是来到了一座散发着浓郁艺术气息的地方。她想，怪不得机关很多人都喜欢在这儿吃饭，原来在这儿就餐不但可以提高人的食欲，还能让人感受大自然的古朴和宁静呢！

厨房和餐厅用一块大玻璃隔开了。乔燕隔着玻璃看进去，只见厨房里三五个穿白色短袖衬衣、头戴高高厨师帽的人和几个小工正忙着，她忙对小川兄妹俩挥了挥手，贺小川和贺小琴便抬着筐子紧跟着她走了进来。一进屋子，乔燕匆匆掠了一眼，只见墙壁下是一排排机器，并不见老式厨房里那种灶台和大铁锅、大蒸屉等，可那些亮闪闪的机器，除了那几个大冰箱和冷藏柜她叫得出名字，其余的她都不认识。墙壁上还贴着一溜装在镜框里的"制度""守则"等。乔燕还想看下去，忽然听得一个人问："你们干什么？"

乔燕立即回过了神，便笑着对屋子里的人说："各位师傅，上午好！请问你们食堂负责人在不在？"先前那人听了这话，便有些警惕地看着乔燕问："你找他做什么？"乔燕仍微笑着对他们道："是这样的，我是黄石镇贺家湾村第一书记，我叫乔燕。这两位是我们村无公害蔬菜种植基地的，这位男士叫贺小川，这位女士叫贺小琴，他们是兄妹俩。我们的蔬菜丰收了，特地给县政府机关送来一筐无公害蔬菜，请领导们品尝品尝！"说着，又回头对贺小琴道，"你们的资料介绍呢？"贺小琴忙从挎包里拿出几份昨天晚上打印好了的《贺家湾无公害蔬菜简介》，递给了乔燕。乔燕接过来，给每人一份。刚才说话的人接过认真看了一遍，突然高兴地叫了起来："哦，是专门给我们送蔬菜来的？那好哇，欢迎，欢迎！"说完又自我介绍说，"我就是食堂负责人，我姓丁，你们叫我丁大哥好了！我代表餐厅全体员工感谢你们……"旁边一个人没等他说完，便补了一句："他是我们丁主任！"乔燕便急忙过去握住那人的手，叫道："哦，丁主任好，以后请丁主任多多关照！"丁主任说："好说好说！"乔燕便道："丁主任，我们留一个联系方式，行不行？"丁主任说："有什么不行的？"说着便把自己的电话号码告诉了乔燕。乔燕在手机上记下来了，又把自己的电话告诉了他。丁主任把乔燕的电话记下来后，要他们坐下来休息。乔燕记挂着还有那么多菜要送，急忙向丁主任告辞。丁主任十分客气地把他们送到餐厅门口，再次对他们说了一通感激的话，方才回去。

乔燕、贺小川和贺小琴马不停蹄地一直忙到中午时分，才把十多筐菜送完。这时三个人又累又饿，但心里十分高兴。这不光是因为完成了任务的缘故，而是因为他们每到一个单位，听说是贫困村的农民朋友给送无公害蔬菜来，所受到的欢迎和尊重，使他们感到自豪、骄傲。尤其是在几所学校里，当乔燕把情况向食堂负责人或学校后勤管理员说了以后，他们似乎都十分感动，有的还去把学校分管后勤的副校长给喊了来。领导一来，一种庄严的仪式感就油然而生，和乔燕他们又是握手，又是倒茶，又是嘘寒问暖，并把他们这种行为上升到了农民朋友关心、支持教育事业，培养社会主义接班人的高度，说得乔燕他们有些不好意思起来，但心里却又是喜洋洋、乐滋滋的，觉得自己顿时伟大和崇高了许多。在东城的实验学校里，校长还亲自出面接待了他们。校长说了一番感谢的话，还要留他们吃饭。乔燕反复解释他们还有别的急事，校长才不再挽留，却又露出过意不去的样子，亲自把他们送到学校大门口。

在送菜中受到的礼遇让贺小川兄妹俩看到了光明和希望。把车开上了公路，贺小川便像是忍不住似的地对乔燕说："乔书记，这下好了！"乔燕马上问："好什么？"贺小川道："你还没看出来？大家都喜欢我们的无公害蔬菜呗……"话还没完，贺小琴也道："可不是，我们一说是绿色蔬菜，他们的神情就立马高兴起来！这年头，谁不愿意吃到健康食品呀？"贺小川等贺小琴说完，又充满憧憬地道："乔书记，要是他们都买了我们的菜，我明年再流转二百亩土地，你说行不行？"乔燕没立即答应，她知道事情没有那么简单，可她又不愿使正在兴头上的兄妹俩失望，便道："到时候再说吧，眼下我们最要紧的是能够争取到一两家单位买我们的菜！早上进城时那个交警说的入城证的事，你问一问在哪儿办，下午就顺便办了，免得下次进城又遇到麻烦！"贺小川马上道："是，我们找地方吃点饭，我就到交警队去问。"说完又问，"乔书记，你说到哪儿去吃饭？"乔燕道："我都到家了，还到哪儿吃饭？你们都跟我走，到我家里自己动手，丰衣足食……"贺小琴没等乔燕说完，便道："姐，那怎么行？你为我们跑路，累了大半天。我们还要到你们家蹭饭吃？"乔燕道："什么蹭饭吃？有家不回，却偏要去外面找饭吃，看不起姐是不是？就这样了，把车开到我们小区停下，吃饱喝足后，你们再去办自己的事！等事办完我们再一起回去！"贺小川听了乔燕这话，才道："好吧，客随主便，那我们就不客气了！"乔燕道："这就对了，这才像一家人的样子嘛！"说着话，汽车便过了跨河大桥，在乔燕的指挥下，朝她居住的小区开去了。

回到家里，张健不在，乔燕打电话问，才知道他下乡了。乔燕便对兄妹俩道："走了好，我们落得清静！"说着，打开冰箱，无论菜蔬米面，统统搬了出来。小川兄妹也是勤快惯了的人，不待乔燕吩咐，便撩衣扎袖地在厨房里动起手来，真像回到了家里一般。乔燕见自己插不上手，反倒有些不好意思了。正在这时，放到桌子上的电话突然响了。她以为是张健打来的，拿过一看，却是贺家湾贺通良打来的。贺通良虽是村里的会计兼文书，平时却很少直接和乔燕联系，乔燕此时一看，便知道贺通良一定是有事，急忙抓起电话"喂"了一声。还没等她说话，贺通良便在电话里高兴地叫了起来："乔书记，向你报个喜……"

乔燕有些莫名其妙，便道："什么喜？"贺通良像是故意卖关子，道："你猜一猜，乔书记，你一定猜不到！贺兴仁答应给村上捐的三十万块钱，已经打到我们账户上来了……"一听这话，乔燕才忽然想起前天下午姐妹们相聚时"大姐大"说过帮她讨要这笔捐款的话，她兴奋地对着话筒大声问了一句："真的，通良大叔？"贺通良道："可不是真的，乔书记，我才接到银行的电话通知呢！乔书记，你说怪不怪？这笔钱我们去催问了好多次，贺兴仁都是推三阻四，找各种理由搪塞，我们都以为是七月十四烧笋壳——没指（纸）望了，可没想到他却又突然给我们打来了，你说这是怎么回事？"乔燕本想把事情的经过告诉他，想了想却说："通良大叔，钱打来了就是好事，企业家有企业家的难处，一时资金周转不开也是有的！你马上到银行查一查，钱真到了我们账户上，你买张红纸把它写出来，也给全村人报个喜，一则解除村民对村干部的怀疑，二则也让全村人知道贺兴仁说话算话！过几天我们再开个干部会，研究一下村里改造自来水管的事。等改造完成了，我们在自来水塔或其他地方，给贺总立个碑，让企业家也有自豪和荣誉感！"贺通良答应了一声："好的，乔书记，我下午就去办这事！"说完挂了电话。

乔燕仍处在一种兴奋和激动中。她知道这笔钱肯定是"大姐大"帮她讨要回来的，但"大姐大"用了什么方法给她把钱要回来的呢？她却没法知道。她觉得"大姐大"真有为朋友两肋插刀的义气，说到做到，真给她把钱要到了，她可得好好感谢感谢"大姐大"！想到这里，她拨通了张岚文的电话。她不想让小川兄妹俩知道这事，便走到自己卧室里，关上了门，才和张岚文通起电话来。

电话一接通，乔燕因为激动和高兴，声音都变得有些颤抖起来，她没等张岚文说话，便迫不及待地对她说："大姐，我们村上收到贺兴仁那笔三十万的捐款了！"张岚文显得很平静，道："真的？收到了就好，燕儿！哎呀，我昨下午就准备告诉你的，可一忙竟然忘了……"乔燕忙说："大姐，谢谢你，真的谢谢你！大姐你用了什么魔法，让贺兴仁乖乖地把这么大一笔款子心甘情愿给了？"张岚文道："燕儿，看你说的，好像我是妖女一样！我有什么魔法？我只不过是利用电视台总编室主任的牌子，加上手里的摄像机，去唬了唬他一下罢了！我给你说吧，前天下午我回到台里，把春节期间小郑和小张在你们村上拍的那条贺兴仁捐款的新闻看了，然后我让小张告诉贺兴仁，我们还要去对他做个采访。贺兴仁以为我们又是去宣传他个人或企业的，高兴得很！哪知昨天我带着小郑和小张一去，便对他说：'贺总，春节期间我们电视台做了一个你为家乡捐款的节目，播出以后社会上反响很强烈，大家十分敬佩贺总在这场脱贫攻坚中为家乡做出的贡献！同时贺总的行动也感动了更多的企业家投身到脱贫攻坚中来。那期节目播出去已经半年多，我们今天来做一个回访！一是了解一下贺总捐给家乡这三十万元钱取得了什么效果？二是村民对贺总慷慨解囊支援家乡脱贫攻坚事业有什么反应……'我一说到这里，那贺兴仁脸色便有些不好看起来，我没等他回过神，又急忙说，'我还想向贺总了解一下，你怎么看待现在一些企业不讲诚信的现象？比如一些企业老总在一些社会公益活动中积极表态认捐，过后却又不兑现？贺总的企业是一个守信用的企业，你看县政府给你们授予的守信用企业的牌子还挂在墙上，我想你一定会对那些不讲诚信的人深恶痛绝，是不是？再说，这种不讲诚信的人不但害了他们企业，也对我们电视台带来了不好的影响。因为他们那些高调行动都是我们电视台播出去的，他们不履行承诺，就影响到我们电视台在社会的声誉。所以我们这次准备对我们报道过的企业家的捐款情况做一次认真回访，履行了承诺的我们再大力表扬，没履行承诺、利用捐款来沽名钓誉的，要坚决曝光……'我话还没说完，贺兴仁便坐不住了，急忙对我说：'张主任，实在对不起，给贺家湾捐那三十万块钱，我早就给财务布置了。可这段日子很忙，我还不知道财务转没转？我马上去问问便回来答复你！'说着出去了。没一会儿，他又回来了，脸上做出怒气冲冲的样子，对我说：'张主任，这帮狗东西竟然把这事忘了！你看你看，我把他们狠狠训了一顿，现在已经叫他们办去了！'我一听这话，便道：'哎呀，贺总，我还不知道是这么回事。不过这事不怪你，哪个单位都有这样不负责的办事员，是不是？'我又怕他是骗我们的，于是对他说，'贺总，那你催他们快一点儿，正好小郑在这儿，我们拍一个转款单据的镜头，拿回去配到画面里，这样就更能证明贺总是一个说话算话的人！'他大约是被我逼到尽头，便道：'那行！'说着又出去了。果然我们在那儿坐了大约半个小时，他就把银行转账单据给我们拿来了……"

乔燕耐心地听完张岚文一番生动的叙述，钦佩得五体投地，便道："大姐，真有你的，怪不得说你们记者都是神通广大的人呢！"张岚文道："什么神通广大，不过是些小儿科！"乔燕道："大姐，你在不在城里？"张岚文道："干什么？"

乔燕道:"大姐,我现在回城里来了,你如果在城里,我来当面感谢你……"张岚文一听忙道:"你真要分一半钱给我呀?"乔燕知道张岚文又在打趣她,便道:"大姐,钱我不敢分给你,可买几斤水果孝敬大姐,总是可以的吧?"张岚文说:"那倒差不多!不过我今早上就和蒲总公司的打井队一起到天盆乡来了,这段日子我都要陪着他们找水,恐怕一时回不了城里呢……"乔燕听了便道:"那就以后再感谢大姐吧!"说完这话刚想挂电话,突然想起,便又对着话筒叮嘱了一句,"大姐你可要记着按时吃降压药呀!"张岚文道:"放心,燕儿,等我把水找着了,回来我请大家!"

　　乔燕和张岚文通完电话,心情不但没平静下来,反而越想越高兴,竟像小姑娘一样一边在屋子里蹦蹦跳跳起来,一边嘴里哼哼地唱起一首歌,打开门走了出去。贺小川和贺小琴已经做好了饭正等着她,贺小琴一见她满面喜色、手舞足蹈的样子,便十分好奇地问:"姐,什么事高兴得这样呀?"乔燕冲两人打了一个响指,大声地道:"特大喜事……"话还没完,贺小川便道:"有人买我们的蔬菜了?"乔燕听了这话,这才严肃了些,然后大声宣布道:"哪儿有这么快?不过我相信,我们吉星高照,蔬菜也肯定能够卖出去!"

第十六章

　　隔了两天，乔燕和贺小川兄妹迎着清晨的凉风，又拉了满满一车蔬菜往城里去了。这一次是真正的卖菜，几十筐刚刚采摘下来的蔬菜，整整齐齐地摞在车厢里，上面用苫布盖好了。不时从车厢里送来的一阵阵蔬菜的清香味儿，加上清晨凉爽的空气，更使三个年轻人心旷神怡。两天前送菜时受到的礼遇——那些热情的接待、感谢的话语和对他们送去的蔬菜由衷的称赞，现在都还不断地在他们眼前闪现，由此又使他们信心满满，都相信这车菜一定能卖出去，并从此开创一个新纪元。

　　这次，乔燕采纳了贺小川的意见，路过职业技术学校的时候，贺小川把车拐了进去。到停车场把车停下后，贺小川从车厢里搬出一筐蔬菜做样品，和贺小琴抬着，跟在乔燕后边去了学校食堂。令乔燕没想到的是，学校后勤主任一听她的话，便把头摇得拨浪鼓一般，口气十分生硬地道："买菜，那可不行……"乔燕一听主任这么说，便道："为什么，主任？我们这可是无公害的放心菜呀……"那主任听了这话，脸上露出了有些不高兴的神色，道："你这么说，好像我们食堂现在吃的菜就不是放心菜了？我可告诉你们，我们学校的食品安全制度是非常严格的，我们的蔬菜也是定点供应的蔬菜！你说你们的蔬菜是无公害的绿色菜，有什么证据拿给我看看？再说，即使你们是真的无公害蔬菜，我们也不能要你们的菜！我们要了你们的菜，我们定点单位的菜怎么办？我们定点单位你们以为是谁？就是这附近的农民，我们学校占的是他们的地，征地的时候这些农民就和我们签了合同！现在你们明白了吧？你们要给我们送菜，我们热烈欢迎，要我们买你们的菜，没门，你们快走，快走……"

乔燕听到这里,又见这主任一边说,一边对他们挥着手,便知道这主任是俗话说的"吃了称砣铁了心",没有什么再可以商量的了,便说了一声:"那好,主任!"说完对贺小川兄妹也挥了一下手,兄妹俩便又急忙抬起竹筐,随她走了出来。到了停车的地方,贺小川把竹筐抱到车上码放好,盖好苦布,然后把车倒过来,才问:"下一站我们又到哪儿?"乔燕道:"东方不亮西方亮,去三中!"

到了三中,乔燕吸取了刚才职业技术学校的教训,没去找学校后勤主任,直接去找了前天见过面的、对人非常客气、像是父亲一样慈祥的谢副校长。谢副校长正在他的办公室里写着什么,一见乔燕,急忙站起身,像迎接贵宾一样鞠着躬对她说:"哎呀,姑娘,你们又送菜了?真是太感谢你们了……"乔燕一听他这话,忙说:"谢校长,我们那是为了脱贫攻坚办的产业,可没法天天送……"谢副校长听乔燕这么说,忙打断了她的话问:"那今天……"乔燕忙笑着对他说:"谢校长,我们今天可是为卖菜来的!"说完不等谢副校长再问,便把来意说了。谢副校长还没听完,便皱起了眉头,像是遇到了一件天大的难事,在屋子里一边走,一边像是自言自语地说:"哦,原来是这么回事,原来是这么回事……"说完,这才站下来看着乔燕说:"哦,姑娘,是这样的!我虽然在分管学校后勤,可像买菜什么的,我一般不过问。这事,你去找具体负责的后勤主任吧!"乔燕一见他把球又踢到后勤主任那儿,便道:"谢校长,你能不能给后勤主任说一说……"谢副主任没等乔燕说完,便急忙摇着手道:"不行,不行,姑娘,我怎么能出面打招呼?这是万万不行的!"乔燕听谢副校长这么说,便不知道说什么好了。谢副校长见乔燕还愣着不走,便凑近乔燕身边低声说了一句:"姑娘你不知道,这学校也和社会上一样,复杂着呢!"乔燕真看出了谢副校长的难处,便回到楼下找学校后勤主任去了。

后勤主任听了乔燕的话,突然笑了起来。起初,乔燕还以为他的笑是对自己的嘲讽,脸便红了起来。过了半天,他才看着乔燕说:"乔书记,其实你们前天给我们送菜来,我便知道你们的用意了!当时想拒绝,又怕辜负了你们的好意!即使我本人想买你们的菜,那也是不行的!你不知道,我们学校对食品采购有严格的准入制度,不信你可以看看!"说着从墙壁上取了一本册子,递到乔燕面前。乔燕见那封面上写着"第三中学食品采购检查验收登记册",她随手打开一页看了看,见上面不但清晰地记录了食品采购的日期、数量、金额、供货单位、经营地址、供货单位资质、联系电话等,还有采购员名字、检验报告、生产日期和保持期、验收结果、验收人签字等十多项。但上面登记的主要是米、面、油、肉等，便道："这主要记录的是各种食材和调料，并没有蔬菜呀！"主任道："蔬菜怎么了？蔬菜虽然没有记录，可也是定点供应，一样也是取得了准入资格的，我们也合作了好多年，现在怎么敢抛弃他们和你们合作？要是出了食品安全问题，责任大于天，你们知道不？况且你们是无公害蔬菜，价钱也比别人的蔬菜高许多，我们更不敢买了！"说完就站起来下了逐客令，"对不起，你们走吧……"乔燕还想说什么，主任又挥了一下手说，"以后有机会再说，啊！"一边说，一边自己先走了出去。乔燕又只好叫贺小川兄妹把一筐蔬菜抬了出去。

连续两个地方吃了闭门羹，连乔燕都有些灰心了。贺小川把车开出校门，突然停在了路边，把头伏在了方向盘上。乔燕忙问："怎么不走了？"贺小川过了半天抬起头有气无力地问："又往哪儿去？"乔燕想了想，道："先不去学校了，去县政府机关食堂！如果他们买了，我们再去学校就好说了！"又过了一会儿，贺小川才像是下了决心似的，重新将车子发动起来，朝城区去了。

到了五一街前天停车那儿，贺小川正想把车停下，乔燕却急忙道："开到县政府那条街去！"贺小川听了乔燕这话，便问："那儿不是不准停车吗？"乔燕道："我们有入城证，问题也许不大吧！假如他们要买我们的蔬菜，车停到这儿，一筐一筐地往那儿搬，得花多少时间！"贺小川一想也确是这样，于是径直把车开到离县政府机关食堂二百米远的地方，靠着街边停了下来，然后搬下那筐做样品的蔬菜，与贺小琴抬着，三个人便往县政府机关食堂去了。

走进食堂餐厅，乔燕朝里面一看，和前天一样，丁主任、几个厨师和几个小工正在厨房里忙着。她一步跨了进去，十分响亮地叫了一声："师傅们好！"几个人都抬起头来，丁主任朝她看了看，目光落到了贺小川兄妹俩抬着的筐子上，半天才惊喜地喊了起来："哦，又是你们！"乔燕笑着说道："就是，大叔，前天的菜你们都吃了吗？"丁主任道："当然，那么新鲜的菜，不吃难道扔了？"乔燕一听这话，便又笑着问："大叔，菜的质量怎么样？"丁主任马上竖起了大拇指，道："老母鸡生蛋——呱呱叫！前天中午我们才吃出了真正的蔬菜味道！"说完又补了一句，"芝麻落到针尖上——难得！"乔燕一听这话，高兴得在地上跳了一下，道："好哇，大叔，既然你们这么喜欢，就买我们一些蔬菜吧，我们已经拉来了！"说完见众人都有些愣住了的样子，便又接着说，"你们买我们的蔬菜，就是为脱贫攻坚做贡献，同时也吃上了放心菜……"她还要说什么，丁主任却皱着眉头打断了她的话："姑娘，不哄你们说，我们倒想买你们的菜，可放牛娃儿，怎么能做主把牛卖了？"乔燕有些不明白，便看着丁主任道："大叔，你不是主任吗?"丁主任突然"哈哈"地笑了起来，其他人也跟着笑。笑完，丁主任才说："姑娘，我这主任只管厨房里这几个人，出了这个屋子就放屁都不响，怎么能管到买菜?"乔燕心立即凉了一半，便看着丁主任道："大叔，那谁在负责给厨房买菜?"丁主任说："你去找县政府办公室后勤科科长吧，他前天也吃过你们的菜，还夸这菜好，买菜这些事都归他管……"乔燕忙问："科长在哪儿?"丁主任道："就在前面那座高房子的第一楼里!"说罢又热情地补了一句，"我带你们去吧!"

　　走到院子里，乔燕忽然想了起来，便轻声问丁主任："大叔，你们科长姓什么?"丁主任道："姓梁……"乔燕一听这话，长长的睫毛忽地闪了几下，她突然想起金蓉姐原来的丈夫也姓梁，是县政府一个科长，可是什么科的科长，她当时没问，现在听丁主任这么一说，心下便想道："莫非此人便是金蓉姐原来的丈夫?如若真的是，说不定又是缘分呢!尽管他现在和金蓉姐离了婚，可俗话说一日夫妻百日恩，只要我说出和金蓉姐的关系，这点事他还不照顾?"这么一想，乔燕忽然觉得有了信心，便忙对丁主任说："你稍等一等，我给一个朋友打个电话!"说着便掏出手机走到一边，给金蓉打起电话来。电话一接通，她不等金蓉说什么，便直通通地问："姐，你原来那个老公是不是县政府办公室后勤科姓梁的科长?"金蓉道："是呀，燕儿，什么事?"乔燕一下高兴起来，道："好，姐，我知道了，回头再告诉你!"说罢马上挂了电话跑了过来。

　　丁主任把乔燕他们带到了梁科长办公室门口，说："你们自己去和梁科长谈吧!谈成了，梁科长说买多少，我那儿收多少就是!"说完便返身回去了。乔燕见办公室的门虚掩着，先伸手敲了敲，接着便把门推开，三个人一齐走了进去。屋子里没有多的人，那姓梁的科长正坐在办公桌后面，两眼紧紧盯着桌子上的电脑显示屏，只见他二十七八岁，和金蓉年纪不相上下，身材偏瘦，头发向后梳着，一副白面书生的形象。那姓梁的听见响声，这才抬起头，一见乔燕他们三人，便急忙叫道："你们是干什么的啊?"

　　乔燕一听，微笑着答道："是这样的，梁科，我们是黄石镇贺家湾无公害蔬菜种植基地的!前天我们给机关伙食团送来了一筐蔬菜，大家吃了都说好!今天我们又拉了一些蔬菜来，希望县政府机关食堂采购一些……"刚说到这儿，姓梁的便把脸沉了下来，像是十分气愤地道："买菜有菜市场，这儿是政府办公大楼，把蔬菜抬到办公楼来，成什么体统?"乔燕仍然赔着笑脸说："我们的意思，想让领导亲自看看我们的蔬菜……"姓梁的没等乔燕说完，又粗暴地打断了她的话："不看，看了也不买!我们食堂有固定的蔬菜供应商，你们快抬起走!"乔燕听到这里，觉得再不说出和金蓉姐的关系，这事肯定就没了指望，于是又笑着说："梁科，我姓乔，叫乔燕，我和金蓉姐是亲如姐妹的好朋友，从这层关系上说，不管你们现在如何，我都该叫你一声哥了，你说是不是？"乔燕一边说，一边盯着姓梁的。只见那姓梁的听了这话，一动不动，过了半天才冷若冰霜地说："我不管你们是谁，反正我只一句话，我们不需要到外面买蔬菜，你们快抬走，不然我就叫办公室的人来抬出去倒进垃圾桶里！"乔燕在心里狠狠骂了一声："怪不得金蓉姐要和他离婚，内心如此冷漠的人还怎么和他过？"

想到这儿，乔燕也一下黑了脸，正想对他说点什么，既为金蓉姐出口气，也为自己出口气——反正今天出师不利，心里正憋了许多气！正在这时，她突然看见门外一辆黑色的小轿车驶到了大楼前面，从驾驶室跳下一个人，去打开了后车门，紧接着从车里下来了一位领导模样的人。乔燕仔细一看，认出了是联系他们镇脱贫攻坚工作的郭副县长。郭副县长一下车，刚才开车门的人紧跟在他的后面，两人朝楼上去了。乔燕看了一会儿，脑海里突然有了主意，也顾不得骂姓梁的了，急忙从竹筐里抱起几根茄子、黄瓜和丝瓜，冲出门便朝楼上跑去。跑了几步才回头对贺小川兄妹俩说："你们就在这里等我，我看谁有那么大的狗胆敢把你们的蔬菜拿去倒进垃圾桶！"说完"咚咚"地跑了。

乔燕跑到郭副县长办公室门口，郭副县长刚刚在办公桌前坐下。郭副县长见她抱着蔬菜，吃了一惊，道："你抱蔬菜干什么？"乔燕把蔬菜放到郭副县长面前，她以为领导已经不记得她了，便道："我是黄石镇贺家湾村第一书记……"话没说完，郭副县长便笑着道："我记得你，你姓乔嘛，上次你到我办公室来哭得那么伤心。还有，你母亲叫吴晓杰，我是后来才知道的，怎么会不记得你呢？"乔燕见领导还记得她，便高兴了，道："领导联系我们镇的扶贫工作，我今天特地来给领导道喜！上次领导到我们镇上来，号召我们大力发展产业，我们落实你的指示，发展绿色蔬菜，如今获得了大丰收！"说着就把村上如何争取外出农民工返乡创业、贺小川叔侄如何流转土地种无公害蔬菜以及卖菜遇到的困难，给郭副县长都说了一遍。起初，乔燕还想在领导面前装得轻松一些，说着说着，那些艰辛和曲折都一齐涌到脑海来了，她感到十分委屈，说到刚才在梁科长办公室遭到的粗暴对待，竟伤心地抽泣了起来。郭副县长示意秘书去倒一杯水来，等乔燕喝了水，情绪平稳了一些才道："小乔，你们在第一线辛苦了！我说的是发自肺腑的话，没有你们在下面的付出，脱贫攻坚不可能取得这么大的成就，你们才是脱贫攻坚战役中真正的功臣！你们走过的路、所遭遇的困难和挫折，我们全都知道，可有时候我们也感到无力帮助你们！比如发展产业吧，不发展产业没法从根本上摆脱贫困，可大家都去一窝蜂发展产业，便出现了卖菜难、卖果难，你说有什么办法？你们蔬菜卖不出去，可以来找县长，其他的蔬菜种植户知道了，也可以来找县长呀！县城的机关食堂就那么多，大家都来找县长了，不是又你挤我、我挤你，把你挤出去了……"乔燕听到这里，觉得郭副县长说得有理，便着急地道："那领导说我们现在该怎么办？"郭副县长沉思了一会儿，才道："要想长期发展，关键还得靠品牌去争取市场！如果打出品牌了，不用你一个单位食堂一个单位食堂地送货，自然会有人开着大卡车来你地头要货……"乔燕觉得领导说得有些遥远，再说，小川哥他们已经是无公害蔬菜，还要怎么树立品牌？想到这里，她又打断郭副县长的话问："郭县长，我们当然想有人来我们地头要货，可怎么才能做到这样，你能不能告诉我？"郭副县长没因为乔燕的冒犯生气，反而耐心地道："怎么才能做到我一时也想不出，不过我要问你，你们知道山东寿光吗？那可是全国著名的蔬菜基地，生产的蔬菜全国各地的餐桌上都有，你们要开动脑筋想一想，人家是怎么做到的……"乔燕仍觉得郭副县长说的有些虚无缥缈，人家的蔬菜能发展到现在这个样子，难道不是山东地方政府努力的结果吗？再说，她现在最迫切的事是解决眼下的困难，便又对郭副县长紧追不舍道："山东寿光的事我多少知道一点，可眼前我们该怎么办……"说着说着便急得又要哭了。郭副县长马上道："好了，好了，我这个副县长，也没权力去命令食堂买你们贺家湾的菜，但我还是试一试吧！"说完便对秘书说，"你给办公室分管后勤的曹主任打个电话，说贺家湾的菜拉都拉来了，请机关食堂尽量买一些！"

秘书果然去了，一会儿进来说："我给曹主任说了，曹主任说机关食堂的蔬菜是和尖山村订了合同的，我们也不能违反合同，加上我们食堂就餐的人也不多，让他们抬五筐去，但只此一次，下次就不要送来了！"郭副县长听后，便对乔燕道："怎么样？五筐就五筐，卖一点就少一点吧！"乔燕知道事情只能这样了，便一边去收拾郭副县长桌上的蔬菜，一边对郭副县长说了一声："谢谢！"说完抱着蔬菜走了出来。来到底楼梁科长门前，贺小川兄妹还在那儿等着她，但却把菜筐抬到了走廊外面，姓梁的办公室门也关上了。乔燕把怀里的蔬菜重新放进竹筐里，才对贺小川和贺小琴说了见郭副县长的经过。贺小川一听县委县政府机关食堂只买五筐，便道："这么点儿，起得到什么作用呀！"乔燕道："哪怕他们只买一筐，我们出去就可以宣传机关食堂都买了我们的蔬菜嘛！"贺小川觉得真是这样，便高兴起来，说："那好，我们快去把菜搬来吧！"说着，和贺小琴把刚才那筐蔬菜抬到了厨房里，然后三人一起出去搬菜。可走到刚才停车的地方一看，却没有了车的影子。三人急了，忙向旁边门市上的人打听，那人道："刚才交警队把车拖走了……"

乔燕和贺小川兄妹听说车被交警拖走了，先是像傻了一般瞪着眼，张着嘴说不出话来。过了一会儿，贺小琴的两片嘴唇便像风中的树叶哆嗦起来，抖了一阵，终于抑制不住，蹲在地下抽泣了起来。贺小川虽然没哭，却紧紧咬着嘴唇，上下牙床发出了"咯咯"的磕碰声，铁青着脸，攥起拳头。乔燕的眼眶里也蓄满了泪水，可她不敢让泪水掉下来，更不敢哭出声，因为她怕被熟人认出来。可她心里却同样燃烧着不可遏制的怒火，脸涨得通红，眼睛也睁得圆圆的。蔬菜卖不出去，已经使她沮丧和痛苦了，现在又出了这事，真像贺家湾人说的："猫儿没买到，连口袋都丢了。"这可怎么办？她真想满世界大声呼吁和呐喊："这世界有几个人在真正同情、帮助农民呀？你们说说，说说呀！农民也是你们的父老乡亲、兄弟姐妹呀，他们太不容易了，你们为什么就不为他们想一想呀？"可是她什么都没说，因为所有这些她都说不出来。呆了一阵，这才回过神，掏出手机给张健打起电话来。

电话一接通，乔燕便再也忍不住了，大声地冲丈夫倾泻起心中的怒气来："你们交警队那帮人是不是都是土匪呀……"张健道："出什么事了？"乔燕带着哭腔道："我和小川哥、小琴妹妹拉了一车蔬菜来，停到县政府这条街边，进去和县政府机关食堂洽谈生意去了，可你们交警队却把我们的车给拖走了……"张健明白了，便道："谁叫你们停到那儿的呀？那条街是交通严管街……"听到这儿，乔燕一下又爆发了，叫道："屁的严管街！国务院还为蔬菜开辟绿色通道呢，他们交警队怎么就不听国务院的？我那是一车蔬菜，蔬菜，你知道吗？你扣车就扣车，可不能扣我的蔬菜！我那菜不及时卖出去，就要变成蔫菜、枯菜、烂菜、臭菜……"张健没等她继续说下去，便也有些不耐烦地说道："真是乱弹琴，你们乱停乱放还有理了！这样吧，你等着，我问问再回答你！"

乔燕对张健发泄了一通，心情稍好了一些，便去把贺小琴拉了起来，然后安慰他们俩说："没什么，他们如果不把蔬菜给我们还回来，我为你们去讨公平和正义！"贺小琴擦了擦眼泪，半天才抽抽搭搭地说："姐，下半年我还是出去打工，现在这样比打工还不如……"乔燕一听这话，心里很难受，想了想才道："小琴妹妹，慢慢来，总能够想到办法的！"这时张健打电话来了，道："你们往交警队方向走,在五星路红绿灯路口等我,我去把车给你们开出来……"乔燕一听这话,便知道了丈夫的良苦用心——结婚两年来,他是知道她那刚强、执拗和倔强性格的,担心他们去了真会和交警队的人吵起来——可她却故意说:"又不关你的事,你去干什么?让我们自己解决,要打要罚我们都答应,可他们耽误我们卖菜的损失,如果不赔,明天我就把贺家湾所有的贫困户和村民都带到他们交警队去,看谁怕谁……"张健听到这里,在电话里笑着对她说:"我说个歇后语你猜:狗戴嚼子,后面两个字是什么?胡勒!你以为交警队会怕你?人家那班人可不是你们贺家湾河沟里的刷巴纤鱼——没有见过大江河!"说完又道,"就这样了,你们在交警队下面的红绿灯旁边等我!"说完"啪"地挂了电话。乔燕也将电话收起来,过了一会儿,才对贺小川和贺小琴挥了挥手,往交警队走去。

  到了五星路口的红绿灯下,三个人到旁边工商银行前面的水泥台阶上坐下。没一时,张健便把车开到路边停下,三人立即迎了过去。贺小川等张健从车里出来后,忙抓了他的手感激地说:"谢谢你,张队长,你可帮我们大忙了!"张健说:"你们快把菜拉去卖,不然成了蔫菜、枯菜、烂菜、臭菜,可没人负责任了!"乔燕知道丈夫这是在打趣她,便过去在张健肩上打了一下,道:"你还有心思和我开玩笑?我蔬菜卖不掉,你怎么不帮我想想法?"张健见乔燕说着说着就红了眼圈,便正正经经地道:"这不比其他的事,我能有什么办法?"说完突然想起什么似的,把乔燕拉到一边嘀咕了几句,这才重新赶回去上班。

  张健走后,乔燕过来让贺小川看看车厢里的菜可有什么损失没有。贺小川爬到汽车踏板上,掀开苫布朝车厢里看了看,然后回头对乔燕道:"乔书记,蔬菜一点没动!"说完下车来,却没进驾驶室开车,而是在旁边坐了下来,耷拉着头,一副没精打采的样子。贺小琴便道:"哥,县政府机关食堂那五筐菜,我们还送不送了?"贺小川捧着头像是没听见,过了半天才抬起头大声道:"不送……"贺小琴忙问:"怎么不送了?"贺小川十分痛苦地说:"这样低三下四地去求人算什么?再说,我们每天可要产几千斤蔬菜呀,五筐蔬菜对我们来说,九牛之一毛都算不上呀,其他的蔬菜又卖给谁……我宁愿蔬菜烂到地里,也不愿意这样去看人脸色了!"贺小琴听后想了一会儿,才看着乔燕和堂哥问:"那其他单位,我们还去不去联系了?"贺小川没等乔燕回答,便道:"要去你们去,反正我是不会去了!"乔燕听了贺小川的话,又想起职业技术学校和县三中后勤主任的话,便道:"小川哥说得也有道理,剩下的地方我们都不去了,他们都留了联系方式,你们可以通过电话问一问,能行,当然是好事,不行也就算了!现在最重要的问题是，我们得商量怎么处理这一车蔬菜，时间已经不早了，我建议你们把菜拉到农贸市场，能低价处理掉就处理掉，实在处理不掉的，就拉回去，哪些乡亲要，就让他们来拿！以后的事，我再想想办法……"话还没完，贺小川和贺小琴都抬起眼看着她，过了半天，贺小琴才像是不肯相信地问："姐，还有什么办法？"乔燕张了张嘴，没马上回答，想了一想，说："我马上去市上找我妈，看她能不能帮我们一下！"说完又补充了一句，"这是刚才张健提醒我的……"话还没完，贺小琴抓紧了乔燕的手："姐，谢谢你，我们一家人，真的……谢谢你……"贺小川突然一下站了起来，大声道："走，小琴，卖菜去！"说完爬进了驾驶室，然后伸出头对乔燕说："乔书记，你放心，我们也不能再让你失望！"说罢将车开走了。

　　黄昏时候，乔燕回到了贺家湾。一到村里，她便去了贺忠远、贺小川叔侄俩的蔬菜基地。贺小川一见，便露出了失望的样子，道："乔书记，这么快就……回来了？"贺忠远也望着她，想说什么没说出来。乔燕知道他们心里在想什么，便问贺小川："上午的菜卖得怎么样？"贺小川忙哭丧着脸说："别说了，当讨给人家一样，还有几筐没卖掉，给拉回来了。"乔燕一听这话，便道："不要紧，我赶来就是要告诉你们一个好消息！明天我们市上精致现代农业开发有限公司的崔总要亲自来考察你们的蔬菜，我妈也要陪着来……"贺忠远没等乔燕说完，便十分关心地问道："姑娘，他们来是买我们的蔬菜的吗？"乔燕道："大叔，他是不是来买我们的菜，我妈倒没告诉我。不过，我想他们既然大老远地来，总会有一定的目的……"听到这里，贺小川问："乔书记，你没到市上去？"乔燕道："我正要去，可我妈叫我别去了！"说着便把经过给他们讲了一遍。

　　原来，乔燕和贺小川兄妹俩在五星路口红绿灯旁边分别过后，便掏出手机查了查到市上的火车时刻表，却发现到下午3点以前都没有火车了。她想叫张健开车把她送到市上去，可想起丈夫为自己付出太多了，她不能再去影响和打扰他的工作，以免给同事和领导留下不好的印象。她心乱如麻，很想清静一下，便朝奶奶家去了。她那时心想："要是爷爷在就好了。爷爷一定能给我找到解决的办法，即使找不到，爷爷的智慧和乐观也一定会感染我，帮我缓解心中的迷茫和痛苦，可是……"想到这里，她长长地叹息了一声，又沉进了对亲人的思念里。到了奶奶家里，和奶奶说了一会儿话，她心情慢慢好了起来。这时，她才想起应该先问问母亲在不在市上，然后把要去的消息告诉她。谁知吴晓杰听了女儿的话，一个劲追问她究竟有什么事，非得到市上找她不可。乔燕只得把贺忠远、贺小川叔侄俩的蔬菜如何种出来、现在卖不了等等情况，都给母亲说了。在给母亲讲述的过程中，那些曲折与无助，都一一涌上了心头。讲到最后，竟然对着电话抽泣了起来。吴晓杰听完她的话，半天没言语，最后才道："如果仅仅是为这事，你就不要来了，等我的电话就是！"听了母亲这话，乔燕心里涌起了一股希望。她知道母亲是不会随意表态的，叫她等电话，就已经十分明确地表明了态度，那就是：妈会给你想办法！因此她便打消了去市上的念头，在家里安安心心地等起母亲的电话来。

果然，在下午4点多钟的时候，吴晓杰给乔燕打来了电话，告诉了乔燕崔总明天来村上考察他们蔬菜种植的消息，并特别补了一句她也要一起来！乔燕一听这话，像是没有听清楚地叫了一句："妈，你真的要来？"吴晓杰道："妈为什么不能来？我可告诉你，妈明天只是给崔总带路的，你不要对我寄托太大的希望，一切都是崔总说了算，听清楚没有？"乔燕立即伸了一下舌头，道："妈，我知道了……"说着，还想从母亲这儿探一探崔总葫芦里究竟装的什么药，吴晓杰却把电话挂了。乔燕便想："管崔总葫芦里装的什么药，他答应来肯定是好事！"便赶回贺家湾来报信了。

乔燕把经过给贺忠远大叔和贺小川兄妹俩说完以后，才对贺小川问："小川哥，你们知道市精致现代农业开发有限公司是干什么的吗？"兄妹俩都摇了摇头。乔燕便把从母亲那儿听来和自己从网上了解的关于精致现代农业开发有限公司及它的上属省神农现代农业集团的情况，给他们讲了一遍。讲完，又对他们说："他们虽然有很多项目，可对现代农业项目的开发、研究、推广和销售，才是他们的主业。我们的无公害蔬菜，正是他们开发和推广的方向……"贺小川听到这里，终于高兴了起来，道："乔书记，我明白了，要是能和他们联合起来，那就太好了！"乔燕道："既然崔总答应来，我想应该有这个可能吧！"贺小琴听乔燕这么说，立即看着她有点不放心地问道："姐，既然是这样，你说我们该怎么准备呢？"乔燕道："准备什么？菜在地里长着的，他想看什么就看吧！"说完又补了一句，"我妈特地叮嘱了，除了村上干部和你们外，什么人都不要通知！"

第二天上午10点钟，吴晓杰和崔总乘坐的两辆轿车驶进了贺家湾文化广场旁边的停车场。乔燕、贺端阳、贺文、贺通良、张芳、贺波和贺小川兄妹俩早在黄葛树的浓荫下等着了，一见车来，便急忙围了过去。吴晓杰从第一辆车上走了下来，乔燕一看，母亲今天穿了一套两件套的白色短袖运动休闲装，大约因为要走很多路的原因，脚上穿了一双白色运动鞋，显得年轻和时尚了很多。她正想过去拥抱一下母亲，忽然看见从第二辆车的副驾驶座上跳下了李亚琳，惊得大叫了一声："亚琳……"一边叫，一边张开双手，朝李亚琳扑了过去。李亚琳却朝她摆了一下手，转过身子去拉后边的车门。车门打开，从里面出来一个五十岁左右的中年男子。只见这人身材高大，一张四方脸，额头亮亮的，上身穿着一件浅蓝色的翻领T恤，下面是一条黑色纯棉直筒弹力工装裤，脚上是一双和裤子同样颜色的真皮透气运动休闲鞋，给人的印象像是十分随意，却又透着睿智和精明。乔燕一见，便知他必是崔总无疑。果然母亲马上走过来，把她向崔总介绍了。然后，她又把贺端阳、贺文、贺通良、张芳几个村干部和小川兄妹俩，向崔总和母亲介绍了，大家亲切地握了握手，便往会议室走去。趁此机会，乔燕才张开手和李亚琳拥抱了一下，然后低声附到她耳边问："你怎么跟着一起来了？"李亚琳道："我没来得及告诉你们呢，我两个月前就从报社出来了，现在在省神农现代农业集团……"一听这话，乔燕吃惊地瞪大了眼睛，道："什么，你到了那儿？那现在在干什么？"李亚琳道："我在规划部工作，我们老总听说我是这个市的人，便叫我下来给崔总当一段时间的助理，主要是让我多积累一些基层的经验……"乔燕没等她说完，便在她肩上打了一下，高兴地道："太好了，看来我们姐妹这辈子生死都该在一起了，你可要快快救救我！"李亚琳冲她笑了一笑，没说什么，进了会议室。

大家在会议室说了一会儿闲话，崔总便要去看蔬菜种植基地，乔燕便叫贺小川兄妹、贺端阳、贺文、贺通良等人骑了摩托车先去，自己留下来带路。前面一行人走了以后，乔燕钻进母亲的车里，朝石牛坪去。到了地边，一行人顶着阳光进了菜地。此时尽管头顶上的太阳有些烤人，可当他们走到菜地中间的时候，却感觉到阳光照在菜叶上，所有蔬菜的绿意都变得清澈和稠浓。崔总像是对这些蔬菜十分感兴趣，他不时把那些挂在枝头的辣椒、丝瓜、苦瓜、黄瓜、茄子、菜豆等捧在手里看了又看，然后将它们凑到鼻子底下用力嗅起来，好像要分辨出它们不同的味道一样。最后他蹲下身，将双手往垄上松软的泥土里一插，刨开了表土，露出了下面秸秆腐烂后的渣子，他又将这些秸秆的残渣抓到鼻子底下闻了闻，然后松开拍了拍手，才问贺小川："你们地里所有的底肥，都是这样的有机肥吗？"贺小川道："我们所有的地都是这样！"崔总听了没再问什么，把所有的地都查看完了，一行人又来到了油桐树下，崔总站住了，回头留恋地看了一眼那片整齐而诱人的菜地，突然问："你们谁能给我讲一讲是怎么管理这片菜地的？"一听这话，贺小川马上说："小琴，你给崔总讲一讲我们是怎么管理菜园的？"贺小琴此时正站在崔总身边，听了这话，却一下红了脸，一副不知该怎么开口的样子，过了半天才问："崔总，不知你要听哪方面的？"崔总想了想，便道："你就讲一讲是怎样给菜施肥、怎样杀虫的吧。"贺小琴一听，便知道崔总今天是想通过这种方式，考察他们种的蔬菜是不是真的是绿色无公害产品。这么一想，心里便不慌乱了，把那天早晨在贺世银爷爷新房旁边对乔燕说的那番话，有条有理地对崔总说了一遍。崔总又提了两个问题，贺小琴也对答如流。崔总像是十分满意，没说什么，只朝贺小琴点了点头，便往回走了。

回到村委会会议室，大家坐了下来。崔总对吴晓杰道："吴局，你说几句吧！"吴晓杰听了却微笑道："崔总，今天你是主角，我们全听你的，还是你说！"崔总听了这话，便也不客气，看了看大家，讲了起来："首先，我非常感谢吴局长今天邀请我到贺家湾来，使我学到了很多东西，也使我看到了国家发展现代农业的希望！我先说说我们公司的情况。我们市精致现代农业开发有限公司，是省神农现代农业集团下面的一家分公司。集团通过对不同精致农业项目的投资，以生产高品质、高附加值的农产品为目标，打造中国精致农业领导品牌。市精致现代农业开发有限公司是专门建立的一个现代农业开发示范园。我们公司的口号是：'让农业插上科技的翅膀，发展健康农业，恢复土地生机，建设美丽新村，塑造幸福农人！'一句话，我们就是要发展生态农业，生产无公害产品，使更多的有机食品、绿色食品能摆上消费者的餐桌。这是我们奋斗的方向，也是中国农业发展的方向！在这一点上，我们和你们种植绿色蔬菜的目标完全是一致的！因此我在这里代表公司向你们表个态，我们完全可以合作……"

听到这里，乔燕十分兴奋地冲崔总鼓起掌来，其他人一见，也马上跟着鼓掌。崔总对他们挥了挥手，等他们停下来后，说："你们先别激动！要想跟我们合作，你们还有很多路要走，这些路走不通，你们的一切希望都会落空……"乔燕等人一听，都愣了，目光齐齐地落到崔总身上，等待他说下去。崔总接着说："你们和我们合作，最最重要的一条，你们的蔬菜首先得取得国家无公害合格证书！没有国家无公害合格证书，口说无凭，谁会相信你的蔬菜都是按照无公害标准来生产的？我们公司的销售对象是全市乃至全省四星级以上的大酒店。你们都知道，那些酒店的消费高，客人对食品安全要求也十分严格，因此我们提供的蔬菜，不但要在包装上印上无公害产品合格证书号，还要印上各种检测出来的有机成分，否则，那些高端客户不会买账……"

乔燕听了崔总的话，忽然想起昨天在县职业技术学校时，那个后勤主任也对她说过同样的话，于是迫不及待地问："崔叔叔，到哪儿才能取得这个合格证书呢？"崔总道："这个简单，每个市都有一个无公害蔬菜管理办公室，他们专门负责无公害蔬菜的检测并颁发检验报告。你们现在要做的，是立即向市无公害蔬菜管理办公室提出申请，他们受理后，会先派人到现场来实地考察，然后通知你们把蔬菜送去检验。经过检测，如果你们的蔬菜各项指标都符合无公害蔬菜的标准，他们便会给你们颁发《无公害蔬菜标志使用证书》，并在市报和市电视台发布公告，同时由市无公害蔬菜管理办公室和你们签订《无公害蔬菜标志使用协议书》。当然，如果我们合作了，这个《无公害蔬菜标志使用协议书》也可以由我们和他们签订。到这时，我们就可以根据季节、蔬菜品种，按高出市场价百分之五十以上的价格来收购你们的蔬菜，经过我们再次挑选、包装，将你们的产品推广与销售出去……"

乔燕一听崔总这么说，热血沸腾了起来，便打断了他的话道："崔叔叔，如果我们明年规模扩大了，你也会按照你说的收购我们的蔬菜吗？"崔总马上说道："只要你们生产的蔬菜都能取得《无公害蔬菜标志使用证书》，我向你们保证，你们有多少我们公司收购多少！就是你们全村的土地都种上蔬菜，我也保证全部收购！还忘了告诉大家，我们公司有自己独立的运输设备，人员配备齐全，而且还有大型的储藏设备，旺季的蔬菜我们可以储藏到淡季，价钱还会卖得更高呢！所以，你们根本不用愁收购不了！"乔燕听完，兴奋地大叫了一声："好！"屋子里的人都吓了一跳，纷纷把目光移到她身上。她这才意识到自己的唐突，伸了伸舌头，对崔总抱歉地笑了笑。

崔总却一点也没生气，反而像是被她逗笑了，继续道："在把蔬菜送去检测之前，你们还要马上办一件事，那就是到你们县工商局注册……"一听到这儿，乔燕又有些不明白了，于是问："崔叔叔，种蔬菜还要办工商营业执照呀？"崔总一听，一下笑出了声，道："不是办营业执照，而是商标登记注册，不去注册，谁来保护你们的蔬菜呀？"不等乔燕再问，便接着说了下去，"注册是为你们的蔬菜加一层保护伞！比如说，假如你们的蔬菜经过检测，达到了无公害蔬菜标准，可今后如果有人冒充是你们的蔬菜，你们怎么办？你们如果要到法院去起诉他，就得凭工商局的商标注册登记，才能证明是人家侵犯了你们的权利……"乔燕听到这儿明白了，马上道："我知道了，这就好比专利……"崔总立即点了一下头："对，小乔说得对，但我还是要纠正你一下，不是好比专利，这就是专利！这个商标或品名，越简单、越具体越好。刚才我听你们口口声声说'贺家湾无公害蔬菜'，这个名称就太笼统了！只要是贺家湾人种出的蔬菜，都可以这么叫，你们也就不好去维权。所以我建议干脆就叫'小川牌无公害蔬菜'。这样，就再也没人敢挂羊头卖狗肉，你们的菜就是天下这个……"说着，崔总翘起了右手大拇指，"独一份！"

乔燕听到这里，露出了心悦诚服的微笑，再看看会议室里其他人，他们脸上也都露出了开心的笑容。在她的意识里，也许世界上最简单的事莫过于卖菜！你看市场上那些老头老太太，只要能识秤，能数钱，你递一块钱来，他称一斤豆角或两斤白菜给你，这还不简单？可是今天听崔总这么一说，才知道卖菜里还有这么多学问，自己真是一只井底之蛙，原来知道得这么少，还以为让县政府食堂买了自己的菜，好拿着人家的牌子去做广告呢！这真是太可笑了。

这么一想，乔燕便有些惭愧起来，正想问问怎样去工商局注册，又听崔总兴致盎然地说开了："说到品牌，我这里还想多说几句！你们的蔬菜如果要打出名气，光靠一个'小川牌无公害蔬菜'的名字和一份《无公害蔬菜标志使用证书》还不够，在'小川牌无公害蔬菜'的总名字下，还必须创造出更多的蔬菜品牌，让别人无法取代你们，这样，你们在市场上便能立住脚了……"听到这里，乔燕忽然想起了昨天郭副县长对她说的靠品牌去争取市场的话，当时觉得他说的只是没法实现的大话，可现在却觉得不那么空洞，于是问崔总："崔叔叔，你说我们还该创造些什么品牌，又怎么去创造呢？"话音刚落，崔总立即朗声道："小乔这话问得好！不过现在我来问你，你们的豆角拿到市场上，叫什么豆角？"乔燕突然愣了，朝贺小川看了看，见贺小川也一副莫名其妙的样子，便回答道："豆角就叫豆角，还能叫什么名字？"崔总又笑了笑："我再问你，你们的辣椒又叫什么椒？"乔燕这才回答得十分干脆："就是辣椒呗！"崔总先说了一声："好！"然后才说，"现在我给你们讲个故事，你们听后就明白了！前年我到山东一个大型蔬菜批发市场去考察，发现市场上的每种蔬菜，都有一个很响亮、很动听的名字，比如那辣椒，旁边的牌子上写着'公主椒'三个大字，豆角堆上的牌子上是'王爷豆'。我一看便觉得奇怪了，我走过不少地方，看见的辣椒就叫辣椒，豆角就叫豆角，白菜就叫白菜，可人家这里的菜，每一种都有自己的名字，这可能就是他们和其他地方最大的不同！我便过去和蔬菜的主人———一位中年大姐攀谈起来。我问：'大姐，你们这儿每种蔬菜都有各自的名字呀？'大姐说：'不但有名字，还在工商局注册登记了的呢！别人也不敢来冒充，我们这菜确实卖得比周边所有市场都好呢！'我听了半天没说话，心想这就是人家的品牌意识，说到底，我们的市场意识还是比人家落后！我讲这个故事的目的，并不是要你们立即去给每种蔬菜取一个响亮的名字，但你们头脑里一定要有品牌意识，这不是一个简单的名字问题，而是一个品牌保护的问题，大家明白了吧？"

乔燕是一个聪明透顶的姑娘，崔总的故事还没讲完，她就明白了。她有一种醍醐灌顶的感觉，原来觉得虚无缥缈的东西，现在竟然伸手可及。贺家湾老人嘴里那些"古"，随便掂出一个，都可以成为响当当的品牌呀！所以，当崔总讲完以后，她激动地站起来说："崔总，你说的我们都听懂了，你放心，我们贺家湾一定不会让你失望！感谢你今天给我们上了生动的一课！"说完像小学生一样朝崔总恭恭敬敬地鞠了一躬。其余人站了起来，对崔总报以热烈、感激的掌声。

第十七章

　　一个星期后，崔总的精致现代农业开发有限公司来贺家湾拉走了两车"小川牌无公害蔬菜"，意味着"小川牌无公害蔬菜"正式加盟了崔总的公司，从此以后，他们只管种和采摘，销售全由对方负责。在这段日子里，乔燕虽然像一只蜜蜂般辛勤地飞进飞出，但因为心里有了希望，这忙碌就显得既充实又快乐。

　　那天在饭桌上，崔总还给他们出了一个主意，说夏天蔬菜生长快，季节不等人，贺家湾如果要拿到市上的《无公害蔬菜标志使用证书》，按平时相关部门的办事流程算，最快也得二十天左右，这样可不行。如果真要等那么长时间，用农民的话说，就是"黄花菜都凉了"，因为许多品种的蔬菜都快下市了！因此他建议贺家湾今天就必须把给市无公害蔬菜管理办公室的检测申请和向县工商局申请商标注册的所有资料准备好，明天兵分两路，一路人马跑市无公害蔬菜管理办公室，一路人马跑县工商局！他还对吴晓杰道："吴局，你人大面大，最好跟县上相关领导打声招呼，请工商局抓紧一些，农民的菜在地里多挂一天，就多一天的损失呀！"说完又说："我回去也给市无公害蔬菜管理办公室那帮人说一声，请他们收到你们的申请后，就派人下来考察，尽快组织检测！"吴晓杰见崔总都这样为女儿的事两肋插刀，自己这个做母亲的还能置之事外？于是也马上表态说："没问题，这次我破个例，回去我就给县上相关领导说一说，请他们开绿灯！"崔总想了想又说："我把我的助理李亚琳女士留下来协助你们，你们有什么不懂的地方尽管问她……"崔总话还没完，乔燕便高兴地跳起来，拍着手叫道："太好了，太好了，亚琳……"说着就扑过去抱住了李亚琳。崔总见她们亲热的样子，便问："你们认识？"吴晓杰道："岂止认识，这两个鬼丫头可是前世就修得有缘分呢！"说完便把李亚琳和乔燕的事给崔总讲了一遍。崔总开玩笑似的对李亚琳说："哎呀呀，亚琳助理，我真是有眼不识泰山，那今后我可不敢随便支使你了！"又玩笑着地说了一句，"看来，我们和贺家湾，也是有缘千里来相会呀！"

下午崔总和吴晓杰走后，乔燕便把贺端阳、贺文、贺通良、张芳、贺波等村干部留下来开了一个短会。乔燕采纳了崔总的建议，决定让贺波协助贺小琴，到县工商局申请商标注册，自己协助贺小川，负责市无公害蔬菜管理办公室检测方面的一系列事宜。在会上，乔燕还对村干部谈了自己这天所受的教益。她说："今天听了崔总的话，我才进一步理解了什么是现代农业。我相信大家也一样，对下一步贺家湾如何建设现代农业，都会有一些想法。假如忠远叔和小川兄妹俩的蔬菜真的通过了无公害蔬菜的检验，加入了崔总的公司，那么，就证明我们已经找到了一条在贺家湾建设现代农业的路子，所以从现在开始，大家都可以思考一下以后我们贺家湾可以做些什么。如果检测没有通过，那么，眼下我们又该改进些什么。但我相信，不管怎么样，我们都会带领贺家湾的父老乡亲过上好日子！"散会后，乔燕和李亚琳、贺小川、贺小琴以及贺波一起，一字一句琢磨起向市无公害蔬菜管理办公室的检测申请和县工商局的商标注册申请来。李亚琳虽然到省神龙现代农业集团才两个月，可已经参加过两次这样的活动，加上又有做记者的功底，做这样的文案也算得上是轻车熟路，还不到天黑，几个人便把所需要的资料准备齐了。第二天一早，贺波和贺小琴便拿着资料去了县工商局。乔燕本来想和李亚琳一起去市无公害蔬菜管理办公室，可昨天晚上空调的温度开得低了一点，张恤受了一点凉，半夜突然发起烧来。李亚琳一见，就坚持不让乔燕和她一起去了，说："小川哥和我一起去也是一样，你就放心等着好消息吧！"

李亚琳回到市上的第二天，市无公害蔬菜管理办公室便派了两个技术人员到贺家湾来进行实地考察。回去又只隔了一天，市无公害蔬菜管理办公室便通知贺小川，让他们把每种蔬菜送两到三斤样品去检测。贺小川一接到通知，便急忙跑来找乔燕商量，说："乔书记，叫我们每种只送两到三斤，可我们送去的，他们要是怀疑是我们专门挑选出来的，怎么办？"乔燕一听这话也有道理，想了半天便道："那我们就多送一点去吧，反正也不坏事！"第二天凌晨5点钟，贺小川心里惦记着检测的事，睡不着，便来喊乔燕出发。乔燕走到贺小川的车前一看，车厢里装了十多个筐子，每个筐子里都装了半筐蔬菜。乔燕就道："这么多呀？"贺小川道："让他们细细地检、下死劲检吧！"乔燕一听就笑了起来。

这时天边已露出了熹微的曙光，这个时候，正是回笼觉睡得最香甜的辰光，乔燕先还勉强支撑着和贺小川拉一些闲话，随着贺小川把车开上了平坦的柏油路，她的眼皮便耷拉下来了，接着就将头仰靠在椅背上睡了过去。也不知睡了多久，迷迷糊糊间，耳畔漾起爆炒蚕豆一样的声音，噼噼啪啪，像是无数只手拍打着车身。紧接着又是一声炸雷，把她彻底惊醒过来。她睁眼一看，天虽然已经亮了，却黑得比刚上车时还厉害。再从车窗玻璃的雨线中望出去，只见公路两边高大的银杏树在风中摇摆着，叶片翻卷，像是挣扎在梦境中。她正想说什么，贺小川将车开到路边刹住了。乔燕往前俯了一下身子，问："怎么停下了？"贺小川一边开车门，一边大声说："苫布没有盖，蔬菜淋了雨，人家会说我们是洗过的！"说罢便跳下车。乔燕一见，也跟着下来，和贺小川跳进车厢里，拉开苫布，将所有的筐子都盖上了。盖完回到车里，两个人都淋得像是落汤鸡。走得急，他们也没想到会下雨，都没带多的衣服，只得将淋湿的衣服裹在身上。

夏天的雨，短促而热烈，下雨时，天地仿佛猝不及防地潜入了墨汁一样幽深的夜里，可转瞬间，雨过天晴，红日又露出了笑脸，大地又是一片明亮。乔燕摇下了车窗玻璃，一阵凉爽的风吹了进来，再看看公路两边的银杏树，枝头湿漉漉的，雨水刷过的叶片青翠欲滴，像初生婴儿洗过的脸。凉风吹着他们湿透的衣衫，让他们感到了几分寒意。

到了市无公害蔬菜管理办公室，他们身上的衣服还没有完全干透。办公室的工作人员刚刚上班，车开进检测所，两人便将车上的竹筐往检验室搬，将检验的女技术员吓了一跳，道："你们这是干啥，没听明白通知是不是？我们这儿又不是蔬菜市场，搬这么多蔬菜来干啥？"贺小川听了这话，急忙看了乔燕一眼。乔燕便道："大姐，不是没听明白，我们小川哥怕拿少了，不够你们检，所以就多拿了一些来，你们多检一些，看看到底合格不合格？"女技术员听了这话，又看了看他们身上没干透的衣服，什么也没说，从每个筐子里选了两斤多样品，剩下的叫他们全拉回去。乔燕和贺小川都想在那儿看检验结果。女技术员却说："哪有这么快就出结果来了？回去等着，结果一出来我们就会告诉你们的！"两人才又把剩下的蔬菜重新搬回车厢里。

刚回到贺家湾，贺小琴便拿着县工商局的商标注册证书喜滋滋地来了。乔燕一看商标上"小川牌"三个字，便高兴地说："小琴妹妹，现在你们的蔬菜都有了自己专门的名字，就像市场上卖的'张小泉'剪刀一样。名气虽然打出去了，可保持名气就没那么容易了哟！"贺小琴道："姐放心，谁要是不按我说的管理蔬菜，哪怕就是我爸，我也会不依！"乔燕赞许地说了一声："好！"用手机拍了一张商标注册照片，给李亚琳发了过去。

乔燕知道这么快能把商标注册下来，很大程度上靠了母亲。她突然想起过去对母亲有些误解，总认为她心目中只有工作，对女儿不太关心，现在看来，母亲的心始终还是紧紧贴在女儿身上。要不，她这个大忙人，怎么能专门到贺家湾来一趟？不是她，崔总又怎么会那么热忱而全心全意地帮助他们？说到底，这都是母亲的功劳。现在，她才真正理解了"母女情深、儿行千里母担忧"这些话的含义！可是，令她感到非常过意不去的是，那天她没能很好地陪母亲，甚至连一句亲热的话也没对她说。直到开完会，母亲才突然对她说："张恤在哪儿？带我去看看！"她这才想起，母亲、崔总来后，便马不停蹄地忙着蔬菜的事，她也忘记了让婆母把张恤抱下来给母亲瞧一瞧！世界上哪有外婆不疼外孙的？一听吴晓杰这话，乔燕便带了母亲往楼上走。到了楼上，张恤正扶着床沿，趔趔趄趄地走着！吴晓杰便高兴得大叫起来："啊，都走路了！"一边说，一边蹲下身子，张开双手，喊道，"来，宝贝外孙，外婆抱一抱！"张恤侧过身子，把她看了半晌，突然又歪歪倒倒地往回走去。吴晓杰一把将他抱起来，往他小脸蛋上亲去。小家伙却哭了起来，使劲地扭着小身子想挣脱吴晓杰的怀抱。乔燕忙过去对他说："是外婆呀，你哭什么？"婆母在旁边也哄着他说："外婆好难得抱你一次，你还哭？"张恤像是没听见，哭声越来越大，吴晓杰只得在他小屁股上轻轻拍打了一下，像是埋怨地道："狗东西，外婆常常想着你，你连抱都不让外婆抱！"说着，便又把他还给了乔燕的婆母。乔燕在那一瞬间，看见母亲的眼眶分明湿了起来。看见张恤不哭了，吴晓杰掏出一张纸巾，过去一边给张恤擦泪，一边自言自语道："是，外孙，外婆是一个不称职的外婆，从生下来到现在，外婆还没有认真抱过你几次，外婆对不起你了……"乔燕听了这话，心尖儿突然一颤，仿佛一下子看见了母亲强硬外表下那颗柔弱之心。她看见母亲的眼圈儿越来越红，便忙对婆母说："妈，你把张恤抱过去给他喂饭吧！"婆母一听，便抱着孩子走了。

张恤被婆母抱走后，乔燕突然产生了一种强烈的冲动，她想把母亲留下来，陪她在这个小山村里住一晚上，她要陪她好好地说一晚上话，可是她知道这是不可能的，想了想便转了一个弯，说："妈，你今天晚上不回市上，我陪你一起回县上看看奶奶吧？"吴晓杰过了一会儿才道："妈也不想回去，想陪你、陪奶奶住一晚上，可是晚上市上还有一个会呢！奶奶我是要回去看一下，可看完了就得走！今天省扶贫移民局一个副局长在市上检查工作，要不是为了你，我今天是要陪领导的！"乔燕听了忙说："我知道，妈，谢谢你……"吴晓杰没等她说完，便道："客气话就别说了，妈只有一点希望，假如这次你们的蔬菜检测合格并加盟了崔总的公司，就等于是为贺家湾找到了一条致富的希望之路。但无公害蔬菜这块牌子并不是一劳永逸的，崔总会随时将你们菜送去检测，一旦发现了不合格产品，他就将取消和你们的合作，所以你们要巩固这个牌子，达到和崔总长期合作的目的！"乔燕听了道："妈，你放心，我们会继续努力的！"

　　吴晓杰知道女儿响鼓不用重锤，便不再说什么了。母女俩一齐往楼下走。才走几步，吴晓杰突然凑到乔燕耳边问："你那件事情，怎么样了？"乔燕忙问："什么事情，妈？"吴晓杰见女儿不明白，便说："还有什么事？你亲生母亲那儿……"乔燕的脸顿时红了起来，没等吴晓杰说完，便说："妈，我说过，你才是……我妈……"吴晓杰马上嗔怪地说："又说傻话！你以为妈真是那种精致的利己主义者？虽然我舍不得你，虽然民间也有生的父母小、养的父母大的说法，可毕竟是他们把你带到这个世界上来的，你该报答他们就得报答！"说完又说了一句，"妈不会怪你的！"听到这里，乔燕轻声说了一句："我知道了，妈！"声音有些哽咽，要不是楼下还有那么多人，她真想扑在妈的怀里好好哭上一场。

　　精致现代农业开发有限公司来拉蔬菜的大卡车是在天黑了才到达村里的。按照崔总的安排，贺世远、贺小川兄妹蔬菜采摘的时间必须是傍晚天气凉爽时。蔬菜采摘出来，经过初步的挑选，一筐一筐装好等着公司的车来拉。因为是第一次合作，崔总还是有些不放心，又派了李亚琳一起来。李亚琳把所有筐子里的蔬菜都看了一遍，觉得贺小川兄妹做得不错，然后拉着乔燕的手告诉她，这蔬菜拉回去后，公司先要用清水清洗一遍，通过机器进一步挑选后，才分级进行包装。在凌晨3点以后，便要陆续送到各大宾馆，以保证客人在第二天早晨就能吃到新鲜可口的蔬菜！乔燕听后，心里不由得敬佩起来，便道："怪不得你们能把生意做得这么大，除了菜好，服务也是一流的，这个效率太高了！"说完附在李亚琳耳边问，"你对现在这个工作满意吧？"李亚琳道："这个工作不像报社那样这也不能干，那也不准写，比较自由，我很喜欢！看来我命里注定就该和农业打一辈子交道！"乔燕在她肩上打了一下，道："你说你在神农现代农业集团是干设计和规划的，设计规划些什么？"李亚琳道："就是设计农业呀！比如可以根据你们这儿的土壤成分、气候条件、山川水系等，设计出你这儿可以种什么、怎么种，什么时候施肥、施些什么肥……"李亚琳还没说完，乔燕便叫了起来："这些都能设计？"李亚琳道："不能设计我们还叫什么现代农业？我告诉你，燕儿姐姐，这就叫科学！按照我们的设计种出的庄稼，不但高产，而且质优，全是有机食品，比起你们现在，收入起码翻两倍还不止呢……"乔燕没等她说完，便过去抱住了她央求地说："好妹妹，那你快来帮我们设计设计吧！"李亚琳道："你们不是已经开头了吗？以后需要我，做妹妹的一定随叫随到！"乔燕听了这话，又激动地在她肩上拍了一下。姐妹俩说了一会儿闲话，车装好了，李亚琳才松开乔燕，钻进了驾驶室里。

把李亚琳和蔬菜送走以后，乔燕才回到村委会，洗漱了上床睡觉。她原以为很快便会睡着，因为随着"小川牌无公害蔬菜"正式加盟崔总的公司，一块压在她心头的巨石终于被解除了，她可以高枕无忧地睡上一个安稳觉，做上一个又香又酣的美梦！可恰恰相反，也许是生物钟打乱了，也许是李亚琳刚才讲的话，或者是因为忠远叔、小川兄妹俩的蔬菜不再让她牵肠挂肚，她反而睡不着。她脑海里乱七八糟地浮现出了许多画面，这些画面都是关于贺家湾的。把这些画面拼凑起来，竟是一幅贺家湾美好未来的蓝图。越是想着这幅蓝图，她便越是没有睡意。她感到屋子里有些闷热，便睁开眼睛，蒙眬中朝窗外看去，这才发现下午出去时，害怕下雨，把窗子关上了，刚才睡觉时忘了把它打开。于是爬起来，过去将窗子打开。顿时，一股清凉的风吹进了屋子，随着夏夜的凉风进来的，还有一股金银花的香气。屋子里的闷热顿时被凉风给稀释了，于是她干脆搬了一把椅子靠着窗户坐下，等身子的燥热褪去后，才回到床上重新躺下。迷迷糊糊中，她忽然听到窗户"叽嘎"地响了一声，接着又响了一声，她猛地睁开眼，恍惚之中，她似乎看见了一个白色的东西飘了进来。可仔细一看，屋子里却什么也没有，她这才知道，是带着金银花香的夜风将月光给携了进来。那夜风和月光仿佛在对她说："你好，我们是来陪伴你的！"于是她也在心里说："谢谢你们的光临！"说完又阖上眼帘。

早上起来，乔燕看见朝阳晃悠悠地挂在院子里几棵洋槐树的枝头上，那阳光呈现出火焰般的光芒，像是有些炫耀的样子，拨弄着枝叶，织出千万缕金线。院子里也布满金光，远处更是光彩熠熠，像是一幅美好的静物画。可乔燕看了看天空，天空发黄，便知道老天要变脸。果然还没到中午，空气开始闷燥起来。一群群燕子在天空中飞快地穿巡往来，好像也非常烦躁，一会儿转圈，一会儿朝地面俯冲，一会儿又往上疾飞，让人眼花缭乱。乔燕的心也像这天空一样，感到有些憋闷和焦躁，像是装满了什么东西，头也有些昏昏沉沉。她把这一切都归于昨晚没睡好的缘故，也就没怎么去管。中午时候，贺兰突然来了。小姑娘见了她，先喊了一声"姑姑"，然后低着头，耷拉着眼皮，也不说话，像是一个做错事的孩子。乔燕忙拉了她的手，问道："小兰，什么事？"小姑娘没有回答，却突然泪如泉涌，抽抽搭搭哭了起来。乔燕急了，忙又问："别哭，小兰，有什么事告诉姑姑就是了！"过了半天，小姑娘才像是不好意思似的，眼睛看着地下对乔燕说了一句："姑姑，你能不能把我爸爸的名字改过来？"乔燕一听这话，心里立即明白过来，便拉起小兰的手问："是不是同学又欺负你了？"小姑娘仍没看乔燕，只咬着嘴唇点了点头。乔燕看着小姑娘这样子，心里痛了起来。是的，小姑娘渐渐大了，父亲带有侮辱性的名字让她感到羞耻、愤怒。是的，确实应该恢复贺大卯本来的名字了！她想了想，便抚摸着小姑娘的头对她说："小兰，你们家是建档立卡贫困户，你爸爸现在这个名字已经被登记在国家贫困户的信息网里，现在改了就对不上国家信息网里的号了！你们家该今年脱贫，等你们家脱了贫，姑姑一定会把你爸爸的名字改过来！"小兰听了这话，这才噙着眼泪对乔燕鞠了一躬，离去了。

　　乔燕看着小姑娘单薄的背影，心情忽地又沉重起来。这是多么一件微小的事呀，可对于像贺大卯这样说不出话来的残疾人以及贺兰这样的未成年人，又是多么重大的一件事！可为什么过去就没人帮他们一下呢？她自然找不到答案，只觉得心里更加压抑了。吃饭的时候，她忽然想起昨晚上做的一个梦，便对婆母道："昨天晚上我梦见很多人砍树，其中一棵树没砍却突然倒下来把我压住了，醒来我全身都是汗水，妈，你说这梦吉不吉利？"婆母一听这话，就变了脸色："真梦见砍树或倒树，可不是好兆头……"乔燕没等她说完，便道："那是什么兆头，妈？"婆母道："老年人说，梦见砍树或倒树是要死人，死的还不是一般的人，是最挚爱你的人……"乔燕一听也像是被吓住了，道："真的呀，妈？那最挚爱我的人是谁呢……"话还没说完，脑海里便浮现了张健的形象。要说最深爱自己的人，那当然就是他，可张健那么年轻，身体又那么好，怎么会离开自己呢？绝对不可能！想到这里，她突然脱口而出："难道是我奶奶要出什么问题？"婆母听了接口道："年纪大了，哪个也说不清楚，你打个电话让张健过去看看吧！"

　　乔燕一听这话，不敢懈怠，掏出手机给张健打了一个电话。张健刚吃过饭，正准备躺在椅子上休息一会儿。一听乔燕的话，便问："奶奶怎么了？"乔燕说："我昨晚上梦见很多人砍树，还梦见一棵大树无缘无故倒下来，妈说做这样的梦表示一位挚爱我的人将离我而去。我担心奶奶别又出了什么意外，你快过去看一看！"张健是个彻底的唯物主义者，听了乔燕的话，想问她怎么也信起这些来了，可又怕乔燕担心，便道："好吧，我马上过去看看！"说着挂了电话。乔燕昨晚没睡好觉，本打算这时去睡一睡，又怕张健来电话，便干脆坐在桌子边等张健的信息。没一会儿，张健来电话了，而且语气显得十分急迫："你赶快回来吧，奶奶果然出了问题……"

乔燕像是被人猛抽了一鞭，一个激灵就站了起来，冲着电话问："怎么了？"张健听出了乔燕话音中的着急，便放缓了一点语气说："也没有什么大事，只是喘气，说话上气不接下气，像是很吃力的样子，我估计她是犯了气喘病。我叫她到医院检查，她又不去，说又不咳嗽、又不发热、胸口也不痛，就是喘气和乏力，到医院去做什么？我打电话问了县医院一个医生朋友，他说奶奶这个症状有点像是老年性肺炎，如果医治不及时，死亡率是非常高的，千万不能大意！可她又倔得很……"乔燕还没听完，便大声道："你等着，我马上回来！"说完对婆母说了一声，连衣服也顾不得换，取下挂在床头的挎包，便匆匆下楼骑上电动车走了。

乔燕回到城里时，奶奶已经被张健劝到了医院。张健在电话里对乔燕说："奶奶果然是老年性肺炎！她没有咳嗽、发热这些症状，是因为老年人基础体温较低，对发热反应能力弱，所以没有出现寒战、高热和咳痰这些症状。幸亏发现了，不然真的很危险！"乔燕说："你现在不会说我是迷信了吧？人家都说亲人之间是有感应的！"说完又说，"老公辛苦了，你在医院守会儿，我马上赶来！"

乔燕把电动车停进小区车棚后，连楼也没上，便径直往县医院住院部赶去。县医院无论哪幢大楼的电梯都很忙，她在内科住院大楼下面等了一会儿，见电梯一直停在九楼没下来，便从安全通道的楼梯上了楼。刚来到四楼，便看见护士站前面的大厅和病房走廊中间站了许多人，一个个脸上的神情都肃穆庄重，全都默不作声地望着ICU病室紧紧关闭的大门。有人挤到大门前，想从上面的玻璃窗口朝里面望，但马上就被守在门前的护士赶开了。乔燕便想："是谁呢，被这么多人挂念着？"正这么想着，忽然从人群中一眼瞥见了杨英姿，她的心猛地颤抖了一下，便朝杨英姿喊了起来："英姿姐……"杨英姿惊了一下，猛地回过了头。朝她回过头的还有站在大厅和走廊中间的所有人。这时她才看清，人群中不但有杨英姿，还有天盆乡黄龙村的村支书和村主任。乔燕一见他们，心里更加疑惑了，便道："出了什么事？"这时杨英姿已经来到她身边，拉住了她的手，乔燕看到杨英姿不仅身子在颤抖，而且嘴唇也哆嗦不停。过了一会儿，两行热泪突然掉了下来,哽咽着道:"张书记……张书记脑溢血……中风了……"乔燕还没听完,脑子里突然"轰"的一声。过了一会儿,她才反应过来,也一把拉住了杨英姿的手,使劲摇晃着说:"是怎么中风的,英姿姐?你快给我说说!"说完这话,才想起奶奶,便又急忙对杨英姿说,"别忙,英姿姐,你待在这里别走,我去看看我奶奶,回来我们再慢慢说!"说罢松开手,朝奶奶的病房跑了去。

到了奶奶的病房里,护士刚给奶奶插上呼吸机和挂完吊针,张健守在病床边。奶奶一见乔燕,嘴唇撇了撇,像是一个受了委屈的小女孩,对她诉苦说:"燕儿,我本来没什么大病,张健非把我送到医院里来……"乔燕见奶奶说话时喘不过气来的样子,心里已疼了好几分,便道:"奶奶,你没病医生为什么要给你插这些管子?"奶奶说:"你爷爷活着的时候常说,你到了医院没病都是病人……"乔燕没等她说完,便拉起她青筋毕露的手,一边抚摸,一边吓唬她说:"奶奶,你要听话。你不听话我就叫妈回来把你接到市上养老院去……"乔奶奶一听孙女儿这话,果然不吭声了。原来,乔燕的爷爷去世后,吴晓杰和乔燕想找个保姆照顾乔奶奶,可被乔奶奶拒绝了。吴晓杰没法,想把乔奶奶接到市上一家养老中心去。可乔奶奶仍不答应,为这事还和一辈子都没争吵过的儿媳妇吵了一架。乔燕见奶奶假装睡过去了,才把张健拉到一边,轻声问:"你看见大厅和走廊里那些人了吗?"张健道:"怎么没看见,我和奶奶来的时候,他们就在这里了!"乔燕又问:"你知道他们在守着谁吗?"张健道:"奶奶的事我都忙不过来,哪有心思去打听别人的事……"乔燕没等他说完便道:"他们守的是我们的'大姐大'……"张健一时没明白过来,道:"什么'大姐大'?"乔燕道:"你忘了?张恤满双月的时候,我、郑萍、金蓉、丹梅几个姐妹到天盆乡考察,去的就是张岚文大姐那个村……"张健明白了,忙问:"她怎么样了?"乔燕说:"我刚才问了他们村一个村民,说是脑溢血、中风,具体情况我还不清楚。麻烦你还在这儿守一会儿,我去问问!"说着,也不等张健同意,转身便跑了出去。

来到走廊里,杨英姿果然还在原来的地方站着。乔燕跑过去,拉起她往走廊另一边的一张空长椅走去。两人坐下来,乔燕便迫不及待地问:"英姿姐,张书记过去给我说你被父亲接回了山东老家,怎么又回来了?"杨英姿道:"前不久,张书记给我打电话来,说上面纠正了环境治理中的一刀切,我们这儿又可以养山林鸡了,叫我回来,他们重新帮我把养鸡场弄起来,我就回来了!"乔燕一听这话,紧紧地握了一下杨英姿的手,又问:"孩子的晶片安装没有?"杨英姿道:"已经安装好了,是他外公给钱安装的!"乔燕一听这话,高兴起来——她不但为杨英姿高兴，还为金蓉姐村上的余文化高兴，想："这么说来，余文化的养猪场也可以重新办了？"这么想着，便又拉着杨英姿的手劝说道："装上了就好，英姿姐，就留在黄龙村好好过日子吧！"说完这才问，"你刚才说张书记是脑溢血，是怎么回事，你给我好好说说……"杨英姿一听这话，眼泪"扑簌簌"地滚落下来，道："还、还不是因为找着了水，她一高兴，突然就倒在了地上……"乔燕一听这话，吃惊地叫道："你们找到水了？"杨英姿抽泣着说："可不是，好、好大的水……"乔燕请她再说详细一些，大约是由于杨英姿不太善于表达的缘故，或者她所了解的情况也并不多，说了半天，还是没把张岚文发病的原因说明白。正好这时，黄龙村的村支书和村主任走了过来，乔燕便也把他们拉到椅子上坐下，他们才把张岚文犯病的前后经过讲清楚了。

原来，在这十多天里，张岚文一直带着蒲总的打井队在村里找水，可把黄龙村的山岭沟壑都找遍了，也没发现一点水的痕迹。天气一天比一天热，山岭又大，别说是张岚文这样一个人到中年的女人，就是打井队的小伙子们，都累得有些吃不消，嚷着要回去。但张岚文不肯放弃，如果找不出水，她无法面对黄龙村人，更无法给搬迁到乡政府旁边的几十家贫困户交代。她给蒲总打了电话，蒲总坚定不移地支持她，给打井队队长说："黄龙村找不出水，你们就不要回来！"就这样，她带着打水队天天冒着烈日，在黄龙村的山里转悠。也许是她的真诚感动了上天，前天上午，当他们来到一个叫"冷浸沟"的地方，从一道岩壁的石罅缝前经过时，忽然感到从罅缝中飘出一股非常凉爽的如丝绸般柔软的气流，湿润地掠过脸颊和胳膊。这种凉爽与站在树荫下感到的舒适不同，是一种带着潮湿和冰润的清爽。这种感觉一般人可能会毫不在意，但找水队长却像是发现了新大陆。他站在罅缝前，先是对着罅缝吹了一阵，然后又把手伸进缝隙里，细细地感受了一番罅缝里的气流，然后像小孩子似的，突然跳了起来，叫道："这地下有水！"其他队员也都将脸或手臂贴在罅缝处感受了一会儿，兴奋地说："这八成是地下水带动的气流！"队长马上让张岚文和村支书回去安排人，并派出几个队员协助，到乡政府把那台液压农用水井钻机抬来，当天便开始钻探。钻到约一百米深处时，钻杆突然一下空了。队员们知道钻到山洞了，将钻杆退出来后，一股更强烈的凉爽的气流从钻洞喷薄而出。队长立即趴在地面上，将耳朵贴到钻洞口听了一阵，然后高声地欢呼起来："下面有水的声音！"喊声未落，所有的打井队员和在场的村民都欢呼起来。可是问题来了：怎么才能把水取上来呢？还有这洞究竟有多大、多深？底下的水声是阴河流淌，还是地表水往下渗透发出的声音？这些谜团都需要一一解开。打井队长立即把这些情况向蒲总做了汇报。蒲总去咨询了水电局的工程师，工程师提出从喷出凉气的罅缝处炸开一个洞口，下去一探究竟并为今后架设管道铺平道路。蒲总也赞成这个意见，当即以水电局工程的名义申请了爆破物资，并邀请了一个爆破专家，第二天上午赶到了冷浸沟，和专家一起亲自指挥爆破。爆破进行了一天一夜，到今天早上，终于炸开了一个圆形的大洞口。找水队长先用绳子把一个队员吊了下去，那队员下到洞里只用手电筒照了一照，便把双手卷成喇叭状冲上面叫了起来："快下来呀，下面好大一个洞，还有一条河……"声音在洞中"嗡嗡"回响，可上面的人还是听清楚了，顿时欢呼雷动。村支书和村主任立即安排人回去找来十几架木梯和一圈铁丝，把木梯捆绑起来慢慢放下去。然后，地面的人便一个接一个下到了洞底。到了洞底，众人感到了一股寒气，禁不住全都哆嗦了一下。然后朝洞里一看，不由得都在心里惊叫了起来：天啦，这是一个什么样的洞呀？比整个黄龙村都似乎还要大一倍，里面石峰四布，洞道纵横，各种形态的钟乳石琳琅满目，还有石花、石果、石蘑菇、石葡萄等，一朵朵、一颗颗晶莹透亮，仿佛像真的一般。最让找水队员和村民惊喜不已的是，洞里真有一条一丈多宽的阴河，河水拍打着石壁，訇然有声，河面上还弥漫着一层像是烟雾似的水汽。这么大的水，别说一个黄龙村，就是全天盆乡的人，也吃用不完呀！有人跑过去捧起一口就喝，然后大叫一声："好凉哇！"最兴奋的还是蒲总，他看了一会儿，突然高高举起双手，大喊了起来："我们找到宝了……"这时张岚文也举起双手跟着蒲总喊道："我们有水了，有水了……"可是还没喊完，只见她一个趔趄，身子像站不稳似的就倒了下去。众人先是愣了，还是蒲总先明白过来，他急忙跑过去一看，只见张岚文嘴角歪斜，一缕涎沫顺着嘴唇流了下来。蒲总便喊了一声："张书记中风了！"听了这话，人们才纷纷围过去，将她从洞里背了上来，然后打了县上急救中心的电话。

听完村支书和村主任的讲述，乔燕这才明白了，便又问："那她现在的情况怎么样，你们知道吗？"村主任道："救护车把张书记拉到医院后，医院先做了一个CT，然后送进了重症监护室，听说大脑里出血很多，医院已经下了病危通知书……"听到这里，乔燕心里又是一紧，马上问："她儿女知道不？"村支书说："张书记一发病，我们就告诉了她丈夫，听说她儿女正在往家里赶……"乔燕一听这话，眼泪忽然涌了出来，她咬着嘴唇，想努力把泪水逼回去，可眼泪还是不争气地流了出来。正在这时，她忽然看见蒲总陪着一个医生从电梯里走了出来，便几步奔过去，急切地问道："蒲总，我们大姐她……"蒲总认出了她，冲她挥了一下手，乔燕明白蒲总是叫她先别问。蒲总随医生进了重症监护室，没多久就出来了，他把乔燕拉到一边，没说话，只对乔燕沉重地摇了摇头。乔燕一下全明白了，突然双手掩面，跑回了奶奶的病房。张健一见，便着急地问："那个大姐怎么样了？"乔燕什么都没说，忽然"呜呜"地抽泣起来。一边流泪，一边掏出手机，给郑萍、金蓉、罗丹梅打起电话来。她原本不打算把张岚文大姐的事告诉李亚琳，可想了一想，还是给李亚琳打了电话。

　　天快黑的时候，郑萍、金蓉和罗丹梅才陆续赶来。在ICU病房门口站了一会儿，几个人都感到这气氛压抑得像是有些喘不过气来，乔燕便把大家带到奶奶的病房里。直到这时，郑萍、金蓉和罗丹梅才知道乔燕的奶奶也在这里住院，便纷纷埋怨乔燕没早告诉她们。乔燕道："早告诉你们干什么？要不是奶奶生病，我还不知道'大姐大'的事呢！"说罢便从昨晚做梦说起，把今天发生的事讲了一遍。

　　张健见状，不想打扰她们，于是起身就往外走："我去给你们买盒饭来吃！"乔燕听张健这么说，这才记起已经过了吃晚饭的时候，而大家都还饿着肚子，便对张健说："不用了，我们姐妹出去吃，你在这里好好照顾奶奶，我们吃了再给你和奶奶捎一份饭回来！"张健坐到凳子上，对她们说："那你们就去吃吧！"乔燕忙道："忙什么，还有李亚琳没到呢！"郑萍、金蓉和罗丹梅一听，都惊喜地叫了起来："李亚琳也要来？"乔燕道："亚琳已经不当记者了，现在在市上一家农业开发公司上班，我刚才也给她打了电话，她说她马上赶回来……"便把李亚琳的事又给她们讲了一遍。郑萍、金蓉和罗丹梅听完，纷纷嚷了起来："亚琳妹妹不够朋友，这么大的事都不告诉我们！不行，等会儿来了得罚她……"正这么说着，乔燕的手机突然响了，掏出来一看，正是李亚琳的。乔燕问她到了哪儿，李亚琳说已经进城了，正往医院来。乔燕忙告诉她就在医院大门口等着，她和郑萍、金蓉、罗丹梅马上出来。说完，几个女人便走了出去。

　　李亚琳到了后，郑萍、金蓉和罗丹梅先是跳过去你抱着我、我抱着你嬉闹了一会儿，几个人便就在附近找了一家干净整洁、顾客又不多的小食店坐了下来。吃完饭，乔燕让老板另打了两份包，一行人这才朝住院部大楼走去。

　　来到内科住院大楼四楼，几个人刚出电梯，便忽然听到走廊里一片号哭声。几个人停住脚步，只见重症监护室的大门已经打开了，哭声正是从围在那里的人群中发出来的，声音凄厉而哀切。大家心里一紧，忽觉得一股凉飕飕的寒气从脚底升了上来，急忙几步跑了过去，还没等她们站稳，一个女人便扑了上来，一把抱住乔燕，先是一阵号啕，然后才像喉咙被什么堵塞住了似的道："张、张书、书记她走、走了……"一语未了，干脆悲怆地放声大哭了起来。几个人呆若木鸡，过了一阵，乔燕手里给张健和奶奶带回来的盒饭"哐"地掉了下来。大家先是默默地落泪，过了一会儿变成轻轻的抽泣。哭着哭着，也不知谁带的头，便抱作一团大放悲声起来。

张岚文的追悼会第三天在县殡仪馆举行。头天晚上，金凤乡张湾村发生一起入室偷窃耕牛的案子，张健一大早便带着警察去了，而奶奶的病情虽然有所好转，但仍离不开人。乔燕本想去向"大姐大"道最后一个别，却又无法走开，便没去成她的追悼大会。中午，金蓉突然给她打来电话问："燕儿，明天你去黄龙村不？"乔燕道："大姐都不在了，去黄龙村做什么？"金蓉道："你还不知道呀？黄龙村支部书记昨晚连夜赶回村里，发动村民写了一封血书，要求将'大姐大'的骨灰葬在他们黄龙村，家家户户，不论大人小孩都在上面盖了血手印，今天一大早赶来交到了县里。刚才'大姐大'火化后，县里专门召开了一个协商会，征求'大姐大'亲人的意见。'大姐大'的丈夫和儿女看了那些血手印，答应将'大姐大'安葬在黄龙村，明天就是去给'大姐大'送葬……"乔燕没等金蓉说完，眼泪突然夺眶而出。这是幸福和感动的泪水，她在脑海中努力想象着那有着成百个鲜红血手印的请愿书，是何等壮观。于是长长地哽咽一声，毫不犹豫地答道："去，我一定去！"说完又对她说，"你给郑萍、丹梅姐姐还有亚琳妹妹都说一声，我们都去吧……"金蓉道："都给她们说了，除了亚琳妹妹公司有事实在走不开，郑萍和丹梅都要去！"乔燕又问："车辆问题怎么落实？"金蓉："车子你不用担心，明天的所有费用都是由蒲总提供！'大姐大'单位除了办公室值班人员，其余的人都要去，蒲总从县运输公司要了二十辆中巴车。蒲总知道我们几个和'大姐大'好，特地叫我告诉你们的！"乔燕听了这话，心里又为蒲总感动起来，觉得这样的老总才是真正的企业家。

第二天，乔燕、郑萍、金蓉、罗丹梅约到一起，到街边一家早餐店草草吃了早餐，便统一坐上蒲总租来的中巴车，朝黄龙村出发了。这是一支长长的送葬队伍，二十辆车头绑着硕大白花的中巴和几辆车身上扎着青纱、车头写着"奠"字又同样绑着白花的小轿车，在蜿蜒曲折的山区公路上缓缓向前开着。乔燕从车窗望出去，她看见头顶的天空中间是蓝的，但到了和远山交接的上空，颜色却渐渐变淡，呈现出微白的颜色，再远一点，又有几朵乌云在移动。她想起这是一个天气变幻不定的时节，老天爷随时都可能把自己喜怒无常的脾气发泄到人类身上。她想起一年前和郑萍、金蓉、罗丹梅到"大姐大"这儿来取经，沿途看见的风光是那么令她们激动和兴奋，可今天，没有了"大姐大"，路两边的景物似乎也变了，田野沉寂，雀鸟噤声，连车里姐姐们也都像哑了一样，再不叽叽喳喳说个不停。

半晌午时分，车队终于到达了目的地。到了那儿一看，乔燕才被眼前的景象给猛地惊住了！只见两边路旁，一溜儿站满了黄龙村的村民，从白发苍苍的老人到八九岁的孩子，有三四百人。他们像是等候已久，有的人额头上冒出了汗珠。一看见车队最前面那辆挂有张岚文遗像的黑色小轿车，人们齐刷刷地都朝"大姐大"的遗像跪下了。跪在最前面的，竟然是几十个七八十岁的白发老人，也许是他们早就商量好的。一片悲怆的哭声在人群中响了起来。过了一会儿，大家才打开车门下去，走到那些白发老人面前。

只见张岚文的儿子儿媳妇、女儿女婿在劝大家起来。张岚文的儿子用带着哽咽的声音说："爷爷奶奶、大叔大婶们，你们快起来吧！我代表我们全家感谢你们了！可你们这么大的年纪了，给我妈下跪，我妈九泉下有知，也会感到不安的！谢谢乡亲们，你们起来吧……"经过反复劝说，老人们才站起身来，又让开一条道，让车开过去了。

车往前移动了三四百米，到达了墓地。乔燕一看，墓地就在公路外边的一块台地上，台地不大，但对像天盆乡这样的山区来说，这已经算是一块大地了。墓穴已经挖好，墓穴旁边摆着一张老式八仙桌，张岚文的骨灰盒和遗像已经摆放在桌子上，遗像前还燃起了香。张岚文的亲人和电视台领导以及蒲总，正站在桌边听一个身穿紫红色长袍、鼻梁上架着一副圆眼镜、年约七十岁的老"先生"讲着什么。乔燕在贺家湾参加过两次"白喜事"，知道那人是农村常说的"地理先生"，是今天张岚文下葬的重要人物。离桌子十多米远的地方，停放着一口巨大的棺材，乔燕看见那棺材便吃了一惊，因为即使是贺家湾年高九十三岁的贺世安爷爷去世，那棺材也比这棺材小得多。使乔燕更感动也更高兴的是，这墓地就在大姐曾对她们说过的桃树坪的上面，下面就是黄龙村七十多户易地扶贫搬迁集中安置点。显然，黄龙村人把张岚文的墓地选择在这里是有深刻寓意的。趁"地理先生"给张岚文的亲人交代今天一系列仪式的重要内容时，乔燕细细地鸟瞰起下面的安置点来。只见一排排青瓦白墙的别墅似的小洋房，错错落落，依山而起，又随凹而隐，中间的道路、花坛、广场清晰可见，仿佛一座山野中的小城镇。乔燕想起张岚文曾经说过，等他们这易地扶贫集中安置点建好了，便接她们来看看，可现在……想到这里，乔燕心里又难过起来。她想起张岚文还告诉过她们，他们还从县林场要了几百亩荒坡，开辟成了土地分给贫困户。于是目光又四处搜索，果然在集中安置点的斜对面约一公里远的地方，她发现了一大片砌成了梯地状的土地。她想，张岚文睡到这里，比在城里公墓那块一两尺见方的地方好多了，她肯定也会非常高兴……

正在乔燕胡乱猜想之间，围在桌旁的人散开了，忽听得着紫袍的"先生"用公鸭嗓子似的声音，沙哑地叫了一声："吉时快到，张岚文书记下葬仪式开始！"话音一落，守在棺木旁边的两个汉子便把又厚又重的棺盖抬开了。"先生"过去先在棺木前边烧了几张纸，又朝空棺作了一个揖，才叫道："请张岚文书记骨灰入棺！"话完，张岚文的儿子从桌上抱了母亲的骨灰盒，走到棺材旁边，那"先生"接了过去，俯下身，将骨灰盒端端正正放到了棺材中间，又用罗盘校正了位置，然后指挥几个人，将早就准备好的松枝、柏枝填在棺材里。填满后，他便围着棺材转起圈来。一边转一边喊："请张岚文书记灵魂一次入棺！"如此转了三圈，然后退到棺材前，大叫一声，"盖棺！"站在四周的村民的哭声也响了起来。守在棺材旁边的汉子抬起棺盖，对好榫缝，"哐啷"一声，那棺盖和棺身便严严实实地合在一起了。

接着，那"先生"拿起桌上一张写满了字的黄表纸，对着棺材半唱半念了起来，一篇半文半白、半古半今的祭文念完，"先生"拿过桌上的胶水，将祭文贴在棺身和棺盖的交合处。乔燕知道这叫"封棺"，"封棺"之后，便可以落葬了。果然，从人群中走出八个精壮汉子，一个个穿着短褂，肩上搭了一条白毛巾，拿着绳索走了过来，将棺材捆了，插上抬杠，其中一人喊一声："起——"众人一声呐喊，将棺材稳稳地抬在肩上，然后缓缓往墓坑走去，将棺材落到墓坑里。

趁汉子们往墓坑中填土的时候，蒲总跳上高台，把手卷成喇叭筒，冲正悲伤哭泣的人喊开了："黄龙村的父老乡亲们：张岚文书记已经入土为安，大家就不要再哭了。现在听我告诉大家几件事！第一件，张岚文书记是为黄龙村百姓摆脱贫困而去世的，我们要在她墓前立上一块很大的碑，在四周栽上松柏，让我们黄龙村人永远都记住她！第二件，让黄龙村人用上安全放心的自来水，是张岚文书记生前最大的心愿。她现在虽然不在了，但我的公司将继承她的遗愿，尽快为大家把自来水接通，所需经费全由我们公司负责……"听到这里，有人像是不相信地叫起来："真的呀？"蒲总还没回答，旁边的村支主任插话道："蒲总昨天晚上就和村委会签协议了！"众人一听这话，鼓起掌来。蒲总急忙对众人挥了挥手，掌声停下后，蒲总才又说道："这最后一件更重要，我将投资开发冷浸沟的溶洞！这个溶洞是上苍赐给黄龙村乃至整个天盆乡的宝贵财富。这些年我也走过一些地方，看过一些溶洞，我不敢说我们发现的这个溶洞是四川最大的溶洞，但起码在川东北还没见过这样大的溶洞！等开发出来后，黄龙村乃至天盆乡，将会成为川东北最大的森林康养和旅游基地，乡亲们将会彻底摆脱贫困……"众人听到这里，没等他继续说下去，再次鼓起了掌。

乔燕忽然拉了拉罗丹梅的手，轻声道："那蒲总答应在你们村上建康养中心，没指望了哟？"罗丹梅马上说："不会的，蒲总昨天晚上已经给我们说了，他在这儿投资开发溶洞和旅游，不会影响对家乡的建设，两个地方他将同时进行！"乔燕听了这话，方才放心了，又悄悄对金蓉道："金蓉姐，听说上面下了反对环保一刀切的文件，英姿姐的养鸡场也恢复了，你那儿那个余文化的养猪场恢复没有？"金蓉附在乔燕耳边说："我们压根儿就没有停……"话还没说完，乔燕吃惊地道："什么，上次你不是说已经关停了吗？"金蓉道："那是骗你们的，怕你们说话不小心，传出去了有人来找我们的麻烦……"

正说着，坟墓垒起来了，众人便站成好几排，对着张岚文的坟墓三鞠躬，然后陆续散去。乔燕把郑萍、金蓉和罗丹梅拉住，说："我们姐妹四人，再单独给大姐告个别吧！"于是四人手拉着手，又向张岚文的坟墓鞠了三个躬，这才随众人走了。

第十八章

　　省里今年对贫困村和贫困户退出的检查验收，比去年晚了一些，入了冬才进行。检查验收的方式还是和去年一样，贺家湾这次又没被抽中。省检查验收组走后，市和县的联合检查验收组又接踵而至。通过如省上第三方检查验收组一样细致的比对、查验、访谈等工作，贺家湾十五户达到脱贫标准的建档立卡贫困户都顺利摘去了"贫困户"的帽子。这天，乔燕把检查验收组送走以后，径直去了贺大卯家。贺大卯早已搬进了画眉湾的首批易地扶贫搬迁集中安置点。贺家湾的易地扶贫搬迁集中安置点，统一设计的是两层楼，底层是客厅、厨房、卫生间，人口多的人家还有一间卧室。二楼除了卧室外，还设计了一个露天阳台。阳台虽然不大，但摆上一张小桌子，一家人围桌而坐绰绰有余。这是根据贺家湾人喜欢在露天里吃饭、乘凉的习惯设计的。平时不忙的时候，可以把饭端到阳台上，一家人一边吃饭，一边聊些家里的油盐酱醋茶和邻里的奇闻趣事，有闲心的，吃完饭还会坐下来，一边剔牙，一边欣赏欣赏远处的田园风景，或天上的云卷云舒。特别是夏天的晚上，如果嫌屋子里闷热了，端一把竹凉椅在阳台上，半裸着身子，在椅子上半躺半坐，看天上星星，听水里蛙鸣，闻空气中稻香，再任山风轻轻拂过有些灼热的皮肤，对此刻的庄稼人来说，真有些像是神仙过的日子。因此，这易地扶贫搬迁的房子虽然面积最大的才一百二十五平方米，普通型只有一百或七十五平方米，但因为设计紧凑、功能齐全，受到了贫困户的普遍欢迎。美中不足的是，这些贫困户搬进来后，每天都有人找乔燕，说房子好是好，可就是没地方养鸡养鸭，又说没地方放个锄头簸箕背篓什么的！说庄稼人不比城里人，哪能没个锄头背篓？家里连鸡鸭都没一只还叫庄稼人？乔燕听了这话，非常作难，因为上面规定了，为了保证聚居点的整洁、美观，一律不得饲养家禽家畜。她是第一书记，得执行上面的规定，可又觉得贫困户说得在理。想了很久，便和贺端阳商量，道："上面说不准在聚居点饲养家禽家畜，可没禁止在聚居点以外的地方饲养家禽家畜呀？聚居点旁边的大荒坪，离聚居点只有二百多米，又有一道小山脊与聚居点隔开了，我们为什么不可以在那里推出一块地来，给每户划十到二十平方米，让他们用拆下来的旧房材料，统一修建畜禽饲养室，管他们是养鸡养鸭还是养猪养羊，随他们的便，但必须是圈养，还得定期清理粪便。即使不养畜禽，要堆放杂物也行，你看怎么样？"贺端阳听完，看着乔燕问："需不需要请示镇上一下？"乔燕道："如果去请示，十之八九不会成功，还不如我们做了，再向镇上汇报！反正那荒坪荒在那里也是长茅草荆棘。再说，只要法律没有禁止，我们为什么不可以办？"贺端阳既不想得罪乔燕，更不想得罪那几十户贫困户，眼看村级组织换届就要来了，那几十户贫困户就是一两百张选票，他可不想为这事白白丢了那些选票。再说，这事成了，他也有功劳，不成，遇到上面追究，反正乔燕是第一书记，天塌下来有高个子顶着，他怕什么？便对乔燕道："行，就按你说的办，我坚决支持！"乔燕听了这话，找来了推土机，将那块荒坪推了出来，给每户划了十五平方米的面积，各自去建了一间畜禽饲养室。起初，一些贫困户嫌路远了一些，还有些不习惯，现在渐渐地也习惯了。

　　贺大卯一家住在聚居点南头，乔燕到达时，贺大卯刚刚拉完村里的垃圾回来，贺兰也放学回到了家里。曹彩霞虽然仍是痴痴的，但脸色却比乔燕第一次看见她时白净了许多。贺大卯一见乔燕，便一边"哇哇"地比画，一边端过一条凳子来，先噘起嘴唇将凳子吹了吹，又用衣袖去扫，扫完了后才拍着凳子叫乔燕坐。乔燕非常感动，便故意笑着问："大叔，你这凳子上有什么呀？"贺大卯一听这话，像是有些不好意思，只"嘿嘿"地咧着大嘴对乔燕笑。乔燕见了，又说："大叔，我来告诉你一下，今天检查组虽然没有抽到你们家，但其他抽到的家庭都顺利通过了检查组的验收，这也意味着我们全村今年脱贫的贫困户，都能摘掉贫困户的帽子，你也就不再是全村的首席贫困户了，我特地来祝贺你！"贺大卯急忙冲乔燕"哇哇"地点着头。乔燕看出他对摘掉贫困户帽子没有意见，又对他说："大叔，我想等你的名字从国家建档立卡贫困户资料库中移出来后，到公安局去把你名字最后那个字改过来，你看怎么样？"

　　贺大卯的脸上立即放出光来，他先冲乔燕竖起右手大拇指，紧接着高兴地一边比画，一边"哇哇"地说着什么。乔燕有些不理解，便问贺兰："小兰，你爸说的什么？"贺兰便道："我爸问，该怎么去改？"乔燕便对贺大卯说："我让张健打听了一下，先由贺家湾村委会出具一份证明，然后再到镇派出所填写一份申请表，最后将证明和申请表拿到县公安局户籍科审批。公安局户籍科在规定的工作日之内审批同意了，会通知你本人去办理相关手续，比如照相以及重新办理身份证等……"乔燕还没说完，贺大卯便着急地叫了起来。这次，他的脸上泛出一层酱紫色，手势比画也比刚才动作大了许多，等他比画完毕，乔燕才又转向贺兰："你爸爸是什么意思？"

小兰此时脸色也由刚才的朗朗晴空一下变得雾霾满天，嘟着一张小嘴，像谁欠了她什么。过了一阵，她才说："我爸说，这么麻烦，不改了……"贺兰话还没完，乔燕便对贺大卯说："怎么不改呢，大叔，名字可是关系着你的大事，再麻烦也要把它改过来……"贺大卯也没等乔燕继续往下说，再次"哇哇"叫起来。乔燕看出了他比画的动作和刚才差不多，便知道他的意思仍是坚持不改。这时，贺兰眼里噙着泪水，冲他爸爸大吼了一声："要改，就是要改……"贺大卯听了女儿的叫喊，先愣了一阵，然后瞪着两只铜铃大的眼睛，挥舞着手对贺兰"哇哇"地吼了几句什么。贺兰却一点也不畏惧，反挺起了小胸脯，像个小英雄似的掷地有声地宣告了一句："你不改，我就不要你这个爸爸了，你不是个好父亲……"话没说完，眼泪像泉水般涌了出来。贺大卯突然两眼喷火苗，朝贺兰举起了那只硕大和满是老茧的大手。但贺兰还是没有退缩，两只眼睛也紧紧瞪着父亲。就在这时，先前还傻痴痴地曹彩霞，突然扑到贺大卯面前，一边傻傻地对他笑着，一边张开双手护住了女儿。乔燕一见，眼眶一下潮湿了。作为女性，今天她见证了人类最感人的一幕：一个傻子，在关键时刻也知道保护自己的孩子，可见这母爱有多深厚和伟大呀！

乔燕急忙把贺兰拉到一边，给她揩干了眼泪，贺兰却一下扑到了乔燕怀里，哭着对她说："姑姑，你、你可一定要、要把我爸爸的名字改、改过来……"乔燕一边抚摸着她的头，一边对她说："姑姑一定会的，可刚才他说的什么？"小姑娘抽泣了一阵，这才说："他说，他也不当官，也不会出去做生意，反正就是当一辈子农民，管别人怎么叫，就叫阿猫阿狗，甚至不要名字都没关系……"说到这里，贺兰停了停，才接着说，"他还说，他又写不来字，又说不出来，要经过那么多手续，自己又认不到人，怎么改得过来？"乔燕听完贺兰的话，明白了，便回到贺大卯面前，道："大叔，这就是你的不对了！名字怎么不重要？名字是父母给取的，是一个人最起码的尊严，怎么能允许别人乱写乱叫？你不知道……"她本想告诉他正因为他名字中那个带侮辱性的字，贺兰受到那些顽皮学生欺负的事，可想了想又将嘴边的话咽了回去。她想，一个女孩儿受了这样的气，既不能告诉母亲，又无法向父亲倾诉，她内心的痛苦谁知道呀？她停了一会儿，才接着道："大叔，我知道你既不能说，也不能写，你只抽出大半天时间跟着我到公安局户籍科去一趟就行了。一切有我，我会给你办好的！"贺大卯一听这话，脸色慢慢活泛起来，又一边伸出大拇指对乔燕比画，一边"哇哇"说了几句什么。乔燕知道那一定是感激的语言。

果然过了一段日子，乔燕让贺通良为贺大卯写了一个证明，盖上村委会的公章。第二天，她便叫了贺大卯和贺兰，三人来到镇派出所，工作人员拿出申请表，让乔燕帮忙填了，只十多分钟时间，便把这个手续办妥了。三个人从镇派出所一出来，立即登上了去县城的公共汽车。

到县公安局户籍科时，已快到下班时间，如果是别的人，肯定要叫他们下午上班后再来。可户籍科长是张健的哥们儿，一见乔燕，既没急着下班，也不说几个工作日后等通知的话，而是打开电脑，核对了电脑里面和申请表有关的资料，便在申请表上签了"拟同意，请杨局批示"几个字，也不要乔燕再去跑路，亲自给分管领导杨副局长送了去。没一时，便拿了杨副局长签了"同意"的批示回来，在电脑系统中把贺大卯的名字改了过来。然后，又亲自带了一行人到楼下摄影室，让贺大卯照了重新办理身份证的大头像。完了才问乔燕："身份证是给你们寄来还是你们亲自来取？"乔燕怕寄丢了，便道："你就给张健吧，以后我回来时问他要！"户籍科长冲乔燕做了一个怪相，道："好的，遵嫂夫人的命，我们服务有不周到的地方，请嫂夫人多多包涵，啊！"乔燕像是还有些不相信似的，道："你这里改过来了，镇派出所电脑系统里改过来没有？"科长道："嫂子放心，全国电脑系统里都改过来了！"乔燕道："早知道这么简单，嫂子叫你在电话里悄悄把那个错字改过来不就行了，害得我们跑了这么多路，还说服务周到，嫂子才不说你服务周到呢！"说着，便带了贺大卯和贺兰走了出来。到了大街上，乔燕瞅了贺大卯一眼，看见这汉子抬头挺胸，脸上挂着轻松的表情，好似一头拉磨的老牛突然被卸下了肩上的枷锁，可脚下的步子却十分有力，乔燕便想起贺家湾一句话，叫"哑巴讨媳妇——喜在心里"，不知这汉子当初娶小兰她妈时，是不是这个样子？再看小姑娘，虽然紧紧贴着自己的身子，生怕走掉了，可两只脚却迈得有些不安分，一会儿下的步子重，一会儿踩的步子又轻，一会儿像是在跳高，一会儿又像是在跳远。圆圆的脸庞上泛着一层红晕，一对大眼睛闪烁着幸福开心的光芒。乔燕从没有看见小姑娘这么快乐过,她一高兴,便把小姑娘揽在了怀里,想对她说几句话却不知说什么好。

一年一度的脱贫攻坚检查验收工作结束不久,全县另一件大事——村级组织换届工作又紧锣密鼓地开始了。本来,按上几届的规矩,这个工作一般是在春节后的2月或3月举行。可第二年一开年,全县就要迎接国家整县摘除贫困县帽子的检查验收,到时要举全县之力来做好这一工作,哪还有时间来进行全县的村级组织换届工作?因此,县委决定全县的村级组织换届工作,提前到今年冬天进行。不但如此,县上还有另一目的,那就是提前把一些不称职的村干部换下来,把一些更年富力强、热爱农村工作的同志换上去,也能更好地做好明年全县整体脱贫的迎检工作。于是,一场轰轰烈烈的换届工作就这样开始了。

乔燕和贺端阳在镇上开完村级组织换届工作会回来后,乔燕便对贺端阳说:"贺书记,这村级组织换届工作,我从来没经历过,只从一些书里和影视作品中看过,好像竞争得很厉害,有的地方还出现了拿钱买选票的现象,我们村具体怎么搞,你可要多出主意!"贺端阳淡淡一笑,道:"怎么搞,按照上面说的搞呗!"乔燕便问:"上面说要成立村选举委员会,我们成不成立?"贺端阳马上道:"这是《村民委员会组织法》规定的,怎么不成立?我告诉你,凡是程序,一个都不能少,我们得马上成立起来!"乔燕停了停又征求意见问:"罗书记今天在会上讲得很清楚,村委会换届得在党支部领导下进行,换届选举委员会主任由村支部书记担任,那你要做村选委会主任哟……"乔燕话还没完,贺端阳便对她一边摇手,一边严肃地说:"你忘了我是支部书记和村主任一肩挑,哪有既做裁判员又做运动员的……"乔燕一听这话,便虚心地向他征求意见道:"贺书记认为谁来做选委会主任合适呢?"贺端阳盯着她反问:"你说还有谁?你是第一书记,这选委会主任你不做谁做?"乔燕急忙摇着手道:"不行,不行,我对选举没有一点经验,要是出了问题,可担不了这个责任……"贺端阳没等她继续说下去,大手一挥,打断了她的话,然后大大咧咧地道:"乔书记你一百个放心!要放到过去,贺家湾的选举确实十分复杂,可现在,我敢和你打赌,贺家湾选举你说什么就是什么,保证出不了问题!"乔燕一听又道:"为什么?"贺端阳道:"秃子头上的虱子,你还没看明白?你扳起手指数一数,从上湾数到下湾,从新房子数到老房子,能数得出做村主任的人吗?"

乔燕听他这么说,两眼落到他脸上,看着他道:"贺书记你就那么自信……"

贺端阳马上说："不是我自信，是事实摆在这里！如果年轻人没出去打工，肯定有人会来和我竞争，可你看看现在村里，那次你开村委扩大干部会，还说班子的年龄大了，你总不会再让一个拄拐戳棍的'老几几'来做村主任吧？即使有几个年轻一点的，又不是党员，我们共产党的干部，怎么会让一个非党群众来当？另一方面，你也是知道的，村委会主任一般也是要做村支部书记的，所以即使他们想来和我竞争，那也是赶着王母娘娘叫大姑——妄想呢！"乔燕一听贺端阳这句俏皮话，忍不住笑了起来，然后做出认真思考的样子，想了想才道："你说的确实有道理，而且也是贺家湾的现实！不过古人说得好，不怕一万，就怕万一……"贺端阳急忙打断她的话，道："没什么万一，乔书记！我做了这么多年村主任和村支书，我相信自己这点人缘还是有的！再说，镇上也没换我的意思，所以你尽管放心……"乔燕听他这么说，便道："贺书记既然这么信得过我，那我恭敬不如从命，就把选委会主任这个担子担起来吧，不过你可要多帮助我！"贺端阳忙道："我不是信得过你，是信得过我自己，你把心放到肚子里，贺家湾的天没人翻得了！选委会组成人员，你自己提吧！"于是乔燕就提了贺文、贺通良、张芳、贺小川、郑泽龙、贺波。贺端阳一听，便叫把贺波拿下来，道："哪有老子选村主任，儿子又做选委会成员的？"乔燕恍然大悟地"哦"了一声，便把贺波换成了贺兴林。

接下来，乔燕便按照镇上的统一安排，召开村民大会宣讲村级组织换届选举的重要意义、方法和时间安排，通过了村选举委员会成员名单等。又走家串户，发动留守在家的人，给外出打工的亲人打电话，叫能够回家参加选举的尽量回家参加选举，不能回家的就填好投票委托书，或者通过邮寄，或者通过手机QQ、微信，把自己的意愿告诉家里人。这样过了十多天，乔燕便召开村民代表大会，发动村民代表提出村委会主任候选人。候选人名单一张贴出来，贺家湾顿时像炸了锅，人们都纷纷聚到村委会文化墙上的"村务公开栏"前，一边对着上面的名字指指点点，一边意味深长地笑着。原来，那候选人名单上写的不是别人，而是贺端阳、贺波父子二人，下面附着两人的简介。贺家湾选举历史上，有过贺世海和贺世忠、贺端阳和贺国藩的争斗，可那都是"大房"和"小房"间的竞争，从来没见过老子和儿子间"杀家鞑子"，这倒是个新鲜事，也不知这父子俩究竟谁会输于谁手。但不管怎么说，一些人只要一想到这父子俩即将上演的一场精彩好戏，哪有不笑之理？

果然，到天黑的时候，贺端阳便来找乔燕了。昨天确定开村民代表会议时，乔燕给贺端阳打了电话，希望他能来开会，尽管他不是村选举委员会的成员，但作为村支部书记，参加村民代表大会也是理所当然的，可他惦记着自己工地上的活儿，便对乔燕说："乔书记，我还是回避的好！你就放开让他们提，看他们能提出谁来？"乔燕道："贺书记，我还是有些没把握，要是他们提出了另外的候选人怎么办？"贺端阳仍然不以为然地道："乔书记，你放心，没人会提出另外的候选人的……"乔燕又逼问了他一句："要是真有人提出来了呢？"贺端阳没等她说完，便十分干脆地回答了一句："那也没什么，真有人被提出来了，我们竞选就是！"

可是，此时贺端阳一见乔燕，便有些不满地道："乔书记，怎么把我家这小子给提出来了？"乔燕一听，将眉头皱了起来，道："是呀，贺书记，我也没想到会有村民代表把贺波提为村委会主任候选人，而且还是联名提的！贺波虽然是你儿子，可他更是一个国家公民，他有选举权和被选举权，又是党员，各方面条件都符合，我们也只能尊重村民代表呀，你说是不是？"贺端阳听了这话，脸色很不好看，道："狗日的，别人都在外面打工，他却守到屋里不出去，难道就是想着来争老子这个位置……"乔燕忙说："贺书记，你可不要多想，贺波从来没给我说过他想在村上当个什么。村民代表提出来时，他还坚决不同意呢！贺书记，如果你不想让贺波做候选人，现在只有两个办法，一是你回去给贺波说，让他自动退出候选人提名并向村民大会解释清楚原因；二是你去给那些提名贺波的村民做工作，叫他们收回自己的提名……"贺端阳没等乔燕说完，脸便涨得像一个紫茄子，大声说："乔书记，你这是什么话，难道想让我去丢人现丑？我贺端阳做了二十年村主任、村支书，还没低三下四地去求过人……"乔燕便做出了束手无策的样子，道："那怎么办，贺书记还有没有什么好办法？"贺端阳见乔燕一副着急的模样，过了一会儿才道："没关系，乔书记，他小子才吃几天干饭？老子过的桥比他走的路还多，吃的盐比他吃的米还多！他才认识贺家湾几个人？想取代老子，他娃儿还嫩得很。"说完，虽然脸上仍挂着几分愤愤之气，但乔燕看出他并没把这事放在心上，便信心满满地回去了。

第二天早上，乔燕刚刚起床，贺波来了。小伙子像是一晚上都没睡好，眼睛有点红肿，脸上的神情也有些沮丧。乔燕便问："和郑琳吵嘴了？"贺波咧嘴笑了一下，愁眉苦脸道："姐，你把我村委会主任候选人的资格给拿下来吧！我怎么能和自己的父亲竞争呢？"乔燕像是不明白地问："你怎么不能和父亲竞争？"贺波道："我这不是想赶父亲下台吗？"乔燕道："不是你想赶父亲下台，而是村民想让你上台，不然他们提你干什么？"贺波道："姐，这真是难为我了！你不知道，昨晚我爸回来，看见我头不是头，脸不是脸，弄得我很不好受。从他面前过，我都把头垂得低低的，好像自己做了见不得人的事……"乔燕听到这里，"扑哧"笑出了声来，道："那你自己是不是真的做了见不得人的事……"贺波急忙道："我没有哇……"乔燕便严肃道："既然没有，那你何必要有那种感觉。"贺波道："可他毕竟是我父亲，要是别人，我就不会产生那种负罪感了！"说完又恳求道，"姐，你是选委会主任，还是把我拿下去为好！"乔燕道："我想把你拿下去就能拿下去？你要不想当这个候选人，亲自去给联名提你的村民说，看他们答应不答应？"贺波听后一时无语起来。过了一会儿，乔燕才又道："村民是信任你，才把你提出来！你是当过兵的人，如果这么一件事你都扭扭捏捏，哪还有军人的样子？"几句话说得贺波不好意思起来，也只好回去了。

　　乔燕以为这事就这么结束了，没想到过了两天郑琳又来了。郑琳一来，先是一张小嘴像抹了蜜一般，拉着乔燕的手"姐"长"姐"短地喊个不停，喊完，才突然对乔燕说："姐，贺波要出去打工了……"话还没完，乔燕吃了一惊，道："为什么这时出去打工？"郑琳的脸也沉了下来，道："姐，你不知道，这两天他爸也在屋里，两爷子低头不见抬头见……"乔燕马上问："他爸在家里做什么？"郑琳道："关着门在他的房间写什么，一会儿写，一会儿不满意又撕了……"乔燕一听，便知道贺端阳一定在准备选举那天的演讲稿。看来，贺端阳嘴上说没什么，其实心里还是有些紧张的。于是问郑琳："那贺波在干什么呢？"郑琳说："他能干什么？他说只要一看见他爸，便觉得他爸的眼睛像刀子一样剜他，所以决定出去打工……"乔燕还没等郑琳说完，便有些生气地道："你回去告诉他，我原以为他是一匹千里马，原来是一个缩头乌龟，早知道他是这样的人，我就不该把修桥这样的事交给他，算我看走眼了！"郑琳一听这话，不但没生气，反而一把抱住了乔燕，附在她耳边轻声地问："姐，你说贺波真的能被选为村主任吗？"乔燕听郑琳这么问，便知她是来探自己的口气了，反问道："你希望他当上村主任吗？"郑琳听后突然红了一下脸，然后不好意思地朝乔燕点了点头。乔燕便在她肩上打了一下，道："好妹妹，只要你想让他当上村主任，他就一定能当上……"郑琳听了这话，却皱起了眉头道："可姐，他毕竟是和自己的父亲竞争，现在只要一看见他爸，便不敢抬头，你说我现在该怎么办？"乔燕突然笑了起来，对郑琳道："你真是个傻妹妹，明知他们两个是竞争对手，为什么你还非得要他们挤到一个屋檐下？这些日子为什么不能让贺波回避一下……"郑琳还没听完，便叫了起来,道:"哎呀,我怎么没想到?"乔燕道:"人在事中迷,就怕没人提吧!回去你就把他叫到你家里,把我刚才骂他的话告诉他,并且对他说,他爸做了二十多年村主任和村支书,无论是人缘还是经验都比他强得多,大家把他提出来,也许就是一个陪选的,哪儿就真成了一个乱臣贼子?让他把心里的顾虑扫除干净,好好把演讲稿写出来,送给我看看,不行再重新写。即使选不上,我们也要当选上一样准备,你说是不是?"郑琳一连答应了几个"是",这才高兴地走了。

这天,可以说是贺家湾自有选举历史以来,最热闹、最隆重、到的选民最多的一场选举。镇上派来的选举指导委员会的马主任还没到,贺家湾的男女老少吃过早饭就坐到文化广场那棵老黄葛树下了。用他们的话说,他们不仅是来投下自己庄严的一票,更重要的是来看看贺端阳和贺波这一对贺家湾最强悍的父子是怎样"打擂"的。多年以后,贺家湾人说起这场对阵,不说成是选举,而直接说是"父子争霸"。而"争霸"的结果是,贺波以高票当选为贺家湾村委会主任。贺端阳还没等乔燕公布选举结果,便垂着头,像是泄了气的皮球,悄悄地离开了会场。

散会以后,乔燕叫郑琳把贺波接到郑家塝她家里住几天,自己急急忙忙往贺端阳家里来了。她一边走,眼前一边浮现出了贺端阳刚才离开会场时那副狼狈的模样,心里不禁升起了一股十分复杂的感情来。她想起到贺家湾两年多来,总的来讲,贺端阳还是不错的,他们两个人从没产生过什么大的矛盾,而且他对自己的工作也是十分支持和配合。尽管是他的儿子取代了他,可对于一个在贺家湾"政坛"叱咤风云二十多年且自尊心又很强的汉子来说,她完全理解他此时失落的心情,因此她想顺道去看看他。

果然,刚走到贺端阳的院子里,便听见从屋子里传出王娇怒气冲冲的质问声:"你自己没有选起,回来冲哪个发气?难道我是你的出气筒……"乔燕一听这话,几步就冲进了屋子里,道:"姊,你们说什么呀?"王娇便立即住了嘴,乔燕这才回头朝贺端阳看去,只见他黑着一张雷公脸,眼睛里闪着怒火,鼻翼一张一合,从鼻孔里往外喷着两股粗气,上下牙床紧紧咬着,一副想揍人又不知道该揍谁的样子。乔燕努力做出和颜悦色的样子,道:"贺书记,你这是怎么了?"贺端阳先是气呼呼地把头转向一边,不打算理她,可后来大约是想通了,突然又回过头来,冲乔燕没好气地道:"这下达成你的心愿了吧?"乔燕先是愣了一下,然后才对贺端阳问:"贺书记,你这话是什么意思?"贺端阳冷笑了一声,然后道:"哼,你别再给我演戏了!你在私下里动员大家提名贺波和我竞争,又悄悄给村民做工作,叫他们投贺波的票,以为我不知道?你是从城里来的第一书记,大伙儿现在听你的,可这人,跟你好的有三千,跟我好的还有八百呢,你以为我就是瞎子、聋子?你今天既然来了,我们两个就把话说清楚……"

乔燕听贺端阳这么说,便扯了一个凳子在他面前坐下,道:"贺叔叔,我现在不叫你书记,因为你的年龄和我父亲差不多,所以我把你当长辈。你有什么话就尽管说吧,我洗耳恭听!"贺端阳也不客气,等乔燕的话一完,便气冲冲地问道:"那好,我只问你两个问题!第一个问题,我是不是一个坏人?"乔燕立即道:"不是!"话音一落,贺端阳马上又问:"你到贺家湾来,我支持没支持你的工作?"乔燕马上道:"支持!"刚说完这话,贺端阳突然站起来手指乔燕道:"那你为什么在背后做小动作,把我换了?"乔燕听了这话,也站了起来,对他说道:"贺叔叔,你真要听……"贺端阳红着眼睛走到乔燕面前。王娇见丈夫一副要吃人的样子,急忙拉了他一下。贺端阳回头吼了她一声,吼完才回头盯着乔燕叫道:"我不听,问你做什么?"

乔燕见贺端阳咄咄逼人的样子,又在凳子上坐了下去,理了理鬓角边的头发,然后才不慌不忙地道:"那好,贺书记,我先问问你,你做贺家湾的村主任、村支书二十多年了吧?"贺端阳气鼓鼓地道:"你知道了还问做什么?"乔燕马上道:"好,我不问了。我告诉你,村民都对我说,你能够当上贺家湾村主任很不容易,开始时热情也很高,也能做到全心全意为村民服务,给村里办了很多实事……"贺端阳打断了乔燕的话:"那我现在就没给村里办实事了?"乔燕没正面回答他,顺着自己的思路说下去:"贺书记可听见村民背后议论的一句话?"贺端阳马上问:"什么话?"乔燕道:"村民说,找贺书记不好找,找贺波好找……"贺端阳一听明白了,立即说:"我就不能做点自己的事?谁帮我养家糊口?"乔燕道:"问题就出在这里,贺叔叔,老百姓希望他们选出来的干部,能为他们做事,可你又不能完全投入进来,这就出现矛盾了……"说到这里,乔燕见贺端阳想插话,便没停顿,一口气说了下去,"你做事有魄力,工作也很有方法和经验,我从你身上学到了很多东西,可村民不这样看,觉得你当官当久了,成了个'官油子'。特别是几年前新农村建设开始后,你购买了挖掘机、推土机等,只一心一意经营起自己的'自留地',大家要办个什么事,很不容易找到你。贺家湾除郑家塝外,都是一个祖宗下来的,平时大家碍于情面,当面不好对你说什么,可私下里，你觉得大家还像过去那样信任你吗……"

说到这儿，乔燕停了下来，看着贺端阳，似乎在等他说话，贺端阳却把头扭到了一边，一声也没吭。于是乔燕又接着说了下去："我想问你两件小事，希望你能回答我。第一件，村里原来的医务室在村委会，可后来贺春却把医务室搬到自己家里，你知道是为什么吗？前两年上级要求村干部要在村办公室坐班，好方便群众办事。你因为自己的生意，轮你坐班的时候，你就叫贺春帮你坐，说反正一头牛是放，两头牛也是放，没病人来的时候就帮你守守电话。人家帮你守了两年，烦了，又不好公开拒绝，这才把诊室搬到自己家里，是不是这样？"她没等贺端阳回答，又接着往下说，"第二件事，就是贺大卯名字写错了的事，记得有一次我对你说过。这本来是一件很小的事，却让贺大卯背了这么多年沉重的十字架，但他没能力去把自己的名字改过来，他找过你很多次，希望你能帮助帮助他，可你……"

听到这儿，贺端阳终于抬起头，有些不服气地说："我一个村支书、村主任，就是干这些的……"乔燕马上看着他问道："那你说一个村支书和村主任该干什么？如果一个村干部不是为村民考虑这些看起来是鸡毛蒜皮、油盐酱醋茶的芝麻小事，难道让你们去考虑中南海的大事？难道村民对一个村干部的信任，不正是从这些日常小事中建立起来的？"贺端阳像是被问住了，半天没开口。乔燕又道："贺书记，还有一些事我就不说了，我真没有在村民中做工作让他们不选你，当村民在我面前表露出对你不满的时候，我也没有过多地对他们做解释工作。我觉得村民说得对，你做了这么多年村里主要干部，做成老油条了，换一换对你、对整个贺家湾都有好处。现在中央提出乡村振兴，要实现乡村振兴，人才是关键。新农村新在哪儿？我觉得首先是新在干部！何况换的不是别人，而是你的儿子！贺书记、婶，不知你们想过没有？贺波当兵回来后，他对到外面打工没兴趣，可在农村他又没有施展本领的平台，不给他一个施展本事的平台，他留在农村怎么办？"说到这儿，乔燕舔了舔嘴唇，目光在贺端阳和王娇身上流连着，等待他们说话，可两个人都没吭声。乔燕停了一会儿，才又接着说："叔、婶，我还告诉你们一件事，贺波和郑琳恋爱差不多都两年了，郑家为什么一直拖着不让他们结婚，你们知道这其中的原因吗？"乔燕的话刚完，贺端阳和王娇立即抬起头，目不转睛地看着她。半天，王娇才闪着怀疑的目光问："什么原因？"乔燕道："郑家就是在看贺波留在家里究竟有没有什么发展前途。如果有，那么郑琳嫁给他，他们老两口也觉得脸上有光；如果没有，郑琳又何必嫁给他呢？"一听这话，贺端阳终于看着乔燕问："你说的是真的？"乔燕道："这是郑琳悄悄告诉我的，她说她父母不同意结婚，她也没办法！你一个做公公的，她当然不会告诉你……"王娇没等乔燕说完，便叫了起来："怪不得我们催了好几次结婚结婚，他们都冷水烫猪——不来气，原来是这样！"乔燕听了又说："当然。我同意让贺波出来竞选村主任，还不只是因为这个原因！我觉得贺波是位很有进取心又懂得现代科学知识的小伙子，是个可堪造就的人才。当然是不是这样，还得看他今后的表现，但就眼前来说，他得票那么高，证明大多数村民还是信任他的。叔，他是你儿子，过去一些皇帝，还有主动把天下禅让给儿子的呢！贺波如果成长起来了，得到大家的尊敬，这难道不是你的骄傲？我的话说完了，叔你好好想一想吧！"说完，见贺端阳还捧着头坐在那儿没说话，便站起身回去了。

一到冬天，整个川东北地区就很少看见太阳，贺家湾自然也不例外，灰色成为这个季节的主色调，即使是晴天，到处也是一片灰蒙蒙的样子。可这天老天爷像是高兴了，早晨一起床，乔燕便看见了天边的一片曙光，光线柔和，渲染出一片大面积的纯净。到了中午，阳光更加明媚和灿烂。这是一个难得的好天气，吃过午饭，张恤看见照进屋子的太阳，高兴得张开双手就跑进那片胭脂色的明亮世界里。乔燕见儿子这么喜欢阳光，便想把他抱到文化广场晒晒太阳。刚走到楼下，就看见贺波满脸灿烂着，笑嘻嘻地来了。乔燕便问："你怎么来了？"贺波一双大手互相搓着，像是很不好意思似的，过了半天才红着脸回答："姐，我爸请你晚上到我们家吃饭……"一听这话，乔燕有些奇怪起来，道："你不是到郑琳家里去了吗？"贺波马上解释说："我妈到郑琳家里来喊的我，我就赶回去了。我一回去我爸就叫我请你，他说中午得罪了你，请你大人不记小人过，今晚上一定要请你赏光！"说完又补充道，"姐，看样子我爸确实想通了，他想自己来请你，又不好意思，所以特地叫我来请你，姐今晚上可一定要来，啊！"乔燕听了这话，有些出乎意料，便道："你爸想通了是好事，可为什么一定要请客呢？再说，我们又不是外人，何必破费……"话没说完，贺波道："姐，你可不要推辞，我爸也是个直性人，你不来，他一定认为你还在生他的气！"乔燕这才道："那好吧，回去告诉你爸，我一定来！"贺波高兴起来，脸上放着红光说："那就说定了，姐，我先走了！"

贺波走后，乔燕想了又想，觉得不能空着两只手到贺端阳家里去：一是不符合贺家湾人礼尚往来的风俗；二是贺端阳礼请自己，分明带着负荆请罪的意思，如果空着两只手去，倒显得自己有些趾高气扬了；第三，人家是长辈，自己是小辈，小辈怎么能空着手去？所以，她想了一阵，就把张恤抱回去交给婆母，骑了电动车跑到镇上，买了两瓶当地有名的白酒"汉碑烧"和几斤苹果回来。

傍晚时分，乔燕便提着酒和苹果往贺端阳家去了。还没走到院子里，便看见贺端阳站在阶沿上朝这边路上望着。一见乔燕，他便高兴地迎了过来："乔书记，你真是宰相肚里能撑船，我还以为你仍在生我的气呢！"说罢，看见乔燕手里提着的酒和水果，又嗔怪地道，"乔书记，这就是你的不对了！我请你来吃顿便饭，还值得你破费买这么多礼物。"乔燕就把在路上想好的一套词说了出来，道："贺书记，你是叔，我是侄女，这两年你教会了我许多东西，我买点酒和水果孝敬你和婶还不应该？"说话时，郑琳从屋子里迎了出来，接了乔燕手里的酒和水果，"姐"长"姐"短地把乔燕迎进了屋子里。

没一时，一桌丰盛的饭菜就摆在了桌子上。贺端阳要乔燕上座，被乔燕坚决推辞了，说："贺书记，你要我上座不是折我寿吗？你听我安排，你和婶坐上面，我和郑琳坐一边，贺波坐一边！"说着也不管贺端阳同意不同意，先拣了左边打横的位置坐了下来。贺端阳一见，也只好罢了。接着，他转身进里面屋子拿出一瓶葡萄酒、一瓶白酒和几只酒杯，摆到桌子上，给乔燕和郑琳斟了半杯葡萄酒，给自己斟了满满一大杯白酒，正要去给贺波斟白酒时，却被贺波挡住了，道："爸，我不喝白酒，喝点红酒就是了！"贺端阳瞪了贺波一眼道："啥不喝白酒？今晚上就是一杯镪水你也要给老子喝了！"贺波听了父亲这话，只得红着脸道："那我自己来，爸！"说着接过贺端阳手里的酒瓶，给自己也满满地斟了一杯。乔燕道："还有婶呢？"王娇立即道："乔书记，你们喝，我是什么也不喝的！"

说话间，贺端阳举起了酒杯，看着乔燕道："乔书记，对不起，中午我冒犯了你，这第一杯酒，是我的赔罪酒，我干了，你随便！"说罢，还没等乔燕回过神，贺端阳一仰脖，"咕嘟"一声，便把一杯酒吞进了肚子里。乔燕一见，也只得道："叔都一口闷了，我这个小辈怎么敢随便？我也干了！"说着也将杯里的红酒一口喝了。刚放下杯子，贺端阳便又拿酒瓶要给乔燕杯里倒酒，却被乔燕一把抓过了酒瓶，道："叔，我怎么敢劳驾你？我要喝一杯白酒……"众人一听这话，都愣了。乔燕果断抓过贺端阳面前的白酒瓶，先给贺端阳斟满，又给自己斟上一杯，然后端起来说："叔，你知道贺家湾的风俗，来而不往非礼也。刚才你敬了我，现在我要诚心诚意地回敬你一杯酒！我衷心感谢这两年多你对我工作的支持和配合，感谢你传授给我的农村工作的知识和经验，我也一口干了！"说罢双手举了杯，学着贺端阳刚才的样子，一口喝干了杯子里的酒。放下杯子，却觉得喉咙里像冒烟一样，辣得直咳嗽。郑琳一见，急忙往乔燕碗里舀了一勺汤，乔燕喝下去，这才感到好了一点。

　　贺端阳等乔燕吃了几筷菜后，又斟上了第三杯酒。这次他没喝得那么急，手捧着酒杯，看着乔燕说："乔书记，我有几句心里话，不知你喜不喜欢听？"乔燕道："叔，你说什么话我都喜欢听！"贺端阳便笑着对乔燕道："乔书记，我早就知道贺波这小子会当上村主任，你信不信？"乔燕吃了一惊，看着他道："叔，你怎么会有这样的感觉？"贺端阳突然笑出了声，道："乔书记，你以为我真傻呀？我告诉你，尽管我年龄还不大，好好歹歹还上了职高，又在官场上混了这么多年。我知道，无论是文化还是观念，我都落后于这个时代了！这是个什么时代？信息社会，瞬息万变呀，你说是不是……"刚说到这里，乔燕便打断了他的话，道："叔，现在还不光是信息时代，而是进入了大数据时代……"乔燕还要说，贺端阳又接了话说："可不是，你看我们连说都说不来，更别说做了！就说这个手机吧，我们拿到手里只是一部电话机，可你们这些年轻人拿到手里是什么？春节那个文艺演出，贺波和郑琳凭一部手机，就把贺家湾分散在全国各地的年轻人都组织起来了。你说我们现在怎么拼得过年轻人？这个天下，就是年轻人的天下了！再说，你中午说得对，我当了这么多年干部，确实也没了先前那种活力和进取精神。说老实话，从你一来欣赏他改造房屋，后来又把修桥的任务交给这小子，再后来你又把这小子补选为村支部委员，我就看出你是在栽培他！你知道当我看出自己的儿子能有人重视和栽培，是个什么心情吗？一方面是高兴，另一方面心里又有些妒忌。怎么会这样呢？因为我知道他迟早会取代我的位置！这小子果然也还算争气，除了养鸡失败以外，你交给他的每项工作都完成得很好，村民对他也很信任。我是既想让他在村里谋点事，又害怕他取代了我，你知道吗？所以当有人悄悄给我说你在背后做工作，想让贺波和我竞选村主任，我心里十分矛盾！一方面巴不得他小子选上；另一方面，我又有些不甘心，特别是他选上后，别人会说我是被儿子打败的，你说我心里会好受不好受？我该怎么办？我只好装聋作哑，顺其自然。要不，这小子怎么能这么顺利当上村主任？"

　　一听这话，乔燕完全明白了，急忙站起来，捧了酒杯对贺端阳说："叔，古人有句话，叫'可怜天下父母心'！听了你这番话，我完全理解你的心情，同时看出了你是一个值得尊敬的父亲，一个高尚的父亲，我向你致敬了！"说着又喝干了杯里的酒。贺端阳一见，也将杯里的酒干了，放下杯子，乔燕便对贺波说：

"贺波,你有这样的父亲,还不值得骄傲和尊敬?怎么不敬你爸的酒?"贺波果然站起来端起杯子要敬。乔燕突然捅了一下身边的郑琳,道:"郑琳你和贺波一起!"郑琳听了也端着酒杯站起来。贺波便道:"爸,对不起,儿子以后一定努力工作,不辜负你的希望,我和郑琳敬你了!"说罢把酒干了。贺端阳喝了一口,便把杯子放下,可一眼瞥见郑琳在看着他,便又端起来喝了。郑琳等他喝完,拿过酒瓶又给他斟上。几杯白酒下肚,贺端阳便带起几分酒意来了,乜斜着眼看着儿子道:"你小子还嫩!你以为农村基层干部好当吗?老子告诉你,村主任不能得罪村民,不好好给村民办事,你就赢不了他们的支持,赢不了他们的支持,下回就不投你的票,你小子就是能干上天,也等于个圈圈!除了村民外,你还要面对上面的官!上面的官有多少?光是镇里大大小小的官,就有四五十个,县里的官上千个,市里的官就更多了!他们说的话,对的要听,不对的也要听。不对的听了怎么办?暗地里拐着做!做了又要编理由来应付他们!老子当了二十多年贺家湾的村主任和村支书,也不知干了多少这些连干带骂、连哭带笑的事来哄骗上面那些官,要把这些事都写出来,就是一本书了!别的不说,乔书记你还记得吧,去年上面要把全镇的土地流转给城里那个大老板,我们编了多少龙门阵去应付镇上呀……"

乔燕听贺端阳这么说,一下又想起去年镇上流转土地发生的事,心里充满了感激之情,便端起杯子对他道:"叔,你说得太对了!过去我对村干部不了解,下来这两年我才真正体会到了村干部难当。来,叔,我再敬你一杯!"说完刚要喝,又对贺波说,"贺波,你可要记住你爸的话,来,我们一起敬你父亲!"贺波听了,站起来说:"爸,我都知道了,儿子虽然是村主任,可村委会的工作是在村党支部领导下进行的,你是支部书记,你怎么说我就怎么办,保证听你的话……"贺波话还没说完,贺端阳突然将酒杯重重地往桌子上一放,像是非常生气的样子。果然,还没等乔燕回过神,贺端阳就红着眼睛,瞪着贺波道:"放你娘的屁!这世界上哪有这本书卖,老子做书记、儿子又做村主任的?这贺家湾就成了你一家人的了?"说完也不等贺波回答,又看着乔燕道,"乔书记,明给你说,明天我就去向镇党委申请辞去贺家湾村党支部书记的职务……"乔燕见贺端阳虽然带了一点酒意,但说这话的神情却是十分认真的,便道:"叔,这是组织的事,你要听组织的……"贺端阳没等她说完,便道:"组织不批也得批,哪有搞家天下的道理!"说完耸了耸肩,做出了轻松的样子道,"无官一身轻,我安安心心地去挣自己的钱,看今后谁还来管我?"说完这话,又看着贺波说,"你在家里安安心心做村里的事，老子出去挣钱，老子就是帮助了你，你听清楚没有？"乔燕听了这话，马上对贺波说："贺波，你看看，世上不但只有妈妈好，爸爸也同样好。为了你，你爸爸可以说是舍弃了一切！今晚上你爸一席话，可谓苦口婆心！来，我们一起敬伟大的父亲一杯！"说着高高举起酒杯，四个人将各自杯中的酒都干了。

尾　声

　　眨眼之间，贺家湾又到了一个春光明媚的季节。田野上，大片大片的庄稼和蔬菜茁壮生长，到处一片葱绿。家家房前的鲜花绽开，红的红如胭脂，黄的黄似金箔。溪沟畔、堰塘边，杨树青青，柳枝鹅黄，一派春色。几只燕子像老客人似的来到村委会办公室上空，绕着屋脊飞了一阵，然后落到去年筑巢的屋檐下，再次安家落户。乔燕看见自己窗口屋檐上落下的燕子，心里一阵欢喜，向燕儿伸出双手，巴不得把它们捧在手里似的。

　　在一个艳阳高照的日子里，贺家湾召开了村民大会，庆祝贺家湾顺利通过了全国脱贫攻坚第三方检查验收组的脱贫达标验收。在这次检查验收中，贺家湾的运气可没前两次那样好，检查验收组首轮抽签，他们便有幸"中彩"。在度过了紧张、焦虑、忐忑、不安的几天后，终于从县上传来了好消息：贺家湾的脱贫攻坚工作不但顺利通过了检查验收组的达标验收，而且赢得了他们一致好评。说贺家湾村不但物质脱贫成果显著，而且在精神脱贫方面，有许多创新的地方，给他们留下了深刻的印象！消息传来，贺波便要开一个村民大会，一方面要让全体村民都知道这个好消息，再次激发起他们脱贫攻坚的内生动力，另一方面也把近期的工作安排一下。

　　现在，乔燕坐在黄葛树下面那个台子上，阳光从浓密的叶缝中筛下来，在她身边闪闪烁烁。她望着台下一片黑压压的父老乡村，心潮起伏，在心里一遍一遍问着自己："我等会儿讲点什么呢？讲点什么呢？"昨天晚上，贺波来征求她的意见，要她安排近期村上的工作，被她坚决地拒绝了，说："从今以后，凡是村上工作的事，你该怎么安排就怎么安排，我绝不越俎代庖了！"是的，她想用这种方式，放手让贺波大胆工作。贺波便问："姐，你讲点什么？"乔燕想了想道：

"到时我随便说点什么吧!"可现在,乔燕望着台下的乡亲,将近三年在贺家湾生活的一千个日夜,所有的往事都历历在目,一起涌上了心头。她想,虽然上面对脱贫攻坚还有"扶上马、送一程"的说法,可随着全县整体脱贫摘帽,他们这些第一书记,随时都可能被召回单位。一想到要离开贺家湾,乔燕就觉得有千言万语想对乡亲们说,可又一时不知道该怎样开口。果然,当贺波讲完,大家开始鼓掌欢迎她讲话的时候,她还没想好究竟讲些什么。

她拿过话筒,刚说了一句:"贺家湾的爷爷奶奶、大叔大婶们……"喉咙便像是哽住了。她停了一下,目光从人群中扫了一遍,让情绪平息一些,这才接着说了下去:"今天到会的人很齐……"刚把这话说完,觉得自己说了一句废话,于是又马上说,"大家都知道,我们贺家湾通过了国家脱贫攻坚第三方检查验收组的检查验收……"说到这儿马上又停了下来,觉得这仍然是一句多余的话,刚才贺波不是已经说过了嘛!于是又道:"贺家湾的脱贫攻坚能够顺利通过国家验收,很不容易……"说完便恼恨起自己来:"怎么今天老讲不着边际的话呢?"于是又讲:"我们贺家湾能取得今天的成就,是大家共同努力的结果,我深深地感谢大家!"说着向会场深深地鞠了一躬。一阵热烈的掌声响了起来,乔燕突然觉得找到一些感觉了,等众人掌声一完,便道:"在今天这个时刻,我没什么可讲的,要讲的,只有'感谢'两个字!我首先要感谢贺家湾这片土地,给了我一个人生的舞台!我才到贺家湾的时候,什么都不懂,还把油桐树认作核桃树。可在这将近三年的时间里,是这片土地教会了我许多人生的道理和做人的准则,使我懂得了什么是社会,什么是人生,什么是贫穷,什么又是富有……"

一开了头,乔燕就觉得越讲越顺溜了,她没有停留,一口气说了下去:"第二,我要感谢各位爷爷奶奶、大叔大婶,是你们热情地接纳了我!虽然才来的时候,你们还不太相信我,但慢慢地,你们就把我当作了亲人。起初你们喊我'姑娘',我心里还有些不高兴,后来才知道你们喊我'姑娘',是把我当女儿的意思,我才感到骄傲和自豪,越听越亲切!我感谢爷爷奶奶、大叔大婶对我的信任和爱护!第三,我要感谢贺家湾村委会和支部一班人对我工作的支持与配合,特别是贺端阳书记在工作中表现出的魄力和智慧,对我帮助很大,感谢张芳主任在村里环境整治、开办妇女夜校这些活动中做出的贡献……"

说到这里,乔燕像是说累了,她停了下来,目光掠过人群,会场里鸦雀无声,众人都仰着头看着她,像是等待她继续说下去。她舔了一下嘴唇,又道:"我还要感谢我的亲人!首先我要感谢我的丈夫,将近三年来,每当我遇到困难,他都竭尽全力给予我帮助和支持！在这一千多天的日子里，我没给他做几顿可口的饭菜，没认真陪上他几天，可他没一句怨言！我还要告诉大家一件事，去年上半年，他们单位打算安排他到省公安厅锻炼，这是一次很难得的成长机会，可因为我在贺家湾扶贫，他放弃了这次机会！在私下里，我把他叫作我的私人秘书、私人司机，这些，我想爷爷奶奶、大叔大婶都看见了，我不多说！我还要感谢我的婆母，她老人家跟着我在贺家湾住了两年多，差不多都成贺家湾人了！要没她给我照看张恤，我怎么能把全部精力投到工作上来？我丈夫、婆母，他们也是贺家湾扶贫的功臣……"说到这里，乔燕被自己的话感动了，泪水一下涌了出来。下面一些人也陪着她掉起了泪来。乔燕泪眼蒙眬地继续说了下去："我要感谢的人很多，还有我的公公，自从我婆母来贺家湾给我带孩子以后，他老人家一个人在家里，既要种地，又要养鸡养鸭，可他从来没说过半句埋怨的话！以及我的爷爷奶奶，以及我们几个一起参加扶贫的姐妹……"说到这里，她猛地一下想起了周小莉和"大姐大"，尤其是想起"大姐大"帮她从贺兴仁那里要回了三十万元捐赠款，她连感谢的话都没来得当面对她说，她就去了，不禁悲从中来，任泪水"扑簌簌"地从脸颊滚落下来。台下众人不知道她又因为什么流泪，便用一阵热烈的掌声鼓励她。

  乔燕见众人鼓掌，意识到自己的失态，忙噙着热泪从座位上站起来，又对会场鞠了一躬，等众人掌声歇息后，她才坐下去，继续对大家说："爷爷奶奶、大叔大婶，随着全县整体摘除贫困县帽子，虽然后面还有'扶上马、送一程'等，但按照文件规定，还有几个月我就会离开贺家湾……"刚说这儿，会场里有人喊了起来："乔书记，你不能走……"这话一落，更多的声音跟在后面叫道："就是，姑娘，你留下来再干两年吧！""姑娘，我们不要你走……"乔燕听了这些话，心里非常感动，便真诚地对大家说："爷爷奶奶、大叔大婶，我也舍不得离开你们。可你们知道，我是组织安排下来的，组织要我回去，我怎么能不服从组织呢……"说到这儿，见众人又要喊话的样子，便立即接着说道，"不过请爷爷奶奶、大叔大婶们放心，因为脱贫攻坚，我与贺家湾已经结下了不解之缘，我、我……"说着，乔燕的嘴唇突然颤抖起来。此时，她是多想把自己的身世告诉乡亲们，好让大伙儿知道她的生命也是被这片土地孕育出的呀！可是……可是她不能！嘴唇颤抖了一会儿，她才终于说道："请你们相信我，不论何时何地，我对贺家湾的情愫永远不会改变，我也希望爷爷奶奶、大叔大婶们像过去一样，永远把我当作你们的亲人……"她的喉头再次像是被什么东西堵塞了，又停下了话头，透过泪光朝众人看去，会场上静得掉根针都能听见。她突然在人群中发现了吴芙蓉，也许是亲人间的某种心灵感应，她看见吴芙蓉在埋着头抽泣。在那一刻，她心里翻滚着万顷波涛，一阵一阵说不清楚的巨大而复杂的狂澜向她袭了过来。她真想冲下去，抱着她喊一声"妈"。可是母亲吴晓杰的形象倏忽间出现在她的眼前，耳畔回响起自己对她的庄严承诺，她的身子颤抖了起来，双腿像钉在台子上似的挪不动步。于是她在心里下定决心，不管她究竟是不是吴芙蓉生的，她都将把这个谜底埋藏在心底。她见众人仍在愣愣地、满怀希望地看着她，于是提高了声音说："爷爷奶奶、大叔大婶，'贺家湾'这三个字，永远镌进了我的生命里，我想把它抹去也抹不掉了……"说完这话，再也忍不住，乔燕"哇"地哭了起来。

众人一见，全都愣了。乔燕再次意识到自己的失态，于是立即擦掉眼泪，破涕为笑，对众人说："没什么，我今天就是太激动了！爷爷奶奶、大叔大婶，我还有一个好消息告诉大家！"

乔燕放松了脸上的神情，微笑着对大家道："今天早上，县上帮我们修建这个文化广场的女企业家陈总给我打电话，说过几天她要带一个古建筑修复专家来考察我们贺家湾的几个老院子……"话没说完，众人便有些疑惑起来，问："乔书记，那几个老院子垮的垮、拆的拆，剩下的都没人住，考察了做什么？"乔燕没回答，却看着贺波说："我还没来得及告诉你。还记得你当兵演练时看见的那个将老房子改变成民宿发展旅游，让整个村庄都富裕起来的故事吗？"贺波一下明白了，高兴地道："陈总想到贺家湾打造民宿、发展旅游？"乔燕点了点头。贺波便一下跳到了台子中央，挥舞着双手对大家喊道："乡亲们，你们听我说，陈总想到贺家湾打造民宿、发展旅游，真要那样，我们贺家湾可就富裕了！"说着，便把当年部队演练时看见的那个村庄给大家讲了一遍。他刚一讲完，会场就沸腾起来了，有人看着乔燕问："乔书记，这可是真的？""姑娘，旅游发展起来了，我们的日子真的能过得比现在好？"乔燕没正面回答他们，只大声说："乡亲们放心，陈总上次走时，对我说过一句话，她说贺家湾一定会大放异彩！我相信只要我们努力，她的话一定会实现的！"众人听后，沉默几秒钟，忽然一边欢呼，一边朝乔燕拥了过来……

      2018年1月—4月构思于渠县文联"贺享雍工作室"
        2018年6月—2019年2月 初稿
        2019年6月—2020年1月 二稿
        2020年3月—2020年9月 三稿
        2020年11月20日—11月30日 定稿